# 약속전

# 약손전 3권

초판 1쇄 인쇄일 | 2018년 12월 10일
초판 1쇄 발행일 | 2018년 12월 18일

지은이 | 7월아카이브
펴낸이 | 박성면
펴낸곳 | 도서출판 로담

출판등록 | 제 396-2011-000014호
주소 | 경기도 파주시 광인사길 9-6 (문발동 520-8)
전화 | (031)8071-5201
팩스 | (031)8071-5204
E-mail | bear6370@hanmail.net

정가 | 9,800원

ISBN 979-11-5641-130-7 (04810)
979-11-5641-122-2 (set)

7월아카이브 장편소설

RODAMROMANCESTORY

3

로담

## 차례

# 第十二章. 계집도 아니고 사내도 아닌 것이

[1]

—푸으으으읍!

멀쩡하게 상약하던 약손이 느닷없이 기침을 터뜨렸다. 주상 전하 바로 앞에 두고 이게 무슨 추태람? 약손이 황급히 옷소매로 입을 가렸지만 이미 늦었다. 약손이 뿜어낸 갈색 탕약은 방바닥 위로 사정없이 흩뿌려졌다. 어떻게든 기침을 참으려 했지만 설상가상 탕약은 코로 넘어간 것 같았다. 콧구멍은 고추를 잔뜩 집어넣은 것처럼 매웠고, 붉게 충혈된 두 눈에서는 눈물이 줄줄 흘러내렸다.

숨이 턱턱 막혔지만 이런 급박한 와중에도 이따가 내시한테 약 하나 제대로 못 마신다고 크게 혼날 일이 더 걱정됐다. 약손이 제 가슴을 퍽퍽 주먹으로 때리며 스스로를 진정시켰다.

갑작스레 열이 확 오른 뺨을 방바닥에 대고 정신 추슬러 일어나려는 그때, 거북이처럼 납작 엎드렸던 약손의 몸이 불현듯 홱 뒤집혔다.

"약손아! 약손이 괜찮으냐?"

"켁켁. 저, 전하…… 주상 전하……."

예, 저 괜찮습니다. 사레들려서 그랬습니다. 걱정 마십시오! 대답을 하고 싶었는데 콜록콜록 눈치 없는 기침이 자꾸 터져 나왔다. 약손은 본의 아니게 힘겨운 듯 색색 숨을 몰아쉬어야만 했다.

주상 전하의 탕약을 미리 맛보다가 약을 토해 버린 상약이라. 기침은 쉬지 않고 하지, 얼굴은 시뻘겋지, 눈에는 핏발 섰지…… 누가 봐도 오해하기 충분했다.

이유가 황급히 소리쳤다.

"밖에 아무도 없느냐? 상약이 독을 마시고 정신을 잃었느니라! 상약 여약손이…… 약손이가…… 약손이가 쓰러졌단 말이다!"

그와 동시에 밖을 지키고 있던 내금위가 이유의 침전 전체를 둘러쌌다. 주상 전하 일신에 문제가 생겼으니 개미 새끼 한 마리 침전 밖을 나가지 못하고, 침전 안으로 들어오지 못하게 하기 위함이었다. 또한 침전 어디에선가 자신의 숨결마저 지운 채 이유를 은밀히 호위하던 겸사복兼司僕이 모습을 드러냈다.

흐이이익!

탕약 한번 잘못 삼켰다가 이게 무슨 일인지. 약손은 어둠 속에서 느닷없이 나타난 겸사복을 보고 더더욱 놀라 기겁했다. 저 사람들은 누구야? 사람이야, 귀신이야? 대체 어디에 숨어 있다가 나타난 거야? 약손의 손발이 벌벌 떨렸다. 덕분에 이유는 약손이 독 때문에 발작한다고 오해했다.

"동재는 당장 어의를 부르지 않고 무엇 하느냐? 약손아, 정신 차리거라! 이대로 너를 죽게 할 수는 없어. 이대로 죽어서는 안 돼! 눈을 떠! 약손아! 약손아……!"

이유가 바닥에 엎드려 기침하는 약손을 그대로 낚아챘다. 약손의 목뒤로 손을 넣어 제 품속으로 바짝 끌어안았다. 약손의 몸이 질질질 이유의 품 안으로 끌려갔다. 약손은 본의 아니게 목이 졸려서 컥컥 더 세차게 기침했다.

전하, 제발 이것 좀 놓고…….

소인을 놓아 주셔야 제가 숨을 쉬지요…….

전하……. 컥컥컥.

숨 쉬지 못한 약손의 얼굴이 하얗게 질렸다. 탕약의 독 때문이 아니라 이유 때문에 먼저 이승을 하직하게 생겼다. 천하의 지존, 주상 전하 옥체에 절대 해를 가해서는 안 되는 줄 알지만, 일단 저가 죽겠는데 뭐 어쩌랴. 약손은 저를 으스러지도록 껴안은 이유를 그대로 뒤로 밀어 버리기로 작정했다. 아니면 팔뚝을 깨물어 버리거나.

약손이 젖 먹던 힘을 다해 이유의 어깨를 확 깨물려는 그때, 제 이름 목 놓아 부르는 이유의 목소리가 어째 심상치 않았다. 이유가 품에 안은 약손의 목에 그대로 얼굴을 묻었다.

"약손아……."

이유가 울부짖을 때마다 깊은 숨결이 목덜미를 스쳤다. 이유의 어깨가 흑흑 몇 번 떨리는가 싶었다. 그러다 이내 이유의 얼굴 맞닿은 약손의 어깻죽지가 뜨듯해졌다.

"전……하?"

아까보다는 훨씬 상태가 나아진 약손이 요리조리 몸을 비틀어 뺐다. 약손은 이유에게 거의 안겨 있는 상태였기 때문에 어쩔 수 없이 이유의 어깨를 꼭 붙잡고 상체를 일으켜야만 했다.

"전하, 주상 전하……."

약손이 부르자 이유가 깊은 한숨을 쉬며 얼굴을 들었다.

주상 전하, 많이 놀라셨습니까? 그냥 사레가 들었던 거예요. 소인은 말짱합니다! 걱정 마세요!

원래는 장난치며 놀래어 주려 했었다. 하지만 이유의 얼굴을 보는 순간 약손은 그만 합 입을 다물고 말았다.

"전하……."

"……."

이유의 얼굴이 온통 눈물범벅이었다. 속눈썹은 흠뻑 젖은 채로 깜빡깜빡. 부풀어 오른 입술과 눈가는 잔뜩 붉어져 보는 이로 하여금 애석한 감정 일으키게 만들기 충분했다. 그 와중에도 서러운 눈물은 그칠 생각이 전혀 없어서 뚝뚝뚝 이유의 턱을 타고 흘러내렸다.

"사레 때문에…… 저는 아무렇지 않사온데……."

당황한 약손이 횡설수설 말을 늘어놓았다. 가슴과 어깨가 철썩 맞닿은 이유의 품이 몹시 뜨거웠다. 귓가에 색색 이유의 숨이 닿을 때마다 등줄기가 오싹오싹 찌릿찌릿해졌다.

감히 주상 전하의 용안龍顔을 올려다보지 마라.

함부로 주상 전하의 안정眼睛을 마주하지 마라.

절대로 주상 전하의 어수御手와 스치지 마라…….

약손이 줄줄 외웠던 온갖 법도는 거짓말처럼 싹 잊혔다.

"전하……."

"약손아……."

약손이 홀린 듯 이유의 얼굴로 손을 가져갔다.

반듯한 이마, 곧게 솟아난 코, 귀 옆으로 시원스럽게 쭉 뻗은 눈매…… 이유의 귓불은 불상의 그것처럼 크고 두툼하게 늘어졌다. 세상 복 전부 갖고 태어난 사람처럼 보였다.

참으로 잘나고 멋진 지존임이 틀림없었다. 만약 이 세상 부모들에게 사윗감으로 데려갔을 때, 두말할 것도 없이 내 딸과 혼례 올려도 좋다 허락 받아 낼 상이 있다면 바로 이유의 얼굴일 것만 같았다. 한데 그 잘생긴 얼굴이 울고 있으니 마음이 절로 쓰라렸다. 퍽 속이 상했다.

"어찌 울고 계세요, 전하……."

약손이 이유의 볼을 타고 흐르는 눈물을 제 손등으로 꾹 눌러 닦아 줬다. 약손의 손길이 닿으니 이유는 더욱 설움이 복받치는 표정이 됐다. 이유가 훌쩍 코를 들이마심과 동시에 눈가에 고였던 눈물이 후두둑 약손의 어깨로 떨어져 내렸다.

"네가 죽는 줄 알았다……. 너를 영영 못 보는 줄 알았어……."

"제가 어찌 전하를 두고 죽겠습니까. 저는 그렇게 쉽게 죽지 않습니다. 저 여약손이잖아요. 천하의 여약손이요."

"그래…… 넌 약손이지…… 내 약손이……."

약손이 이유를 안심시켰다. 하지만 이유는 그 어떤 말을 들어도 전혀 위로가 안 된다는 듯 도리도리 고개를 저을 뿐이었다. 물끄러미 약손을 바라보던 이유가 다시금 제 품에 꽉 약손을 끌어안았다. 이유 목소리에 물기가 가득했다.

"천하의 여약손. 절대로 나보다 먼저 죽어서는 안 된다. 결단코 내 허락 없이 내 곁을 떠나서는 안 돼. 알았지?"

"전하……."

이유의 목소리가 세상 그 어느 때보다 절박했다. 감히 주상 전하의 생명, 안위, 함부로 입에 놀려서는 안 된다는 사실을 잘 알았지만 약손은 저도 모르게 고개를 끄덕이며 대답했다.

"예, 전하. 소인은 절대 전하보다 먼저 죽지 않을 것이옵니다. 소인은 결코 주상 전하를 두고 떠나지 않을 것이옵니다."

"흐윽……."

"그러니 눈물을 거두세요. 뚝!"

*

"그래, 아까 뭐라 하였지? 반음반양半陰半陽의 인간이라 하였나?"

"예, 전하. 그는 여인의 외모를 지녔으나 실상 치맛자락 한 겹만 걷어 보면 남성의 양물을 가진 자라고 하옵니다."

"허…… 어찌 그런 해괴한 일이……."

약손이 사레들어 한바탕 약을 쏟고 난 이후에 어느 정도 상황이 정리되자, 이유는 언제 저가 눈물을 보였냐는 듯 동재와 아무렇지 않은 표정으로 이야기를 나누었다. 이유는 종종 침전에서도 상소문을 읽거나 업무를 봤다. 하지만 대체적으로 본인의 공적인 일은 편전에서만 처리했다.

침전에서는 주로 글씨를 쓰거나 그림을 그리거나, 독서에 열중하는 편이었다. 이도저도 아니라면 동재가 가져다준 바깥소식을 들었다.

그리고 오늘 동재가 올린 이야기 화제는 그 이름도 요상 망측한 '반음반양 사람'이었다. 반은 여자고, 반은 남자의 모습을 가진 것만으로도 놀라운데 동재의 말을 듣자면 그와 관련된 일화는 더더욱 엄청났다.

"정2품 승헌대부의 부인이 하나뿐인 외동딸을 수 잘 놓기로 유명한 여인의 집에 보냈답니다. 그 집에는 오로지 여인들만 살아서 아무 의심을 하지 않았는데, 글쎄 그 외딸이 집에 돌아온 후에 점점 배가 부르더니 열 달 후에 출산을 하였다고 합니다."

"시집도 안 간 처녀가 아기를 낳아? 하면, 수 배우러 갔던 집에 반음반양이 살았던 것이지?"

"그렇지요. 또한 삼 년 전에 시부모 잃어 절간에 시주하러 간 부인이 비구니와 동침하였는데 밤마다 그 방 안에서 음탕한 소리가 끊이질 않았다고도 합니다."

"반음반양이 계집 행세를 하며 부인을 욕보인 것이구나!"

"떠도는 풍문으로는 그러하다고 하옵니다."

"허…… 괴이한 일이로군."

여인들 사는 집에서 함께 살 부대끼며 살기, 절에 시주하러 온 부인과 동침하기, 나이 어린 순진한 소녀 찾아가서 한 이불 덮고 재미있는 놀이 하자며 꾀기…….

동재가 알려 주는 반음반양의 행실은 어찌나 문란한지 몰랐다. 동재 말만 들으면 그는 홍윤성보다도 더 악독한 호색한이었다. 적어도 홍윤성은 계집 행세하며 아녀자들 무리에 섞여 놀지는 않았다.

과연 아이들이 '계집도 아니고 사내도 아닌 것' 노래를 지어 부를 만도 했다. 뿐만 아니라 반음반양에 관해 떠도는 소문 자체가 음탕하다 보니 네가 여자인지 남자인지 사실대로 말하지 않으면 '입을 찢어 버리겠다.'고 과격하게 표현한 마음도 얼추 이해는 됐다.

하지만 그 탓에 약손은 기겁했다. 자라 보고 놀란 가슴 솥뚜껑 보고 놀란다고, 아까 명이가 부르는 노래를 듣고는 기절초풍했다. 마시던 약 다 뿜을 정도로 사레 걸렸던 것도 다 '계집도 아니고 사내도 아닌 것' 노래 때문이었다.

약손은 그 노래를 듣는 순간, 사내도 아닌 주제에 사내 노릇하는 자신을 지칭하는 줄만 알았더랬다. 특히 '사실을 말하지 않으면 입을 찢는다.'는 구절은 다시 생각해도 오싹 소름이 끼쳤다.

남자든 여자든 이실직고 안 하면 입을 찢는다니, 상상만으로도 입이 아파 왔다.

이렇게 입 병신이 될 수는 없었다. 약손은 조용히 손으로 제 입을 감싸며 자리에서 일어났다. 이유가 동재와 '반음반양 사람'에 대해 정신없이 논하고 있을 때 소리 없이 자리를 떠날 생각이었다. 한 걸음 한 걸음 최대한 발소리 죽여 가며 침전을 나가려는데, 그 순간!

"여약손, 어디에 가?"

눈치 하나는 귀신같이 빠른 이유가 약손을 불러 세웠다. 약손이 헙! 깜짝 놀라서 딸꾹질을 내뱉었다. 이유가 가만히 약손을 응시했다.

"내가 그만 물러가도 좋다는 윤허 내리지도 않았는데, 어딜 가냐고?"

"그, 그것이……."

약손을 바라보는 이유의 눈길이 삐딱했다.

평소에는 퍽 다정하고 약손이 너 하고 싶은 건 다 하렴. 먹고 싶은 거 다 먹으렴. 제법 져 주는 것 같아 보여도 주상 전하가 괜히 주상 전하는 아니었다. 한평생 주변 사람들이 비위 맞춰 주고 어화둥둥 해주며 자란 버릇은 당최 속일 수가 없었다. 조금만 제 맘에 안 들고 수틀리면 삐죽해진 심사가 그대로 드러났다. 그 말인즉, 이유 같은 사람들은 한번 삐딱선 타기 시작하면 대책 없다는 말이었다.

약손은 하하하 어색하게 웃다가 다시 냉큼 자리에 앉았다.

"배, 배, 배가 아파 가지고 변소에나 다녀올까 했는데……. 아닙니다. 다시 생각해 보니까 배 하나도 안 아파요."

"어디에 가면 간다고 말을 한 후에, 내 허락을 받고 자리를 뜨라고. 알겠어?"

"……네."

약손은 어쩔 수 없이 다시금 방석에 엉덩이를 붙이고 앉아 '반음반양 사람' 이야기를 경청했다. 그래서 그가 계집이란 말이냐? 사내란 말이냐? 동재, 네 생각은 어떠한데?

이유와 동재의 토론이 깊어지면 질수록 약손의 속마음은 한없이 불편해졌다. 아주 가시방석이 따로 없었다.

약손이 터덜터덜 몹시 피곤한 걸음으로 숙사를 걸어왔다.

'멀쩡한 사내 양물 달고 계집 행세를 하다니.'

'내 비록 그를 실제로 본 적은 없지만, 반반한 얼굴 하나 믿고 아녀자들 홀리는 놈이 틀림없으렷다!'

'그런 자는 입을 찢다 뿐이겠느냐? 남녀 분별해야 할 기강을 흩트렸으니 사지를 찢어 다스려도 부족하다!'

반음반양 사람에 대해 열변 토하던 이유의 목소리가 자꾸만 생각났다. 분명 저한테 하는 말이 아닌데도 저절로 어깨가 움츠러들고 손가락이 달달 떨릴 정도였다. 따지고 보면 사내 양물 달고 계집인 척하는 반음반양이나, 계집인데도 사내 노릇하는 약손이나 하등 다를 바가 없었다. 만약 이유가 약손의 정체를 알게 된다면 그 즉시 혀 뽑아 잘라 버리고, 사지 절단해 내버릴 것이 분명했다.

절대로 주상 전하께 내가 여인이라는 사실을 들켜서는 안 돼…….

약손은 다시금 저의 정체를 꽁꽁 숨겨야겠다는 굳은 다짐을 했다. 이런저런 생각하다 보니 벌써 삼숙사 마당에 다다랐다.

"복금아, 나 왔어!"

저 왔다는 기척을 알리며 마루로 올라가는데, 때마침 복금이 방 안에서 커다란 이불 뭉치를 들고 나왔다. 뭐야? 갑자기 이불을 왜 들고 나와? 이 밤중에 빨래하려고?

약손이 눈을 동그랗게 뜨자 복금이 도리도리 고개를 저었다.

"아니. 오늘부터는 옆방에서 자려고 해."

"……옆방?"

약손이 그게 무슨 뚱딴지같은 소리냐는 듯 고개를 쑥 빼들었다. 약손과 복금이 함께 사는 삼숙사에는 두 개의 방이 존재했다. 삼숙사가 오랫동안 비워져 있는 바람에, 방 하나는 거의 창고처럼 변해서 도무지 사람이 사용할 수가 없는 지경에 이르렀다.

한데 며칠 전에 무슨 바람이 불었는지 선공감(繕工監: 토목과 영선에 관한 일을 관장하기 위해 설치했던 관서)에서 목수와 석수들을 불러다가 대대적으로 궁궐을 수리했다. 비바람에 닳은 전각을 바로잡고 문루를 고쳤다. 후원의 풀을 깨끗하게 깎았다. 한동안 궁궐에 뚝딱뚝딱 망치 소리가 끊이질 않을 정도였다.

물론 약손은 궁궐 공사를 한다 한들 저와는 별로 상관없는 일이라고 여겼다. 그런데 생각지도 못하게 보수 공사 영역에 약손과 복금이 사는 삼숙사가 포함됐다.

이래서 사람은 오래 살고 볼 일이랬나? 금방이라도 귀신 나올 듯 으스스했던 삼숙사는 몰라보게 단장하는 영화를 누리게 됐다. 다 썩어 가는 목간 자재들이 새나무로 교체됐고, 맨날 돌가루 우수수 떨어지던 계단도 번듯해졌다. 한여름에도 등골 시리게 만들었던 냉 바닥에는 뜨듯한 구들이 아낌없이 깔렸다. 뿐만 아니라 솜씨 좋은 석수가 교태전에 쓰고 남은 돌기와를 엮어서 조그만 돌담도 만들어 줬다. 장인의 손길을 타서 그러한가? 어느 대가님 댁 꽃담이 부럽지 않을 정도였다.

구들도 깔렸겠다, 찬바람 숭숭 들어오던 낡은 문도 없어졌겠다. 문살에는 외풍 막아 주는 창호지도 두 겹, 세 겹 두껍게 발렸다. 그리고 복금은 당연한 수순처럼 독립을 선언했다.

"오늘부터 난 다른 방을 쓸게."

"뭐야. 나한테는 한마디 말도 없이……."

"나도 좀 전에서야 짐 옮기기 시작했어. 그리고 바로 옆방이잖아."

"그래도……."

약손의 얼굴이 울적해졌다. 여태까지 둘이서 화목하게 잘 살아 놓고 이제 와서 갑자기 각방을 쓰자니. 약손이 방 안에 들어가 봤다. 복금의 짐은 거의 빠져서 방 안이 휑했다.

자고로 사람 든 자리는 몰라도 난 자리는 아는 법이라 했는데…….

약손이 뜨듯한 아랫목에 엉덩이를 붙이고 앉았다. 복금 없는 널찍한 방 안을 휙휙 둘러봤다. 복금이가 없으니까 마음 한편이 몹시 외롭고 추워……질 줄 알았는데…….

"방 진짜 넓어! 이제 나 혼자 살아도 된단 말이지? 이 방을 나 혼자 오롯이 써도 된단 말이지? 이 방이 이젠 내 거란 말이지?"

까르르 까르르 웃음이 절로 나왔다.

복금이 몰래 종아리 씻던 날들이여, 안녕!

행여나 복금에게 들킬까 마음 졸여 가며 옷 갈아입던 날들도 안녕!

잔뜩 신난 약손이 방 끝에서부터 반대쪽 끝까지 데굴데굴 굴러다녔다. 약손은 이불 널찍하게 깔고 혼자서 마음껏 굴러다니며 자유롭게 숙면을 취했다. 새 구들 효능이 어찌나 좋은지 어디에 등을 대도 따뜻했다. 잠은 솔솔 절로 몰려왔다. 차가운 방바닥에서 어떻게 한겨울 보내나 걱정했는데 이런 행운이 찾아올 줄이야!

다들 삼숙사에 귀신 나온다고 무시했었지? 괜히 오싹오싹 소름 돋는다면서 걸음 하지 않으려 했지? 에라이, 요놈들아! 삼숙사가 이렇게 새 단장을 했단다! 주상 전하 침전이 안 부럽단다! 역시 나는 재수가 좋아! 하늘님은 내 편이야!

약손은 잠든 와중에도 저의 복된 운세를 만끽하며 잠꼬대하듯 실실 웃음을 터뜨렸다. 심지어 곁에서 눈치 볼 복금도 없으니까 거리낄 것이 없어졌다. 손을 배 안에 넣고 벅벅 긁었다. 잠결에도 배싯배싯 웃음이 나왔다.

약손이 포근한 홑청 이불 속, 모래에 파묻힌 병아리처럼 고개를 처박았다. 다시금 쿨쿨 코를 골며 잠을 청하려는데, 그때 갑자기 뒷골이 당겼다. 누가 잡아채기라도 한 것처럼 뒤통수가 뻐근했다.

아무리 둔한 사람이라도 갑자기 불길하거나 위험한 기운을 감지할 때가 있다더니만, 약손은 지금 이 순간이 그러했다. 거짓말처럼 잠기운이 싹 달아났다. 복금은 옆방에서 잠이 들었고, 분명 이 방 안에는 저 혼자뿐인데 약손은 본인 외의 또 다른 사람의 기척을 느꼈다.

"……."

약손이 번쩍 눈을 떴다.

어둠 속에서 보이는 웬 사람의 그림자.

"으아아앗……!"

저도 모르게 비명부터 나왔다. 숙사가 떠나가라 고함을 치려는데, 목소리가 새어 나가기도 전에 턱 입이 막혔다. 커다란 손바닥 하나가 약손의 입을 꾹 눌렀다.

누, 누, 누, 누구냐! 넌!

분명 약손에게 상약을 알리러 온 내시는 절대 아니었다. 명이의 손이 이렇게 크고 단단할 리가 없었다.

약손이 읍읍 막힌 소리를 냈다. 그때 약손의 입을 가린 그림자가 낮은 목소리로 말했다.

"……나다."

"?"

약손의 눈이 크게 떠졌다. 비록 '나다.' 딱 한마디였지만 몹시도 익숙한 목소리. 일단 저를 위험하게 하는 사람이 아니라는 걸 알고 나니까 잔뜩 긴장했던 약손의 몸에서 힘이 쭉 빠졌다. 그와 함께 약손의 입을 가린 커다란 손도 치워졌다.

약손이 '하아…….' 안도의 숨을 내쉬었다. 난 또 삼숙사에서 목매달아 죽은 귀신이 나타난 줄 알았네…….

약손이 제 가슴을 쓸었다.

"주상 전하, 이 밤중에 제 처소엔 어쩐 일로 오셨어요?"

*

깊은 밤, 굳게 닫힌 궁문이 열렸다.

완전히 젖히지는 않고 사람 통행이 가능할 정도의 틈만 벌어졌다. 이유가 제일 먼저 문을 빠져나갔다. 약손은 제대로 앞을 못 보고 걷다가 문짝에 퍽 어깨를 부딪쳐 휘청거렸다. 제길! 제 잘못인 줄 알지만 욕이 절로 나왔다.

대체 이게 무슨 자다가 봉창 두드리는 짓거리인지 모를 일이었다. 한밤중에 주상 전하가 찾아와서 놀랐는데, 갑자기 갈 데가 있다며 제 손을 잡아끌었다. 겉옷만 겨우 걸치고 길을 따라나섰다.

야밤의 외출이라니. 주상 전하께서 잠행 중이라는 사실은 대충 눈치로 때려잡았다. 하지만 잠행이든 행차든 약손에게는 별로 중요하지 않았다. 뜨거운 방바닥에 등 지지며 잘 자고 있었는데, 왜 맥없이 깨워서 남의 숙면을 방해하느냔 말이다! 그리고 무슨 잠행에 상약 생도를 동행해? 그런 법이 있긴 한 거야? 약손의 얼굴이 두꺼비처럼 퉁퉁 부어올랐다.

"대체 어디를 가시는 건데요?"

약손이 길게 늘어진 소매를 둘둘 접으며 물었다. 애초에 약손에게 맞추고 재단하지 않은 의관은 품이 무척 컸다. 나름 상의원에서 제일 작은 크기의 저고리와 바지를 골라 왔는데도 그랬다. 밥 먹는 꼴만 보면 조선 제일의 꺽다리가 되도 부족할 것 같은데, 대체 남들 자랄 때 뭘 한 건지. 연생이가 따로 없었다. 어른 옷 크게 맞춰 입은 어린애 같았다. 약손이 바닥에 질질 끌리는 도포를 정리하면서 쉼 없이 불평불만을 쏟아 냈다.

내가 전생에 무슨 죄를 지어서 이 고생을 하는가? 상약 생도 일이 얼마나 바쁜데. 보기엔 한가해 보여도 빈청과 침전 오가는 게 어디 보통 일인 줄 아는가? 똥 누다가도 약 마시러 오라 부르면 중간에 끊고 달려가야 하는 고된 일이다. 녹봉은 쥐꼬리만큼 주는 주제에 밤낮없이 부려 먹네…….

저, 저, 방정맞은 주둥이 같으니! 단잠 깨운 게 그토록 억울한가? 잔소리가 끝이 없으니 입 좀 다물게 해야 할 것 같았다. 앞장서서 걷던 이유가 우뚝 자리에 멈춰 섰다. 그러곤 허리에 차고 온 주머니를 뒤졌다. 육모 주름을 솜씨 좋게 쭉쭉 펴니까 그 안에서 단 냄새가 훅 끼쳤다. 고소하고 맛있는 냄새. 개코 약손이 제일 먼저 알아차렸다.

"아니, 이 냄새는……?"

"너 때문에 미복잠행(微服潛行: 왕이 민생을 살피기 위해 평상복 차림으로 다니던 일) 다 들통 나겠다. 이거 다 먹을 때까지 입 열지 마라. 알겠느냐?"

이유가 백자편(栢子片: 잣에 엿물을 부어 굳힌 과자)을 약손 입안에 쑤셔 넣었다. 원래는 먹든지 말든지 저 시끄러운 입이나 다물게 하자는 마음이었는데, 약손이 요령 있게 '아!' 입을 쩍 벌려서 받아먹는 바람에 본의 아니게 다정히 먹여 준 꼴이 되고 말았다.

갱엿 하나 물려주니 약손은 언제 불만 가득했냐는 듯 싱글벙글 웃었다. 하는 것 없이 엿 고물이랑 콩고물 받아먹는 일이 세상에서 제일 보람차! 개코로 가늠하건데, 주상 전하 줌치 안에는 아직도 백자편이 가득했다. 저거 다 내가 먹어야지! 약손은 세상 둘도 없이 충성스러운 강아지처럼 이유의 뒤를 졸졸 쫓았다.

"잠행하실 땐 항상 저를 불러 주세요. 상약 여약손. 비가 오나 눈이 오나, 주상 전하의 뒤를 따를 것이옵니다."

"참말이냐?"

"그럼요! 맹세를 할 수도 있어요!"

백자편에 눈이 먼 약손은 일말의 망설임도 없이 이유에게 맹세를 남발했다. 이래서 주모들이 바람보다 가볍고 달보다 변덕스러운 사내들 맹세는 믿지 말라고 했나 보다. 약손도 사내 행세하기는 매한가지였으니까 그 맹세 또한 부질없었다. 약손은 저가 지금 이유를 따라 어디를 가는지 조금도 짐작하지 못한 채 마냥 즐거워했다.

"저, 저, 저, 전하…… 이, 이, 이곳은…… 이곳은……."

약손이 슬금슬금 뒤로 물러났다. 그래도 이곳에서 저가 믿고 비빌 언덕은 주상 전하뿐이었다. 이유의 드넓은 어깨 뒤로 쏙 몸을 숨겼다. 기가 죽어서 고개는 들지도 못했다. 이유의 소맷귀를 저의 마지막 생명줄이라도 되는 듯 바짝 쥐었다.

그렇다. 이 세상에 무서운 것 별로 없는 약손을 잔뜩 겁에 질리게 만든 곳. 숨도 제대로 못 쉴 만큼 쭈구리로 만들어 버린 자리. 이유가 굳이 이 새벽에 잠행 나온 장소는 다름 아닌 사헌부였다.

"괜찮아. 내 잠시 볼일이 있어서 온 것이니 그리 겁먹을 것 없다. 너는 그냥 내 옆에 서 있으면 돼."

"하, 하지만……."

그리 겁먹을 것 없다구요? 그냥 서 있기만 하면 된다구요? 참으로 말은 쉽게 하시네요. 주상 전하가 거꾸로 내 입장되어 보라지?

사헌부가 무엇이던가. 사헌부는 의금부와 형조, 한성부 등과 함께 조선의 대표적인 사법 기관이었다. 이들은 모두 기본적으로 왕명을 받들고 죄인을 추포하는 자정의 역할을 수행한다는 공통점이 있었다. 하지만 특히 의금부와 사헌부는 보통 사람들은 함부로 우러러볼 수조차 없을 만큼 삼엄하기로 유명했다.

의금부가 주로 왕명에 따라 신료들의 중죄를 다스리는 친위대 역할이라면, 사헌부는 신료들은 물론이고 왕의 잘못조차 스스럼없이 감찰하고 지적했다. 만약 왕이 스스로의 잘못을 바로잡지 않으면 정청(庭請: 왕에게 큰일을 아뢰고 시위하며 기다리는 일)도 불사했다.

의금부가 더 무섭냐, 사헌부가 더 무섭냐, 약손에게 이따위 말

장난은 아무 의미 없었다. 둘 다 호랑이만큼 무서웠고, 돌림병만큼 두려웠다. 육조(六曹: 여섯 개의 중앙 관서. 이조·호조·예조·병조·형조·공조를 지칭한다.) 거리를 지나갈 때 아무도 보는 사람이 없어도 절로 고개가 숙여지고 움츠러드는 이치였다.

나는 허리에 칼 찬 관리들이 제일 무섭고 싫은데…….

약손이 울상을 지었다. 너무 벌벌 떠니까 보다 못한 이유가 약손을 달랬다. 줌치를 뒤져서 아까 먹다 남은 백자편 몇 개를 손에 쥐여 줬다.

"이거 먹으렴."

"히잉……."

죽는소리를 내면서도 엿 받아 드는 모습은 왜 이렇게 웃긴지.

예고 없이 찾아온 주상 전하 방문에 대사헌이 빠른 걸음으로 집무실 안으로 들어왔다.

지존을 기다리게 해서 무척 송구스럽다는 표정이었지만 온몸에서는 권력의 눈치를 보지 않는 특유의 대쪽 같은 분위기가 뚝뚝 흘러내렸다. 과연, 임금조차 두려워하지 않는 사헌부의 수장다운 모습이로다.

약손을 제 등 뒤에 세운 이유가 어깨를 쫙 폈다. 주상 전하 용안에 순식간에 근엄한 기운이 깃들었다.

"전하, 이 시각에 어인 일로 상대(霜臺: 사헌부의 다른 말)에 걸음 하셨나이까?"

대사헌이 고개 숙여 예를 취했다. 가장 상석에 자리한 이유가 턱을 들어 대사헌을 바라봤다. 이유가 손끝으로 톡톡 화리목花梨木 탁자를 두드렸다.

"별 건 아니고, 요즘 사헌부에서 아주 재미난 죄인을 심문 중이라 들었네."

"……예?"

"한양에 소문이 자자하더군. 계집도 아니고 사내도 아닌 것이 사헌부에 있다고."

무슨 말인 줄 몰라 의아해하던 대사헌이 그제야 '아…….' 깨달은 표정이 됐다. 세월 흐르면 흐를수록 진면목을 발휘한다는 화리목 결을 쓰다듬는 이유의 입꼬리가 씩 올라갔다.

"반음반양 사람을 데려와 보거라. 그가 계집인지, 사내인지 과인이 직접 보고 판단할 것이야!"

이유가 계서(計書: 보고하는 글과 문서)를 살폈다. 세간 사람들이 이러쿵저러쿵 떠드는 풍문 따위가 아니라, 사헌부 장령(掌令: 사헌부에 속한 종사품 벼슬)이 직접 조사한 사실 관계가 요목조목 정리돼 있었다.

계서에 의하면 반음반양 사람이 잡혀 온 계기는 이러했다.

한양에서 알아주는 세도가 집안에 시집 온 이조이(召史: 양인의 아내나 과부를 일컫는 말. 흔히 성 밑에 붙여 부른다. 본문에서는 '소사'라 읽지 않고 이두문의 체계를 따른다.)가 있다.

남편 잃은 이조이의 유일한 낙은 자수 놓기다. 전국에서 솜씨 알아주는 여인들은 전부 스승으로 데려와 수놓기를 배웠는데, 그 중 한 사람이 바로 반음반양 사람이었다. 반음반양 사람은 곧 이조이의 총애를 독차지하게 됐다. 하루도 빠짐없이 이조이 안방에 들어가 열락을 즐겼다. 이조이 역시 반음반양 사람에게 끼니마다 쌀밥을 주었고, 고운 비단옷 입히며 아낌없는 연정을 베풀었다. 둘의 정분이 어찌나 애틋한지 이조이는 반음반양 사람과 잠시도 떨어지지 않으려 했다.

보다 못한 시댁에서는 순진한 며느리를 유혹하고 동성同姓과 통정하게 만든 반음반양 사람의 죄를 묻고자 그를 고발하였다.

작일昨日, 반음반양 사람은 모든 죄를 시인하였다…….

확실히 계서에는 동재가 알려 준 자극적인 풍문은 거의 없었다. 그저 반음반양 사람이 사헌부에 잡혀 오게 된 사정만 자세하게 적혀 있었다. 그래도 충격적이기는 매한가지였다. 수 가르쳐 주는 스승인 척하면서 순진한 과부를 꾀이다니. 몹쓸 인간임이 틀림없었다.

곧 청문이 열렸다. 왼쪽 팔과 오른쪽 팔을 나졸에게 제압당한 여인이 한 명 걸어 들어왔다.

저이가 바로 그 유명한 반음반양 사람이렷다?

아무리 죄인이라 하지만 감히 지존께 고신拷訊당한 흔적을 그대로 드러낼 수는 없을 터. 나름 멀끔한 의복으로 갈아입히기는 했는데 그간 겪은 고생 때문인지 걷다가 맥이 빠진 듯 휘청거렸다. 반음반양 사람이 바닥에 무릎을 꿇고 앉았다.

내내 이유 등 뒤에 숨어 있던 약손이지만 반음반양 사람이 들어오니까 계속 모른 척할 수만은 없었다. 세상에 어지자지(남자와 여자의 생식기를 한 몸에 겸하여 가진 사람이나 동물) 실제로 보는 경우가 어디 흔한 일이던가? 호기심이 절로 일어났다.

약손은 저도 모르게 이유 등 옆으로 빼꼼 고개를 내밀었다. 보이는 거라고는 까만 정수리뿐이라서 좀 아쉬웠다. 이유 또한 같은 마음이었는지 '고개를 들라.' 낮게 명령했다.

반음반양 사람은 잠깐 망설이다가 이내 살포시 턱을 들었다. 하지만 얼굴이 완전히 보이려면 아직도 한참 멀었다.

"좀 더! 더 들어보거라!"

이유가 명령했다.

약손이 가만가만 죄인의 행색을 살폈다. 손목에 둘둘 감긴 쇠밧줄 때문에 손등에 쇳독이 올라서 온통 시커멓게 변해 있었다.

쉿독 오르면 엄청 간지럽고, 살이 부르터서 아플 텐데……. 약손이 몸서리쳤다.

그때, 반음반양 사람이 불현듯 번쩍 고개를 들었다. 문 열고 들어올 때만 해도 힘 다 빠진 것처럼 휘청거렸고, 내내 고개를 푹 숙이고 있어서 몰랐는데 이제 보니까 반음반양 사람의 눈빛. 사헌부의 서릿발 같은 엄숙함에 전혀 주눅 들지 않고 도리어 호기豪氣를 내뿜고 있었다.

반음반양 사람이 하얗게 마른 입술을 움직여 말문을 열었다.

"장령이 이르길, 지금 이 순간 뵙는 분의 신분이 이루 말할 수 없이 드높으니 고개도 들지 말고 눈도 마주치지 말라 당부하였습니다. 하나 신분 높으신 분께서 자꾸만 고개를 들라 채근하시니 어쩔 수 없이 얼굴을 들어 마주합니다."

당돌한 목소리였다. 시립해 있던 장령이 '네 이놈! 무엄하다!' 소리쳤다. 하지만 반음반양 사람은 그래 봤자 너는 나랑 대거리할 깜냥도 안 된다는 듯 도리어 픽 웃기만 했다.

"네 이놈이 아니라, 네 이년입니다."

감히 주상 전하 앞에 두고도 한 치의 두려움도 없는 기색이라. 세상에 뭐 저런 강심장이 다 있지? 약손이 단언하건대 반음반양 사람. 양성구유 자. 어지자지.

그는 보통이 아니었다. 강적強敵이 분명했다.

예상외의 반응에 이유 또한 흥미가 돋았다.

"그래, 나와 대면한 죄는 따로 묻지 않으마. 하여, 네 이름은 무엇이냐? 반음반양이 본명은 아닐 터."

계속 반음반양이라고만 불러 대서 여태 죄인의 이름조차 알지 못했다. 하문 받은 반음반양 사람이 문득 이유 앞에 놓인 찻잔을 바라봤다.

"목이 멥니다. 역시 악명 높은 사헌부라, 장령은 죄인에게 물 한 잔 주지 않고 고신을 하더이다. 갈증부터 해결한 뒤에 답해드려도 되겠습니까?"

"허……."

정말이지 반음반양 사람은 기가 막힐 정도로 무서움이 없었다. 이유가 어디 너 하고 싶은 짓 다 해보라는 듯 휘휘 손을 저었다. 마시라는 뜻이었다. 곁에서 칼을 넣었다가, 뺐다가 수없이 반복하던 장령이 어쩔 수 없이 반음반양 사람에게 물을 줬다. 고신 중에 물 한 모금 주지 않았다는 말은 사실이었는지, 반음반양 사람은 대접에 있던 물을 숨도 쉬지 않고 비워 냈다.

"하아……."

충분히 목축인 반음반양 사람이 명쾌한 한숨을 토해 냈다.

"이 비천한 죄인의 이름은……."

과연 반음반양 사람의 이름은 무엇일까? 혜인, 단희, 향란, 정희, 순애 여자 이름일까? 아니면 명호, 혁수, 삼석, 돌쇠, 정우 남자 이름일까? 어쩌면 공평하게도 '단희돌쇠' 혹은 '순애정우'처럼 여남 두 가지 이름을 동시에 사용할 수도 있었다.

고작 이름 석 자가 뭐 대수라고 이렇게 궁금한지? 약손이 쫑긋 귀를 세웠다. 이윽고 반음반양 사람이 말했다.

"제 이름은……."

"……."

"사방지라 하옵니다."

*

만약 반음반양 사람이 떠도는 소문처럼 색만 밝히는 호색한이었다면 어땠을까? 동재가 말한 대로 머릿속 텅텅 빈 백치였다면 어땠을까?

하지만 약손과 이유가 실제로 만난 반음반양 사람은 무척이나 박식했다. 공자 왈 어쩌고저쩌고 떠드는 꼴을 보니 적어도 개성 석경開成石經은 뗐다. 그저 어디서 대충 주워들은 풍월이 아니었다. 그 사실을 어떻게 알았느냐 하면 사방지, 그는 이유가 퍼붓는 질문에 하나도 당황하는 일 없이 자신의 주장을 조리 있게 펼쳤다. 심지어 대화를 주도해 나갔다.

예상 외로 배짱 두둑한 모습이었다. 이유가 단도직입적으로 물었다.

"너는 남자냐? 여자냐?"

"계서 읽으신 그대로입니다. 소인은 양물과 음부를 모두 갖고 있습니다. 음부를 짚어 본 내의녀는 소인을 여인이라 칭하였습니다. 또한 양물을 쥐어 본 내시는 사내가 틀림없다 하였습니다. 하오면 어르신, 신분이 이루 말할 수 없이 드높다 하셨지요? 높은 신분만큼 만물 이치 또한 통달하셨을 테니 여쭈옵니다. 고매한 식견으로 비추어 볼 때 소인은 무엇이겠습니까? 여인이겠습니까? 사내이겠습니까?"

사방지가 되물었다. 감히 주상 전하께 먼저 질문 던진 방자한 죄인이라 당장 주리를 틀어 마땅했다. 하지만 지금은 그게 중요한 게 아니었다. 사방지를 조사했던 장령, 대사헌조차 아직까지 그의 성별을 확실히 구분 짓지 못했다.

사방지의 버릇없음이야 나중에 처벌하면 될 일이었다. 과연 사방지를 여인으로 칭해야 할까, 남성으로 칭해야 할까? 집무실 안에 모인 사람들 모두가 내심 이유의 판단을 기다렸다.

이유가 찬찬히 사방지를 살폈다.

사방지는 머리카락을 반으로 갈라 빗어 쪽을 졌다. 쪽에는 나무 비녀를 꽂았다. 눈썹은 갈매기 모양으로 휘었고, 턱 밑에는 사내라면 응당 가지고 있어야 할 수염이 하나도 없었다. 수염이 다 무엇이랴. 실 면도를 꾸준히 했는지 해쓱한 얼굴은 이 와중에도 결이 좋아 보였다. 결정적으로 사방지는 남성 죄수복이 아니라 여성 죄수복을 입고 있었다. 무명으로 만든 저고리와 치마. 저 고운 얼굴에 남성 의복을 걸친 모습은 잘 상상할 수 없었다.

이유가 대답을 내놨다.

"저고리 걸치고 치마 둘렀으니까 계집이다."

주상 전하께서 사방지를 계집이라 칭하셨노라! 무거운 숙제 하나가 덜어졌다. 장령들은 앞으로 사방지를 무조건 여인으로 대하기로 마음먹었다. 하지만 정작 올바른 성별 갖게 된 당사자인 사방지의 얼굴은 밝지 않았다. 사방지가 픽 가벼운 한숨을 내쉬었다.

"치마를 입었으니 계집이다……. 여성과 남성을 그토록 쉽게 나눌 수 있습니까? 하면 이제 제가 가진 남근은 어떡합니까?"

"그건……."

"치마를 두르든 바지를 입든 성별과 아무 상관없습니다. 복식은 그저 세상 사람들이 저들 간편하기 위해 정해 놓은 문화에 불과하니까요."

사방지가 아주 단호한 목소리로 대답했다. 이유는 잠깐 할 말을 잃었지만 곧 침착하게 말을 이었다.

"그래서 남녀가 순리대로 사는 음양陰陽의 이치를 어지럽히고 조화를 깼더냐? 그런 얕은수로 네가 저지른 죄는 결코 없어지지 않는다. 이 세상에는 사람이라면 반드시 지켜야 할 도리가 있어!"

"음양의 이치……. 그건 또 누가 만든 얘기지요?"

"누가 만들다니! 음양오행설은 은대殷代, 고구려, 백제 본기에서도 찾아볼 수 있는 학설이다. 세상 만물은 본래 위와 아래, 높고 낮음, 남자와 여자로 나뉘어져 서로 조화롭게 살아가는……."

"하오면 소인이 묻겠습니다. 본래 위와 아래가 조화롭다면, 어찌 양반은 한평생 부족함 하나 없이 평온하게 삽니까? 어찌 노비는 한평생 소처럼 일만 하다가 늙어 죽습니까? 이토록 불공평한 처사를 정녕 조화로운 이치라 말할 수 있습니까? 여남의 일은 더 그렇습니다. 음양이 조화롭게 만나 한 지붕 아래 모여 사는데도 그 실상 자세히 살펴보면 복마전이 따로 없습니다. 사정파의(事情罷議: 조선시대 상민 계급에서 행하던 이혼 방법의 한 가지. 합의 이혼)하면 다행입니다. 오작인(仵作人: 수령이 시체를 임검할 때에 시체를 검시하던 하인)들 불러다 물어보십시오. 여성 시체가 왜 나오는지. 그들 대다수가 남편에게 맞아 죽었다면 믿으시겠습니까? 음양의 이치대로 여남 짝 맞춰 살면 천년만년 무탈해야 하지 않습니까? 한데 세상에는 어찌 이토록 비극적인 일이 만연합니까?"

"너, 그런 불순한 마음으로 계집 행세하며 순진한 여인네들 꾄 것이지?"

"사내들은 하루가 멀다 하게 기방 드나들고, 기생 치마 들치고, 하다못해 논다니(웃음과 몸을 파는 여자) 불러다 술 마십니다. 저 또한 즐거움과 열락을 아는 몸인데, 그리하면 뭐 안 되는 법이라도 있습니까? 그리고 입은 삐뚤어졌어도 말은 바로 하십시오. 순진한 여인들을 꾀다니요. 다들 자발적 의지 갖고 저와 운우지정을 나눈 것입니다. 여인들을 꾀면 꾀어집니까? 어떻게요? 무엇으로요? 화려한 비단으로? 값비싼 노리개로? 그들은 그리 쉬운 존재가 아닙니다. 단순하지 않습니다. 다들 인격이 있고 주체적인 생각을 할 줄 압니다. 우리 모두는 최선을 다해 사랑했을 뿐입니다. 각자의 마음에 따라, 본능에 따라. 하나 그것이 죄라면…… 어쩔 수 없지요. 소인을 죽이십시오."

사방지는 거침없이 제 의견을 주장했다. 이유 등 뒤에 숨어 있던 약손, 웬만한 일에는 절대 동요하지 않는 동재는 물론이고 집무실 안에 모여 있던 대사헌, 장령들 또한 기함할 정도였다.

이유가 누구이던가. 이유는 학식 풍부하기로 유명한 집현전 학자들과 경연할 때도 틈을 보이지 않는 달변가였다. 성삼문과의 문답에서조차 단 한 번도 기가 눌린 적이 없었다. 그런데 이유는 천한 괴물, 음탕한 호색한이라고 소문난 반음반양 사람 주장에 완전히 압도됐다.

비죽, 이유의 입술 끝이 비틀렸다.

"요망한 혀끝, 잘도 놀리는구나. 좋다. 네 죄를 이실직고 자백하였으니 원하는 대로 해주마. 네놈, 아니 네년의 세 치 혀부터 잘라 본을 보이겠노라."

말 끝나기가 무서웠다. 장령이 사방지의 양팔을 붙잡았다. 그러고는 얼굴을 들어 강제로 입을 벌리게 했다. 덕분에 약손은 이유 따라 잠행 나왔다가 졸지에 눈앞에서 단설형斷舌刑을 목격하게 생겼다. 약손이 얼른 이유의 얼굴을 쳐다봤다. 이유의 표정에는 그 어떤 동요도 찾아볼 수 없었다.

세상에, 이를 어떡하지? 한밤중에 피 보게 생겼다. 감히 생도 따위가 나서서 죄인을 편들 수도 없는데, 사방지의 말을 들어 보니 전혀 틀린 말도 아니고. 이렇게 쉽게 사람의 혀를 잘라도 되는 거야? 약손은 이러지도 못하고 저러지도 못하고 그저 발만 동동 굴렀다.

어느새 장령이 가위를 가져왔다. 철컥철컥 날 부딪치는 소리가 끔찍했다. 혀를 길게 뺀 사방지는 담담한 얼굴로 눈을 감을 뿐이었다.

그때였다.

"안 돼!"

외마디 비명 소리가 들렸다. 벌컥, 집무실 문이 열리더니 한 여자가 뛰어들어 왔다.

저건 또 뭐야? 제 허락도 없이 쳐들어온 불청객 때문에 이유의 심기가 불편해졌다. 장령이 여자를 막으려 했다. 하지만 대사헌이 손을 들어 저지했다. 대사헌 얼굴에 낭패의 기색이 떠올랐다.

"저 여인은 누구인가?"

이유가 묻자 대사헌이 고개 숙여 대답했다.

"송구하옵니다, 주상 전하. 저 여인은…… 우의정 이순지의 고명딸 이청이라 하옵니다."

"……이청?"

이유가 기억을 더듬었다. 이순지라 함은 선왕 때부터 총명하기로 유명한 학자였다. 이유가 알기로는 장영실, 이천 등과 함께 혼천의(渾天儀: 천체의 운행과 그 위치를 측정하던 천문 관측기), 간의(簡儀: 혼천의를 간략하게 만든 천문기기), 자격루 제작에 참여했다. 뿐만 아니라 칠정산(七政算: 우리나라 최초의 역법)을 편찬한 인재 중의 인재였다.

아주 오래전, 선왕의 탄신일 날 이순지의 일가가 궁으로 초대된 적이 있었는데, 그때 데려온 네 명의 아들과 막내로 태어난 계집애가 있었다. 그때만 해도 계집애가 막 아장아장 걷기 시작했던 때라 사람들의 귀여움을 독차지해서 기억이 났다.

그 딸이 시집갔다가 3년 만에 남편과 사별했다는 얘기를 듣긴 들었는데, 설마…… 설마 그 딸이 사방지와 정분난 소문 속 그 여인이란 말인가? 사방지를 총애하여 쌀밥 주야장천 먹이고 제 몸처럼 아껴 줬다는 이조이……?

이유가 도무지 믿을 수가 없다는 듯 눈을 크게 떴다. 대사헌이 가만히 고개를 끄덕였다.

"예……. 주상 전하의 짐작이 맞사옵니다."

"허……."

한숨이 절로 나왔다. 세상 참 오래 살고 볼 일이었다. 아장아장 걷던 그 계집애가 어느덧 자라 시집을 가고, 남편을 여의고, 반음반양 사람과 풍문에 휩싸이고……. 이유는 한동안 충격에서 헤어 나오질 못했다. 그런 주상 전하의 속마음을 아는지 모르는지 소문 속 주인공 이조이, 아니 이청이 이유 앞에 납작 머리를 대고 엎드렸다.

"주상 전하! 제발 사방지를 살려 주십시오! 우리 사방지는 아무 잘못이 없습니다! 잘못이 있다면 남편 여의고 외로움에 신음하던 이년이 색욕을 못 참고 사방지를 유혹한 잘못이옵니다. 사방지가 무슨 힘이 있겠습니까? 제가 오라 하면 오고, 가라 하면 가고……. 그저 제가 시키는 대로 했을 뿐입니다. 부디 방지를 용서해 주십시오!"

이청이 쾅쾅 이마를 바닥에 짓찧었다. 그 순간, 장령에게 붙들려 있던 사방지가 장령의 손을 휙 뿌리쳤다. 그러고는 이청에게 냅다 달려갔다. 사방지는 행여 이청의 이마가 깨지기라도 할까 봐 돌바닥에 제 손을 올려놨다.

"청이 아씨! 대체 왜 이러십니까? 대체 여기가 어디라고……. 아녀자의 몸으로 이 험한 곳엔 어떻게 오신 거예요? 무슨 일이 있어도 저를 아는 척해서는 안 된다는 당부, 그새 잊으셨어요?"
"이 바보야! 네가 죽는다는데 어떻게 널 모르는 척해? 어떻게 널 나와 아무 관련 없는 사람 취급해?"
"그래도 하셔야지요! 참으셔야죠! 저랑 엮이면 아씨가 위험해집니다. 저야 어차피 비천한 몸이니까 상관없지만, 고귀한 아씨께서 세간 사람들에게 욕을 먹는다구요! 그 꼴을 제가 어떻게 봐요?"
"상관없어! 욕을 먹든, 돌을 맞든 난 개의치 않아! 네가 죽으면 나도 죽을 거야! 네가 먹는 욕 나도 같이 먹을 거고, 네가 맞는 돌 나도 같이 맞을 거야!"
"어린애처럼 떼쓰지 마세요! 아씨가 이러시면 제가 더 힘들어지는 걸 왜 모르세요?"
"내 마음이야! 너, 나랑 한 약조 잊었어? 우리, 나는 새가 되거든 남방의 비익조가 되어 함께 날기로 했잖아! 나무가 되거든 연리지가 되어 떨어지지 말자고 했잖아!"
"하지만……."
"대답해! 그날 밤, 달 휘영청 뜬 물레방앗간에서 단둘이 손가락 걸고 나눴던 우리 둘만의 약속…… 다 잊은 거냐고?"
이청의 눈에서 눈물이 줄줄 흘렀다. 사방지가 그 눈물을 슥슥 다정하게 닦아 주었다. 사방지가 도리도리 고개를 저었다.
"잊었을 리가 있겠어요? 그날은…… 아씨와 제가 첫 밀회를 나눴잖아요……. 그날 아씨가 입었던 저고리는 초록색, 치마는 다홍색, 옥 반지는 왼쪽 약지에 두 개 끼셨고, 오봉 노리개 찼잖아요. 참말…… 선녀님처럼 어여쁘셨는데……."
"방지야……."
갑자기 둘은 느닷없이 서로를 으스러지게 껴안았다. 그러고는 눈물 젖은 두 볼을 마구 비볐다. 이미 둘의 정신은 사헌부를 떠나 단둘이 밀회 나누던 물레방앗간으로 날아간 지 오래였다.

"……."

"……."

덕분에 집무실 안의 약손, 이유, 동재, 대사헌, 장령들…… 모두가 할 말을 잃고 말았다.

재네 둘이 지금 뭐하는 거야? 이제 보니까 너넨 아주 시도 때도 없구나? 주변에 보는 사람이 있든 말든 전혀 개의치 않는구나? 우리는 뭐 병풍이니? 배경이니? 말 못 하는 사물이야? 아니, 너희 둘이 물레방앗간에서 밀회 나눈 걸 왜 우리가 알아야 되는데? 오봉 노리개는 또 뭐야? 조금도 알고 싶지 않았던 정보까지 굳이 다 알려 주네…….

세상의 난리도 이런 난리가 없었다. 가만 보고 있자니 둘의 애정행각은 아주 꼴값이었다. 이유는 그만 빈정이 팍 상해서 사방지의 혀를 자르겠다는 의지조차 상실했다. 갑자기 극도의 피곤함이 몰려왔다.

재네 좀 어디로 치워 버려…….

이유가 대충 휘휘 손을 젓고는 대사헌 집무실을 나섰다. 물론 사방지와 이청은 주상 전하가 나가든 말든 둘이 손 꼭 붙잡고 울기 바쁠 뿐이었다.

아, 이럴 줄 알았으면 잠행 나오지 말걸. 나라는 인간은 호기심 때문에 관 뚜껑 열 팔자가 분명하렷다. 그냥 궐 안에서 편하게 누워서 내 인생이나 계속 걱정하는 건데…….

궐로 돌아가는 이유의 얼굴이 몹시 씁쓸했다. 단언컨대 이유 인생에서 가장 쓸데없는 잠행이었다.

[2]

역대 모든 왕들이 그러했듯 이유의 하루 역시 조회로 시작했다. 아침수라 들고 나면 곧바로 편전에 들어가 정식 업무를 보는데 정식 조회인 조참朝參은 한 달에 네 번, 약식 조회인 상참常參은 매일 열렸다. 의정議政 재상, 육조와 삼사의 당상관들과 함께 여러 가지 주요 업무를 의논했다.

쌀과 면포 등을 대신하여 팔방통보(八方通寶: 세조 때 유통된 화폐)를 사용하게 했는데 활성화되지 않는 까닭, 여름에 큰 수해 입은 함경도 지역의 복구 상황, 규형(窺衡: 땅의 원근을 측량하던 기구. 세조 본인이 발명하였으나 규형의 실물과 구조를 설명한 문헌이 전래되지 않아 자세한 내용을 알 수 없다.)을 효과적으로 사용할 수 있는 방안……. 회의 내용은 그야말로 무궁무진, 각양각색이었다.

하지만 오늘 중신들의 가장 큰 관심사는 뭐니 뭐니 해도 반음반양 사람 사방지의 처벌이었다. 계집도 아니고 사내도 아닌 주제에 순진한 여성들 여럿 현혹한 죄, 응당 남녀는 칠세 넘으면 부동석함이 당연한데도 그 이치 어지럽힌 문란함. 그 죄질이 흉악한 만큼 사형, 아니 곤장 수십 대를 때려 사람 구실 못 하게 만들어야 했다.

세상에 반음반양이라니! 어찌 사람 몸에 두 개의 성기가 공존할 수 있다는 말인지.

"전하, 사방지는 저지른 죄가 막심하고 반성의 기미 또한 보이지 않습니다. 참형에 처하여 본을 보임이 옳다 여겨집니다."

대사헌이 말했다. 승지와 경연관 등이 그 처사에 동의한다는 듯 고개를 끄덕였다. 암, 그런 색마는 혼쭐을 내줘야 했다. 편전 안의 신료들 모두가 한마음 한뜻이 됐다. 대다수가 찬성하는 눈치니까 대사헌도 으레 사방지의 참형을 확정 지었다. 사관이 얼른 그 내용을 기록했다. 하지만 그때, 아직도 홍수와 관련된 상소문 살펴보느라 미처 화제를 따라가지 못한 이유가 번쩍 고개를 들었다.

"잠깐! 참형이라니? 누구를? 대체 누구를 참형시킨단 말이냐?"

"방금 전 대사헌께서 사방지에 관해 말씀 올렸사옵니다."

동재가 이유 몫의 찻잔에 차를 따르며 작게 속삭였다. 이유가 손에 들고 있던 상소문을 옆으로 치웠다. 암만 봐도 함경도 지역 수령이 빠릿빠릿하게 일을 못 하는 것 같았다. 이유가 직접 내린 내탕고의 재물이 얼만데 아직까지 백성들이 길바닥에서 굶어 죽는다는 얘기가 나오는지. 욕지기가 목구멍까지 차오르는 걸 일단 참았다. 사방지 사건부터 처리해야 했다.

"내가 잘못 들은 게 아니겠지? 참형이라니? 대헌, 그렇게 안 봤는데 아주 피도 눈물도 없는 사람이었구만."

"……예?"

대사헌이 제 귀를 의심했다. 이유가 설레설레 고개를 저었다.

"계집과 사내의 생식기를 동시에 갖고 태어나길, 사방지가 원해서 그랬나? 사방지가 스스로 선택하여 벌어진 일이야? 하늘님이 그리 빚어 놓은 걸 누굴 탓해?"

"하오나 그는 풍속을 문란케 하였고, 수절 중인 과부 이조이를 현혹한 죄가 있사옵니다."

"이조이? 이청?"

난데없는 실명 공개에 대사헌의 입이 딱 벌어졌다. 다들 쉬쉬하면서 '이조이'라고만 칭하고 있는 마당이었다. 그도 그럴 것이 이조이, 아니 이청이 누구던가? 그는 우의정 이순지의 고명딸이다. 편전에 모인 사람들 모두가 좋은 쪽으로든 나쁜 쪽으로든 이

순지와 연 맺고 있었다. 안면 있는 자의 딸자식 이름을 이런 불미스러운 사건에 직접 언급하기는 아무래도 거북스러웠다. 하지만 이유는 거침이 없었다.

"사방지가 수절 중인 과부 이청을 현혹했다고?"

사정 모르는 사람이 들으면 이청은 사방지와 배 맞출 마음이 눈곱만큼도 없었는데, 사방지가 억지로 손잡아 끌며 겁간이라도 한 줄 알겠다. 아니면 사방지가 저고리 풀라면 풀고, 치마 벗으라면 벗는 상황에 처했지만 남녀의 오묘한 짓거리는 하나도 몰라서 사방지에게 일방적으로 놀아난 줄만 알겠다.

하지만 이유는 직접 두 눈으로 이청과 사방지의 관계를 확인했다. 만에 하나 사방지가 무고한 부녀자를 억지로 취한 기미가 조금이라도 있었다면 아마도 이유가 그 자리에서 먼저 피를 봤을 터였다. 하지만 이번 사방지 사건은 명백한 쌍방 과실, 아니 쌍방 고의였다. 손뼉도 마주쳐야 소리가 나고, 곡식도 절구통이랑 절굿공이가 쿵덕쿵덕 맞부딪쳐야 찧을 수 있었다.

이유가 보기에 사방지 사건은 자유분방한 부인의 사생활, 그 이상도 이하도 아니었다. 다만 특이점이 있다면 그 자유분방한 부인이 그저 여자와 남자의 생식기를 동시에 갖고 있다는 사실이랄까? 단언컨대 사방지는 음부만 가졌어도 혹은 양물만 가졌어도 지금과 마찬가지로 사랑에 불나방처럼 뛰어들 팔자였다. 그저 사랑에 미친 부인 하나를 무려 참형에 처하려 하다니, 야박한 처사였다.

그리고 한 가지 더 덧붙이자면, 이유는 굳이 사방지의 목숨을 거둘 필요를 느끼지 못했다. 저를 '신분 높으신 분'이라 칭하면서도 제 할 말 따박따박 하는 모습이 유독 인상 깊었달까?

그와 나눴던 대화 중에서 가장 생각나는 말은,

'하면 너는 남자도 사랑하고, 여자도 사랑할 수 있더냐?'
'그게 중요한 문제입니까?'
'좀 궁금하긴 하구나. 남자 만날 땐 여자 역할하고, 여자 만날 때는 사내 역할을 하는 건지.'
'만약 그렇다고 대답하면 저를 짐승이라고 여기십니까?'
'……그건 아니고.'
이유가 솔직하게 대답했다. 여태까지 이뤄졌던 문답은 처음 만나는 반음반양 사람에 대한 궁금한 마음이 더 커서 신기한 동물 보듯 사방지를 대했던 게 사실이었다.
하지만 사방지는 달리 특별한 구석이 없었다. 괴물처럼 흉측하지도, 요괴처럼 신비한 술수를 부리지도 않았다.
그냥 한양 어디에서든 흔히 만날 수 있는 평범한 사람이었다. 그건 아니라 답하는 이유의 눈빛이 진지했다. 기민한 사방지는 그를 단번에 알아차렸다. 내내 가시 돋쳤던 사방지 말투가 살짝 누그러졌다.
'하면…… 혹시…… 저를 사람이라고 생각하십니까?'
'그렇지.'
이유가 뭘 그렇게 당연한 걸 묻느냐는 듯 사방지를 바라봤다. 사방지 얼굴에 왈칵 설움이 몰렸다.
'예, 맞습니다. 저는 그저…… 그저…….'
'…….'
사방지는 저를 사람이라 말해 주는 이유 앞에서 감정이 복받친 듯싶었다. 숨을 고르다가 겨우 대답했다.
'저는 그저 사람으로서 사람을 좋아했을 뿐입니다.'
'…….'
'세간의 풍문대로 제게 연인이 여럿 있던 사실은 부인하지 않겠습니다. 하지만 연애하다가 마음 안 맞아서 헤어질 수도 있지 않습니까? 저는 절대 흉이라고 생각하지 않습니다.'

'……'

'그리고 지금 제 마음속에는 단 한 사람의 정인만 있습니다.'

'……'

'사람 사방지가 사람 이청을 사랑하는 것. 그 사랑이 죄가 됩니까?'

이유가 사헌부를 나오기 전, 사방지와 마지막으로 나눴던 얘기였다. 깊은 새벽이라 그러했던가. 감성적인 마음으로 듣기에는 꽤나 심금을 울리는 내용이었다. 하지만 훤한 대낮에 다시 회상해 보니까 역시…….

역시 지랄 맞고 재수 없었다. 제 사랑은 죄가 아니다 어쩌고 하면서 또 은근슬쩍 이청 자랑을 했다. 이유는 그 얕은 수법에 말려들었다. 아주 정인 없는 사람은 서러워서 살 수가 없을 정도였다. 너네, 내가 얼마나 오래 만나는지 지켜본다.

이유는 북북 이를 갈았다.

사방지는 아주 건방지기 짝이 없다. 이청 또한 마찬가지다. 그러니 괘씸죄 적용이다. 요놈들, 아주 쌍으로 인생의 쓴맛 좀 봐라.

이유가 땅땅 결론을 내렸다.

"우의정 이순지의 공로는 이루 말할 수 없다. 그는 학자들을 주도해 역법서를 만들었어. 그의 고명딸과 관련된 사람을 참수하는 일 또한 말이 안 되지. 그러면 그럴수록 추잡한 풍문은 더욱 번질 것이야. 하여 과인은 이순지의 집안이 조정에 쌓은 공덕을 봐서라도 모든 죄를 없었던 일로 하고 이번 한 번만 눈감아 주기로 했다. 다만, 풍속을 해친 죄 만큼은 부인할 수만은 없으니 이조이…… 아니, 이청을 외방으로 쫓아 보내고 사방지는 그의 노비로 소속시켜 평생 수발들며 살기를 명하노라."

*

추적추적 비가 내렸다.

고단한 하루가 드디어 끝이 났다. 만기萬機의 업무를 봤으니 피곤이 이유를 짓눌렀다. 녹초가 된다는 말이 딱 맞았다. 따뜻한 대추차를 한잔 마시니까 온몸이 노곤해졌다. 보통 이유는 아무리 피곤해도 깊게 잠드는 일이 거의 없었다. 물론 불면증을 앓는 것은 비단 이유뿐만이 아니었다. 대부분의 군주들이 그러했다. 암살의 위협과 피곤, 업무에 관한 부담감, 지병 등 복합적인 원인이 작용했다. 왕의 불면증은 화타가 살아 돌아와도 고칠 수 없는 불치였다.

이유는 잠들기 전 잠시 서책을 읽기로 했다. 자고로 진정한 군주라 함은 단 하루도 독서를 게을리해서는 안 될지어니……. 이유가 하루를 정돈하고 마음을 갈고닦으며 책을 폈다.

*밤비*

*새벽에 귀뚜라미가 쉬었다가 다시 운다.*
*등불은 꺼질 듯하다가 다시 타오른다.*
*창밖에 밤비는 언제 다녀가셨나?*
*빗방울 밤새 맞은 파초 잎만 가련하다.*

백거이의 시가 비 오는 밤의 정취를 한층 드높였다. 이유는 문득 들창을 열어 바깥 풍경을 바라보고 싶어졌다.

"게 아무도 없느냐? 빗소리가 퍽 듣기 좋구나. 창 좀 열어 놓거라."

이유가 침전 밖에 있는 동재를 불렀다.

삐이걱. 침전 문이 열렸다. 문이 왜 저래? 왜 저렇게 요란한 소리를 내며 열려? 이유가 갸우뚱 고개를 젓혔다. 그때였다. 이유는 분명 동재를 불렀는데, 문틈으로 웬 흰 옷자락이 보였다. 동재가 늘 입는 녹색 관복이 아니었다.

"누구냐?"

이유가 날카롭게 소리쳤다. 거의 본능적으로 어도御刀부터 찾았다. 하지만 그때, 다시금 삐이걱 소리와 함께 문이 완전히 열렸다. 검을 손에 쥔 이유의 근육이 팽팽해졌다. 한데 이게 웬일이지?

문틈으로 들어온 사람은 다름 아닌 상약 생도 여약손이었다.

"아니, 너는……?"

"주상 전하!"

약손이 해쭉 웃었다.

아니 네가 이 밤중에는 웬일이야? 상약하라고 부르지도 않았는데? 의아했지만 궁금증은 순식간에 없어졌다. 약손의 환한 얼굴을 보니 저의 부름 따위가 무슨 상관있겠나 싶었다. 아니, 솔직히 말하면 제가 찾지도 않았는데 먼저 찾아와 준 약손이 너무 고마웠다. 약손이가 맨날맨날 내 얼굴 보러 왔으면 좋겠다. 내가 부르거나 말거나 네가 오고 싶을 때는 언제든 마음대로 찾아왔으면 좋겠다.

이유가 약손을 보며 활짝 웃어 주었다.

약손이 물었다.

"전하, 빗소리가 듣고 싶으세요? 창문을 열까요?"
"응, 비 때문에 분위기가 고즈넉하고 낭만적이구나. 밖을 좀 보고 싶어."
"하지만 이 창을 열면 추워요. 저는 특히 추위를 많이 타는 체질이란 말이에요."
"그랬어?"
"네, 오들오들 떨고 있는 제 모습이 불쌍하지도 않으세요?"
이제 보니 약손의 어깨가 덜덜 떨렸다. 손끝도 마구마구 떨렸다. 약손 왔다고 마냥 좋아하느라 애가 추위 타는 줄도 몰랐다. 이런 망충한! 이유가 마구 자책했다.
"내가 얼른 동재한테 군불 넣으라고 일러 주마."
이유가 다시금 문밖의 동재를 부르려 했지만 약손이 말렸다.
"아이참, 상선 영감은 이곳에 안 계세요."
"뭐? 동재가 없어? 얘가 또 어딜 간 거야. 그럼 명이를 시켜서……."
"상선 영감도 없습니다. 명이도 없고, 궁녀들도 없습니다. 침전 지키는 내금위장도 없고, 어딘가에 숨어 있는 겸사복 나리들도 없지요!"
세상에, 이런 일이! 감히 지존을 홀로 두고 다들 어디를 갔다는 말이지? 어쩐지 아까부터 침전이 유난스레 조용하다 싶었더랬다. 잔뜩 화난 이유가 몸을 일으키려 했지만 그전에 약손이 한발 빠르게 이유를 눌러 앉혔다.
"주상 전하, 저 너무 추워요. 이불 좀 덮으면 안 돼요?"
약손의 까만 눈동자가 초롱초롱하게 빛났다. 그 눈 마주하니까 또 방금 전에 화난 일은 기억도 안 났다. 그래, 동재 따위, 호위들 따위 무슨 소용이랴. 있어 봤자 하등 도움도 안 되지. 그리고 약손이가 옆에 있는데 무슨 걱정이야?

이유가 얼른 고개를 끄덕였다. 덮으라는 뜻이었다. 허락 떨어지자마자 약손은 이유가 덮고 있던 이불 속으로 쏙 들어왔다. 이유 어깨에 약손의 어깨가 닿았다. 언뜻 약손의 손이 이유의 옆구리를 스치기도 했다. 마치 깃털인 양 감촉이 부드러웠다.

"근데, 너 몸이 왜 이렇게 차가워?"

"왜긴요. 비를 맞고 와서 그렇죠."

약손은 제 몸을 이유에게로 바짝 붙여 왔다. 얼음장만치 차가운 약손이. 이유는 제 따뜻한 온기를 약손에게 나눠 주고 싶었다. 이유가 약손을 끌어안았다. 약손은 싫다는 기색이 하나도 없었다. 그러다가 어디가 닿았는지, 부딪쳤는지 까르륵 저 혼자 웃음을 터뜨렸다.

"주상 전하! 간지러워요!"

"응? 난 아무것도 안 했는데?"

"안 하긴요. 지금 제 겨드랑이 간지럽혔잖아요!"

"아니야. 나 진짜 너 간지럽히지 않았어!"

이유가 아니라고 고개를 저었지만 약손은 믿지 않았다. 약손은 뭐가 그렇게 웃긴지 계속 웃다가 또 웃다가 박수까지 짝짝 쳤다. 심지어 발까지 쾅쾅 굴렀다. 그 바람에 약손이 입었던 치맛단이 훽 뒤집히듯 끌어 올려졌다. 약손의 하얀 종아리가 드러났다.

너…… 왜 치마를 입고 있어?

왜 계집 저고리를 입었어?

그따위 저급한 질문은 할 겨를이 없었다. 어차피 의복이야 그저 세상 사람들이 저들 간편하기 위해 정해 놓은 문화에 불과하다고, 누가 그랬으니까. 다만 이유는 약손이 차려입은 저고리랑

치마가 여인네 속곳처럼 몹시 얇다는 사실 때문에 미치고 환장할 지경이었다.

흡사 약손은 아주 얇은 잠자리 날개에 둘러싸여 있는 것만 같았다. 맘만 먹으면 약손의 목, 어깨, 쇄골…… 전부 들여다볼 수도 있었다.

"너, 지금 이 옷을 입고 숙사에서부터 걸어왔단 말이야?"

"네. 엄청 춥겠죠?"

이유는 행여 누가 이 남세스러운 모습을 봤을까 봐 잔뜩 겁을 먹었는데, 철없는 여약손은 그저 추위 타령만 해대기 바빴다. 야, 너 정말 어쩌려고 이래? 궐에는 법도가 있어! 이유가 잔소리를 늘어놓으려 했다. 그런데 불현듯 약손이 이유 가슴팍 위로 제 이마를 댔다.

"전하, 몸 녹일 때까지만 전하 곁에 있을게요. 그래도 될까요?"

팍! 이유 얼굴에 피가 몰렸다. 정수리가 뜨끈뜨끈해지며 열이 올랐다.

"……."

이유는 저도 모르게 깊은 한숨을 흘리고 말았다. 약손은 허락의 뜻으로 받아들였는지 생긋 웃는 소리를 냈다.

"이 야심한 시각에 무슨 책을 보고 계셨어요?"

약손이 이불 밖으로 손만 쭉 빼서 이유가 읽던 책을 가져왔다. 근데 이유는 저고리 소매 아래로 드러난 약손의 얄팍한 손목 때문에 정신도 제대로 못 차렸다. 대체 이깟 손목이 뭐라고…… 이따위 손목이 뭐기에…….

"우리 주상 전하…… 어떤 책을 읽고 계셨지?"

약손이 주르륵 책장을 넘겼다.

"그, 그, 그, 그것이……. 배, 배, 배, 백거이의 시문을 읽던 중이었는데…….”

이유는 말을 더듬는 지경에 이르고 말았다. 팔푼이가 따로 없었다. 이유 품에 거의 안기듯 몸을 기댄 약손은 한시도 가만있지 않으려 했다. 품 안에서 꼼지락꼼지락 맥없이 자꾸만 움직여 댔다. 약손의 살이 가슴에 닿고, 옆구리에 닿고, 배에 닿았다.

“꺄악!”

갑자기 약손이 새된 비명을 질렀다.

“왜 그래? 왜 그래, 약손아?”

이유가 깜짝 놀란 얼굴로 물었다. 약손이 손바닥으로 콩콩 이유의 가슴을 때렸다.

“이게 뭐예요, 주상 전하? 이 밤에 홀로 춘화를 보고 계셨던 거예요?”

“뭐?”

그게 무슨 소리야? 춘화라니? 난 백거이의 시를 읽고 있었다니까? 이유가 재빨리 서책을 들여다봤다. 그런데 대체 이게 무슨 일이지? 시문이 잔뜩 적혀 있어야 할 서책에는 온통 울긋불긋 야릇한 그림만 한가득 그려져 있었다.

“이, 이게 무슨……!”

“주상 전하, 미워!”

약손은 두 손으로 눈을 가리다가 아예 얼굴을 이유 가슴팍에 푹 파묻어 버렸다. 아니야, 약손아! 정말 아니야! 나 진짜로 춘화 안 봤어. 나는 분명히 시만 읽었다니까? 이유가 비겁한 변명을 줄줄 읊었다. 이유가 제발 제 말 좀 믿어 달라는 뜻으로 약손의 등을 토닥토닥 두드렸다. 불현듯 약손이 반짝 고개를 들었다.

“한데요, 주상 전하…….”

“나 진짜 안 봤다니까. 응? 왜 불러?”

"사람이 돼 가지고…… 저런 자세가 가능한가요?"

"……뭐?"

약손이 삐죽 손끝으로 저가 치워 버린 춘화를 가리켰다. 펼쳐진 춘화에는 웬 남자와 여자가 도저히 믿을 수 없는 기상천외한 체위를 뽐내고 있었다.

이유가 고개를 저었다.

"아니야, 저런 건 다 민중들 미혹하려고 만들어 낸 거짓말이야. 자극적인 그림만 그려서 돈 버는 게 목적인 상술꾼들이 과장해서 그려 놓은 그림이지."

"아닌데…… 잘만 하면 가능할 것도 같은데……."

퍼억! 간신히 잠잠해졌던 이유 얼굴에 다시금 열이 뻗쳤다. 좀 전과는 비교도 안 될 정도의 극심한 열이었다.

야, 야, 약손아…… 너 대체 왜 그래…….

너 지금 무슨 말을 하는 거야…….

그때, 갑자기 약손이 이유의 어깨를 훽 뒤로 밀어 버렸다. 이유의 등이 속절없이 금침 위에 닿았다. 철퍼덕! 약손이 이유의 배를 깔고 앉았다. 그러고는 제 팔을 드러누운 이유의 얼굴 왼쪽과 오른쪽에 턱턱 갖다 놨다. 졸지에 이유는 영락없이 약손 아래에 갇혀 버렸다.

"하면, 주상 전하. 우리 내기할까요?"

"무, 무슨 내기?"

"춘화에 그려진 저 자세가 가능한지, 불가능한지…… 저랑 내기하실래요?"

깜빡깜빡. 약손이 이유를 내려다봤다. 제 배 위에 앉은 약손을 올려 보는데 왜 이렇게 가슴이 선득거리는지 몰랐다. 이유는 온몸이 그대로 펑 터질 것만 같았다.

"하, 하지만 너는 사내이고 나도 사내인데…… 우리 둘 다 똑같이 사내 된 몸으로써 어떻게 저 자세를 해보겠니…… 저, 저, 저런 건 사랑하는 정인들끼리만 할 수 있는……."

이유는 제게 남은 모든 인내력을 발휘해 겨우 한마디를 내뱉었다. 하지만 약손은 그깟 일은 걱정도 아니라는 듯 픽 여유로운 웃음을 터뜨렸다. 한쪽 입꼬리만 쭉 잡아당겨 웃는 모습이 평소의 약손 같지가 않아 보였다.

정말이지…… 너무나도 야살스러웠다.

"전하."

"……으응?"

약손이 스윽 제 몸을 굽혀 왔다. 코끝으로 훅 약손의 체향이 풍겼다. 약손이 제 입을 이유 귓가에 가까이 댔다. 그리고 딱 한마디를 했다.

"사람 여약손이, 사람 이유를 사랑합니다. 그 사랑이 죄가 된다면…… 제 목을 치세요."

*

대추차 향기가 향긋했다. 막 끓여 온 찻잔에서는 뜨거운 수증기가 퐁퐁 솟아올랐다. 오늘같이 으슬으슬 떨리고 비 오는 날에는 따뜻한 대추차 한 잔 마시면 극락이 따로 없지.

동재는 차가 식을까 종종걸음을 치며 침전 안으로 들어섰다.

"전하, 대추차를 끓여 왔나이다. 저가 한 잔 올리겠……! 전하!"

동재가 혼비백산했다. 대추차고 나발이고 던지듯 밀어 버렸다. 금침 위에 우뚝 앉아 있는 이유에게 달려갔다. 이유는 고개를 뒤로 젖힌 채였다. 이유가 코를 틀어막은 손바닥에 시뻘건 선혈이 흥건했다. 멀쩡하던 주상 전하께서 난데없이 코피를 흘리시다니! 보통 일이 아니었다. 우리 주상 전하, 아직 후사도 보지 못하셨는데. 천년만년 강건하셔도 부족한데…….
동재가 일단 수건으로 이유의 코피부터 막았다.
"당장 어의를 부르라 하겠나이다. 여봐라, 밖에 아무도 없느냐?"
"됐다!"
이유가 손사래를 쳤다. 동재에게 뭔가를 말하고 싶었는데, 목구멍으로 넘어간 피 때문에 말이 잘 안 나왔다. 입안에서 비릿한 쇠 맛이 요동쳤다. 그러는 동안에 동재는 어서 제조를 부르지 않고 무엇 하냐며 온갖 난리를 부렸다. 이러다가는 동재가 궁궐 사람들 다 깨우고도 남을 것 같았다. 주상 전하가 아닌 밤중에 코피 흘렸다는 소문은 순식간에 퍼질 터였다.
이유가 턱 동재의 손을 붙잡았다.
"소란 떨지 마. 어의를 부를 필요 없어."
"하오나 주상 전하……!"
"됐다니까!"
이유가 일갈했다. 동재가 가져다준 수건으로 코를 꾹 눌러 막았다. 피 섞인 침을 퉤 모아 뱉었다.
어느 정도 시간이 지나자 코피는 저절로 멈췄다. 동재는 여전히 걱정 가득한 얼굴이었다. 이유가 다 귀찮다는 듯 휘휘 손을 저어 동재를 내보냈다.
"걱정할 일이 아니야. 피곤하구나. 눈이나 좀 붙여야겠다."
"전하……."
동재가 억지로 침전 밖으로 쫓겨났다. 이유는 촛불까지 훅 불어 껐다. 곧 이유의 침전이 어둠에 잠겼다. 문밖에서 자리에 붙박이처럼 서 있는 동재의 그림자가 아른거렸다. 이유는 벽을 보고 돌아누웠다.

동재는 세상에 다시없을 재앙처럼 굴었지만 그저 코피를 약간 흘렸을 뿐이다. 심지어 피로나 과로 따위가 아닌…… 여약손이 등장한 꿈 한 자락 때문에.

물에 빠진 쥐새끼처럼 비를 쫄딱 맞고 온 여약손. 사내 주제에 치맛자락이나 두르고 다니는 여약손. 그래 놓고 세상에서 최고로 야살스러운 미소를 지어 보였다.

'춘화에 그려진 저 자세가 가능한지, 불가능한지…… 저랑 내기하실래요?'

서책에 그려졌던 기묘한 춘화가 다시금 떠올랐다. 솔직히 춘화 따위는 암만 들여다봐도 별 흥미가 없었는데, 그 자세의 진위 여부를 확인해 보자는 약손의 제안이 문제였다. 이유가 이마를 쓸었다. 온몸이 열꽃 오른 듯 뜨거웠다. 허벅지가 팽팽해졌다.

자자. 생각을 하지 말고 자자.

이따위 얼토당토않은 개꿈에 연연할 시간이 없었다. 이유가 꾹 눈을 감았다. 몇 번 뒤척이기는 했지만 곧 잠에 빠져들었다. 이유가 기억할는지 모르겠는데, 한길동의 진단이 딱 맞았다.

'상사병입니다. 지금은 병증의 초기라 만사가 즐겁고 하염없이 행복하겠으나, 이대로 계속 방치했다가는 매사 짜증스럽고 우울해집니다. 웃다가 우는 일은 예사일 것이며, 식음을 전폐하여 몸이 점점 수척해집니다. 주위 사람에게 툭하면 신경질을 부릴 것이고, 별것 아닌 일에도 긴장하여 식은땀을 흘리게 됩니다. 최악의 경우에는 꿈속에서 사모하는 이와 교합을 하다가 기력이 쇠해져 목숨을 잃을 수도 있으니…….'

한길동의 예언이 그대로 이루어졌다. 이제 보니까 한길동, 엄청나게 용한 의원이었다.

이유는 밤새 뒤척였다. 선잠 잔 탓에 눈 밑이 시커멨다. 아침 수라도 먹는 둥 마는 둥 해서 용 상궁의 애를 태웠다. 워낙 제 할 일은 칼같이 하는 성격이라 조회 때는 말짱해 보였다. 하지만 오후가 되니까 점점 더 무기력해졌다. 내 몸이 내 몸 같지 않은 하루. 뭘 해도 주위가 신경 쓰이고 정신 사나운 최악의 하루.

이유는 오늘 제 상태가 정상이 아니라는 사실을 제일 먼저 알아챘다. 눈에 들어오지 않아서 한참을 붙잡고 있던 상소문을 휙 옆으로 치워 버렸다. 마침 어젯밤부터 주야장천 내리던 비도 그쳤다.

이유는 산책을 나갔다. 동재는 그저 편전 마당이나 후원을 도는 줄 알았는데, 무슨 까닭인지 이유의 걸음은 내약방 쪽으로 향했다. 평소였더라면 약방에는 어쩐 일로 가시게요? 질문을 했을 텐데 주상 전하 심기가 영 안 좋아 보였기에 그냥 꾹 입 다물고 얌전히 뒤를 따랐다.

이유가 내약방 차려진 각사를 지나서 생도들 생활하는 숙사로 향했다. 동재는 속으로 여 생도를 보러 가시는구나, 짐작을 했다. 요전에 동절기 맞아 궁궐 내부를 대대적으로 수리하고 정비했다더니만 귀신 나올 것처럼 으스스하던 삼숙사 역시 놀라게 멀끔해졌다. 동재가 아늑해진 삼숙사 뿌듯한 눈길로 이리저리 둘러봤다.

그때, 마당을 걸어 나오던 복금이가 제 앞에 나타난 주상 전하의 행렬을 보고는 기겁하며 놀랐다. 복금이 그대로 바닥에 엎드렸다. 이유가 그 앞에 큰 걸음으로 다가섰다. 그러고는 다짜고짜 물었다

"여약손 어디 있어?"

"야, 야, 야, 약손이를 말씀하시옵니까?"

"그럼 약손이를 말하지 누굴 말해?"

이유의 목소리가 묘하게 날이 섰다. 하루 종일 편치 않은 하루를 보낸 탓에 심기가 어지러웠다. 죄 없는 복금은 더욱 겁을 먹고 말았다.

"야, 야, 야, 약손이는 뒤, 뒤, 뒷마당에…… 가, 가, 감나무를 심는다고……."

"뭐? 지금이 나무 심을 때야? 아주 궁궐이 지 안방, 놀이 마당인 줄 알지?"

복금의 말이 다 끝나기도 전이었다. 이유가 휙 방향을 틀어 뒷마당으로 걸어갔다. 그 살벌한 뒷모습만 보면 약손을 죽이러 간다 해도 하등 이상하지 않을 정도였다.

헉! 주상 전하께서 왜 저렇게 화를 내시는 거지? 앞뒤 상황은 잘 모르겠지만 약손이 엄청 혼나는 거 아니야? 약손아, 너 또 무슨 잘못을 한 거니? 영문 모르는 복금만 걱정을 할 뿐이었다

이유가 쿵쿵 발을 굴렀다. 얼굴이 붉으락푸르락 시퍼래졌다가, 벌게졌다가, 새하얘졌다가…… 기복을 반복할 때마다 색깔이 가지각색으로 변했다. 나는 지금 잠 한숨 편히 못 자고, 밥 한술 제대로 못 뜨고 하루를 싹 다 망쳤는데…… 뭐라? 나무를 심어? 아주 팔자 좋다 여약손? 남의 꿈에 함부로 나타나질 않나, 여인네 속곳 같은 야시시한 옷을 입지를 않나. 그래 놓고 별 음담패설 다 늘어놓았지? 너, 감히 꿈속에서 나를 능멸했어? 그 죄를 톡톡히 물을 것이다! 각오해!

이유 콧구멍에서 씩씩 콧김이 뿜어져 나왔다. 큰 걸음으로 성

큼성큼 걸었더니 뒷마당이 금방 보였다. 원래는 다 쓰러져 가는 돌담이 하나 있었는데 석수가 새로 말끔하게 세워 놓은 꽃담이 제법 아기자기했다. 높이도 아주 높지 않았고, 바람 막고 그늘 만들기에는 딱 알맞았다.

이유가 꽃담 길을 따라 걸었다. 딱 봐도 새로 파헤친 지 얼마 안 된 진한 갈색 흙이 여기저기 펴져 있었다. 꽃담 밑에는 이유 종아리에도 못 미칠 작은 묘목이 둘레둘레 심어져 있었다. 심지어 묘목 밑에는 작게 깎은 나무패로 이름도 붙어 있었다.

행심이, 일름보, 이름보, 삼름보, 당당이, 딱정이…….

왜 감나무는 행심이고, 밤나무는 일름보고, 살구나무는 딱정인지 유래는 전혀 짐작할 수 없었다. 하긴 거기에 무슨 깊은 뜻이 있겠어? 평소 여약손의 성정으로 미뤄 보자면 그냥 제 기분 내키는 대로 작명한 것이 틀림없었다.

이름 짓는 솜씨 봐라. 아주 저 같은 것만 골라서 지었네. 쳇!

지금 이유 눈에는 뭐 하나 어여뻐 보이는 것이 없었다. 하늘이 새파란 것도 싫었고, 수라 반찬으로 나온 고들빼기나물이 싱거운 것도 싫었다. 꿩 전골 국물이 짠 것도 싫었다. 제대로 일 안 하는 고을 수령들, 툭하면 상소 올리는 집현전 학자들의 글씨도 싫었다. 목을 꽉 죄는 곤룡포 옷깃마저 고깝다면 이해가 될까?

근데 뒷마당에 있다던 여약손은 대체 어딜 간 거야? 이유가 미간을 확 굽혀 인상을 썼다. 행심이랑 일름보, 당당이는 있는데 정작 애들 심어 놓은 여약손은 어디에 있지? 주변을 휘휘 둘러봤다. 이유가 언문 기역 자로 꺾인 꽃담을 쫓아갔다.

그리고 저 멀리, 찬바람 안전하게 막아 주고 평평하게 땅 다져 놓은 자리에 풀썩 쓰러져 있는 약손이 보였다. 아니, 웬 사람이 저기 누워 있어? 무슨 일 있는 거 아니야? 실신한 거 아니야? 보통 때라면 기겁을 하고 달려갔을 것이다. 하지만 이유는 아무런 동요의 기색도 없이 천천히 제 걸음대로 걷기만 했다.

드르렁, 드르렁…….

약손의 코 고는 소리가 요란했다. 누가 봐도 세상에서 제일 달콤한 낮잠을 자는 중이었다.

"……."

한숨이 절로 나왔다. 뭐 이런 애가 다 있지? 이유가 무척이나 한심하다는 표정으로 오수 중인 약손을 바라봤다. 땅 파다가 그대로 잠이 들었는지 손에는 호미가 들린 그대로였다. 손바닥은 물론이고, 손등, 짧게 깎은 손톱 밑까지 흙이 잔뜩 묻어 있었다. 곧 추운 날이 다가오리라는 걸 기가 막히게 알고 있는 모기가 약손의 주위를 윙윙 돌았다. 약손은 잠결에 철썩철썩 제 뒷목, 이마, 볼을 마구 때렸다. 덕분에 손에 묻은 흙이 얼굴에 묻었다.

네가 땅강아지 되기를 스스로 자처하는구나?

이것으로 어젯밤 꿈은 허상, 허깨비였다는 것이 증명됐다. 밭일하던 중에 졸린다고 그대로 잠든 약손에게는 어젯밤에 본 그 야살스런 얼굴은 도무지 찾아볼 수가 없었다. 야살이 웬 말이래?

이 시커먼 남자애가 계집 옷 입고 쏘다닐 일은 절대 없었다. 이렇게 더러운 땟물이 주룩주룩 흐르는데, 꿈속에서는 어쩜 그렇게 천하제일의 미인美人처럼 보였을까?

꼴을 보니 흑조가 형님이라 불러도 될 것 같았다. 흑콩에 섞어 놓고 데굴데굴 굴리면 똑같이 못생겨 가지고 도저히 못 찾겠다.

역시, 어젯밤 꿈은 뭐가 잘못돼도 한참 잘못된 거야. 내가 요즘 기가 허해져서 그런 거야. 사내인 여약손한테 마음이 설렜을 리가 없지.

개꿈이다!

"휴……."

이유는 그제야 안심한 듯 안도의 한숨을 내쉬었다. 그러고는 팔자 좋게 잠이 든 약손 옆에 쪼그려 앉았다. 이유가 툭툭 약손을 흔들어 깨웠다.

"야! 일어나! 이게 기껏 상약시켜 줬더니 웃전 몰래 놀고 있네? 꾀를 부려? 너 자꾸 이러면 확 녹봉 깎아 버린다?"

이유 손길이 꽤나 거칠었지만 한번 잠들면 누가 업어 가도 모르는 약손은 쉬이 깨어나지 못했다. 세상에, 이런 잠꾸러기는 정말 처음 보겠다! 이유가 혀를 내둘렀다. 괜한 승부욕이 발동했다. 이유는 약손을 꼭 깨우기로 다짐했다. 볼을 확 꼬집어 버려야지! 네가 이래도 안 일어나나 한번 보자!

이유가 큭큭 웃음을 흘리며 약손의 볼을 붙잡았다. 엄지와 검지에 힘을 잔뜩 주고 세상에서 제일 아프게 비틀려고 했다.

하지만 그때, 문득 그늘을 만들었던 구름 한 자락이 바람에 떠밀려 내려갔다. 덕분에 드러난 환한 햇빛이 약손의 얼굴을 비췄다. 흙 때가 꼬질꼬질 묻은 약손의 얼굴, 땅강아지 같은 그 얼굴이 잠꼬대를 하는 듯 방긋 웃어 보였다.

"!"

약손 옆에 쪼그려 앉았던 이유는 그만 뒤로 벌렁 넘어지고 말았다. 쿵. 엉덩이를 부딪쳤는데도 아픈 줄 몰랐다. 이유는 완전히 넋이 빠져 버렸다.

세상에…….

이를 어쩌면 좋지?

이유의 얼굴이 혼란스러웠다.

이럴 수가! 어떻게 이런 일이!

약손의 얼굴은 어젯밤에 이유가 꿈속에서 봤던 바로 그 얼굴,

바로 그 미소였다. 이유 심장을 마구 선득이게 만들었던 바로 그 미인…….

'저는 그저 사람으로서 사람을 좋아했을 뿐입니다.'

'사람 사방지가 사람 이청을 사랑하는 것. 그 사랑이 죄가 됩니까?'

'사람 여약손이 사람 이유를 사랑합니다. 그 사랑이 죄가 된다면…… 제 목을 치세요.'

현실인지 꿈인지 모를 목소리가 마구 뒤섞여 들렸다. 이유는 더 이상 약손을 깨울 생각도 하지 못하고 그대로 돌아섰다. 왔던 길을 아무 말도 없이 걸어갔다.

동재가 심상치 않은 주상 전하 기색 느끼고는 무슨 일 있으셨냐고, 왜 이렇게 용안이 어두우시냐고 물어도 답하지 못했다.

이유는 그저 묵묵히 걷기만 했다. 손바닥으로 얼굴을 마구 비볐다.

"전하, 무슨 일이십니까? 예? 소인에게 말씀을 해보세요."

무슨 일이냐고?

엄청나게 큰일이 벌어졌단다, 동재야.

이유가 흡 숨을 멈췄다. 머릿속의 생각을 정리했다.

"하……."

이유가 탄식했다. 자꾸만 약손이 생각나고, 눈에 밟히는 까닭이 애가 하도 불쌍해 보여서라고 생각했는데 아니었다. 애민 군주답게 백성을 걱정하는 마음이라고 여겼는데 역시 그 또한 아니었다.

결론은 하나였다.

사람 이유는 사람 여약손을 사랑했다.

*

요즘 주상 전하가 이상했다.

어디가 이상하냐고? 질문에 답하자면 끝도 없었다.

예전에는 약손이 상약하러 침전에 들르면 누구보다 환한 얼굴로 맞아 주었다. 아침에 약 먹으러 침전에 가면 아침밥은 잘 챙겨 먹었냐고 질문했다. 약손이 잘 먹었다고 대답하면 그 중에 무슨 반찬이 제일 맛있었냐고 또 질문을 했다.

그러면 약손은 저가 제일 싫어하는 반찬은 무엇이었고, 또 제일 입맛 당긴 반찬은 무엇이었는지 신이 나서 한바탕 일장 연설을 늘어놓았다. 물론 이런 경우는 점심때도, 저녁때도 마찬가지였다.

오늘 하루는 어떻게 보냈는지, 무슨 특별한 일은 없었는지. 하다못해 낮잠은 잘 잤는지 따위의 소소한 이야기를 세상 가장 중요한 얘기 경청하듯 들어 줬다. 제 얘기 이토록 잘 들어 주는 사람이 앞에 있으니까 약손 또한 절로 흥이 났다. 천하제일의 입담 실력을 가진 이야기꾼이 된 것만 같았다. 나중에는 오늘은 주상 전하께 어떤 이야기를 해드릴지 특별하게 재미있었던 말거리를 수집할 정도였다.

하지만 무슨 까닭인지 청자聽者는 변해 버렸다.

약손이 암만 시답잖은 농담을 던져도 와하하 자지러질 듯 웃고, 암만 허접한 얘기를 해도 희로애락喜怒哀樂 절절하게 공감해 주던 모습은 진즉에 사라졌다.

"전하, 오늘은 생강편 넣어 구운 소고기가 저녁 반찬으로 나왔습니다. 엄청 맛있었어요!"

"……그랬더냐?"

평소였더라면 생강 냄새가 얼마나 향긋했는지, 혹 고기에서 누린내는 안 났는지, 지짐의 정도는 어땠는지 꼬치꼬치 물으며 응답해 줬을 텐데, 이유가 내뱉은 말이라고는 고작 한마디 '그랬더냐?'뿐이었다. 뜨뜻미지근한 반응이었다. 약손은 어쩐지 맥이 빠지는 기분이었다. 하지만 여약손이 누구이던가. 굴하지 않았다.

"수남 아저씨가 닭똥을 가져다주셨어요. 당당이랑 딱정이 거름으로 주라고…… 근데 그거 아세요, 주상 전하? 닭똥은 독해서 소똥 주듯 생으로 주면 식물이 다 죽고 만대요. 지푸라기랑 섞어서 닷새 동안 묻어 놓은 다음에 줘야 아무 탈이 없대요. 참 신기한 이치지요?"

약손이 신나서 물었지만 이유는 여전히 듣는 둥 마는 둥이었다. 원래대로라면 초롱초롱 눈을 빛내며 약손을 바라봐 줘야 했는데. 이유의 시선은 내내 손에 쥔 서책에만 닿아 있었다.

'주상 전하, 오늘 하루 강녕하셨습니까? 여약손이 상약을 위해 들었나이다!'

아까 약손이가 씩씩하게 인사하면서 침전에 들어왔을 때도 잘 왔냐는 인사 한마디 건네주지 않으셨다. 그때도 지금처럼 고개 숙이고 책만 보고 계셨다. 약손을 바라보지도 않고, 눈을 마주치지도 않았다. 이유는 그저 독서에만 푹 빠진 듯했다. 약손의 질문에 아무 대답도 하지 않았다.

아니 사람이 앞에서 말을 하면 너 한마디, 나 한마디 참견하는 맛이 있어야지. 쿵작쿵작 박수치는 맛이 있어야지. 이거야 원, 내가 벽을 두고 얘기를 하나? 쇠귀에 경을 읽나? 주상 전하는 갑자기 무심해졌다. 까닭 없이 약손을 홀대했다.

이쯤 되면 약손도 빈정이 상해서 저도 이유랑 똑같이 꾹 입을 다물거나, 뾜내야 하기 마련이었다. 하지만 약손은 이유에게 아무런 내색도 하지 못했다. 전하, 대체 왜 그러세요? 저한테 뭐 화난 것 있으세요? 왜 사람이 말을 하는데 들은 척 만 척하세요? 당돌하게 묻지도 못했다. 생도와 지존이라는 신분의 격차 때문만은 아니었다.

주상 전하 오늘 바쁘신가 보다. 나랑 말하기 싫은가 보다. 약손이 이제 고만 돌아가야겠다고 엉덩이를 떼기만 하면, 소인은 이만 물러가겠사옵니다, 하직의 인사를 올리기만 하면 여태 약손을 없는 사람 취급하던 이유가 화들짝 놀라며 고개를 드는 것이었다. 손에 꼭 쥐고 보던 서책도 옆으로 획 밀어 버렸다.

"아니, 왜? 왜 벌써 가? 약을 이렇게 빨리 마셨어? 나는 아직 반도 못 마셨는데? 그리고 너 앞에 과줄은 왜 남겼니? 그거 다 먹고 가야지. 왜 남겼어? 입맛에 안 맞아? 다른 주전부리 가져오라 할까? 우리 약손이 무어가 먹고 싶으냐? 무어가 먹고 싶어? 말만 하렴. 응?"

"……."

약손이 침전을 떠나려고만 하면 지금처럼 난색을 표하며 붙잡았다. 아니, 여태까지 사람 무시하면서 축객령을 내린 주제에 정작 간다니까 붙잡는 심보는 대체 뭐래? 나보고 어느 장단에 맞춰 춤을 추라는 말이야?

약손은 그만 짜증낼 의지조차 상실해 버리고 말았다. 이런 나날 반복되는 게 하루 이틀이 아니었다. 대체 주상 전하께서 요즘 왜 이러시는 거지? 약손은 내내 궁금할 수밖에 없었다.

한편, 이유는 그 요상한 꿈을 꾼 날 이후부터, 약손을 향한 저의 마음을 깨달은 이후부터 약손의 얼굴을 제대로 보지 못했다.

생각하지 않으려고, 다 잊은 척하려고 해봤는데 어찌 된 일인지 그런 노력을 하면 할수록 꿈은 점점 더 선명해졌다. 심지어 원래 꿈은 약손이 제 배를 깔고 누운 데서 끝이 났었는데, 어느새 이유는 그 뒷얘기를 상상하는 지경에 이르렀다.

'춘화에 그려진 저 자세가 가능한지, 불가능한지…… 저랑 내기하실래요?'

일단 이유는 약손과 함께 춘화 속 자세의 가능 여부를 솔선수범 실천하여 확인을 해봤다. 어떻게? 생각보다 별로 어렵지는 않았다. 이유와 약손은 서로 짝짜꿍하듯 손을 마주 잡고, 눈만 마주쳐도 서로의 속마음 꿰뚫는 지경에 이르렀다. 약손이 쿵하면 이유가 짝! 이유가 척하면 약손도 척!

옥방비결玉房秘訣, 대청경大清經, 현녀경玄女經 따위의 잡서는 하등 소용없었다. 방중술 일러 준 내관들의 비법도 같잖았다. 자고로 몸 정이란, 누가 알려 주지 않아도 연인戀人 스스로가 더 잘 아는 법이었다. 결국 약손과 이유는 춘화 그림의 자세를 재연하는데 성공했다. 뿐만 아니라 그다음 장을 넘기고, 또 넘기고 넘겨서 마침내 책에 그려진 그림 전부를 체득하는 경지에 이르게 됐다.

몸 정, 마음 정 다 들게 된 둘은 잠시도 떨어질 수 없는 애절한 사이가 되고 마는데…….

'사람 여약손이, 사람 이유를 사랑합니다. 그 사랑이 죄가 된다면…… 제 목을 치세요.'

약손이 의젓한 얼굴로 말했다. 이유 또한 마찬가지 생각이었다. 아니, 약손보다 제 마음이 더 깊었으면 깊었지 결코 가볍지는 않았다. 이유는 세상 사람들의 날 선 시선, 비난 따위를 모두 각오했다. 이유가 약손의 손을 맞잡았다. 이유는 뼈가 으스러져라 약손을 껴안았다.

'약손아, 나도 그래. 네 마음과 같아. 세상 누구보다 널 연모한다. 널 지킬 거야. 내 목숨을 걸어서라도…….'

이유가 상상하는 꼴을 가만 살펴보면 반가의 여인들이 저희들끼리만 은밀히 돌려본다는 풍속소설은 저리 가라였다. 상상 속 이유는 더할 나위 없이 늠름했고, 제 정인 지킬 줄 아는 낭군 중의 낭군이었다. 둘의 앞에 시련이 휘몰아치면 칠수록 약손에 대한 이유의 연정은 저 바다만큼, 저 하늘만큼 깊고 높아졌다.

하지만 행복한 상상이 끝나고 비참한 현실을 자각한 순간, 이유는 말도 못 할 자괴감에 휩싸였다. 멀쩡히 자다가 혼자 얼굴 화끈거리고 창피해져서 벌떡벌떡 몸을 일으킨 경우가 한두 번이 아니었다. 이런 상황에서 아무것도 모르는 약손의 얼굴을 어떻게 마주할 수 있단 말인가?

여약손의 최대 관심사는 그날 하루 최고로 맛있었던 반찬 꼽기. 최대 고민은 다음 날 나올 반찬 중에서 무엇이 제일 맛 좋을지 예상하기. 궐에 잔치라도 있는 날이면 저가 더 신나서 어쩔 줄을 몰라 했다.

그런 애를 두고 이유는 허구한 날 무슨 잡생각을 하는 건지.

만약, 아주 만약에라도 약손이 여인의 몸이었더라면 후궁 첩지 내려 어화둥둥 품에 끼고 살 텐데. 하지만 여약손, 그 애는 이유와 똑같은 사내였다. 동성同姓이었다. 후궁 첩지는 말할 것도 없었고 마음을 고백하는 일조차 불가능했다. 그리고 솔직히 말하면, 이유는 세상 사람들의 손가락질보다 저를 경멸하게 될 약손을 생각하는 일이 더 두려웠다.

'뭐라구요, 주상 전하? 저를 은애한다고요? 저는 사내이고, 주상 전하도 똑같은 사내인데 어떻게 두 명의 남자끼리 사랑을 합

니까? 망측해! 흉해! 전하 그렇게 안 봤는데, 정말 실망이에요! 다신 전하를 안 볼 테야!'

사랑받지는 못할지언정 결코 미움을 받을 수는 없었다.

천지신명이여, 부디 저를 불쌍히 여겨 굽어 살피소서…….

날이 가면 갈수록 이유의 얼굴은 수척해졌다. 하루 종일 약손 생각만 했으면서도 정작 약손이 상약하러 오면 그 얼굴을 못 봤다. 눈도 못 마주쳤다. 괜히 바쁘게 상소문을 보는 척, 책 읽는 척을 했다. 약손 말에 짧게나마 대꾸하는 일? 엄청난 용기를 발휘하고 또 발휘해야만 겨우 '그랬더냐?' 한마디 내뱉을 수 있었다.

피가 바짝바짝 마르는 나날의 연속이었다. 원래 누군가를 홀로 연모하는 일은 외롭고 힘이 든다지만 그중에서도 이유의 속을 가장 문드러지게 만드는 일. 그건 바로,

'어머! 여 생도님, 친절도 하셔라. 이렇게 맛 좋은 대추를 어디서 구해 오셨어요? 참말 달고 맛있습니다.'

'저희를 주려고 가져오신 거예요? 우리 여 생도님은 너무나도 사려 깊으셔요!'

'혼례 올리면 부인을 으뜸으로 위해 주는 다정한 부군 되실 것 같아요. 너무 부럽사옵니다.'

'에휴, 나한테도 여 생도 같은 잘생기고 어린 다정한 남편 있었으면 정말 원이 없겠네. 누구는 독수공방하느라 뼈가 시릴 지경인데.'

'한데, 마음에 둔 정인은 있으세요? 아직 없으면 제가 궐 밖에 아는 참한 규수가 있는데 중매라도…….'

그러니까 어제 벌어진 일이었다.

이유는 조회가 늦게 끝나는 바람에 늦은 밤중에서야 침전으로

돌아올 수 있었다. 주상 전하 기다리는 시간이 평소보다 훨씬 더 길어졌다. 마중 나와 있던 궁녀와 내시들도 덩달아 심심해졌다. 저들끼리 소곤거리며 무료함을 달래는 와중에 때마침 약손이 상약하라는 부름을 받고 침전에 왔다. 이제 약손도 상약 경력이 하루 이틀이 아닌지라 대전의 내시, 궁녀들과도 퍽 친해졌다. 스스럼없이 서로의 안부를 물을 정도였다.

약손은 소쿠리 안에 내약방 마당에서 털어 온 대추를 한가득 챙겨 왔다. 내약방 마당에 심은 대추나무가 올해 유독 풍년이라서 의원들과 생도들이 배가 터지도록 먹고 남은 것들이었다.

마침 지루하던 차에 잘됐다. 때 아닌 주전부리 등장에 궁녀들과 내시들은 삼삼오오 모여 한 알 두알 대추를 씹어 먹었다. 그러다 보니 절로 수다가 꽃폈다. 당연히 화제는 대추를 가져온 약손이었다.

사실 약손은 잘 몰랐지만 그간 대전 오고 가는 동안에 궁녀들에게 본의 아니게 파란을 일으킨 장본인이었다. 그럴 만도 했다. 온통 시커멓고 험상궂게 생긴 일반적인 사내들과는 전혀 다른 미남자의 등장이라! 약손의 환한 피부, 오밀조밀 꾹꾹 박힌 귀염상의 이목구비. 심지어 약손은 궁녀들에게 이래라저래라 단 한 번도 하대를 한 적이 없었다.

물론 생도인 약손의 지체가 그들보다 낮은 까닭도 있었지만 단순히 신분 차이 때문만은 아니었다. 약손은 항상 만나는 사람들에게 꾸벅꾸벅 고개 숙여 예의 바르게 인사를 올렸다.

'이 상궁마마. 안녕하세요! 간밤에 잘 지내셨습니까? 날이 갑자기 추워졌네요. 옷 따뜻하게 입으세요.'

'박 상궁마마. 오늘따라 낯빛이 아주 좋아 보이십니다. 무슨 좋은 일이라도 있으셨어요?'

'서 나인님, 저번에 든 고뿔은 괜찮아지셨습니까? 서 나인께서 보이지 않아 걱정을 많이 했습니다. 내약방에 들러서 꼭 약을 지어 가세요. 아셨지요?'

안부 묻기는 예사요, 궁녀들 중 누군가가 짐이라도 옮기는 걸 보면 한 치의 망설임 없이 앞장서서 달려왔다.

'아이고, 항아님! 가녀린 몸으로 어찌 이렇게 무거운 짐을 홀로 드세요? 이리 주세요. 저가 옮겨 드리겠습니다. 어디에 두면 됩니까?'

생각해 보라.

보고만 있어도 기분이 절로 좋아지는 미남자가 싹싹하게 인사를 해준다. 꼬박꼬박 안부와 근황을 물어준다. 심지어 그는 항상 몸가짐을 바르게 하려 신경 쓰는 조신남이며, 여인을 먼저 위할 줄도 아는 배려남이다. 여약손이 말은 호기롭게 해놓고 무거운 짐을 으쌰으쌰 한 손에 들지 못하고, 저도 힘이 달려서 낑낑거리며 옮기는 모습마저 보는 이로 하여금 흐뭇함을 자아냈다.

하여 여 생도 상약하러 들어오라는 분부가 내려지면 궁녀들은 그 소식 제일 먼저 듣고는 술렁거렸다. 다들 제 할 일 하는 척하면서도 은근슬쩍 약손이 통행하는 길목에 서서 몰래 지켜봤다. 그야말로 여약손은 궁녀들의 활력소요, 고단한 하루를 버티게 하는 기력의 원천이었다.

여 생도…… 지금처럼 웃기만 해.

여 생도…… 아무것도 하지 마. 숨만 쉬어.

여 생도…… 어느 화창한 봄날, 우연인 듯 운명처럼 다가와 사실 그동안 나 역시 항아님을 오랫동안 연모했다며 가슴 뜨거워지는 고백을 해줘…….

물론 개중에는 여 생도 나이가 어리니까 그나마 좀 봐줄 만한 거지, 키도 작고 어깨도 좁은데 저 체격으로 무슨 사내구실을 하겠냐며, 남자 나이 스물다섯만 넘으면 저 미모도 꺾일 것이라고, 두고 보라며 약손을 깎아내리는 취향 확고한 궁녀들이 간혹 있기는 했다. 물론 그들의 말 또한 하나도 틀리지 않았다.

하지만 여 생도가 조금 반반한 외모만을 믿고 스스로의 관리하지 않아 벌어지게 될 얼굴 쳐짐이나 흘러내림은 나중에 생각할 문제였다. 지금으로서는 감히 범접할 수도 없는 주상 전하를 제외하면 여약손이 궁궐 제일의 미남자인 것만은 분명했다.

그런 상황에 약손이가 대추를 가져오다니. 돌멩이를 씹어 먹으라고 가져와도 예쁨 받을 판이었다. 궁녀들도, 내시들도 모두들 사이좋게 대추를 나눠 먹었다.

한데 하필이면 이유가 바로 그 순간을 목격한 것이었다.

궁녀뿐만이 아니라 내시들도 약손을 좋게 생각하고 칭찬했다. 심지어 아직 미혼인 약손에게 중매를 제안한 사람도 나이 지긋한 내관이었다. 약손은 이미 궁녀들 사이에서 자기들만의 공공재로 통했다. 공평하게 지켜보기만 하되, 직접적으로 손대지는 말 것! 궁녀들이 약손에게 중매를 서 줄 리 없었다.

하지만 이미 질투에 눈먼 이유에게는 그따위 전후 사정은 보이지 않았다. 분명 약손을 둘러싼 궁녀는 서너 명 남짓이고, 내관들 숫자만 족히 열 명은 넘었다. 한데 어찌 된 일인지 이유에게 내관은 하나도 보이지 않았다. 오직 궁녀들만 보였다.

어여쁜 여인네들에게 겹겹이 둘러싸인 여약손이라…….

무슨 말을 저리 재미있게 하는 걸까? 약손은 창피한 듯 얼굴을 붉히기도 하고, 고개를 푹 숙이기도 했다. 어쩔 때는 까르르 특유의 해사한 웃음을 터뜨리기도 했다.

아침에 저 미소 보면 하루가 상쾌했더랬지. 또한 아무리 피곤한 하루를 보냈다 해도 저녁에 저 미소를 보면 온갖 근심이 싹 사라졌더랬지. 평소였더라면 대체 무슨 얘기를 그리 재미나게 하냐고 이유 역시 스스럼없이 다가갔을지도 몰랐다. 잠깐 머리를 식히며 이야기를 나누었을지도 몰랐다.

하지만 애석하게도 지금의 이유는 예전의 이유가 아니었다. 약손에 대한 저의 마음을 깨달아 버린 이유. 약손 때문에 밤낮없이 가슴앓이를 하는 이유.

약손이 웃는 모습을 본 순간, 화르륵 가슴속에 불덩이 하나가 맺혔다. 그 불, 어찌나 뜨겁고 매운지 몰랐다. 가슴이 콱콱 막혔다. 눈알이 홧홧하게 달아올랐다.

하여 이유는 침전 앞에 서 있던 약손을 본체만체하며 냉정하게 지나갔다. 일부러 약손을 중심으로 이뤄졌던 무리를 반으로 쫙 가르며 댓돌 위에 발을 올렸다. 수다 삼매경에 빠져 주상 전하의 기척조차 알아채지 못한 궁녀와 내시들이 기함한 것은 말할 필요도 없었다. 아마도 각자 각사에 돌아가고 난 후에 웃전에게 눈물이 쏙 빠지도록 종아리를 맞거나 감봉을 당했으리라.

오늘 편전에서 안 좋은 일이 있으셨나? 주상 전하 심기가 썩 좋지 않아 보이는데?

약손은 주상 전하 심기 어지럽힌 장본인이 저인 줄은 꿈에도 모른 채 쫄래쫄래 뒤를 따라 들어갔다. 평소라면 먼저 안부 물어줬을 이유의 입이 꾹 다물렸다. 동장군이 때를 모르고 먼저 왔나? 환복하시는 몸짓 하나하나에서 아주 그냥 찬바람이 쌩쌩 불었다. 약손은 맴맴 속절없이 눈치만 봤다.

그러다가 제 몫의 약이 내려지고 나서야 꼴깍꼴깍 종지 안의 탕약이나 마셨다. 힐끗 눈을 흘겨보니까 이유도 잔뜩 굳은 얼굴로 약을 마셨다.

이유는 지금 이 순간 약손과 일절 말 섞고 싶지 않다는 마음뿐이었다. 약손이 뭐 특별하게 잘못을 한 것도 아닌데 꼬치꼬치 잘못을 따져 묻고 싶었다. 약손에게 세상에 다시없을 배신을 당한 기분이었다.

여약손 얄미워. 배신자, 줏대 없는 놈, 꼴뚜기, 비루먹을 강아지 팔자.

왜 궁녀들 보고 웃어 줘? 걔네가 뭔데? 왜 걔네랑 사이좋게 지내? 뭐, 얼마나 친한 사이기에? 아주 오지랖이 넓어서 좋겠네. 혹시 마음에 둔 궁녀라도 있는 거 아니야? 야, 꿈 깨라! 궁녀는 왕의 여자인 거 모르냐? 궁녀랑 정분나면 넌 능지처참이야!

입속에서 약손을 향한 욕지거리가 자글자글 끓었다. 이유가 다 마신 약 대접을 거의 던지듯이 내려놨다. 콰앙! 이유가 마치 술이라도 마신 양 거칠게 인상을 썼다.

여약손 너 꼴도 보기 싫으니까 당장 꺼지라고 말하고 싶은 마음 반, 하루 종일 약손 볼 지금 이 순간만 기다렸으니까 좀만 더 놀다가게 하고 싶은 마음 반반이 골고루 섞여 싸웠다.

이유가 혼자 씩씩거리며 내면의 분노와 씨름할 때, 내내 주상 전하 눈치만 보던 약손이 슬금슬금 무릎을 방바닥에 밀며 다가왔다.

"저…… 주상 전하……."

"뭐야?"

저도 모르게 말소리가 크게 나갔다. 아차, 싶었지만 이미 늦었다. 제풀에 놀란 이유가 어쩔 줄 모르는 표정이 되어 약손을 바라봤다. 다행히 약손은 하나도 신경 쓰지 않고 제 허리춤에 매달린 주머니를 뒤지기 바빴다. 꼼지락꼼지락 손가락을 움직이더니 이내 이유 앞에 저가 가져온 물건을 내밀었다.

"내약방 마당에서 딴 대추예요. 올해 풍년이라 유독 알이 크고 실하대요. 저가 주상 전하 드리려고 그 중에 제일 튼실해 보이는 놈으로다가 골라 왔는데……."

조그만 반상 위에 잘 익은 대추 다섯 개가 데굴데굴 굴렀다. 풍년이라는 말은 사실이었는지 이건 뭐 대추알인지 밤알인지 구분되지 않을 만큼 알이 굵었다.

"……."

한숨이 절로 나왔다. 저 주려고 제일 실한 대추만 골라 따왔다는 말 듣는데 왜 이렇게 맥이 빠지는지. 방금 전까지만 해도 화가 끓어올라서 어쩔 줄 몰랐는데 약손 말 한마디에 정말 어이가 없을 정도로 마음이 차분해졌다. 약손 말 한마디에 지옥에 떨어졌다가 또 약손 말 한마디에 극락을 오고 갔다.

약손은 태산처럼 거대했고 이유는 쌀알만큼 작았다. 거인巨人 여약손이 소인小人 이유의 발목을 모아 쥐고 열탕에 빠뜨렸다가, 냉탕에 빠뜨리기를 반복하는 것만 같았다.

나, 대체 어쩌다가 이 지경까지 된 것이냐…….

지금 이 순간 이유는 세상 제일의 소인배, 둘도 없는 으뜸 못난이가 된 기분이었다. 혼자 화냈다가, 또 혼자 웃었다가. 참말 어디에 마땅히 회포 풀 데도 없는 이유의 벙어리 냉가슴이었다.

난생처음 앓는 사랑의 열병은 독해도 너무 독했다.

# 第十三章. 호랑이 사냥(1)

[1]

"주상 전하, 날이 가면 갈수록 호랑이가 기승을 부린다고 합니다. 함경도 화령에서는 호랑이 떼가 출몰하여 사람과 집짐승에게 큰 해를 끼쳤으며, 강원도에서는 주민 수백 명이 물려 죽었다는 파발이 올라왔습니다. 뿐만 아니라 민가에서는 호랑이가 먹고 남은 시신 조각을 모아서 장례를 치르는 호식장虎食葬과 범굿을 유행처럼 치른다고 하옵니다"

"포수와 고을 원들은 어찌 그것들을 가만두고 보는가?"

"호랑이가 영악하여 능에 숨어 있다가 해코지를 일삼으니, 포수들 또한 속수무책인 줄 아옵니다."

"범을 다섯 마리 이상 잡으면 포수의 계급을 올려 주어라. 또한 한 해 열 마리 이상을 잡은 고을의 원에게는 품계를 올려 준다는 교지를 작성하여 내리도록 하라. 날이 추워지면 범의 폐단은 더욱 심해질 터. 미리미리 방비해야 할 것이야."

"분부 받들겠나이다."

도승지가 물러났다. 웬일로 편전에 들어 조회에 참석한 한명회는 하필이면 오늘 같은 날 딱 맞춰 왔는지. 호랑이가 식인食人한다는 끔찍한 이야기에 수태한 여인처럼 욱욱거리며 속이 거북한 표정을 지었다.

하긴 태종 때에는 호랑이가 경복궁 담을 넘어와 근정전을 어슬렁거렸다지? 암만 호환(虎患: 사람이나 가축이 호랑에게 당하는 화)은 타고난 운명이랬어도 맥 놓고 살다가 물려갈 수는 없었다. 그게 무슨 개죽음, 아니 호랑이 죽음이야? 자고로 스스로의 목숨은 스스로가 나서서 지켜야 하는 법이었다.

"그런고로 주상 전하, 신 한명회가 한 말씀 올리옵니다. 이 나라 조선 건국된 이후로 지존들께서는 강무(講武: 임금이 신하와 백성들을 모아 사냥하며 무예를 닦던 행사)하기를 게을리하지 않으셨습니다. 네 계절 끝 무렵에, 적어도 가을과 겨울에는 반드시 사냥을 나가셨습니다. 옛말에도 천자天子와 제후諸侯는 일이 없으면 한 해에 세 번씩 사냥을 한다 합니다. 한데 지존께서는 어찌 즉위하신 이후로 단 한 차례도 강무 나간다는 말씀이 없으신지요? 부디 호식장 치르는 백성들을 가엾이 여기시어 금추金秋에는 반드시 강무하여 몸소 호랑이를 사냥하는 지존의 본을 보여 주시옵소서."

아주 말은 천자 어쩌구, 백성들 저쩌구 번드르르했으나 결국 세상 무서운 줄 모르고 날뛰는 호랑이를 잡아서 나 아무 걱정 없이 편히 살게 해달라는 얘기였다. 함경도랑 강원도에 출몰한 호랑이가 한양에, 경복궁 안에 들어오지 않으리라는 법 없었다. 참말이지 호랑이에 물려가서 사지가 도륙 나느니, 진즉 혀 깨물어 죽는 게 나았다. 호랑이한테 물려 죽으면 얼마나 아프고 쓰릴까? 명회는 세상이 두 쪽 나도 제 몸 아픈 건 싫었다.

게다가 주상 전하께서 대군 시절에 사냥으로 한 끗발 날렸다는 얘기는 궐 안의 사람들이라면 익히 하는 사실이기도 했다. 사저 뒷마당에는 봄이면 노루, 여름이면 사슴, 가을이면 멧돼지, 겨울이면 곰 등 짐승 시체가 산처럼 쌓였다. 오죽하면 한양 무두장이들이 갖다 파는 짐승 털은 모두 둘째 마마 댁에서 나왔다는 우스갯소리가 돌았을까.

심지어 이유는 호랑이도 심심치 않게 잡아 왔다. 혹한기에는 범의 털을 자랑스럽게 걸치고 다니기도 했다. 한양에서 웬 호랑이가 어슬렁거리나 싶어서 자세히 보면 그것은 백발백중 호랑이 털 입은 이유였다. 어쩌면 지금 호랑이가 기고만장 설치는 까닭도 이유가 철철이 사냥을 하지 않기 때문일 수도 있었다.

암말 잘 벼린 칼이라도 가만두면 녹슬고 이 빠집니다. 솔직히 전하도 궐 안에만 있기엔 좀이 쑤시지요? 이번 기회에 찌뿌듯한 몸 좀 풀고, 콧구멍에 바람도 쐬고 오십시오.

명회의 뜻은 그러했다. 이유 역시 명회가 깔아 준 멍석을 굳이 마다할 리 없었다. 이유는 못 이기는 척 고개를 끄덕였다.

"하면, 내 자네의 뜻을 받들어 금추에는 강무를 좀 나가 볼까……."

하지만 작년에 못 한 강무를 올해라고 쉽게 할 리가 없었다.

"강무라니요! 주상 전하, 아니 되옵니다! 불가합니다! 이는 천부당만부당한 일이옵니다!"

"……."

편전에 찬물이 끼얹어졌다. 무려, 이유가 말을 끝맺기도 전이었다. 이유의 표정이 삽시간에 굳어졌다. 눈에 쌍심지를 켜고 득달같이 반대하는 사람은 누구인지 확인할 필요도 없었다. 감히 주상의 의견에 일일이 토 달아 막는 자, 누구겠는가?

성삼문, 그뿐이었다.

명회가 살짝 짜증이 나는 듯 한숨을 내쉬었지만 곧 마음을 가다듬고 참견했다.

"지존께서 강무하시는 게 뭐 별거라고 천부당만부당 옳지 않다 반대를 하나? 그거야말로 좀 너무한 것 같은데?"

명회가 농담처럼 웃으며 말을 걸었다. 그러나 성삼문은 명회에게는 일말의 시선도 주지 않았다.

"경기와 강원도의 백성들이 풍수재와 해충으로 말미암아 농사를 실패하고 기아와 궁핍에 시달리고 있사옵니다. 뿐만 아니라 전년에 돈 역병의 후유증은 아직 제대로 해결되지 않은 실정이옵니다. 나라 안팎이 어렵고 곤궁한데, 어찌 주상 전하께서는 오히려 나서서 사치를 숭상하려 하시나이까? 부디 청컨대 씀씀이를 절약하시고 살림 출납을 생감하시어 근본을 후하게 하소서."

"이보게 삼문이, 이 사람 참 답답한 얘기를 하네. 금년에 하남 발곡식이 풍년이라는데 무슨 소리를 하는 거야? 그대가 언급한 경기와 강원도 지방에는 상황의 나쁨을 고려하여 마땅히 전세의 징수를 가볍게 할 터. 강무와는 도통 상관이 없는 문제네. 또한 주상 전하께서 일전에 칠촌에 돈 액을 역병일까 걱정하시어 수라 감선한 것도 모르는가? 심지어 칠촌에 직접 다녀오시기까지 했지. 한데 지금 누구 앞에서 사치를 운운해? 누가 들으면 주상 전하께서 팔보장八寶粧으로 치장하는 줄 알겠네."

"응당 군자라면 주색과 잡기를 멀리해야 합니다. 하나, 궐 안에는 주상 전하께서 온천수를 몰래 들여 온욕 즐기신다는 소문이 파다합니다!"

"뭐, 뭐라고? 온욕?"

성삼문의 일갈에 한순간 명회의 말문이 탁 막혔다.

야, 너 지금 무슨 말을 하는 거야? 애가 언제 적 월당 얘기를 하냐, 지금? 그리고 그건 주상 전하 피부 환증 때문에 어쩔 수 없이 온천물을 퍼온 건데…… 심지어 어의가 먼저 온천에 목욕하라고 추천한 건데……. 뭔 말을 해봐도 치졸한 변명처럼 들렸다.

호랑이 기승부린다는 적확한 명분이 있으니 이번 해에는 집현전 것들도 뭐라 반대를 하지 못하겠거니, 생각보다 수월하게 강무를 진행할 수 있겠거니 싶었는데 역시 성삼문을 얕봤다가 큰코다쳤다. 게다가 주상 전하 온욕하신다는 얘기는 비밀에 부친 사항인데. 이 귀신같은 성삼문! 대체 월당 얘기는 또 어떻게 알아낸 거야? 명회가 몹시 분하다는 듯 열심히 성삼문을 째려봤다.

하지만 이미 몰래 차려 놓은 온천탕 때문에 승기를 뺏겼으니 별수가 없었다. 자고로 정치란, 언제나 그렇듯 명분 없는 자에게는 가혹했다.

"워, 월당은 월당이고! 그거랑 강무는 전혀 상관없잖아!"

명회가 뒤늦게 항거했지만 이미 늦어 버렸다. 작년에도 성삼문을 필두로 집현전이 반대해서 사냥을 못 나갔는데, 이번에 또 무산되게 생겼다.

야, 너 진짜 너무한다. 너 살아생전 모시던 영릉(英陵: 세종의 묘) 생각은 안 하냐? 철철이, 시시때때로, 사냥 나가야겠다 활 잡고 일어서신 분이 다름 아닌 영릉이다. 사냥에 환장하는 그 피가 어디 가겠어? 주상 전하께서 누굴 닮아 사냥이라면 사족을 못 쓰는지 정녕 몰라? 그때는 입 꾹 닫고 잘만 분부 따르더니만 이제는 사사건건 시비질이네?

하고 싶은 말이야 천 가지 만 가지였다. 하지만 성삼문이 저리 확고하게 나오는데 어쩔까? 월당이라는 약점까지 잡힌 마당에. 명회는 내심 주상 전하 강무 못 보내드리게 된 일이 무척 죄송스러울 뿐이었다.

전하, 죄송해요. 소신이 못나서…….

성삼문 쟤가 말싸움을 너무 잘해서…….

복받치는 분노 때문에 부들부들 명회의 어깨가 떨렸다. 물론 이대로 강무를 생략하는 일은 다른 누구도 아닌 이유 본인이 제일 아쉬웠다.

"전하, 저녁 강독을 하셔야 하는데……."

편전이 얼어붙었다. 그 얼음 녹일 사람, 동재밖에 없었다. 이유에게 다음 일정 알리는 것으로 넌지시 조회를 파했다. 결국 강무는 성삼문의 말대로 또 없던 일이 될 처지였다. 그럴 수는 없었다. 그렇다면 아쉬운 자가 먼저 굽혀야지, 별수 있을까?

명회와 성삼문의 대화를 잠자코 듣던 이유가 한마디 했다.

"하면…… 이번 강무 때에는 검약 정신 발휘하여 선대에 지출했던 경비의 절반, 아니 그 절반의 또 절반으로 축소하면 어떠한가?"

"?"

퇴청 준비하던 성삼문이 자리에 멈춰 섰다. 명회는 대체 그게 무슨 뚱딴지같은 말이냐는 듯 의아한 표정을 지었다.

"강무 때 필요한 대호군(大護軍: 조선 시대의 5위에 속하는 종3품의 무관직)과 사금(司禁: 임금의 어가를 수종하면서 일반 잡인의 범접을 막던 군사) 등 사사로이 부리는 반당은 모두 빼지. 뿐만 아니라 시위패 역시 최소한으로만 구성할 것이야."

"전하! 그게 무슨 말도 안 되는……!"

명회가 경악했다. 그러나 이유는 강무에 참여할 수만 있다면 이깟 주변인들이야 있어도 그만, 없어도 그만이었다.

"또한 과인이 데려가는 호위의 숫자 또한 절반으로 줄이지. 내금위장 6인 중 3인과 그 휘하의 장수들, 소대만 동행하도록 하겠네. 사실, 이 정도 인원도 호랑이를 잡기엔 과분하지. 어떻게 생각하는가, 죽헌?"

심지어 이유는 한술 더 떠 제 호위까지 감하겠다고 나섰다. 아니, 세상일에 검약할 게 따로 있지? 다른 건 몰라도 어찌 주상 전하의 호위를 축감해? 이게 말이야, 됫박이야? 하지만 이유는 명회가 곁에서 거품을 물고 자지러지거나 말 거나였다.

"……."

"……."

성삼문이 이유를 응시했다. 암만 낙락장송 매죽헌이라도 지존이 이렇게까지 굽히고 나오는데, 저 할 말만 하거나 제 의견만 곧이곧대로 밀어붙일 수는 없었다. 성삼문은 마뜩잖았지만 어쩔 수 없다는 듯 고개를 끄덕였다.

"……분부 받들겠나이다."

성삼문 입에서 분부 받들겠다는 얘기를 들은 게 언제 적인지도 모르겠다. 하지만 이유가 누구인가? 기어코 그 답을 받아내고야 말았다.

"고맙네."

이유가 가뿐한 표정으로 편전을 나섰다.

이제 아무도 이유의 강무를 막을 사람이 없었다. 성삼문이 허락했으니 다른 집현전 학자들 역시 어깃장 놓지 못했다. 그야말로 일사천리라. 주상 전하께서 사냥 간다는 소식이 퍼졌다. 온 궐 안의 사람들은 그 차비 준비하느라 바쁘게 움직여야만 했다. 물론 약손 또한 그 이야기를 전해 들었다. 그래도 뭐, 저와는 아무 관련 없는 일이라 여겼다.

고작 상약 생도 따위가 강무와 무슨 인연이 있겠어? 애초에 약손은 관심도 두지 않았다. 하지만 주상 전하가 주관하시는 사냥이라니. 듣자 하니 호랑이나 곰도 잡는다는데? 그러면 정말 주상 전하가 호랑이한테 막 활도 쏘시고 칼도 콱콱 꽂아 넣고 하시는 건가? 아니면 용감한 장수들이 다 잡아 놓은 걸 뒤늦게 도착한 다음에 본인이 잡은 척 생색만 내는 건가?

그런 잡다한 사항들이 궁금하기는 했다. 그리고 약손은 언제나 그렇듯 궁금증을 참는 법이 없는 사람이었다.

"하면, 사냥터 나가시면 주상 전하께서는 직접 범을 잡으십니까? 핑! 핑! 활도 쏘고? 칼도 막 이렇게 허이! 허이! 휘두르고?"

"푸으으으읍—!"

이유가 마시던 식혜를 뿜었다. 여기가 열무정 누각이었으니 망정이지 침전이었더라면 방바닥 어지럽히고 난리 났으리.

"아, 뭐예요! 주상 전하! 아까운 식혜 다 흘렸어! 밥풀 다 튀었어! 어우어우 추잡스러워서 증말……!"

사실 별로 쏟지도 않았는데, 약손은 괜히 깔끔한 척 요란을 떨었다. 아니, 평소에는 단것 싫다고 과줄도 잘 안 자시고 식혜랑 수정과도 안 드시더니만 오늘은 무슨 바람이 불어 식혜를 다 마시는지 몰랐다. 결국 이런 대참사를……. 그래도 웃전이라고 약손이 이유에게 수건을 건네줬다. 이유가 수건으로 단물에 젖은 입가를 문질러 닦았다.

"주상 전하, 부디 체통을 좀 지키세요! 체통을!"

"어흐윽……."

식혜 먹다가 사레들린 이유의 눈가가 붉었다. 약손은 쯧쯧 혀를 차며 이유의 등을 퍽퍽 두드려 줬다. 이유는 한참이나 더 콜록콜록 기침을 하다가 간신히 진정할 수 있었다. 이유가 물었다.

"너, 그 이야기는 어디서 들었느냐?"

"무슨 얘기요?"

약손이 부꾸미를 앙 베어 물며 물었다. 부꾸미 씹는 왼쪽 볼이 동그랗게 부풀어 올랐다. 찹찹찹. 찹쌀 부꾸미 씹는 소리가 요란했다.

"그, 그거……."

"네? 뭐요?"

"그, 그, 그거……."

"아! 뭐요?"

약손이 찹쌀 부꾸미 두 개를 한입에 집어넣었다. 기름에 지져 구운 떡이 아주 고소했다. 안에 든 팥소는 아주 달지도 않고 또 아주 싱겁지도 않았다. 식혜랑 마시기에는 더할 나위 없이 제격이었다. 아주 찰떡궁합이었다. 어느새 약손 몫의 부꾸미 접시가 텅 비었다. 이유가 제 부꾸미를 약손 앞으로 밀어 주었다.

"그…… 범 말이야…… 활 쏘는 거랑…… 칼……."

이유가 난데없이 얼굴을 붉혔다. 왜? 대체 범이 뭐라고? 활이 왜? 칼이 뭐? 이게 얼굴 붉어질 일이야? 그뿐만이 아니었다. 이유가 갑자기 푹 고개를 숙였다. 과장 조금 보태자면 꽈배기처럼 배배 몸을 꼴 지경이었다. 주상 전하가 식혜를 잘못 드셨나? 갑자기 왜 이러시지? 약손만 영문을 몰랐다.

하지만 이유의 입장에서 변을 하자면, 다 까닭이 있어서 그랬다. 비록 역대 왕들 강무 중에서 본의 아니게 가장 검소한 강무를 가게 됐을지언정, 이유는 사냥할 수 있다는 사실 하나만으로도 기분이 무척 좋았다. 궐 안에 갇혀 살았던 그동안의 설움을 모두 발산해야지! 묵혔던 짜증과 피로를 사냥으로 떨치고 와야지! 강무 날이 하루하루 다가올수록 설레서 잠도 못 잤다. 그런데 한 가지 마음에 걸리는 일이 있었다. 그 일이란, 두말할 것도 없었다. 요즘 주상 전하 들었다 놨다 하는 여약손이 문제였다.

이유는 내심 약손을 강무에 함께 데려가고 싶었다. 마음만 먹자면 주상 전하께서 사냥터에서 약 드실 수 있으니 너도 따르거라, 간단하게 한마디만 하면 됐다. 약손은 군말 없이 이유를 쫓았을 터였다. 하지만 세상 일이 그렇게 쉬웠으면 이 난리가 왜 났으랴. 왜 이유가 몇 날 며칠 근본 없는 속앓이를 했으랴.

'약손아, 너 나 따라가서 함께 사냥 나가볼 테냐? 지금 나가면 오색으로 옷 갈아입는 산 경치가 아름다워서 볼 것이 참 많단다. 너도 궐 안에서만 지내기 답답하잖아. 우리 같이 신나게 말 타보자.'

대체 이게 무슨 조화인지, 이 쉬운 한마디가 도무지 입 밖으로 내뱉어지지 않는 것이었다. 마음속으로는 벌써 몇 백 번, 몇 천 번을 말했다. 하지만 정작 약손이 상약하러 오기만 하면 입에 엿이라도 물린 듯 꾹 닫혀서 차마 떨어지지가 않았다.

'야, 야, 약손아…… 너, 나랑 그…… 그거…… 사, 사냥……."

'네?'

'사, 사……고 싶은 거 없어?'

'네? 갑자기 그게 무슨 말씀이세요?'

약 잘 마시는 애한테 갑자기 뭐 사고 싶은 건 없냐고 생뚱맞은 질문을 하지 않나.

'우리 같이 말…… 말…….'

'네? 주상 전하, 뭐라 하셨어요? 크게 말씀을 해주세요. 잘 안 들립니다.'

'마…… 말이 너무 많아! 넌 너무 시끄러워!'

'…….'

본의 아니게 약손이 시끄럽다고 구박을 하기도 했다. 아무튼 상황이 이러하니 이유는 점점 속만 탔다. 당장 강무 날이 내일모레로 다가왔는데 약손한테는 함께 가자 말도 못 꺼냈다. 그렇다고 동재한테 명령 내리듯 시켜서 억지로 데리고 가기는 싫었다.

이게 대체 무슨 심보인지는 이유 스스로도 알지 못했다.

다만 한 가지 분명한 것이 있다면 이거였다. 이유가 직접 제 입으로 사냥을 가자고 말해서, 약손에게 직접 허락의 말을 듣는 것.

어쩌면 오늘이 마지막 기회일 수도 있었다. 이유는 괜히 가슴이 답답하다는 핑계를 대며 상약을 열무정에서 했다. 넓은 경치를 보면 용기가 솟구칠 것 같았기 때문이다. 역시나 근본 없는 자신감이었다.

혼자서만 잔뜩 긴장했다가 마시던 식혜마저 뿜어내는 추태를 부리고야 말았다. 약손이 툭툭 제 등을 두드려 주며 진정시켜 주는데 마음이 방정을 떨어 숨 멎는 줄 알았다. 이유가 곤룡포 옷소매 아래로 불끈 주먹을 다잡았다.

“너도 알고 있었구나? 내가 강무 가는 것을…….”

“그럼요. 요즘 궐 안이 주상 전하 강무 때문에 떠들썩한 걸요? 덕분에 항아님들이 엄청 바빠요! 준비할 게 한두 가지가 아니래요. 그래도 호랑이를 잡으러 가신다니까…… 다들 주상 전하가 엄청 용감하대요!”

칭찬 한마디에 이유의 어깨가 절로 쫙 펴졌다. 식혜 따위에 사레들린 좀 전의 망충함은 온데간데없이 사라졌다. 이유는 순식간에 세상에 둘도 없이 늠름한 얼굴이 됐다.

용기를 내야 돼. 약손이한테 사냥 함께 가자고 말을 하는 거야! 넌 할 수 있어! 넌 지존이야. 천하제일의 군주야. 이유가 스스로를 다독였다. 그런 이유가 안쓰러웠던 건지, 혹은 그 간절함이 하늘에 닿았던 건지 약손이 작게 중얼거렸다.

"아, 나도 강무 따라가고 싶다. 궐에 있기만 하면 재미두 하나 없구……. 사냥 같은 건 한 번도 못 해봤는데. 실제로 호랑이를 잡는 걸 본다면 얼마나 신기할까?"

약손이 생도화 앞코로 슥슥 흙바닥을 문질렀다. 이유가 냉큼 그 뒷말을 받았다.

"하면, 약손아. 너 따라갈래? 호랑이 잡으러 가는데 너도 데려가 줄까? 나랑 같이 가자. 응?"

일말의 망설임도 없는 질문이었다. 약손의 눈이 놀라 크게 떠졌다. 감히 생도 따위는 따를 수 없는 행차라 생각했는데. 그래서 주상 전하도 여즉 너도 함께 가자, 말씀하지 않으시는 줄 알았는데! 세상에, 이런 횡재가 다 있다니!

약손도 이유만큼이나 냉큼 대답했다.

"네! 갈래요! 저도 주상 전하 따라갈래요!"

*

세 살 버릇 여든 간다는 말이 있다.

대체 누가 지은 말인지는 몰라도 삼라만상森羅萬象 이치 전부 깨우친 자임이 분명했다. 동재는 세 살 버릇 여든 가는 과정을 속속들이 지켜본 장본인, 살아 있는 목격자였다.

저 멀리, 왕을 선봉으로 좌우에 양익兩翼한 장수들이 보였다. 이유가 사냥에 목말랐던 만큼이나 장수들 또한 절실했다. 어차피 장수들이라고 해봤자 결국에는 이유 대군 시절, 함께 사냥하며 어울리던 패거리였다. 본래 고기 안 먹어 본 놈은 있어도 한

번만 먹는 놈은 없었다. 한번 피 맛 본 자들은 오랜만의 출정에 어쩔 줄을 몰라 하며 엉덩이를 들썩거렸다.

밤새 여물 듬뿍 먹인 말 콧구멍에서 흰 김이 색색 뿜어졌다. 앞발을 턱턱 차기도 하고 괜히 뒷발을 뻗기도 했다. 다들 제 주인이 고삐 단단히 조여 주기만을 기다리는 동물들이었다.

왕의 강무소로 지정한 삭녕(朔寧: 경기도 연천과 강원도 철원 지역의 옛 지명) 평야 일대에서 후전대기(後殿大旗: 왕의 행차에 쓰던 의장기의 하나)가 나부꼈다. 활 날리기에는 더할 나위 없이 좋은 날씨였다.

—둥둥둥둥!

북소리가 들렸다. 왕의 행렬 반대편에서부터 초일구(初一驅: 첫 번째의 짐승몰이)와 재구(再驅: 두 번째의 짐승몰이), 삼구(三驅: 세 번째의 짐승몰이)가 차례대로 지나갔다.

그와 동시에,

—휘이익!

이유가 활을 날렸다. 이유의 흑각궁黑角弓이 빛을 발했다. 물소뿔과 참나무, 쇠심줄을 붙여 만든 이유의 흑각궁은 한우나 사슴뿔 따위를 깎아 만든 활과는 비교도 되지 않을 파괴력을 자랑했다. 활촉이 닿는 사정거리만 해도 최소 이백 보 이상이었다. 웬만한 아귀힘으로는 시위를 잡아당기지도 못했다. 이유는 이 흑각궁으로 호랑이를 여럿 사냥했다.

자고로 무엇을 맞히든 간에 어깻죽지 이상을 맞혀야 상上으로 쳐준다더라. 오른쪽 귀밑은 그럭저럭, 왼쪽 넓적다리나 갈빗대에 맞으면 그야말로 제일 형편없는 하품下品, 찌꺼기에 속했다. 물론 이유는 언제나 그랬듯이 노루의 목덜미를 맞혔다. 몰이꾼에게 쫓겨 가던 노루가 그대로 이유의 화살을 맞고 튕겨 나갔다.

저가 달리던 가속도를 제어하지 못해 거의 고꾸라지듯 처박히는 모습이 보는 이로 하여금 희열을 불러일으켰다.

주상 전하께서 선先했으니, 이제 장수들 또한 그 뒤를 따를 수 있다!

삭녕에 화살비가 쏟아지기 시작했다.

첫날치고 사냥 수확이 꽤나 짭짤했다.

노루가 126마리, 사슴이 36마리, 곰은 2마리나 잡았다. 장수들의 화살촉에는 저마다 표식이 달려 있어 누가 제일 많은 짐승을 잡았는지 지켜보는 것 또한 사냥의 묘미였다. 내금위장 서영화가 총 20마리로 하수下手, 지육선이 40마리로 중수中手였다. 박빙은 이유와 장미춘이었다. 이유는 겉으로는 아무나 이기면 어떠하겠냐며 결과에 아무 관심 없는 척을 했다. 하지만 결국 장미춘이 노루 2마리를 더 잡아서 제일 고수高手의 자리를 차지하니까 갑자기 장미춘한테 너 화살을 총 몇 대를 날렸느냐고 따지기 시작했다.

동재가 침이 마르도록 말했던 '세 살 버릇 여든 간다.'의 서막이었다. 장미춘은 제 활 통을 살펴보고는 총 70대의 화살을 썼다고 대답했다.

"야! 그럼 너는 70대 활 날려서 고작 52마리를 잡았단 말이냐? 나머지 활대는 어떻게 됐냐?"

"그, 그것은…… 빗맞힌 화살이온데……."

장미춘은 내금위 장수 중에서 나이가 제일 어렸다. 지육선의 추천으로 내금위에 몸담게 됐을 뿐, 이유와 사냥해 본 적은 처음이란 소리였다. 설마 서영화와 지육선이 궁술 실력이 부족해서 이유보다 못 맞혔을까? 사람들이 괜히 나이 많은 경력자를 우대하고, 경력을 중요하게 생각하는 것이 아니었다.

장미춘은 이유를, 주상 전하를 몰라도 너무 몰랐다. 이유는 갑자기 장미춘을 제 앞으로 끌어왔다. 그러고는 제 활 통 안에 남은 활대를 보여 줬다.

"잘 봐! 나는 고작 활대 50개를 날렸다. 그 중에서 노루랑 사슴 다 합쳐서 몇 마리 잡았니?"

"50마리……."

"그래! 그 말인즉, 나는 화살 한 발도 허투루 쓰지 않았다는 말씀이야! 화살 50대 날리면 50살 모두가 꽂고자 하는 데에 획획! 백발백중! 관중! 이해가 돼?"

"……."

"그러니까 너는 고수高手가 될 수 없어. 이건 무효야. 없던 일로 해."

"하, 하오나……."

"하오나는 무슨! 넌 내일 나랑 다시 대결해. 알겠어?"

"……예."

장미춘이 시무룩한 얼굴로 대답했다. 장미춘은 몰랐겠지만, 이유의 이해할 수 없는 계산 방식은 하루 이틀의 역사가 아니었다. 이유는 화살의 빗맞힘을 허용하지 않았다. 어떻게든, 무슨 수를 쓰든 저가 사냥 고수가 될 수밖에 없게끔 만들었다. 어차피 이유와 대거리해서 이길 수 있는 사람은 아무도 없었다. 사냥은 그냥 적당히 즐길 정도로만 하고, 중수나 하수를 자처하는 게 여러모로 득 되는 일이었다.

미춘아, 미안해. 내가 깜빡하고 말을 안 해줬다……. 절대 주상 전하를 이겨 먹을 생각일랑 말라고 언질을 해줬어야 했는데…….

육선이 눈빛으로 제 친구에게 용서를 빌었다.

아무튼 장미춘은 눈 뜨고 코 베인…… 아니, 눈 뜨고 고수 자리를 뺏겼다. 기어코 일등 자리 되찾은 이유는 그제야 만족한 얼굴로 돌아섰다.

이유가 돌아본 자리에 동재가 보였다. 그 뒤로는 무척 흥미로운 표정으로 사냥을 구경하는 약손이 서 있었다.

이유 얼굴에 절로 환한 미소가 떠올랐다.

"약손아!"

이유가 성큼성큼 큰 걸음으로 약손에게 다가갔다.

*

—따악!

서영화의 칼에서 뼈 갈라지는 명쾌한 소리가 났다. 그와 동시에 사슴 골 사이에서 붉은 피가 솟구쳤다. 서영화는 눈 하나 깜짝하지 않고 그 밑에 널찍한 대접을 받쳤다. 머리뼈가 두 쪽 났지만 사슴은 아직도 숨이 끊어지지 않았다. 사슴의 네 다리가 경련하듯 마구 떨렸다.

서영화는 첫 피는 그냥 버리고 중간 피부터 받았다. 금방 받은 피 색은 검붉었다. 곧 사냥터 여기저기서 사슴 골 깨는 소리가 들렸다. 사냥을 하고 나면 갓 잡은 고기로 포식할 수 있었다. 하지만 그 전에 사냥하며 올라온 갈증은 사슴피로 해결하면 그만한 보양이 없었다.

누구랄 것 없이 삼삼오오 모여 피 마시는 모습이 오싹 소름이 돋았다. 사내들의 입가가 저마다 시뻘겠다. 야만의 시절을 살아온 들짐승 같았다. 이유 또한 대접의 피를 한 방울도 남기지 않고 쭉 들이켰다.

"크학!"

이유가 손등으로 입술을 문질렀다. 그 바람에 이유 입술과 턱 근처에 피가 번졌다.

곁에 있던 동재가 부르르 몸을 떨었다. 지켜보는 것만으로도 기가 질린다는 표정이었다.

"다들 너무해! 사슴이 불쌍하다고! 대체 저 피를 왜 마셔? 나는 도무지 이해할 수가 없다. 암만 내가 모시는 주상 전하라지만 이럴 땐 정말 모르겠어……. 쟤들도 다 똑같구! 머저리들!"

동재가 내금위 장수들을 향해 손가락질했지만 장수들은 이런 동재 보는 게 하루 이틀이 아니었다. 도리어 시뻘겋게 피로 물든 입속을 보여 주며 장난치기까지 했다. 지육선이 괴상한 귀신 흉내를 내며 다가왔다.

"상선, 이리 오시오…… 가까이 와서 내 입안을 살펴보시오…… 피가 모자라……."

"으아아악! 이 못된 놈들! 악질들!"

동재가 심장을 붙잡으며 막사 안으로 달아났다. 약손은 그냥 멀뚱멀뚱 바라보기만 했다. 이유가 제 몫으로 돌아온 피 한 대접을 더 마시려다가 약손을 돌아봤다.

"넌 왜 도망 안 가?"

"제가 왜 도망을 가요?"

"안 무서워?"

"제 피를 드실 거예요?"

"아니?"

내가 네 피를 왜 먹어? 이유가 미쳤냐는 듯 되물었다. 여약손은 그런 거 아니면 전혀 무서울 게 없다는 듯 으쓱 어깨를 들어 보였다. 표정이 엄청나게 담담했다.

이유가 제 손에 들린 대접을 들이밀었다.

"너도 마실래?"

"음……."

약손이 가만가만 대접을 바라봤다. 한가득 따른 피가 대접 경계선에서 찰랑거렸다. 사실, 마시라고 권해 본 건 반쯤 장난이었다. 살아 있는 짐승의 피를 마시는 짓은 웬만한 사내들도 거의 못 했다. 차라리 뜨거운 불에 넣고 국처럼 팔팔 끓여서 선지탕을 해먹는다면 모를까. 이유는 약손이 동재처럼 비명을 지르며 도망가는 모습이 보고 싶었다. 그러면 그 뒤를 졸졸 쫓아다니면서 딱 한입만 먹어 보라고 짓궂은 장난을 칠 텐데.

한입만!

싫어요!

진짜 맛있어서 그래. 한입만 먹어 봐!

싫다니까요?

먹고 맛없으면 뱉으렴.

아, 싫다고요! 주상 전하나 많이 드세요!

생각만 해도 웃기고 재미있었다. 약손은 대접 안의 피를 물끄러미 바라보다가 몇 걸음 떨어진 곳에서 아직도 경련을 하는 사슴을 가리켰다.

"쟤 머리를 깨서 받은 피죠?"

"응. 왜? 먹기 싫어? 징그럽지? 막 역하구. 그치?"

"먹기 싫은 건 맞는데…… 역하지는 않아요. 다만……."

"다만?"

이유가 잔뜩 기대된다는 얼굴로 물었다. 빨리 피에 질색하는 약손을 놀려 주고 싶었다. 그랬는데…….

"저는 그 피 말고, 다른 피 먹을래요. 그래도 돼요, 주상 전하?"

“어? 어? 어…….”

그게 무슨 말이야? 이유는 얼떨결에 고개를 끄덕였다. 큼지막한 돌 위에 엉덩이를 붙이고 앉았던 약손이 끙챠 몸을 일으켰다. 그러고는 저만치에서 또 다른 사슴 머리를 깨려는 서영화에게 다가갔다.

“잠깐만요!”

미우나 고우나, 제 휘하 군관들 거둬 먹이느라 이미 사슴 여럿 잡은 서영화의 팔뚝은 피범벅이었다. 고된 훈련으로 인해 불끈불끈 솟아난 근육 때문에 얼핏 보면 타고난 백정처럼 보이기도 했다. 약손은 그런 서영화를 뒤로 가뿐히 밀쳤다.

“제 피는 제가 알아서 먹을게요. 그래도 되죠? 주상 전하가 그래도 된다 하셨는데?”

“……뭐?”

원래 사냥하고 나면 피 뽑는 일은 서영화의 몫이었다. 원래부터 그래 왔기 때문에 거의 전통처럼 굳어졌다. 심지어 서영화에게는 사슴 도축하는 전용 칼이 따로 있을 정도였다. 약손이 허리춤의 주머니를 뒤졌다. 그러고는 조그만 주머니칼 한 자루를 찾아냈다. 칼날이라고 해봐야 손가락 한 마디보다도 짧았다. 그 칼로 뭘 하려고? 서영화가 갸우뚱 고개를 젖혔다.

“얘 좀 움직이지 않게 꽉 잡아 주세요.”

“허…….”

조금 당황스럽긴 했지만 그래도 계집 뺨치게 곱상하게 생긴 상약 생도가 뭘 하려는 건지 더 궁금했다. 이런 건 두 눈 뜨고 보지도 못할 만큼 희멀겋게 생겨 먹어 갖고는…….

약손이 손수건으로 사슴의 눈을 가렸다. 서영화가 얼떨결에 사슴 몸뚱이를 꽉 붙잡았다.

"대체 뭘 하려고 그러는 건가? 그런 칼로는 뼈를 깨지 못할……. 헉!"

서영화의 말이 끝나기도 전이었다. 약손이 사슴의 뿔을 잡아채는가 싶더니만 순식간에 그 뿌리 부근을 베어 버렸다. 절각折角한 자리에서 빨간 피가 철철 흘렀다. 약손이 잽싸게 그 아래에 대접을 받쳤다. 피가 대접에 가득 차고 나자 약손은 그 피를 몽땅 제 입에 털어 넣었다.

"……."

"……."

그 모습 지켜보던 이유는 물론이고, 서영화를 비롯한 군관들 모두가 엄청난 충격에 휩싸였다.

너, 너, 너…… 그게 무슨 짓이니……?

뿔을 잘라서 피를 받아 마시다니…… 이게 무슨?

그러거나 말거나 약손은 상관하지 않았다. 이 아까운 피는 단 한 방울도 남길 수 없다는 듯 꼴깍꼴깍 전부 들이켰다. 실제로 이런 기회가 쉬이 있는 것도 아니었다. 약손은 대접에서 입을 떼고 나서야 깊은 한숨과 함께 색색 숨을 몰아쉈다. 약손의 입가도 사내들만큼이나 시뻘겋게 물들었다.

"원래 녹혈鹿血은 몸 돌던 피보다 뿔 자른 자리에서 난 걸 진짜배기로 쳐주는 법입니다. 그리고 칼로 머리를 가르면 사슴이 아예 죽고 말지만, 어차피 뿔은 때가 되면 한 번씩 잘라 줘야 하거든요. 뿔 자르는 김에 피 받아 마시면 누가 뭐라 하겠어요? 꿩 먹고 알 먹고, 누이 좋고 매부 좋은 거지……. 괜한 살생 마시고, 앞으로는 절각해서 피를 받아 드세요. 그러는 편이 강장 효과에…… 더 좋답니다."

약손은 '강장 효과'를 말할 때, 제 옆에 서 있던 군관의 아랫도리를 힐끗 바라봤다. 그랬더니 다들 그 속에 숨은 뜻을 귀신같이 알아챘다.

"아……."

약속이나 한 듯 나직한 탄성을 내뱉었다.

세상에, 그런 깊은 뜻이…… 여태 헛짓거리를 했구먼. 뿔을 자른 자리에서 난 피를 마실 걸…… 이제 보니까 몸에 돌았던 피를 마셔서 별로 효과가 없었던 거야…….

사내들은 약손 덕분에 큰 깨달음을 얻었다. 약손은 뿔에서 받아 낸 피를 이유에게도 가져다줬다. 아무래도 저만 좋은 거 마시기에는 염치가 없었기 때문이었다.

"주상 전하! 전하도 한 대접 쭉 들이켜세요!"

"흑!"

이유가 기함을 하며 놀랐다. 약손이 사슴 뿔 자르는 모습을 코앞에서 지켜봤지만 아직 마음의 준비가 되지 않은 상태였다. 사람이 참 웃긴 게, 사슴 머리를 깨서 받은 피는 잘 마셨으면서 뿔에서 받은 피를 먹으라니까 조금 거북한 마음이 들었다.

저걸 마셔도 될까? 의구심도 생겼다.

그리고 무엇보다 이유는 낯을 많이 가리는 유약한 심성인지라……. 이유가 설레설레 고개를 저었다. 약손 기분이 상하지 않도록 최대한 완곡한 말투로 거절했다.

"아니, 나는 좀 전에 많이 마셔 가지고……."

"한 잔 더 마시는 건 괜찮아요."

"아침에 먹은 조반이 소화가 다 안 돼서……."

"하루 종일 사냥을 하셨는데 그럴 리가 있겠어요? 그리고 지금은 저녁이잖아요!"

"어우, 왜 이렇게 명치가 답답하지? 체했나……."

이유가 슬금슬금 뒤로 물러났다. 뿔에서 받은 피는 왠지 모르게 징그러워서 싫었다. 어차피 그 피가 그 피고, 이 피가 이 피인데도.

"주상 전하, 딱 한입만 드셔보세요! 맛없으면 뱉으셔도 돼요!"

"싫다니까? 내가 먹기 싫다는데 왜 자꾸 억지로 강요해?"

이유는 도망갔고, 약손은 그 뒤를 졸졸 쫓았다.

"부처님, 이 불쌍한 중생들이 지은 죄를 용서해 주세요. 부디 오늘 살생당한 짐승들이 고통도, 괴로움도 없는 극락으로 가길 기원하겠나이다. 관세음보살……."

오직 동재만 눈물을 훔치며 죽은 사슴을 위해 염불을 외울 뿐이었다.

*

볼에 와 닿는 기운이 차가웠다. 이불 밖으로는 단 한 발자국도 내딛기 싫었다. 몸은 가마솥 안에서 절절 끓는 엿가락처럼 쭉쭉 늘어졌다. 꿈인지 현실인지 구분되지 않는 가수면 상태가 계속 이어졌다. 이불을 꽁꽁 싸맨 약손은 한 마리의 누에고치 같았다.

인간이란 게 참 약은 동물이다. 팔도를 유람해도 끄떡없던 체력이 궐 밥 먹고 사는 동안 저질이 됐다. 강무장에 오는 동안 팔자 좋게 수레를 타고 왔으면서도 엄청 고된 일정처럼 느껴졌다. 약손이 이불 속으로 다시금 머리를 처박았다. 하지만 이내 밖에서 사내들 왁자지껄 떠드는 목소리에 번쩍 눈을 떴다.

"씨름에서 지는 사람이 하루 종일 하인 노릇하기다!"

"형님이나 딴말 마십시오!"

정숙을 으뜸 미덕으로 삼는 내약방 빈청에서는 절대 들을 수 없는 시끌벅적함이었다. 사내들이 박수치고 환호하는 소리, 휘파람 부는 소리가 한데 어우러져 와그르르 쏟아져 내렸다. 약손이 휘휘 주위를 둘러봤다. 낯선 막사가 보였다. 그제야 저가 주상 전하 행차 따라 강무장에 왔다는 게 기억났다.

이크! 웃전들이 먼저 일어나셨는데, 생도가 늦잠을 잤구나!

약손이 헐레벌떡 옷을 챙겨 입었다.

―촤아아악

밤새 찬바람 가려 주던 막사를 젖히고 나오니 강렬한 햇살이 눈을 찔렀다. 약손이 손으로 차양을 만들었다. 막사 중앙의 공터에서 씨름을 하는 관군들, 활과 칼을 손보는 장수들이 보였다.

"어이구, 나리! 드디어 기침하셨나이까?"

노루 가죽을 벗기던 서영화가 제일 먼저 약손을 알아보고 농담을 던졌다. 약손은 민망하여 얼른 고개만 푹 숙였다. 저 멀리, 군관들과 함께 씨름 구경하던 이유도 약손을 발견했다.

"약손이 일어났느냐? 더 자지 않구? 먼 길 오느라 피곤한 것 같아 부러 깨우지 않았는데."

"아, 아닙니다. 주상 전하……."

장돌뱅이한테 이깟 여정은 피곤한 축에도 못 낍니다. 약손이 고개를 저었다. 약손의 얼굴이 퉁퉁 부어 있었다. 흡사 꼴뚜기와 한 핏줄이라 해도 믿을 만큼 우스웠지만, 무슨 조화인지 이유 눈에는 퍽 귀엽게만 보였다.

"이거 먹으렴."

이유가 주머니 안에서 저 먹으려고 챙겨 뒀던 육포를 꺼내서 줬다. 약손이 주섬주섬 육포를 건네받았다. 아직 잠이 완전히 깨지 않은 상태라 저가 뭘 먹는지도 모르고 그냥 주상 전하가 주시니까 일단 먹고 봤다. 이유는 질겅질겅 육포 씹는 약손을 내내 흐뭇한 표정으로 지켜보았다.

"약손아, 이쪽으로 와봐. 보여 줄 게 있어!"

"뭔데요?"

서늘한 바람이 불었다. 약손이 부르르 어깨를 떨었다. 질긴 육포 말고 뜨듯한 국물이랑 밥이 먹고 싶었다. 약손이 훌쩍 콧물을 먹었다. 이유가 약손의 손을 잡아끌었다.

"주상 전하, 저 배고픈데……."

허기가 몰려왔지만 그래도 임금님 말씀을 거역할 수는 없었다. 약손이 이유의 뒤를 좇았다.

"우와아아아!"

약손이 탄성을 질렀다. 삭녕 평야를 흑마가 거침없이 질주했다. 평야를 뛰노는 말들이야 본래 군마였으니, 기본적으로 잘 먹고 잘 키워서 다들 반지르르 기름이 흘렀다. 하지만 이유의 준마駿馬 초광의 자태는 그야말로 군계일학. 거의 독보적인 존재감을 내뿜었다.

—휘이이익!

이유가 잇새로 휘파람을 불었다. 손톱만 하게 보이던 초광이 이유를 향해 달려왔다. 날쌘 근육질의 말이 바람을 가르는 모습이 선명했다. 갈기가 바람결 따라 아름다운 문양으로 흩날렸다.

"엄청 멋있어요! 진짜 빨라!"

약손은 배고픔도 싹 잊었다. 건강한 모습으로 달려오는 초광의 자태에 넋을 잃었다.

"거봐? 엄청 멋있지?"

이유가 힐끗 약손을 바라봤다. 저가 가장 아끼는 말인 초광을 자랑하고 싶어서 안달이 났었는데, 약손이 이만큼이나 멋있다고,

최고라고 칭찬을 해주니까 어깨가 절로 으쓱해졌다.

초광이 이유 곁에 섰다. 평야를 누빈 초광에게는 흙냄새가 났다. 이유가 초광의 목덜미를 슥슥 쓸어 주었다. 약손은 이유 등 뒤에서 빼꼼 고개만 내밀고 초광을 구경했다. 가까이서 본 초광의 자태가 예사롭지 않았다. 군마 중에서도 체격이 남다르게 좋았다. 약손이 스스럼없이 다가서기엔 조금 무서웠다. 근육으로 다져진 뒷발에 맞으면 어디 하나는 부러지고도 남을 것 같았다.

"괜찮아, 안 물어. 가까이 와서 만져 봐."

"그냥 여기서 볼게요."

"애 보기보다 진짜 순해. 얼마나 귀여운데? 재롱 피우는 것 좀 볼래?"

이유가 손에 들고 있던 육포를 냅다 던져 버렸다. 순간, 초광의 눈동자가 휙 돌았다. 초광이 육포가 날아간 방향으로 번개처럼 뛰었다. 그러고는 두세 번 하늘로 솟구칠 듯 튀어 오른 후에 바닥으로 떨어지는 육포를 받아먹었다.

"엄청 영리하지?"

"……네."

약손이 마지못해 대답했다. 이유는 진심으로 초광이 뿌듯한 표정이지만 정작 약손은 초광이 하늘로 발돋움할 때마다 쿵쿵 땅이 울려서 지진이 난 줄만 알았다. 초광은 멀리서 볼 때만 멋있지, 가까이하기엔 너무 먼 존재였다.

약손이 슬금슬금 뒤로 물러났다.

그때, 약손이 뭔가에 엉덩이를 콱 부딪치며 뒤로 자빠졌다.

"악!"

하필이면 돌부리에 엉덩방아를 찧었다. 약손이 허리 밑을 문지르며 인상을 찡그렸다. 그 순간, 바닥에 엎어진 약손의 볼에 엄청나게 축축한 것이 와 닿았다. 웬 걸레가 제 얼굴을 닦고 지나갔나 싶을 정도였다. 약손이 그 정체를 확인할 새도 없었다. 볼을 쓸고 지나간 뭔가는 이내 약손이 손에 꼭 쥐고 있던 육포를 강탈해 갔다.

"뭐, 뭐야?"

난데없이 봉변을 당한 약손이 빽 소리를 질렀다. 그 모습을 본 이유가 와하하 웃음을 터뜨렸다.

"월소, 이리 온!"

이유가 손짓했다. 초광과는 정반대로 온몸이 하얀색인 말이 겅중거리며 뛰어갔다. 딱 봐도 나이 어린 새끼였다. 이제 보니까 약손 볼을 쓸고 간 축축한 걸레는 월소의 혓바닥이요, 육포 강탈자도 다름 아닌 월소였다.

"초광의 새끼란다. 세 살인데, 하도 겁이 많아 군마로는 키우지 못해. 허구한 날 막사에서 놀고먹는 녀석이지. 꼭 누구처럼."

"?"

설마 그 누구가 나는 아니겠지? 내가 얼마나 부지런하고 바쁘게 사는 사람인데. 약손이 월소가 핥고 지나간 제 볼을 닦았다. 옷소매가 금방 월소의 침으로 축축해졌다. 월소가 초광의 새끼라는 말은 사실인 듯했다. 월소가 머리를 초광 등에 마구 부비는데도 초광은 별다른 제지를 하지 않았다.

"근데 어떻게 까만 말의 자식으로 하얀 말이 태어날 수 있어요?"

약손이 갸웃 고개를 젖히며 질문했다.

"월소 엄마가 흰말이었으니까. 월소를 낳다가 죽고 말았다만."

"헉!"

월소에게 그런 슬픈 과거가 있을 줄이야. 역시 이 세상에 사연 없는 사람, 아니 사연 없는 말馬 없구나. 약손이 쯧쯧 혀를 차며 몸을 일으켰다. 이유가 약손에게 월소의 고삐를 쥐여 줬다.

"내가 사냥 나가고 없는 동안에는 월소와 함께 놀고 있거라. 그럼 덜 심심할 테야."

"예?"

내내 멍하던 약손은 이제야 잠이 좀 깨는 기분이었다. 요 며칠, 약손은 주상 전하가 강무하는 동안 괜히 이 들판, 저 들판 이리저리 집 없는 거지 아이처럼 하루 종일 쏘다녔다. 사냥 지켜보는 것도 한두 번이고, 마냥 구경만 하며 앉아 있기엔 좀이 쑤셨다. 은근슬쩍 큰 일 보러 가는 척 자리를 비웠는데 농땡이 친 걸 어떻게 아셨을까나? 혹시 혼나려나? 약손이 맴맴 이유의 눈치를 봤다. 하지만 이유는 월소의 목덜미를 긁어 주며 웃기만 했다.

"월소가 초광일 닮아 여간 재간둥이가 아니야. 둘이 사이좋게 놀아. 알았지?"

하여 약손은 주상 전하 사냥하는 동안 월소를 데리고 산책을 나갔다. 상약이 마의馬醫 노릇까지 하네? 솔직히 어제까지만 해도 농땡이 피울 때마다 괜히 제 발 저려 다른 사람 눈치를 봤는데, 월소 고삐를 쥐고 있으니깐 아무런 죄책감이 없어졌다. 나는 엄연히 월소를 돌보는 중이니까! 주상 전하가 허락한 농땡이를 두고 뭐라 할 사람은 아무도 없었다.

삭녕은 사냥터로 쓰기에는 더할 나위 없이 좋은 조건이었다. 일단 짐승을 몰고, 말 달리기에 딱 좋은 평야가 끝없이 펼쳐져 있었다. 야영지 앞으로는 강물이 흘렀고, 뒤로는 산세가 험한 효성산曉星山이 있어서 마음만 먹는다면 곰이나 호랑이 같은 맹수를 사냥할 수도 있었다.

사냥꾼들에게는 극락과 다름없었다.

물론 그 말인즉, 약손에게는 아무도 캔 사람이 없는 옥광산, 바닷물이 끊임없이 밀려들어 오는 염전이라는 얘기였다. 한번 왕의 강무장으로 지정되면, 그 일대는 사람들의 출입이 엄격히 금지됐다. 근방 고을 사람들은 말할 것도 없었고, 산맥이란 산맥은 다 훑고 다니는 약초꾼들도 마찬가지였다. 귀한 약초라면 귀신같이 찾아내는 심마니들의 발길이 닿지 않은 곳. 약손에게는 노다지와 다름없었다.

"울 아부지랑 같이 왔으면 산삼 한 무더기는 기본으로 캐갈 수 있을 텐데. 아, 진짜 아쉽다."

약손은 급하게 깎아 만든 나무 호미로 더덕을 캐는 중이었다. 딱 제철이라 더덕 뿌리마다 포동포동 살이 올랐다. 거짓말 조금 보태면 약손의 팔뚝만큼 큰 것도 있었다. 약손이 가져온 자루가 금방 두둑해졌다. 약손은 흰 진액 뚝뚝 흐르는 더덕을 깎아 먹었다. 월소에게도 저 먹던 걸 똑같이 나눠 줬다.

월소는 아침만 해도 처음 본 약손을 은근 경계하는 눈치더니 대추랑 산수유, 머루를 따 주니까 약손의 뒤만 졸졸 쫓아다녔다.

"밥을 먹었으면 밥값을 해야지!"

약손이 더덕 자루를 월소 등에 실었다. 이미 월소 등에는 돌배, 개복숭아, 정금, 머루 등 담금 주에 쓸 열매가 한가득 실렸다. 심지어 그 귀하다는 능이랑 송이버섯으로만 채운 자루도 있었다.

이걸 약재상에다 팔면 꽤나 짭짤한 수입을 올릴 수 있으리라!

약손은 주상 전하 따라서 사냥 왔다가 본의 아니게 제 사리사욕도 채웠다. 꿩 먹고, 알 먹고가 따로 없었다.

얼추 자루를 채운 약손이 월소와 함께 효성산을 내려왔다. 깊은 산골짜기를 헤치면 더 귀하고 비싼 약초들이 즐비하다는 것은 잘 알지만, 과유불급이라. 초행길에 길잡이도 없이 산행을 갔다가는 길을 잃고 덩달아 목숨도 잃을 수 있었다.

'길잡이 없이는 절대 혼자 산에 올라가면 안 돼. 암만 재물이 중요해도 세상에 내 목숨보다 중한 건 없는 거야. 알았지?'

칠봉이 어린 약손 데리고 약초 캐러 다닐 때마다 귀에 인이 박이도록 해 준 말이었다. 암만 재물에 환장하는 약손이라도 제 목숨 담보 잡을 만큼 어리석지는 않았다.

약손은 산길을 내려오는 동안 아작아작 돌배를 씹어 먹었다. 가져온 자루가 하나도 빼놓지 않고 두둑해지니까 제 마음마저 덩달아 두둑해졌다. 역시, 마음의 평안은 누가 뭐래도 재물이 가져다주는 거야. 행복은 재물 순이지. 암 그렇고말고…….

월소가 주둥이로 약손의 엉덩이를 찔렀다. 제 몫의 돌배를 다 먹었으니 더 달라는 얘기였다. 너, 좀 전에 줬는데 왜 이렇게 빨리 먹어? 하여튼 좋은 건 알아 가지고……. 약손이 툴툴거리면서 이번엔 자루 안에서 감을 꺼내 줬다.

월소가 날름 받아먹었다. 아까 이유가 월소는 막사에서 놀고 먹기만 한다고 괜히 구박한 게 아니었다. 한참 자리에 멈춰 서서 월소에게 식량을 먹여 줬다. 별생각 없이 주위를 둘러보는데 문득 약손의 눈이 크게 떠졌다.

"어? 저게 뭐야? 저건…… 저건……!"

길게 늘어진 덤불 사이로 잿빛 고목 한 그루가 보였다. 워낙 덤불이 거칠어서 약손이 서 있는 방향에서는 자세히 안 보면 눈에 띄지도 않을 나무였다. 세상에, 까막눈이 되자면 제 앞에 금덩이가 떨어져 있어도 못 보고 지나친다더니만. 약손이 황급히 나무 앞으로 가까이 다가갔다.

잘못 보지 않았다!

산삼 발견한 심마니의 기분이 이러할까? 약손은 당장이라도 '심봤다!' 소리를 지르고 싶을 정도였다. 약손이 새카만 나무줄기를 손끝으로 매만졌다. 나뭇결이 단단하고 아주 질겼다. 코를 가까이에 대고 킁킁 냄새까지 맡아 봤다. 불에 탄 숯 냄새가 희미하게 배어 나왔다.

"세상에, 이런 횡재가!"

약손이 뛸 듯이 기뻐했다. 그렇다. 약손이 효성산 끝자락에서 발견한 나무는 다름 아닌 벽조목(霹棗木: 벼락 맞은 대추나무)이더라.

예로부터 벽조목은 양기가 세서 귀신을 쫓는다고 믿었다. 뿐만 아니라 벽조목으로 도장을 파면, 하는 일마다 승승장구한다고 했다. 하지만 벼락 맞은 대추나무가 어디 흔하던가? 없어서 못 팔았다. 팔린다 하더라도 벽조목으로 만든 부적, 팔찌 따위의 장신구는 엄청나게 비쌌다. 오죽하면 무당들이 벽조목으로 만든 부채, 지팡이만 가질 수 있다면 제 수명이랑도 맞바꾼다고 할까?

아마도 효성산이 강무장으로 지정되지 않았더라면 누군가 발견해 진즉 벴을 나무였다. 한데 하필이면 그 나무가 약손 눈에 띈 것이었다.

약손은 일단 침착하게 산신령한테 절부터 올렸다. 단언컨대 저가 채취한 약초, 열매 따위와는 비할 수도 없는 귀품이었다. 잘만 하면 인생 필 수도 있었다.

근데 이 거대한 고목을 어떻게 가져가지? 약손이 주위를 둘러봤다. 애석하게도 약손이 가진 연장이라고는 나무 호미 한 자루가 전부였다. 도끼도 없었다. 약손은 아쉬운 마음에 대추나무 주위만 맴맴 돌았다. 여차하면 가지라도 꺾어 갈 요량이었다.

"어떡하지? 어떻게 가져가면 되지? 이건 절대 두고 갈 수가 없는 건데?"

약손은 아예 바닥에 주저앉아 버렸다. 무슨 일이 있어도 벽조목을 챙겨 가고 싶었다. 만약 그렇게 된다면 약손 인생 최대의 수확이 될 것이 분명했다.

약손이 고민하는 동안, 아직도 배고픈 월소는 돌배 자루에 고개를 집어넣고 열매를 전부 씹어 먹었다. 하지만 약손은 월소를 제지하지도 않았다. 돌배는 완전히 뒷전으로 밀려났다. 그깟 돌배가 벽조목이랑 비교가 되겠어?

"벽조목…… 벼락 맞은 대추나무…… 가져가야 돼……."

이제 약손은 거의 시름시름 앓는 지경에 이르렀다. 벽조목을 두고 가면 저가 병나서 죽을지도 몰랐다. 아까워서 어떻게 살아? 벽조목 앞에서 시간 보내느라 해 떨어지는 줄도 몰랐다.

약손의 주변으로 거뭇한 어둠이 내려앉았다.

가지를 꺾어 갈까? 아냐, 그랬다가 값만 떨어질 수도 있어. 통째로 가져가는 게 제일 좋아! 도끼가 없는데 어떻게 잘라……. 끝없는 고민이 이어졌다.

그때였다.

깊은 산속에서 두런두런 목소리가 들렸다. 곧이어 웬 남자들이 산 능선을 타고 내려왔다. 이번 강무 때 시위패로 불려온 몰이꾼들이었다.

응당 장수들과 함께 평야에 나가 있어야 할 몰이꾼들이 왜 산에서 내려오는지? 충분히 의심할 수도 있는 일이었다. 하지만 약손의 머릿속은 온통 벽조목뿐이었다.

다행인지 불행인지 사내들이 먼저 약손을 발견했다. 사내들이 흠칫 놀란 표정을 지었지만 약손은 그들이 산에서 내려오거나,

평야에서 올라오거나 아무런 관심이 없었다.

사내들이 잔뜩 경계하는 표정을 지으며 저들끼리 알 수 없는 눈짓을 주고받았다. 누군가 철컹, 손에서 칼을 빼들었다. 하지만 무리 중 한 명이 재빨리 제지했다. 대신 사내가 약손에게 다가가 깍듯하게 인사를 하며 아는 척을 했다.

방금 전 사내들 얼굴에 서렸던 매서운 기운은 싹 온데간데없어졌다. 약손을 보며 웃는 얼굴이 서글서글했다.

"어르신, 산기슭에서 무얼 하고 계십니까?"

"……응?"

머리를 싸잡고 앉았던 약손이 반짝 고개를 들었다. 약손의 앞에 공손하게 손을 모아 잡은 몰이꾼이 보였다. 우적우적. 월소는 갑자기 나타난 사내들을 보며 낯을 가리는 와중에도 여전히 돌배를 씹어 먹기 바빴다. 약손이 축 쳐진 얼굴로 제 뒤의 벽조목을 가리켰다.

"말을 돌보러 나왔다가 벼락 맞은 대추나무를 발견했어요. 하지만 어떻게 가져가야 할지 몰라 고민 중입니다. 이대로 두고 가기에는 너무 아까운데……."

"……."

사내가 약손 뒤에 우뚝 솟은 나무를 바라보는 척했다. 그러는 와중에도 약손의 기색을 살피는데 여념이 없었다. 하지만 약손은 여전히 아무런 낌새도 눈치채지 못했다. 오히려 때마침 나타난 몰이꾼에게 하소연하기 바빴다.

"이걸 갖다 팔면 한밑천 크게 챙길 수 있는데 말이에요. 벽조목 영험한 건 다들 알고 계시죠? 부적으로 갖다 쓰면 불임 부인도 아이를 펑펑 낳게 되고, 한평생 근심 걱정이 사라지며, 병에 걸린 노인들도 다시 건강해진다는데…… 이걸 어떻게 가져가면 좋을까요? 좋은 수가 없을까요?"

심지어 약손은 몰이꾼한테 조언을 구하기까지 했다. 약손은 산에서 내려온 시위패를 전혀 의심하지 않았으며, 그냥 벽조목에만 정신이 팔린 천치라는 것이 판명됐다. 이내 몰이꾼이 싱긋 웃어 보였다. 몰이꾼 뒤에서 칼을 빼들었던 다른 사내도 손에 쥔 칼을 다시 칼집에 집어넣었다.

"본래 강무장으로 지정된 지역은 주상 전하 허락 없이는 아무도 드나들 수가 없습죠. 뿐만 아니라 열매나 약초의 체취도 일절 금지랍니다. 벽조목을 가져가는 것 또한 마찬가지구요. 주상 전하 허락은 받으셨습니까?"

"어차피 주상 전하는 제가 하고 싶은 건 다 하게 해주세요. 약초랑 열매도 마음껏 따라고 하셨는데요?"

"그렇다면 소인이 오늘...... 아니, 해가 다 졌으니까 내일 중으로라도 이 벽조목을 잘라다 드리겠습니다."

"우와! 정말 그렇게 해주실 수 있으세요?"

"어이구, 감히 어느 안전이라고 거짓을 아뢰겠나이까?"

약손은 조금도 깨닫지 못했던 주변의 살기殺氣가 어느새 거둬졌다. 몰이꾼이 몸 둘 바를 몰라 하며 고개를 조아렸다.

산신령님이 나를 도우셨나? 생각지도 못한 사람에게서 느닷없는 도움을 받게 됐다. 약손이 제 앞에 선 몰이꾼의 얼굴을 가만가만 살펴봤다. 선량한 몰이꾼이 웃을 때마다 입가에 깊은 주름이 팼다. 참 특이하게도 몰이꾼 한쪽 눈에는 시퍼런 점이 박혀 있었다.

"나무만 잘라 주시면 그 보답은 섭섭지 않게 해드릴게요."

"이런 고마울 데가! 감사합니다, 나리...... 감사합니다......"

몰이꾼 덕분에 한시름 놨다. 약손은 그제야 안심할 수 있었다.

친절한 몰이꾼은 끝까지 약손 돕는 일을 멈추지 않았다.
"한데, 어르신. 효성산은 산세가 험악하여 밤이 되면 곰과 호랑이, 사나운 멧돼지가 심심찮게 출몰하기로 유명합니다. 그들은 짐승과 사람을 가리지 않고 잡아먹지요. 더 어두워지기 전에 얼른 막사로 돌아가십시오."
"흐익!"
짐승과 사람을 분별없이 잡아먹는 맹수들이 들끓는다니! 하마터면 벽조목 때문에 객귀客鬼 될 뻔했다. 오싹 소름이 돋았다. 약손이 얼른 월소의 고삐를 말아 쥐었다.
월소가 다 먹어 치운 돌배 자루도 야무지게 챙겼다.
약손은 올라왔던 길을 다시 걸어 나갔다. 그 와중에도 저를 도와준다는 몰이꾼이 고마워서 몇 번이나 돌아보며 인사를 했다.
"정말 고맙습니다! 최대한 나무가 상하지 않게 신경 써서 잘라 주세요!"
"예, 나리. 걱정 마십시오!"
막사로 돌아가는 약손의 발걸음이 가벼웠다. 룰루랄라 콧노래가 절로 나왔다.
약손의 머리 위로 산 그림자가 길게 늘어졌다.

[2]
모든 것은 꽈리 때문이었다.
약손은 산길에서 울긋불긋 피어 있는 꽈리 한 무더기를 발견했다. 마침 제철이라서 껍질 주머니는 빨갛게 물들었다. 냉큼 하나 따서 껍질을 벗겼다. 그 속에 열매 또한 먹음직스럽게 잘 익었다.
약손이 열매를 입안에 털어 넣었다. 잇새에서 새콤달콤한 과육 으깨지는 맛이 아주 좋았다. 맛있는 음식을 먹고 나니까 아주 자연스럽게 주상 전하께도 드리고 싶은 생각이 들었다. 탐스러운 꽈리가 달린 가지 몇 대를 골라서 품 안에 챙겼다. 약손은 제 뒤를 졸졸 따르는 월소한테 꽈리에 얽힌 옛이야기도 해줬다.

"근데 월소야, 너 그거 알아? 옛날에 꽈리라는 여자애가 살았대. 근데 노래를 엄청나게 잘 불렀대……."

노래를 잘 불렀지만 유독 수줍음이 많아서 툭하면 얼굴이 빨개졌다는 꽈리. 어느 날 동네잔치에서 노래를 부르게 되었는데, 꽈리의 노래 실력을 질투한 동네 규수의 방해 때문에 창피함을 이기지 못하고 병으로 죽게 되었다고 한다. 훗날 꽈리의 무덤에서 빨간 열매가 자랐다. 그 열매를 먹으면 꽈리만큼 노래를 잘하게 된다 해서 열매의 이름은 소녀의 이름을 본떠 '꽈리'가 되었단다.

월소는 약손의 이야기를 알아듣는 건지, 못 알아듣는 건지 우적우적 꽈리를 먹어 치우기 바빴다.

"너도 꽈리 먹었으니까 이제 노래 잘하게 되겠다. 주상 전하한테도 맛보게 한 다음에 노래 불러 달라고 하자! 그래서 전하가 노래 얼마큼 잘하나 지켜보자. 알았지?"

꽈리 먹인 다음에, 주상 전하한테 노래 불러 달라고 조르면 엄청 재미있을 것 같았다. 전하 노래들을 생각에 신이 난 약손이 삐익삐익 풀피리를 불었다.

"전하! 주상 전하!"

약손이 이유의 막사를 향해 뛰었다. 이유의 막사는 일반 군막과 달리 용과 봉황의 무늬를 그려 넣어 위엄을 더했다. 기름을 촘촘하게 먹여서 비를 막았고, 안에서 불을 때면 훈기를 오랫동안 잡아 둬 따뜻함을 유지했다.

늘 그렇듯 막사 입구는 내금위 군사들이 팔부신장(八部神將: 불법을 지키는 여덟 신)처럼 지키고 서 있었다. 아무리 상약이라도 마음대로 드나들 수는 없었다. 하지만 이유가 약손이 드나드는 경로를 막지 말라 하명한 후부터는 약손에게 별다른 제지를 가하지 않았다.

"전하!"

약손이 좌악 휘장을 걷었다. 쌀쌀한 밖과 다르게 막사 안은 훈기가 가득했다. 이미 저 먼 산 밑에서부터 '전하! 주상 전하아아아!'를 외치며 뛰어온 터라, 이유 역시 약손이 오는 사실을 진즉에 알았다.

"전하! 저가 꽈리를 따 왔습니다. 이거 한 알 잡숫고 노래를 해 보세요……. 응?"

하지만 막사 안에는 아무도 없었다. 주상 전하 어디 계시지? 사냥 가셨다 아직 안 돌아오셨나? 약손이 갸우뚱 고개를 젖혔다. 하지만 이내 '약손이 왔느냐?' 이유의 나직한 목소리가 들렸다.

약손이 소리가 나는 방향으로 획 고개를 돌렸다. 그와 동시에 '악!' 비명을 질렀다. 황급히 손바닥으로 제 두 눈을 가렸다. 기껏 따 온 꽈리가 바닥에 우수수 떨어졌지만 신경도 못 썼다.

"해가 져도 안 오기에 막 사람을 보내려던 참이었다. 그러다 호랑이 만나면 어쩌려고?"

"저, 저, 전하…… 주상 전하……."

약손이 사시나무 떨듯 바들거렸다. 하지만 이유는 유유자적하기만 했다. 보통 이유의 막사가 따뜻하긴 했어도, 이렇게까지 훈훈한 적은 없었는데. 막사 안이 뽀얀 수증기로 가득 찼을 때부터 알아차렸어야 했다.

그렇다. 일찌감치 강무 끝내고 돌아온 이유는 막 목간 끝내고 나오던 참이었던 것이다. 게다가 이 무슨 얄궂은 장난인지, 하필이면 약손은 그 순간에 딱 이유와 마주쳤다.

이유의 맨몸에서 뚝뚝뚝 물이 떨어져 내렸다. 눈을 가린다고 가렸건만, 약손은 이유의 턱, 어깨, 가슴, 오밀조밀 근육 잘 잡힌 옆구리를 타고 흐르는 한 줄기의 물길을 보고야 말았다.

"……헉."

시야는 온통 전라의 몸뚱이뿐이었다. 대체 눈알에 무슨 조화를 부렸는지 알 수 없었다. 이유의 몸을 타고 흐르는 물방울들이 평소보다 열 배쯤 더 크고, 백배쯤 더 자세하게 보였다.

이윽고 이유 배꼽에 고였던 물방울이 쪼르륵 굴러 떨어졌다. 물방울은 이유의 뱃가죽을 지나, 골반 뼈를 지나, 조각도로 패놓은 듯 깊숙하게 갈라진 치골을 따라 흐르더니…….

"허어억!"

저도 모르는 사이에 다리에 힘이 풀렸다. 약손은 그대로 쿵 엉덩방아를 찧으며 주저앉고 말았다. 그와 동시에 이유가 전광석화처럼 달려왔다.

"약손아, 왜 그래? 어디 아파?"

"저, 전하……."

오매불망 주상 전하만 부르며 달려온 애가 갑자기 휘청거리더니 바닥에 쓰러졌다. 얼굴은 하얗게 질렸고, 정신은 나갔는지 또렷해야할 눈동자가 갈 데를 잃고 허공을 헤맸다. 이유가 재빨리 약손의 이마를 만져 봤다. 열이 오른 듯 엄청나게 뜨거웠다.

"너 갑자기 왜 이래? 누가 이랬어? 산에 갔다 귀신이라도 본 거야? 대체 뭐 때문에……! 약손아!"

이유가 외마디 비명을 질렀다. 뒤에서 커다란 모포 들고 오던 동재가 무슨 일인가 싶어 눈을 동그랗게 떴다. 이내 바닥에 주저앉아 버린 약손을 발견하고는 역시 이유랑 똑같은 모양으로 기겁을 했다.

"어이구! 여 생도! 자네, 괜찮은가? 괜찮은 거야?"

"예예…… 저는 괜찮사온데……."

약손이 일단 몸을 추슬러 일으켰다. 하지만 이유가 약손의 손을 더욱 꽉 잡으며 말했다.

"약손아! 너 지금 코피 나!"

"큽……."

약손이 반사적으로 손등으로 코밑을 문질렀다. 이유 말대로 붉은 피가 묻어났다. 미쳤나 봐. 나 왜 이러지? 아무래도 주상전하 나신 목격한 충격이 큰 듯했다. 약손은 까닭을 모르고 정신줄을 놨다.

예전에, 약손이 어릴 때의 일이었다.

약손이 잠깐 머물렀던 동네에 '박 도령'이라는 미남자가 한 명 살았다. 얼굴은 주먹만 하고, 햇빛 한번 제대로 받지 않은 살결은 뽀얗고. 진사 댁의 막내 도령님이었던가? 아무튼 곱상한 외모 때문에 박 도령이 서당 오고 갈 때만 되면 그야말로 동네 계집애들은 박 도령 얼굴 한번 보겠다고 온갖 난리를 다 쳤다. 물론 약손 또한 예외는 아니었다. 암만 사내 변장하며 산다 해도 그 속내까지 진짜 사내가 된 것은 아니었기에, 약손도 박 도령만 생각하면 속이 울렁이고 그랬더랬다.

그리고 박 도령이 이웃 마을 규수와 혼인하던 날, 동네 처녀들 눈물보가 터져서 하마터면 마을 전체가 눈물 홍수에 잠길 뻔했다. 약손 역시 남의 남자 된 박 도령 때문에 울적해진 마음 달래려 주막에서 혼자 처량하게 술 마시며 궁상을 떨었다.
문득 주모들의 수다가 약손의 귀에 들렸다.
'아이구, 박 도령 뭐 볼 게 있다고 그렇게 난리를 친대?'
'그러게 말이야. 비실비실한 게 툭 치면 날아갈 것 같던데.'
'자고로 사내라면 듬직한 맛이 있어야지. 박 도령 봐. 눈은 실처럼 짝 찢어졌지, 코랑 입은 요만하지, 어이구 턱은 또 왜 그렇대? 뾰족하기만 해 가지고…… 그런 남잔 못 써. 하관이 옹졸하잖아. 계집이 숟가락 한 짝만 사도 참견할 상이야.'
'빼대는 어떻고? 저번에 장에서 보니까 어깨가 나보다 좁더라고. 허벅지는 봤는감? 그딴 장딴지야 뻔하지. 밤일하기엔 영 글러 먹었어.'
'맞아! 맞아! 사내는 무조건! 무조건! 허벅지라고!'
주모들은 박 도령의 왜소한 체구를 안주 삼아 씹기 여념이 없었다. 약손은 술기운 돌아 알딸딸한 와중에도 박 도령 욕하는 주모들이 미웠다.
우리 박 도령이 어디가 어때서 그래? 키 작은 게 죄야? 어깨 좁은 게 박 도령 탓이야? 태어나길 그렇게 태어난 걸 어쩌란 말이야? 그리고 장딴지 그게 뭐가 중요해? 허벅지가 밥 먹여 줘? 주모들은 진정한 사랑을 몰라! 아무것도 몰라!
그날, 주모들의 일화가 왜 하필 오늘에서야 떠오르는 건지.
"하……."
약손이 깊은 한숨을 내쉬었다. 역시, 주모들 말은 피가 되고 살이 되는 주옥珠玉이다. 주모 말 들으면 길 가다가도 떡이 나오면 나왔지, 잘못되는 경우는 한 번도 없었다. 그때는 어려서 몰랐는데 이제 와서 돌이켜 보니까 정말 아무것도 몰랐던 사람은 약손 본인이었다.

주모들 말이 백 번 천 번 옳지. 자고로 사내는 얼굴 못생기면 죄다. 어깨 좁아도 죄다. 하체 빈약하여 허벅지랑 장딴지 비실비실하면 나중에 부인의 마음을 기쁘게 만족 못 시킬 상이니 두말할 것 없는 대역 죄인이 맞다.

'약손아, 괜찮아? 왜 이래? 응? 누가 그랬어?'

이유가 바닥에 넘어진 약손을 일으켜 줬다. 평소라면 '괜찮습니다, 주상 전하!' 씩씩하게 일어났을 텐데, 약손은 맥이 풀려 몸에 힘이 하나도 없었다. 설상가상, 방금 목간 끝내고 온 이유의 몸은 유독 뜨듯했다. 막사 안에 켜 놓은 촛불 때문인가? 주홍빛 받은 주상 전하 용안이 평소보다 훤칠했다. 멋있어 보였다.

미쳤다. 멋있대. 누가? 주상 전하가? 여약손 너 머리가 어떻게 된 거 아니야? 정신 나갔어?

약손은 저도 모르게 이유가 맞잡은 손을 휙 뿌리쳐서 내뺐다. 심장이 빠르게 뛰어서 어쩔 줄을 몰랐다. 물론 약손은 저가 이유의 손을 뿌리치는 순간, 허망하게 바뀌는 이유의 표정은 하나도 못 봤다. 내 정신도 없는데, 남의 사정까지 신경 써 줄 여유가 없었다. 뿌리친 것은 손만이 아니었다. 약손은 이유가 수건으로 피 흐르는 코를 닦아 주려는 것도 거절했다.

'제, 제가 할게요! 제가 할 수 있습니다!'

'……'

약손은 손수건으로 피 흐르는 얼굴을 감싸 쥐었다. 그러고는 그 길로 제 막사로 돌아왔다. 다행히 코피는 금방 멈췄다. 하지만 약손은 제 막사에 누워 일어날 생각을 안 했다. 하루 종일 월소랑 들판을 쏘다녔는데도 배가 안 고파 저녁도 걸렀다.

천하의 여약손에게 밥맛이 없어지는 날이 오다니!

약손이 몸을 뒤척이다가 바로 누웠다. 막사 천막 위로 이유의 얼굴이 두둥실 떠올랐다.

'일단, 사내는 눈, 코, 입 이목구비가 부리부리하고 커야 돼. 셋 중 하나라도 작으면 못 써.'

주모 말이 떠올랐다. 약손이 차근차근 천막 위로 떠오른 이유의 얼굴을 살폈다. 일단 이마는 훤하고 넓었다. 짱구도 아니고, 어디 한 부분 찌그러진 데 없이 반듯했다. 합격.

눈썹은 그린 듯 진했다. 눈매는 작지 않고 큰 편에 속했지만, 길게 쭉 찢어져 날카로워 보이는 게 흠이라면 흠이었다. 불합격.

하지만 그때, 무뚝뚝한 얼굴의 이유가 활짝 웃어 보였다. 날카로운 눈매가 언제 그랬냐는 듯 긴 반달이 되어 휘어졌다. 세상 친근하고 다정한 눈길이로다……. 합격.

오뚝 솟은 코, 합격.

사내의 마음 씀씀이를 나타내는 턱은 뾰족하거나 옹졸해 보이지 않고 굵직굵직하게 깎여 있다. 합격.

귀는 부처님 뺨칠 정도로 크니까 재물과 덕이 절로 쌓일 상이로다. 합격.

목 두꺼우니까 합격.

어깨는 뭐, 두말할 필요 없이 널찍하다. 합격.

손가락이나 팔뚝을 보아 짐작하건데 몸의 근간되는 뼈대는 튼튼하고 두껍다. 합격.

그리고 주모들이 이르길, 사내에게 가장 중요하다는 허벅지랑 장딴지는…….

허벅지…….

장딴지…….

이유의 옆구리를 타고 또르륵 굴러 떨어지던 물방울의 마지막 도착지를 떠올렸다.

합……격…….

"큽……."

기껏 멈췄던 코피가 다시 나올 지경이었다.

미쳤어! 미쳤어! 여약손! 너 미쳤어! 주상 전하 허벅지를 생각해서 뭐하게? 장딴지에 합격 주면 어따 쓰게? 어차피 너랑은 하나도 상관없는 일이잖아!

약손이 발로 이불을 마구 찼다. 하지만 그러면 그럴수록 아까 본 이유의 모습은 더욱 또렷해지기만 했다.

그때였다.

"약손아!"

막사 밖에서 약손의 이름을 부르는 소리가 들렸다.

"약손아…… 자니?"

"!"

이유의 목소리였다. 응당 주상 전하가 행차하셨으면 버선발로 달려가 맞이해야만 했다. 하지만 지금은 그럴 수 없었다. 절대 이유와 대면할 용기가 나지 않았다. 약손이 휙 이불을 머리끝까지 올려 썼다. 대답이 없으면 자는 줄 알고 주상 전하도 고만 돌아가시겠거니, 생각했다.

하지만 그냥 돌아가면 그 또한 이유가 아니었다. 살며시 막사 천막이 열리며 이유의 발걸음 소리가 들렸다.

약손은 일단 자는 척, 이불을 뒤집어썼다. 하지만 머릿속은 엄청나게 시끄러웠다. 주상 전하를 모르는 척해도 될까? 주상 전하께 예의범절 차리지 않고 버릇없게 굴면 대역죄에 해당할 텐데? 차라리 지금이라도 일어나서 아는 척을 할까? 하지만 난 아직 주상 전하 얼굴을 볼 수가 없는 걸…….

물 뚝뚝 흐르던 모습만 생각하면 온몸에 오싹 소름이 돋을 지경이었다. 몸이 오그라들고 또 오그라들어서 아주 작은 콩이 될 것만 같았다.

"약손아, 자?"

"……."

"자는구나……."

"……."

평소에도 이유의 목소리가 낮다고 생각했지만 깜깜한 이불 속에서 들으니까 이루 말할 수 없이 낮았다. 이유는 몇 번인가 약손의 근처를 맴돌다가 이내 도로 막사를 나갔다.

막사를 나서기 직전, 이유가 깊은 한숨은 내뱉었다. 무슨 상심이라도 있으신가? 이유의 걱정이 약손에게까지 그대로 전해졌다. 하지만 약손은 그냥 아무것도 듣지 못한 척 눈을 감았다.

"잘 자렴. 내일 보자꾸나."

"……."

이유가 나갔다. 이유가 떠나자 막사 안은 다시금 고요해졌다. 약손은 사방이 조용해지고 나서야 그제야 휙 몸을 일으켰다.

약손의 침상 옆, 조그만 탁상 위에 꽈리가 보였다. 이유가 두고 간 것이었다. 원래는 주상 전하 드시라고 챙겨 간 건데. 정작 이유는 약손이 저 준다고 말한 적이 없으니, 약손이 떨어뜨린 물건이라고 생각하여 도로 가져왔나 보다.

"……."

이걸 전해 주려고 오신 거였나? 약손이 털썩 이불 위로 드러누웠다.

난 왜 하필 주상 전하 목간하고 나오는 모습을 봐 가가지고. 주상 전하 막사에는 함부로 걸음 하지 말 것을! 대체 무슨 부귀영화를 누리자고 거길 찾아갔어? 응? 대체 네까짓 게 뭐라고! 그렇게 잘못을 거슬러 올라가다 보니까 어느덧 생각은 꽈리에 닿았다.

꽈리는 그냥 월소랑만 나눠 먹고 말 것을! 왜 주상 전하께 드린다고 오지랖을 부렸니? 이 바보! 멍충이!

약손이 이불을 찰 때마다 그 여파 때문에 꽈리 또한 댕굴댕굴 이리저리 흔들렸다. 이유 생각할 때마다 약손의 얼굴이 울긋불긋 속절없이 붉어졌다. 꼭 꽈리와 같았다. 여약손이 아니라 여꽈리로 개명을 해도 할 말이 없으렷다!

그렇게 약손은 뜬눈으로 밤을 지새웠다. 그리고 이 모든 것은 부끄럼 많은 소녀의 환생이라는 꽈리 때문에 벌어진 일. 전부 꽈리 탓이었다.

*

예전에 벽란도(碧瀾渡: 개경 가까이에 위치한 국제 무역항)에서 송상松商을 만난 적이 있다. 송상은 약손과 칠봉 부자 같은 하찮은 장돌뱅이가 아니었다. 잡스러운 물건이나 팔아 푼돈이나 겨우 만지는 봇짐상인은 더더욱 아니었다.

그들의 조상은 왕건 임금님께서 고려를 세웠을 무렵부터 당나라와 무역을 해온 전통 있는 장사꾼들이었다. 비록 고려가 멸망하고 조선이 세워지면서 도읍이 한양으로 옮겨지는 사태를 겪기도 했지만, 그들 나름대로는 4대전(휜전, 백목전, 청포전, 어과전)을 설립하여 발전을 거듭해 나가는 중이었다.

아무튼 칠봉도 벽란도 장시 한복판에서 멍석을 깔고 판을 벌였다. 그때만 해도 칠봉이 젊어 펄펄 날아다니던 시절이었다. 몸 아픈 데 없고, 사지 육신 멀쩡했던 시절. 세상에 무서운 것도 없었고 두려운 것도 없었다. 뿐만 아니라 예인藝人 기질 타고난 제 목청에 대한 자부심도 있었다.

과연, 좋은 소리는 어디를 가도 통하더라. 칠봉은 그날 가락 한 곡조 불러 주는 대가로 벽란도 구경꾼들의 주머니를 탈탈 털어 냈다. 한껏 두둑해진 주머니를 챙겨 객주에 머물렀는데, 그때 재산깨나 많아 보이는 거부가 칠봉의 실력에 탄복하여 며칠간 저희 집에 머물며 시시때때로 노래를 불러 달라는 부탁을 했다.

며칠의 대가는 어마어마했다. 등 따뜻하게 재워 주고 먹여 주는 것만 해도 감지덕지일 텐데. 칠봉이 거절할 리 없었다. 원래대로라면 칠봉과 약손은 혹독한 북방 추위 피해서 남쪽으로 가려했었다. 하지만 칠봉과 약손은 그해 한 계절 전부를 웬 거부의 집에서 살며 편하게 지낼 수 있었다.

그런데 나중에 알고 보니까 거부의 정체는 다름 아닌 개경 상인의 영수領袖였다. 이제는 나이 지긋하여 딸과 아들에게 가업을 물려주고 일선에서 물러난 노인이었는데, 청년이었을 때는 송악은 물론이고 대식국(大食國: 사라센 제국. 오늘날의 이란, 이라크에 해당한다.), 왜倭와의 무역을 일으켜 큰 영향을 떨친 인물이라고 했다.

칠봉이 노인에게 노래를 불러 주고 나면, 노인은 제 젊은 시절의 옛날 얘기를 어린 약손한테 두런두런 들려주기도 했다. 워낙 오래전 일이라 그때 들었던 수많은 이야기는 잊혔지만, 그래도 아직까지 기억나는 게 하나 있었다. 노인이 처음 발 디뎌 봤다는 여러 나라들에 대한 생생한 묘사였다.

'섬라(暹羅: 태국)에 다녀온 적이 있단다. 섬라인은 머리 색깔이 우리와 비슷하지만 피부색이 다르지. 훨씬 더 까맣고 시시때때로 진한 갈 빛이 섞여 있단다.'

'어떻게 살이 까만색일 수 있어요? 그럼 밤이 되면 섬라인들은 안 보이나요? 코앞에 지나가는 사람을 못 봐 가지고 박치기를 할 수도 있겠네요?'

'그럴 수도 있겠지?'

약손은 곶감을 먹으면서 살색이 온통 새카맣다는 섬라 사람들에 대해 상상해 봤다. 까만 털이 잔뜩 난 검둥개는 많이 봤어도 까만 살색을 가진 사람은 한 번도 본 적이 없었다. 혹시 숭숭 난 까만 털을 잘못 본 건 아닐까?

'명나라 사람들은 엄청 시끄럽지. 오죽하면 툭 하면 남 일에 참견하느라 제 할 일 못 하는 경우가 태반이겠니. 인구는 또 얼마나 많은지 몰라. 시장에 가면 발 디딜 틈이 없어.'

'벽란 시장에도 사람은 많잖아요.'

'비교가 안 될 정도야.'

'우와! 그러면 장사하기에는 엄청 좋은 거 아니에요? 울 아부지가 그랬는데 시장에는 무조건 사람이 많아야 된댔어요. 휑하기만 하고 파리 날리면 그날 벌이는 꽝꽝이라고…….'

'그렇지! 그렇지! 그래서 명나라는 우리 같은 장사치에게는 황금이 잔뜩 묻힌 노다지와 다름이 없단다. 그러니까 약손이 너는 나중에 자라거든 꼭 섬라에도 가보고, 명나라에도 가 볼 수 있는 사람이 되렴.'

'왜요?'

'이국異國에 다녀오면 삶을 바라보는 눈이 달라지니까. 어제와는 다른 새로운 세상이 펼쳐지지.'

'음…….'

아무리 약손이 총명해도 이 말은 결코 이해할 수 없었다. 자고로 새로운 세상은, 새로운 경험을 해 본 자만이 느낄 수 있는 법이었다. 훗날 약손은 다른 이야기는 모두 잊었어도 노인이 언급한 '새로운 세상'에 대해서만큼은 절대 잊지 못했다.

대체 새로운 세상이란 뭘까? 삶을 바라보는 눈이 어떻게, 어떤 방식으로 달라진다는 걸까?

어쩔 때는 '새로운 세상'을 주문처럼 외우며 손바닥으로 눈을 가렸다가 확 떼어 보기도 했다. 눈을 꼭 감았다가 백을 세고 떠 보기도 했다. 하지만 눈앞에 보이는 광경은 늘 어제와 같았다. 좀 전과 하나도 다를 바가 없었다.

쳇! 그때 그 노인이 내게 거짓말을 한 게지! 어린애를 앞에 두고 말도 안 되는 허풍을 떨었어! 대체 새로운 세상이란 게 어디 있단 말이야?

약손은 점점 노인의 말을 믿지 않게 됐다. 하지만 '새로운 세상'은 참말 느닷없이, 어느 날 갑자기 찾아왔다. 섬라를, 명나라를 다녀오지 못했는데도 말이다.

"아아아아악!"

약손이 소리를 질렀다. 산 중턱의 언덕을 데굴데굴 굴러 온 덕분에 뒤통수에 억새풀이 덕지덕지 꽂혔다. 아주 거지꼴이 따로 없었다. 약손이 하늘을 올려다봤다. 새파란 하늘, 두둥실 떠가는 구름 위로 뿅! 이유의 얼굴이 떠올랐다.

"악! 정말 왜 이래?"

약손이 눈을 가리며 고개를 숙였다. 하지만 이번엔 '약손아, 괜찮니? 왜 언덕을 굴러내려 왔어? 다치면 어쩌려고?' 저를 걱정하는 다정한 목소리가 들렸다.

약손이 휙 고개를 들었다. 이유가 예의 눈이 휘어지도록 웃으며 저를 내려다보고 있었다. 하마터면 약손은 '주, 주상 전하……

여긴 어떻게 오셨어요?' 냉큼 손을 잡고 일어날 뻔했다. 하지만 약손이 눈 한번 깜빡이자 약손 보며 어여쁘게 웃어 주던 주상 전하의 모습은 요술처럼 사라지고 말았다. 이유가 서 있던 자리에는 유난히 키 큰 억새풀만 바람에 나부꼈다.

여약손. 정신 나갔어, 진짜.

들판의 나무들 사이로 이유가 보였다. 우뚝 솟은 널찍한 바위도 이유로 보였다. 억새풀, 능선, 저만치 뛰어가는 노루…… 모두가 이유인 것만 같았다. 심지어 귓가를 스치는 바람결에서도 '약손아!' 이름을 불러 주는 이유의 목소리가 들렸다. 한마디로 약손은 지금 이유의 환시를 보고, 이유의 환청에 시달린다는 뜻이었다.

약손이 혼자 악악거리며 머리를 마구 헤집었다. 월소가 배고프다며 곁에서 쿵쿵 발길질을 해 댔다. 소쿠리에 들었던 약과 한 개를 대충 던져 주고 드러누웠다.

저 멀리 벽조목이 보였다. 며칠 전에 만난 몰이꾼이 벽조목을 잘라다 주마 약속을 했는데, 허풍이었는지 아직까지 멀쩡하게 가지 뻗고 있었다. 평소라면 그 몰이꾼을 찾아내어 당장 벼락 맞은 대추나무를 잘라 달라 떼를 썼겠지만, 지금의 약손은 도저히 그럴 기분이 아니었다.

벽조목? 그게 다 뭔데. 그깟 나무가 뭐가 중요한데……. 심지어 약손은 한양에 가져갈 희귀한 약초나 열매 따기에도 흥미를 잃어 버렸다. 눈 감아도 생각나고, 눈 떠도 보이는 주상 전하 때문에. 이유의 환시는 실제도 아닌 주제에 약손이 가는 곳이라면 어디든 따라다니려 했다.

'약손아! 약손아!'

또다시 이유의 목소리가 들리기 시작했다. 여약손, 정신 차려!

너 대체 왜 이래? 미쳤어? 돌았어? 약손이 질끈 눈을 감았다. 귀도 막아 버렸다. 누군가를 연모하게 된 약손이 경험하게 된 새로운 세상. 모든 게 달라 보였다.

약손은 쉬이 적응할 수 없었다.

한편, 약손이 실제도 아닌 이유의 환영에 시달리며 고통받을 때 이유라고 해서 맘 편히 사냥하며 즐거운 시간 보낸 것은 아니었다. 활 열 발을 날리면 잡은 짐승 또한 열 마리라는 백발백중의 신화는 사라진 지 오래였다. 핑, 핑, 날리는 화살마다 비껴가기 바빴다.

새벽부터 시작한 사냥이었다. 서영화도, 지욱선도, 장미춘도 노루며 멧돼지 따위 수십 마리를 낚아채는 중인데, 오직 이유만 별다른 수확이 없었다. 겨우 사슴 한 마리를 잡긴 했지만 발목이 부러진 팔푼이라서 체면만 구겼다. 몰이꾼들이 집중적으로 사냥감을 몰아 줘도 소용없었다. 코앞에 스치는 동물은 전부 주상 전하 몫으로 남겨 놔도 명중을 못 시키는 수준이었으니 말 다했다.

이유가 활시위를 잡아당겼다. 쇠심줄로 만든 활줄 때문에 이유의 손가락 마디가 새하얗게 변했다. 이유의 시선이 저 멀리 뛰어가는 멧돼지에 닿았다. 그러나 정작 이유의 정신은 당최 목표물에 집중하지 못했다. 멧돼지는 온데간데없고 오직 제 손을 획 뿌리치던 약손의 매정한 얼굴만 떠올랐다.

'제, 제가 할게요! 제가 할 수 있습니다!'

이유는 그저 약손이 흘리던 코피를 닦아 주고 싶었을 뿐이었다. 하지만 약손은 손을 획 뺀 것도 모자라 수건만 날름 받아서는 스스로 얼굴을 감싸 쥐었다. 이유의 걱정 따위는 조금도 관심 없어 보였다. 심지어 코피가 멈추니까 갑자기 피곤하다는 핑계를 대면서 얌체처럼 제 막사로 돌아가 버리기까지 했다.

뭐, 여기까지는 약손이 진심으로 피로해서 그랬겠거니, 코피 흘려서 정신이 없어 그랬겠거니 아무렇지 않게 넘길 수도 있었다. 하지만 약손은 간밤에 이유가 막사를 찾아갔을 때도 자는 척을 하면서 저를 모른 척했다.

'약손아, 자?'

'……'

'자는구나…….'

'……'

분명 꾹 감은 눈꺼풀 아래에서 움직이는 눈동자를 봤다. 얼핏 보면 깊이 잠든 것 같았지만 꼴깍 침 삼키는 소리도 들었다. 이유 딴에는 약손이 걱정되어 밥도 제대로 못 먹겠고, 이대로는 잠도 못 잘 것 같아 찾아온 거였다. 약손이 떨어뜨리고 간 꽈리를 돌려준다는 말도 안 되는 핑계를 대면서 말이다. 그런데 약손은 큰 용기 내어 찾아온 이유를 모르는 척한 것이었다.

'잘 자렴. 내일 보자꾸나.'

'……'

왜 나를 피하는 거야? 한숨이 절로 나왔다. 이유는 부디 모든 것이 저의 일방적인 기분 탓이길, 오해이길 바라며 막사를 나왔다. 어쩌면 내일 아침이 되면 약손은 무슨 일이 있었냐는 듯 방실방실 웃으며 '주상 전하, 간밤에 강녕하셨습니까?' 안부 인사 올리며 저를 찾아올지도 몰랐다.

하지만…….

'약손아, 오늘 같이 강무 안 가련? 오늘은 산에는 안 가고 평야만 달릴 건데, 너도 곁에서 구경하렴. 엄청나게 재미있을 거야. 응?'

이유는 상약하는 약손에게 넌지시 함께 사냥터를 가자는 제안을 했다. 암만 약손이 제멋대로고 장난꾸러기라 해도 영 주제를 모르는 사람은 아니었다. 상약이고, 생도라는 신분은 잊지 않아서 웃전의 말이라면 껌뻑 죽는 척을 하며 따르는 편이었다. 하물며 상궁과 내시들의 엄격함을 아는데 주상 전하의 말씀을 거역할 리 없었다. 하지만 약손은 뭐 듣지 못할 얘기라도 들은 양 화들짝 놀랐다. 맴맴 고개를 저었다.

'아, 아니요. 저는 오늘 월소랑 산에…… 어제 못 딴 약초를 캐야 해서…… 열매를 가져와야 되어 가지고…….'

'…….'

이유의 표정이 굳어졌다. 단순히 약손이 저의 제안을 거절했기 때문만은 아니었다. 이유가 누구던가. 암만해도 그는 주상 전하였다. 척하면 척, 상대의 거짓과 진실을 읽어 내는 눈치를 타고나기도 했다. 이유가 거쳐 온 산전수전을 다 읊어 무엇 할지?

이유는 약손이 문안 인사 올릴 때부터 고개만 푹 숙이고 제 얼굴을 한 번도 보지 않는 것을 알았다. 별다른 수다도 떨지 않고 날름 제 몫의 탕약만 마시는 걸 알았다.

심지어 약손은 이유가 뒤이어 내준 약과엔 손도 대지 않았다. 탕약 마시고 나면 쓴맛 때문에 힘들어하는 게 싫어서 부러 과줄 잘 만든다는 생과방 나인을 골라 강무장에까지 데려왔건만. 강무에 필요한 군사들을 줄이고, 시위패의 규모까지 절반으로 축소하는 와중에도 부득불 우겨 데려온 사람들이란 바로 여약손, 너를 위한 것이었는데!

너 갑자기 왜 이래? 왜 내 얼굴을 안 봐? 어제까지만 해도 아무 일 없던 애가 갑자기 다른 사람처럼 굴면 어쩌라는 거야? 내가 뭘 잘못했어? 그런 게 있으면 차라리 속 시원하게 말을 해줘.

혼자만 꿍해 가지고 속에 담아 두고 살면 내가 그 마음을 어떻게 헤아려? 여약손, 이 멍충이! 매정한 놈! 곰보 새끼!

이유는 기어코 저와 눈 한 번을 맞추지 않고 물러가는 약손의 모습을 떠올렸다. 저를 모른 척하는 그 표정이 그렇게 서운할 수가 없었다. 가슴이 미어졌다.

활줄을 너무 오래 당겼는가?

이유의 검지에 피가 맺혔다. 이유는 약손을 생각하느라 제 살이 갈라지는 줄도 몰랐다.

이내 피잉! 화살이 날아갔다. 정신이 사나운데 당연히 적중할 리 없었다. 화살은 맥없이 수풀 사이에 꽂혀 튕겨 나갔다. 죽을 위기 넘긴 멧돼지가 부리나케 산 능선 뒤로 사라졌다. 이유는 그대로 화살을 바닥에 내려쳤다.

"에잇, 오늘 사냥은 그만하련다! 돌아가자!"

이유가 초광의 고삐를 당겨 돌아섰다. 주상 전하 심기가 심히 어지럽도다! 각자 눈치껏 알아서 처신할지어다! 죄 없는 장수들만 이유의 눈치를 봐야 했다.

약손이 산에서 내려왔을 때는 잔치가 벌어지던 중이었다. 사냥에서 잡은 고기 중, 제일 좋은 부위는 종묘에 보내고 작은 것들은 근방의 마을 백성들에게 나눠 줬다. 그 외, 나머지는 모두 장수들의 차지였다. 모두들 왁자지껄 신이 난 가운데 약손만 터덜터덜 힘 쭉 빠진 모습이었다. 하루 종일 주상 전하 환청 듣고 환시 보느라 제정신이 아니었다.

눈 밑에는 시커멓게 그림자가 졌고, 양 볼은 피죽도 못 얻어먹은 사람처럼 홀쭉했다. 흡사 요괴에게 양기를 뺏겨 백골만 남게 됐다는 설화 속 어리석은 사내 같았다. 반쯤 넋 나간 퀭한 얼굴로 걸음을 옮기는데, 이유가 그 앞을 막아섰다.

"금일 저녁에 다들 모여 잔치한다는 얘기 못 들었어? 뭐하다가 이제 와? 아까부터 널 기다렸잖아!"

"……송구합니다."

또! 또! 또! 약손은 이유 얼굴을 보자마자 흠칫 놀라며 어깨를 떨었다. 이유가 질끈 잇새를 물었다. 이젠 나랑 눈도 마주치기 싫은가? 내 얼굴도 보고 싶지 않아? 왜 날 피해? 대체 왜? 갑자기 왜 그러는 건데? 백 번 천 번 따져 묻고 싶은 마음이 넘쳤다. 이유는 답답한 심정을 꾹 눌러 삼켰다.

"……밥 안 먹었지? 일단 밥부터 먹자. 밥 먹고 이야기하자."

지지고 볶든, 죽사발을 만들든 일단 뭐라도 좀 먹이고 난판을 지을 심산이었다. 이유가 약손의 손을 잡아끌었다. 하지만 약손은 붙박이가 되어 한 발자국도 움직이지 않았다. 약손이 고개를 저었다.

"아니요. 전 괜찮습니다. 아까 낮밥을 잘못 먹었는지 속이 별로 좋지 않아…… 저는 신경 쓰지 마시고, 맛있게 진지 드세요."

"……."

약손이 이유에게 잡힌 제 손을 거둬 갔다. 이유의 얼굴이 눈에 띄게 굳어졌다. 세상에, 여약손이 먹거리를 거절하다니. 다른 누구도 아닌, 천하의 여약손이!

뭔가 일이 틀어져도 단단히 틀어졌음이 분명했다.

이유가 망연자실한 표정으로 약손을 바라봤다. 그러거나 말거나 약손은 제 갈 길 가느라 바빴다. 약손이 막사로 돌아가려는데, 때마침 멧돼지 고기를 가져오던 서영화가 약손과 이유를 발견했다. 서영화가 약손에게 아는 척을 했다.

"여보게, 여 생도! 이제 오셨는가? 자네, 먹을 복이 있군. 마침

야저(野豬: 멧돼지의 다른 말)를 구울 참이었는데 말이야. 첫날 잡아서 짚더미 안에 숙성시켜 놨는데, 어찌나 맛이 좋은지 몰라. 한 점 잘라 먹어 봤는데 꿀맛이 따로 없더군! 같이 먹세나!"

"아니요. 저는 괜찮은데……."

"이렇게 어린 야저는 보기 힘든 거 알지? 심지어 암놈이라고! 야저 고기를 먹으면 그해 겨울은 거뜬하게 보낼 수 있어!"

서영화는 약손이 사슴 피 쉽게 먹는 법을 알려 준 이후부터 약손을 친근하게 대했다. 얼굴 희멀건 생도 나부랭이인 줄 알았는데, 사슴 뿔 뚝딱 잘라서 그 피도 꿀꺽 마시는 모습이 퍽 인상적이었기 때문이다. 자고로 사내라면 그 정도의 대범함은 기본 소양으로 갖추고 있어야 되지 않겠는가?

아무튼 서영화가 보기에 여약손은 비실비실, 젖비린내 나는 유약한 사내들과는 다른 부류였다.

"뭘 그렇게 멀뚱히 서 있어? 같이 가자니까?"

"……."

약손이 잠깐 생각에 잠겼다. 힐끗 이유의 눈치를 보기도 했다. 하지만 주상 전하의 권유도 사절한 마당에 서영화의 말에 응할까? 이유는 당연히 약손이 거절할 것이라고 생각했다.

"약손은 속이 좋지 않아서 저녁을 안 먹겠다고 하니……."

"예, 알겠습니다. 본래 암야저란 평생에 한두 번 먹어 볼까 말까일 만큼 맛보기 어려운 고기라지요? 한번 먹어 보겠습니다."

"그래. 얼른 오라고!"

방금 전, 이유와 약손의 상황 따위는 전혀 알지 못하는 서영화가 흥겨운 얼굴로 사라졌다.

"……."

화르륵. 이유의 얼굴이 달아올랐다. 가슴 한쪽에 뜨거운 불이 당겨진 것만 같았다. 배 속이 뜨끈뜨끈했다. 내가 밥 먹자고 했을 때는 낮밥을 잘못 먹었다느니, 속이 좋지 않다느니 사양해 놓고. 근데 서영화가 밥 먹자고 하니까 뒤도 안 돌아보고 승낙을 해? 이게 대체 무슨 경우야?

이유는 잔뜩 성이 났다. 쫄래쫄래 서영화를 뒤따르는 약손을 열심히 째려봤다. 그 시선을 느꼈는지 약손이 휙 뒤돌아 물었다.

"주상 전하, 아니 가십니까? 야저 고기 안 드세요?"

"……."

아무것도 모르는 무고한 얼굴. 약손이 깜빡깜빡 감았다가 뜰 때마다 보이는 눈동자가 너무 미웠다. 꿀밤 먹여 주고 싶을 정도로 얄미웠다. 너 같으면 가겠냐? 가겠어? 멧돼지 고기를 먹든, 곰 고기를 먹든 네 마음대로 해라! 난 상관 안 할 테니!

"난, 그쪽으로 안 간다! 다른 쪽으로 갈 거야!"

"?"

얄미운 여약손, 앞으로 내가 너한테 먼저 말하나 봐라! 두 번 다시 네 일에 신경 쓰나 봐라! 내가 그러면 주상 전하가 아니라, 네 아우다! 너한테 형님이라고 부른다. 마음속으로 굳게 맹세한 이유가 휙 등을 돌렸다.

"약손아, 왜 자꾸 술만 마셔. 그러다 속 버린다. 고기도 좀 먹어야지."

"네! 네! 주상 전하아아아아!"

여약손이 밥을 먹든 돌멩이를 먹든 절대 상관하지 않으려고 했는데, 사람 마음이란 게 참 생각처럼 되지 않았다. 하긴 그랬다면 열반의 반열에 오른 부처가 되었겠지.

모닥불 앞에 쪼그리고 앉아 고기 먹는 약손이 너무 예뻤다. 멧돼지 갈비뼈에 붙은 살코기도 야무지게 뜯어 먹고, 염통이랑 껍데기도 소금에 살짝 찍어서 오물오물 잘도 먹었다. 제 말은 안 듣고, 서영화 말만 들어서 뿔났던 아까 전의 섭섭한 상황은 모두 잊었다.

고기와 술이 넘치는 사냥터의 잔치. 약손은 애주가답게 술동이를 아예 제 앞에 끌어 와 퍼마시기 시작했다. 약손이 '크아악!' 호탕하게 술잔을 비웠다. 이유가 얼른 약손 입 앞에 잘 발라 낸 머리 고기를 내밀었다. 여약손 향한 뿔난 앙금이 모두 사라진 것은 아니지만, 어쩔 수 없었다. 원래 더 많이 좋아하는 사람이 지는 법이니까.

약손이 '아아아아' 입을 벌렸다. 약손도 슬슬 취기가 오르는 중이었다. 언제 주상 전하 때문에 마음고생을 했냐는 듯 평소처럼 방긋방긋 잘 웃었다. 이유랑 눈이 마주쳐도 피하지 않고, 얼굴을 마주해도 돌리지 않았다.

이유가 살뜰하게 고기를 챙겨 주면 아기 참새처럼 냠냠 맛있게 받아먹기도 했다. 그래, 어쩌면 약손이 저를 피한다고 여긴 생각은 이유 혼자만의 착각이었는지도 몰랐다.

"맛있어?"

"네!"

"고기 더 줄까?"

"네!"

"술도?"

"네! 네!"

약손이 신나서 고기를 먹으니까 덩달아 이유의 기분도 점점 유쾌해졌다. 타닥타닥 타오르는 모닥불에 비춘 약손의 얼굴이 빛났다. 세상에서 제일 예쁘다는 미인 수백, 수천 명이 온다 해도 아무렴 여약손 만큼은 아닐 것 같았다.

"약손이 아, 하렴."

"네! 네! 주상 전하!"

약손이 방긋방긋 웃을 때마다 덩달아 이유의 심장도 떨렸다. 이유는 제 몫으로 올라온 가장 맛 좋은 고기란 고기는 몽땅 약손에게 줬다.

술과 고기가 넘쳐나니, 사내들의 수다가 끊이지를 않았다. 칼 갈러 자주 가던 대장간 주인이 병으로 죽어 새로운 대장장이를 찾았는데 실력이 영 별로라는 얘기부터, 동해 연안을 습격한 왜구를 격파한 용감한 수군의 일화, 나이 드신 부모님에 대한 건강 염려. 심지어 아직 다섯 살밖에 안 된 딸내미를 장차 시집보낼 생각만 하면 가슴이 미어진다는 걱정까지. 수다는 주제를 가리지 않고 넘나들었다.

막사 주변에 어둠이 내려앉았다. 히잉히잉 울던 말들도 조용해졌다. 주홍빛 불씨 타오르는 모닥불을 중심으로 모여 앉은 사내들의 얼굴이 불콰했다. 적어도 각자 한 병씩은 곡주를 비운 터였다. 배도 부르고, 술기운 올라 너도나도 몸이 노글노글했다.

약손은 소화시키고 고기 더 먹을 생각에 막사 주변이라도 한 바퀴 돌아보고 올 참이었다. 약손이 막 엉덩이를 떼려는 그때, 불현듯 서영화가 약손에게 질문을 던졌다.

"참, 여 생도! 자네는 왜 혼인을 안 하는가?"

"어이구, 미혼이었어? 난 왜 혼인한 줄 알았지? 저번에 아들 있다 그러지 않았나?"

"그건 여 생도가 아니라 김 생도라네. 왜 멀쩡한 총각을 유부남 만들어?"

"그랬나? 내 정신 좀 봐……."

지육선과 장미춘이 투덕거리면서 장단을 맞췄다. 약손은 갑자기 저에게 전환된 화제에 애매한 표정을 짓다가 대충 상황을 모면하려고 허허허 실없는 웃음으로만 응대했다. 하지만 의외로 오지랖 성격을 가진 서영화는 대충 넘어가지 않았다.

"자고로 사내는 혼기 놓치면 안 돼. 서른 넘어가면 끝이라고! 끝! 하루하루가 다르단 말이야! 괜한 허송세월 보내지 말고, 부모님이 봐준 자리 있으면 적당한 때 봐서 어서 식 올리시게나."

"저는 아직 생각이 없어서……."

"한창일 때에 혼인 생각이 없으면 어떻게 해? 혹시 뭐, 문제 있어?"

서영화가 힐끗 약손의 아랫도리를 가리켰다. 그 말에 약손이 발끈 주먹을 쥐었다. 이래봬도 여약손, 사내 행색만 반평생이었다. 그동안 약손이 관찰한 바, 사내들은 특히 저의 아랫도리 언급에 대해 민감했다. 심지어 생식 능력을 의심받으면 대단한 모욕이라도 들은 양 목소리를 높였다. 상대방과 치고받고 싸우기를 마다하지 않았다.

아니면 아닌 거지, 왜 그렇게 예민하게 굴어? 아무튼 약손은 지금 자신이 목소리 높여야 할 때라는 것을 아주 잘 알았다.

"무슨 그런 말씀을 하십니까? 저 아주 건강하거든요?"

"글쎄, 내가 보기엔 영……."

"뭘 얼마나, 어떻게 보셨는데요?"

"눈썰미 견적이라는 게 무시 못 하거든. 백이면 백, 척하면 척이지. 근데 여 생도는 딱 봐도 비리비리해 가지고……."

"보여 드려요? 두 눈으로 직접 보면 믿으시겠어요?"

약손이 발딱 일어나서 허리춤을 쥐었다. 솔직히 얼마나 대단한지 확인하자고 할까 봐 살짝 겁먹었는데 다행인지 불행인지 곁에 앉아 있던 이유가 누구보다 빠른 속도로 약손을 만류했다.

"여약손! 너 미쳤어? 지금 누구 앞에서…… 이 무슨 망측한!"

"아니, 내금위장께서 절 의심하잖아요! 제가 얼마나 대단한데요! 와, 이걸 내 입으로 말하기도 그렇고. 뭐라 표현할 방법이 없네, 방법이! 저 되게 잘하거든요?"

"잘하긴 뭘 잘해? 얘가 진짜 못 하는 소리가 없어!"

이유가 찰싹찰싹 약손의 등을 야무지게 내려쳤다. 두 사람이 벌이는 실랑이를 보며 서영화가 낄낄낄 짓궂은 웃음을 터뜨렸다.

"아니, 난 또 여 생도가 혼인 못 하는 남모를 고충이 있는 줄 알고……. 그래 뭐, 오해해서 미안하네. 사과하는 의미로다가 내가 이참에 중매 설게. 딱히 원하는 이상형이라도 있는가? 나 한양 마당발 서영화야. 괜찮은 규수들은 이 손안에 있단 말씀이지!"

서영화가 두 손바닥을 쫙쫙 펴보였다. 딱히 신뢰가 가지는 않았다. 하지만 자꾸 약손을 채근하기에 약손은 적당히 대답했다.

"그냥 뭐 심성 착하고요……."

"됨됨이야 당연한 말이고!"

"신체 건강하고요……."

"자꾸 뻔한 말 할래? 입 안 아파?"

서영화는 진심으로 약손을 중매해 줄 요량인 것 같았다. 그러다 보니 약손은 저도 모르게 저가 한평생 함께하고 싶은 반쪽에 대한 진심을 말하기 시작했다.

"너무 키 작은 건 싫어요. 피죽도 못 얻어먹은 듯 마른 사람은 더 싫고요."

"통통하게 살 오른 편을 선호하는구먼?"

"아니요. 그냥 살이 오른 게 아니라, 딱 봤을 때 다부진 인상이랄까? 어깨 좁으면 여러모로 볼품없으니까 어깨 벌어지고, 등이 넓은 사람이요. 이목구비는 시원시원하니 큼지막했으면 좋겠는데, 특히 귀랑 코는 반드시 커야 합니다. 재물 복이랑 인복을 나타내는 지표니까요."

"귀랑 코?"

"예. 이왕이면 다홍치마라고, 이마까지 환하고 반듯하면 더할 나위 없죠."

"……."

고작해야 얼굴이 예쁘다거나, 귀엽거나, 착했으면 좋겠다는 바람을 말할 줄 알았는데. 그런데 생도가 혼처로 바라는 사람이란 키 크고, 어깨 딱 벌어지고, 등이 넓고, 이목구비는 큼지막해야 하는데 특히 그 중에 귀랑 코는 반드시 큰…… 여인이렷다?

뭔가 참 이상한데 이상하지 않은, 묘한데 묘하지 않은 이상형이었다. 그래, 뭐 각자 취향이란 게 있으니까. 하여튼 여 생도는 참 별난 취향을 가졌구만.

서영화는 이해한다는 듯 고개를 끄덕였다. 그리고 그 옆에서 이유 또한 속을 알 수 없는 표정으로 고개를 끄덕였다.

'키 크고, 어깨 벌어지고, 등이 넓어야 한다고……?'

이유는 저가 약손의 이상형에 부합하는지, 부합하지 않는지, 부합하다면 얼마나 부합할지 맹렬히 고민하기 시작했다.

키는 이만하면 얼추 될 듯한데, 어깨는 얼마나 벌어져야 하지? 나는 너무 좁나? 넓나? 등은 또 어떻고? 예전에는 이 세상에 저만한 문무와 미모를 골고루 갖춘 사내도 드물 거라는 근본 없는 확신에 차서 살았는데, 약손 얘기를 듣고 보니까 영 자신이 없어졌다. 게다가 남들은 잘 몰랐지만, 이유는 이마가 미세하게 튀어

나온 앞짱구였다.

아, 약손이가 이마 반듯한 사람 좋다고 했는데 난 글렀어. 완전히 틀렸어…….

이유는 약손 옆에 선 자신의 모습을 상상했다. 약손은 세상 둘도 없이 멋있고 훤칠한데, 이유는 세상 둘도 없는 못난이였다. 스스로를 검열하느라 바쁜 이유는 저는 약손과 어울리지 않는 반쪽이라는 생각에 한껏 우울해지고 말았다.

약손에게 어울리는 남자가 되고 싶어…….

제일 멋있는 장부 중의 장부가 되고 싶단 말이야…….

이유가 제 앞에 놓인 술을 벌컥벌컥 들이켰다. 하지만 너무 속이 상했다. 아무래도 저는 약손 곁에 서기에는 여러모로 부족한 사람 같았다. 이유는 자괴감에 빠졌다.

암야저 고기가 귀하다는 사실은 하늘이 알고 땅이 알았다. 언제 다시 먹을 수 있을지 장담할 수 없는 맛있는 음식은 최대한 많이 먹어 둬야 했다. 배가 부르다고 조금 먹으면 저만 손해였다. 약손은 막사 주변을 돌아보고 왔다. 얼추 소화됐으니까 다시 처음과 같은 마음 자세로 고기를 먹어야지! 약손이 삼삼오오 모여 있는 장수들 사이를 헤집고 앉았다.

잘 익은 갈비뼈 한 점을 집어 들고 한입 크게 베어 물려는 때, 무슨 이야기를 하고 있었는지 약손 앞에 마주 앉은 이유가 답지 않게 부끄럼타는 얼굴로 연신 헛기침을 해댔다.

"후궁은 무슨…… 내 왕위 오를 적에 중전 하나만으로도 충분하니 후궁 들이지 않겠다 단언한 사실을 잊었느냐?"

"제가 언제 후궁 들이라 닦달하였나이까? 소신은 그저 주상 전하가 바라는 여인상에 대해 여쭸을 뿐입니다."

"허참……."

암만 사내들의 수다가 끝이 없다 한들, 어차피 떠드는 내용이야 고만고만했다. 일, 부인, 자식…… 심지어 미혼인 약손도 저가 꿈꾸는 혼처에 대해 이야기하지 않았는가? 이유라고 해서 서영화의 오지랖을 피해 갈 수는 없었다.

이유는 왕위를 양위 받을 때 후궁을 들이지 않겠다고 미리 못박아 놓았다. 언뜻 보면 주색酒色을 멀리하고 국사에만 전념하겠다는 군자의 다짐처럼 보였다. 하지만 달리 생각하면 종묘와 사직의 대통을 이어야 할 왕실의 중대한 소임을 등한시하는 무책임한 발언이기도 했다.

평소대로라면 명분에 어긋나는 이유의 의견에 반대하는 학사들의 상소가 빗발치고도 남았을 터였다. 한데 그들은 웬일로 이유의 선언을 순순히 받아들였다. 주상과 중전 내외 춘추 미령하고 옥체 건강하시니 딱히 부첩에게서 후사를 볼 필요는 없다는 뜻이었다. 물론 그 이면에는 중전 심씨가 세종을 도와 역법서를 편찬하는데 큰 공을 세운 집현전 학사 심재찬의 손녀라는 정치적 관계가 작용했다.

계유년 이후, 금성과 안평을 비롯한 왕자들이 줄줄이 죽어 나갔다. 그들과 뜻을 함께한 신료들 또한 같은 운명을 맞이했다. 상왕으로 물러났다가 폐서인 되어 영월로 유배 간 노산군魯山君의 세력은 더 이상 조정에 찾아볼 수도 없을 만큼 미약해진 지 오래였다. 그나마 목소리 높이는 사람이 성삼문과 같은 집현전 학사들이었다. 본래대로라면 죽음을 면치 못했겠지만, 실력 있는 인재를 귀중히 여기는 이유의 특이한 수집력 때문에 간신히 목숨 부지하는 중이었다. 그들이 아직 후계가 없는 이유에게 후궁을 들여야 한다 간섭하지 않는 까닭은 중전 심씨의 집안 배경 때문이었다. 하지만 이곳은 명분에 얽매여 살아야 하는 답답한 궁궐이 아니었다. 별이 총총 박힌 하늘 아래, 끝없이 펼쳐진 평야의 한복판이었다. 서영화는 문관답게 복잡한 정치는 모두 배제하고 이유의 순수한 이상형을 묻고 있었다.

"전하, 평소에 마음속으로 그리던 여인상이 있으실 것 아닙니까? 소문 안 내겠나이다. 소신들에게만 말씀해 주소서."

"이거 참……."

포기를 모르는 서영화가 자꾸만 이유를 졸랐다. 지금이 아니면 언제나 주상 전하의 이상형을 들어 볼까? 지육선과 장미춘도 귀를 쫑긋 세웠다. 모두가 저를 주목하는 상황이 되어 버리니까 이유도 계속 뒤로 빼며 저자세 취하기에도 머쓱했다.

"그냥 뭐, 딱히 별다를 건 없네만……."

이유가 힐끗 제 앞을 바라봤다. 다른 사람들과 마찬가지로 궁금증 가득한 약손의 얼굴이 보였다. 약손은 갈빗대에 붙은 고기를 한입 크게 베어 먹던 중이었다. 뜨거운 고기를 식히느라 바람 가득 채워 후후 불어 대는 볼이랑 입술이 토실토실 살 오른 열매 같았다.

"신체 건강하고……."

"아까 약손이부터 재미없게 왜 이러시지? 뻔한 말, 하기 없다니까요?"

"가리는 음식 없이 밥 잘 먹고, 술도 잘 먹는……."

"주상 전하는 좀 복스러운 사람을 좋아하시는구나?"

"웃을 때는 눈매가 요렇게 반달처럼 휘어지고, 눈동자가 초롱초롱하게 빛나는…… 물론 겉모습 같은 건 하나도 중요하지 않지. 사람이란 실속이 있어야 하니까."

"그럼요! 그럼요! 지당하십니다!"

이유가 한마디, 한마디 할 때마다 지육선과 장미춘은 오히려 저희가 더 신이 나서 박수치고, 소리 지르고, 온갖 난리를 다 쳤다. 이유가 벅벅 제 뒤통수를 긁었다. 불현듯 이유의 눈빛이 먼 곳을 향하며 아련해졌다.

이유는 어느새 약손 처음 만났던 때를 떠올리고 있었다.

저가 주상 전하라는 사실은 꿈에도 모르고 간 크게도 유황 도적질을 공모하던 여약손. 재물귀 단단히 씐 속물인 줄만 알았는데, 저가 옳다 여기면 제 목에 칼이 들어와도 뜻을 굽히지 않았던 용기 충만한 생도.

여약손은 제 목숨을 걸어 하마터면 죄 없이 몰살당할 뻔한 아이들을 살렸다. 세상 사람들이 다 무시하고, 마음대로 꺾었다가 마음대로 내다 버리는 보잘것없는 기생의 억울한 사연도 모른 척 지나치는 법이 없었다.

"세상 바라보는 시선에 줏대가 있어서 풍파에 이리저리 휘둘리지 않는 강단을 가졌으면 하네. 옳고 그름을 판단할 명확한 기준을 세울 수 있는 주체적인 사람이었으면 하네. 강한 자에게 강하고, 약한 자에게는 한없이 약해지는 마음이 따뜻한 사람……."

이유의 목소리가 점점 진지해졌다. 서영화도 절로 허리를 곧추세우고, 진중한 표정으로 경청했다.

불현듯 이유와 약손의 눈이 마주쳤다. 약손은 갈비를 다 뜯고, 이번엔 기름기 좔좔 흐르는 먹음직스러운 야저 앞다리를 먹으려던 참이었다. 누굴 닮아 저리 씩씩하게 잘 먹나? 이유가 그런 약손을 바라보며 싱긋 웃었다.

"그리 맛있느냐? 많이 먹거라. 다음에 사냥 나오면, 야저 더 많이 잡아 줄게."

"……."

이유가 약손의 머리를 쓰다듬어 줬다. 약손은 미처 보지 못했지만 이유의 귀 끝이 온통 빨갰다. 평소라면 약손도 '네! 네!' 씩씩하게 대답했을 텐데. 하지만 약손은 말문이 막혀 아무런 대답도 하지 못했다. 조용히 손에 들고 있던 고기를 바닥에 내려놨다. 방금 전까지만 해도 귀한 고기를 한입이라도 더 많이 먹어두기 바빴는데, 갑자기 입맛이 뚝 떨어졌다.

아니, 정확히 말하자면 주상 전하가 바라는 여인상에 대해 듣고 나니까 식욕이 거짓말처럼 싹 사라졌다.

"역시, 우리 주상 전하께서는 여인 보는 안목 또한 보통이 아니시네. 줏대도 있어야 하고, 옳고 그름도 잘 판단하여야 하고……. 주상 전하는 뭔가 달라도 달라. 그 뜻에 부합하려면 여인의 지덕체는 대체 얼마나 높아야 해? 웬만한 여인은 눈에 차지도 않으시겠지?"

"두말하면 잔소리 아니겠어?"

지육선과 장미춘이 주거니 받거니 고개를 끄덕였다.

약손은 가만히 주상 전하 곁에 서 있는 제 모습을 상상해 봤다. 주상 전하는 임금님이며, 세상에서 가장 고귀한 분이고, 지존이셨다. 그 늠름하신 분 곁에 보잘것없는 생도가 웬 말일까? 사내 노릇하며 정처 없이 떠돌아다니는 장돌뱅이는 주상 전하의 곁에 설 수 없었다. 어불성설語不成說이었다.

감히 너 따위가 대체 누굴 넘봐? 네 주제를 알아라! 어떤 보이지 않는 손이 약손을 훽 옆으로 밀쳐 버렸다.

곤룡포 입은 이유 옆에 세상 아름다운 여인이 자리했다. 비단옷 차려입은 여인은 그야말로 주상 전하와는 천생연분, 하늘이 정해 준 배필처럼 보였다. 곧 이유와 아름다운 여인이 '하하하, 호호호' 다정하게 웃으면서 저 먼 곳으로 사라졌다.

약손은 고만 온몸에 힘이 쭉 빠져 버렸다.

"저는 이만 막사로 돌아가겠습니다. 갑자기 졸음이 쏟아져서……."

"여 생도! 가긴 어딜 가? 여기 술 남은 거 안 보이나? 나랑 밤새 대작하기로 해놓고 이제 와서 내빼기야? 정말 이럴 거야?"

서영화가 만류했지만 소용없었다. 맛있는 음식과 향 좋은 술 잔뜩 먹고 최고조를 찍었던 기분은 순식간에 바닥으로 곤두박질쳤다. 술이고, 고기고 다 싫어졌다. 약손이 자리에서 일어났다.

[3]

약손이 휘청휘청 삭녕 평야를 걸어 나갔다. 하루 종일 이유 환청 본 일이 남부끄러워졌다. 눈빛은 초롱초롱하고, 웃는 모습은 귀엽고. 심지어 지덕체를 골고루 갖춘 여인이라니! 약손은 발끝도 미치지 못 따라갈 사람이었다. 세상에 그런 여인이 있기는 해? 주상 전하 그렇게 안 봤는데, 눈 엄청 높다. 꿈도 크셔. 그토록 잘난 여인이 주상 전하를 만나 줄 것 같아……?

만나 줄 것 같았다. 조선 팔도에서 제일 잘난 한 쌍의 남녀는 남들 부러움 담뿍 받으면서 평생을 알콩달콩 행복하게 살 것 같았다. 만약 그 여인이 새 후궁이 된다면 주상 전하는 이제 상약생도 여약손 따위는 까맣게 잊어버릴 것이 분명했다.

그렇게 생각하니까 속에서 확 열이 뻗쳤다. 엄청 속상했다. 물론 약손이 주상 전하께 분수도 모르고 설레는 제 마음을 고백하려는 것은 아니었다. 그렇지만 이 세상에는 외사랑이란 게 존재하지 않는가?

연모라는 게 꼭 둘 마음이 같아야만 할 수 있는 것은 아니었다. 혼자서만, 상대는 모르게, 비밀스럽게 품은 감정도 연모였다.

하지만 주상 전하께서 직접 고하는 이상형을 듣고 보니까, 과연 나는 엄두도 낼 수 없는 짓거리를 하고 있다는 실감이 났다. 저 높은 나무에 매달린 감을 따먹기는커녕, 쳐다볼 수도 없을 만큼 송구한 존재였다. 외사랑도 내 마음대로 못 하는 상대라니. 약손은 고백도 하기 전에 거절당한 기분이 되어 버렸다.

주상 전하가 나 속상하게 만들었어…….

주상 전하가 나한테 상처 줬어…….

약손의 걸음이 점점 빨라졌다. 깜깜한 밤공기 사이로 약손이 씩씩 내뿜는 새하얀 입김이 흩어졌다. 잔뜩 화가 난 약손은 저가 막사로부터 얼마나 멀리 떨어졌는지 알지 못했다. 약손은 무작정 앞을 향해 나아가기 바쁠 뿐이었다.

그때였다.

등 뒤에서 덥석 약손의 손이 잡혔다.

"약손아! 여약손! 너 미쳤어? 왜 이래? 이 야심한 밤에 대체 어딜 가는 거야? 깜깜한 와중에 산짐승 만나면 어떡하려고?"

약손을 붙잡아 세운 사람은 다름 아닌 주상 전하였다. 언제부터 나를 따라오신 거지? 약손은 다시 한번 마음이 착잡해졌다.

"……."

"……."

약손이 눈을 내리깔았다. 약손은 몰랐겠지만, 이유는 방금 전까지 잔뜩 신이 났던 약손이 갑자기 돌처럼 굳은 얼굴로 자리를 뜨는 것을 놓치지 않았다. 고기 잘 먹고, 술 잘 먹던 약손. 심지어 배가 몹시 부르니까 소화시키고 와서 여기 있는 고기 다 먹어 치우겠다고 호언장담을 해놓고 어딜 가는 거지?

혹시 배가 아픈 건 아닌지, 체한 건 아닌지 걱정되어 뒤를 따라왔다. 아니나 다를까, 약손은 제 막사로 돌아가지 않았다. 불빛 하나 없는 평야를 향해 마구 걷기 시작했다. 처음엔 얼마 못 가 다시 되돌아오리라 생각했는데, 웬걸. 약손의 뒷모습이 심상치 않았다. 더 이상 막사와 멀어졌다가는 사나운 들짐승을 만나서 큰 일이 날 수도 있었다. 이유가 약손을 붙잡았다.

"삭녕 평야 일대를 왜 강무장으로 지정했겠니? 그만큼 사나운 짐승이 많다는 뜻이야! 얼른 돌아가자. 막사에 가서……."

이유가 말을 마치기도 전이었다. 약손이 휙 이유에게 붙잡힌 팔을 빼냈다. 동시에 이유의 눈이 크게 떠졌다. 그동안 약손이 이유를 피하고, 마주친 눈을 내리깐 적이 몇 번 있기는 했지만 지금처럼 노골적으로 야멸치게 군 적은 없었다. 약손은 정말이지 제가 가진 모든 힘을 다 써서 이유를 밀쳐 버렸다. 약손에게서 쌩 칼바람이 불었다.

"너…… 너……! 왜……?"

이유는 너무 놀라고 당황했다. 약손이 색색 숨을 내쉴 때마다 약손의 어깨가 오르락내리락했다. 약손이 뒤로 두세 걸음 물러났다. 그러곤 제 뒤를 쫓아온 이유의 얼굴을 노려봤다. 약손이 잇새를 깨물었다. 이유는 약손이 저를 왜 이토록 차가운 눈빛으로 바라보는지 전혀 알지 못했다. 너 대체 왜 이러냐고, 무슨 일이 있는 거냐고 물으려는데, 그 전에 약손이 다부진 목소리로 내뱉었다.

"후궁, 들이실 거예요?"

"……뭐?"

"웃을 때 귀엽고, 눈동자 초롱초롱하고, 지덕체까지 골고루 갖춘 그 여인…… 후궁으로 들이실 거냐고요?"

"갑자기 그게 무슨 소리야? 여인이라니? 그리고 난 후궁 안 들인다고 말했는데?"

"모른 척 시치미 떼지 마세요. 주상 전하께서 그토록 바라고 바라시는 그 완벽한 여인이 지금이라도 눈앞에 나타나면 어쩌실 거냐고요?"

"……?"

자다가 봉창 두드린다는 말은 바로 이런 때를 두고 하는 말인가? 이유는 약손이 갑자기 왜 이런 질문을 하는지 전혀 가늠하지 못했다. 얘가 고기 먹고 체했나? 아니면 술 취해서 주정 부리는 거야? 이유가 몹시 수상하다는 눈빛으로 약손을 바라봤지만 약손은 더할 나위 없이 진지했다.

"그 문제에 대해서는 한 번도 생각 안 해봤어. 정말이야!"

"말도 안 돼. 그런 생각 한 번도 안 해봤다는 분이 그렇게 청산유수처럼 이상형을 줄줄 얘기합니까? 입에 침이나 바르고 거짓말을 하십시오. 제가 보기엔 그런 여인 나타나면 곧바로 내전에 들어앉히실 기세던데요?"

"아니거든? 너, 사람을 대체 뭐로 보고 그런 말을 하는 거야?"

"뭐로 보긴요! 여색이나 밝히는 호색한으로 봅니다!"

"뭐? 호, 호, 호색한? 여약손, 너 말 다했냐?"

"할 말이야 많지만 하지 않는 중입니다. 생도 나부랭이가 지엄하신 지존께 감히 막말했다가 개죽음당하면 어쩝니까? 저는 제 목숨 귀한 줄 잘 알거든요?"

"제 한 목숨 귀한 줄 안다는 사람이 감히 왕을 능멸해? 너 진짜……."

"진짜 뭐요? 진짜 뭐요?"

약손이 바락바락 목소리를 높여 대들었다. 약손도 약손이지만 느닷없이 화풀이 상대가 된 이유도 덩달아 뿔따구가 올랐다.

사실 말이야 안 했을 뿐이지, 이유도 약손에게 쌓인 게 한두 가지가 아니었다. 요 며칠간 저를 피하고, 눈 마주쳐도 모른 척하고. 그래도 하해와 같이 넓은 마음으로 이해하며 기껏 맛 좋은 고기 잔뜩 먹여 놨더니 갑자기 뭐? 호색한? 이게 고마운 줄도 모르고! 나는 그냥 서영화가 묻는 말에 대답한 죄밖에 없는데? 심지어 내가 당장 후궁을 들이겠다는 말도 아니었잖아? 왜 저 혼자 곡해해서 듣고 난리야? 그리고 내가 후궁을 들이든 말든 제까짓 게 무슨 상관이 있다고…….

"!"

불현듯 이유의 머릿속에 깨달음 한 자락이 바람처럼 스쳐 지나갔다. 하마터면 답도 없는 두 망충이의 대책 없는 쌈박질이 일어나려던 절체절명의 순간이었다. 어차피 둘 다 도긴개긴 모지리였지만 그래도 하루라도 더 인생 산 날이 많은 이유가 먼저 답을 찾아냈으니 그나마 다행이었다.

마침 약손은 서운한 마음을 다스리지 못하고 이유에게 주먹을 날리려 했다. 하지만 그때, 이유가 덥석 약손을 붙잡았다. 일단 잔뜩 화가 난 약손을 진정시키는 게 우선이라고 생각했다.

"여약손!"

"어? 이거 뭐예요? 이 손 놓으세요? 당장 놓으세요."

"잠깐 내 말부터 들어 봐!"

"됐고! 놓으라고요! 말로 할 때 놓으세요……."

약손이 손을 비틀어 빼려 했지만 약손이 어떻게 이유의 악력을 이길 수 있을까? 약손은 이유에게 양손이 붙잡혀 꼼짝달싹도 하지 못했다. 역시 힘으로는 이유의 상대가 될 수 없었다.

"그러니까 약손아, 내 말은……."

이미 이성을 잃은 약손에게는 아무 말도 들리지 않았다.

하여 약손은…….

—빡!

이유가 무슨 말을 하거나 말거나, 제 이마로 이유의 이마를 있는 힘껏 박치기해 버렸다. 잘 알다시피 약손은 조선에서 제일 으뜸가는 돌멩이였다. 박치기로는 어디 가서 빠지는 법이 없었다. 이유가 그대로 맥을 못 추고 바닥에 쓰러졌다.

"아아아악!"

"말로 할 때 손 놓으라고 했죠? 왜 폭력을 쓰세요?"

"내가 언제 폭력을 썼어?"

"저한테 물어보지도 않고 손잡은 게 폭력이에요. 손목에 멍들었기만 해봐. 가만 안 둬!"

내가 네 손을 잡은 건, 너 진정시키려고…… 네가 내 말은 듣지도 않고 무턱대고 후궁 들일 거냐, 안 들일 거냐. 화부터 내고 따지니까…….

진짜 할 말이 많지만 하지 않는 사람은 이유였다. 아니, 좀 더 정확히 표현하자면 할 말을 못 하는 거였지만…….

할 말이고 나발이고, 이유는 머리가 두 쪽 나는 고통에 바닥에 드러누운 채로 움직이지도 못했다. 머릿속이 멍해져 아무 생각도 들지 않았다. 어느 정도로 아팠냐면 눈물이 핑 돌 정도였다. 자고로 사나희 인생에 눈물 흘리는 경우는 세 번뿐이라는데. 이유는 사나희 하긴 영 글렀다.

이유는 바닥에 누운 채 신음하기 바빴다.

"아으…… 어흐…… 내 머리…… 나 죽는다…… 생도 여약손이 임금 이유를 죽였노라……."

아마 이유가 이대로 숨을 거두면 조선 역사에서 박치기당해 죽은 최초의 왕으로 기록될 것이 분명했다. 너무나도 창피한 일이었다. 이대로 죽으면 종묘의 조상님들 뵐 면목이 없었다. 그런

치욕의 주인공이 될 수는 없었다. 이유는 진실로 이대로 죽지 않기 위해 정신을 다잡았다.

"아으으…… 어흐으……."

아무래도 이유의 상태가 꽤나 심각한 것 같았다. 그러다 보니 약손도 화도 점점 잦아들었다. 슬슬 제정신이 돌아왔다. 바닥에 드러누워 있는 이유를 보는데, 덜컥 겁이 났다.

아니 내가 지금 무슨 짓을 저질렀지? 감히 이 나라 지존되시는 주상 전하께 박치기를 했는가? 만복하셔도 부족할 고귀한 주상 전하의 옥체를 상하게 했어? 어떡하지? 나 진짜 머리가 어떻게 됐나 보다. 미쳤나 보다. 주상의 옥체에 해를 가하는 행위는 역도의 짓거리와 진배없거늘!

약손이 후다닥 이유에게 달려갔다.

"전하! 주상 전하! 옥체 강녕하시옵니까? 무탈하시옵니까?"

"범인은 여약손……."

"안 돼요, 전하! 이대로 돌아가시면 아니 됩니다! 절대로 아니 됩니다! 소인이 죽을죄를 지었나이다! 소인이 술에 취해서…… 심신이 미약하여…… 전혀 기억이 나지 않습니다……."

약주고 병 주고였다. 약손은 바닥에 쓰러진 이유의 맥을 짚고, 정신을 차릴 때까지 팔다리를 주물러 줬다. 이대로 주상 전하 숨이 멎으면 까딱없이 의금부에 끌려갈 텐데, 약손은 결코 그 흉악한 장소에서 죽고 싶지 않았다. 고통에 찬 이유의 신음 소리가 사그라졌다.

"뭐, 뭐야? 주상 전하? 왜 숨을 쉬지 않으셔요? 전하! 전하! 저 여약손이옵니다. 소인을 보시옵소서! 숨을 쉬시옵소서! 숨을 쉬셔야 하옵니다!"

약손의 얼굴이 사색이 됐다. 얼른 코 밑에 손을 가져가 봤다.

숨결이 느껴지지 않았다. 이번엔 이유의 가슴팍 위에 귀를 가까이 대봤다. 이유의 심장 뛰는 소리를 확인해야만 했다.

"전하……! 전하……! 전하가 이대로 붕어하시면 소인은 어찌하나이까……. 부디 여약손에게는 아무 죄가 없고, 개경의 옥광산을 하사한다는 유필(遺筆: 죽은 사람이 생전에 써서 남겨 놓은 글씨)이라도 한 장 남겨 주시옵소서……. 옥광산을 전하로 여기며 한평생 소중히 대하며 살아가겠나이다! 전하아아아아!"

약손이 엉엉 울음을 터뜨렸다. 그와 동시에 이유가 반짝 눈을 떴다. 하도 골이 아파 얘가 어떻게 나오나 싶어 두고 봤더니, 뭐라? 이 와중에 개경 옥광산을 하사해 달라고? 뭐 이런 놈이 다 있지? 야! 내가 너 얄미워서라도 이대로는 못 죽는다! 저승 문턱에서라도 되돌아오겠다!

"여약손!"

"전하아아아!"

이유가 몸을 일으켰다. 휴, 주상 전하가 무탈하시다. 의금부에는 끌려가지 않아도 되겠구나! 나는 살았어!

"전하, 제가 얼마나 걱정했는지 몰라요. 다행이에요. 너무 다행이에요!"

하여튼 말이나 못하면 밉지나 않지. 여약손은 물에 빠져도 입만 동동 뜰 위인이었다. 꿀밤을 먹이고 싶을 만큼 얄미웠다.

"여약손, 네 이놈……."

"전하아아아!"

약손이 이유를 끌어안은 것은 순식간에 일어난 일이었다.

"!"

이유의 몸이 그대로 굳어 버렸다. 저에게 박치기한 여약손이 괘씸하다든가, 얄밉든가 하는 여타의 마음들은 순식간에 사라졌다. 이유에게 안긴 약손의 몸이 따뜻했다. 쿵쿵 가슴 언저리에서 뛰는 심장 소리가 귓가에 선연했다. 훌쩍훌쩍 약손이 코를 먹을 때마다 찌릿찌릿 이유의 배도 당겼다.

"전하, 괜찮으세요? 이마 빨개졌……."

"……."

약손이 이유의 이마를 짚었다. 약손의 살결이 참 부드러웠다. 약손은 그냥 이마만 짚었을 뿐인데, 이유는 제 마음 한편을 짚인 것만 같았다.

"전하, 왜 아무 대답이 없으세요? 많이 아프세요?"

"……."

약손이 갸우뚱 고개를 젖혔다. 이마에 댔던 손을 다시 거두려 할 때, 불현듯 이유가 그 손을 잡았다.

"약손아."

"네?"

"내가……."

"……."

"후궁 들이지 않았으면 좋겠니?"

"……네?"

'후궁, 들이실 거예요?'

'주상 전하께서 그토록 바라고 바라시는 그 완벽한 여인이 지금이라도 눈앞에 나타나면 어쩌실 거예요?'

'빨리 대답이나 하세요! 후궁을 들이실 거예요, 말 거예요?'

일단 화딱지가 나서 막 퍼붓기는 했는데, 이제 와서 생각해 보니까 순전히 제 살 깎아 먹는 짓이었다. 감히 생도 따위가 어디 주상 전하 하는 일에 훈수를 두려 하는가? 후궁을 들이든 말든 전혀 상관할 바가 아니었다. 가벼운 호기심 때문에 궁금해해도 안 될, 분수 넘치는 참견이었다.

"그, 그건…… 그건……."

약손의 눈빛이 갈 데를 모르고 방황했다. 약손은 괜히 발밑을 봤다가, 옆을 봤다가, 하늘만 올려다보며 딴청을 피웠다.

"그건 주상 전하께서 알아서 하실 일이온데…… 그러나저러나 강녕은 엄청나게 넓네요. 경치도 좋고……."

"여약손!"

평소에는 약손이 어떤 꾀를 부리든 모른 척 넘어가 줄 수 있었다. 못된 거짓말을 해서 속이려 든다면 기꺼이 속아 줘도 아깝지 않았다. 분하지 않았다. 하지만 지금은 아니었다.

"대답해. 왜 내게 그런 질문을 한 거야?"

"……."

"후궁을 들이든 말든, 네가 왜…… 어째서……."

"……."

무섭게 채근하거나 다그치는 조는 아니었다. 거의 부탁하는 말투에 가까웠다. 이유는 이 순간, 반드시 약손의 속내를 들어야겠다는 마음뿐이었다. 지금이 아니면 이런 기회는 두 번 다시 찾아오지 않을지도 몰랐다. 이유가 맞잡은 손에 힘을 줬다.

하지만 약손은 여전히 갈피를 잡지 못하는 듯했다. 하여, 이유는 한 번 더 용기 냈다.

"난 네가 후궁 들이지 말라 하면, 들이지 않을 거야."

"……예?"

"다른 여인들 보지 말라 하면, 절대 쳐다보지 않을 거야."

"……!"

"그러니까 약손아……."

너는 어때? 네 마음은 어떠니? 내가 어떻게 해줬으면 좋겠어?

한마디만, 딱 한마디만 해 보렴…….

휘이잉, 바람이 스쳐 지나갔다.

밤하늘에 박힌 수많은 별이 금방이라도 둘의 머리 위로 쏟아질듯 반짝거렸다.

"……."

"……."

약손이 대답할 수 있는 선택지는 여러 가지였다. 그런 중대한 사안은 자신이 관여할 바가 아니라고 칼같이 자를 수 있었다. 혹은 내전의 일은 대소 신료들과 상의하는 것이 마땅하다고 간언할 수 있었다. 이도저도 아니라면 평소 저 하던 대로 짓궂은 농담을 던지며 장난스럽게 비켜 갈 수도 있었다.

하지만 약손은 그 어느 것도 하지 못했다.

"약손아……."

"……."

이유의 눈빛이 그 어느 때보다 진지했다. 약손은 이유에게 손 아닌 마음을 붙잡혔다. 이유의 뜨듯한 체온이 쿵쿵 바삐 뛰는 심장까지 전해졌다. 이유가 약손에게만 보여 준 마음의 한 자락을 맥없이 놓치기에는 너무 아까웠다.

약손이 고개를 끄덕였다.

"네, 전하."

"……."

이유가 물끄러미 약손을 바라봤다. 약손이 말을 이었다.

"후궁 들이지 마세요."

"……."

"저 아닌 다른 사람은…… 쳐다보지도 마세요."

*

"야, 약손아…… 너, 너 왜 그래…… 응? 제발 정신을 차려……."

이유가 뒷걸음질 쳤다. 해쓱한 얼굴은 핏기 하나 없이 하얗게 질렸다. 하지만 이유가 겁을 집어 먹거나 말 거나 약손은 전혀 개의치 않았다. 암만 이유가 사정하며 빌어도 에누리 따위 해주지 않을 단호한 표정이었다.

이유는 한 발 한 발 뒤로 물러났고, 약손은 한 발 한 발 앞으로 나아갔다. 그러다 이내 이유가 웬 교목에 쿵 등을 부딪쳤다. 그 바람에 낙엽이 후드득 머리 위로 떨어져 내렸다. 낙엽에 시야가 가려진 이유가 닭 활개 치듯 푸드덕 푸드덕 팔을 휘저으며 낙엽을 걷어 냈다.

"전하, 뒷걸음질 치지 마세요. 어차피 도망 못 가십니다."

"너 대체 왜…… 왜……."

이유는 백치처럼 '왜?'라는 말만 반복했다. 나무에 몸을 납작하게 붙인 이유는 꼭 떡메로 내려친 떡 반죽 같았다.

"……."

"……."

약손이 내쉬는 숨결이 이유의 왼쪽 볼에 닿았다. 이유가 내쉬는 숨은 약손의 오른쪽 볼에 닿았다. 이유는 그것만으로도 심장이 밖으로 튀어나올 지경이었다. 제발 약손이 이쯤에서 멈춰 줬으면 좋겠는데.

턱! 약손이 이유의 얼굴 옆, 나무 기둥에 손을 짚었다. 약손의 키가 조금만, 아주 조금만 더 컸더라면 주상 전하 단숨에 제압한 늠름하기 짝이 없는 광경이 연출됐을 텐데, 머리꼭지가 이유의 어깨에도 못 미치는 것이 옥에 티였다. 물론 티는 티일 뿐이었다. 지금 이 순간, 체격 따위는 전혀 중요하지 않았다. 약손이 손가락으로 이유의 볼을 톡톡 두드렸다.

"전하."

"……응?"

저도 모르게 긴장하였는지 이유의 목소리가 사정없이 떨렸다. 약손이 그 모습 보며 피식 웃음을 터뜨렸다. 한쪽 입꼬리만 쭉 올라가는 미소는 세상 비열한 왈패처럼 보였다.

"우리 주상 전하, 이렇게 순진하셔서야, 원. 어디서부터, 어떻게 가르쳐야 할지 가늠이 안 되네. 가늠이……."

"가르치긴 뭘 가르친다 그래? 나도 다 알아."

이유가 발끈했지만 약손은 픽픽 비웃기만 할 뿐, 귓등으로도 듣지 않았다. 약손이 저의 진심을 믿어 주지 않으니까 이유만 속이 뒤집혔다. 너, 진짜 사람을 뭐로 보고! 야, 나 소싯적 한양에서 한 끗발 날린 이유야. 대군 시절에, 나를 따르는 여인들이 내 얼굴 한번 보겠다고 저 동구 밖까지 줄을 서 가지고…….

"흡!"

하지만 이유는 제 말을 미처 끝맺지도 못했다. 이유 입술 위에 약손의 입술이 내려앉았다.

말캉말캉. 보들보들.

"여, 여약손…… 너……."

이유가 웅얼거리는 말들은 맞닿은 입술 안에서 모두 사라졌다. 약손에게 넘겨주는 숨, 약손에게 내려 받는 숨. 세상에, 내가 여약손과 입을 맞추다니! 꿈이라면 절대 깨어나지 말 것이고, 생시라면 이대로 약손과 함께 망부석이 되어도 무방할지어다!

이유는 약손이 제게 입 맞춰 주는 것이 너무 좋았다.

그래, 약손아. 네 말이 맞다. 난 순진하고 천진난만해서 아무것도 모르는 사람이야.

세상 물정은 한 치 앞도 가늠 못 하는 깜깜이고, 까막눈이고, 천치야. 그러니까, 상열지사相悅之詞는 네가 하나부터 열까지 다 가르쳐 줘야 해.

이유는 얌전히 눈을 감았다.

약손과 이유, 이유와 약손.

둘이 덜컥 입까지 맞추게 된 사정이란 이러했다.

"난 네가 후궁 들이지 말라 하면, 들이지 않을 거야. 근데 네 마음은 어때? 내가 어떻게 해줬으면 좋겠어?"

솔직히 이유는 약손이 긍정의 말을 해주리라고는 눈곱만큼도 기대하지 않았던 터였다. 암만 사람이 사람 좋아하는 순수한 연모의 감정을 내세운다 하더라도, 둘 앞을 막아선 장애물은 한두 가지가 아니었다. 일단 둘은 똑같은 남자였다. 물론 약손이 실제로 여인이기는 했지만, 이유는 아직까지 그 사실을 알지 못했다.

이유에게 약손은 그저 동성同姓의 상약 생도일 뿐이었다. 이유라고 해서 동성인 너를, 내가 좋아하고 있다는 말하기가 쉬웠을까? 자칫하면 어디서 그런 천지개벽할 짓거리를 하시냐고 뺨을 맞을지도 몰랐다. 경멸당하지 않으면 다행이었다.

그런데…….

"네, 전하."

"……."

"후궁 들이지 마세요."

"……."

"저 아닌 다른 사람은…… 쳐다보지도 마세요."

놀랍게도 약손은 이유의 마음에 화답했다. 이유는 제가 직접 듣고도 믿지 못했다. 여약손, 너 지금 무슨 말을 하는지 알긴 아는 거야? 무슨 의미인지는 깨닫고 있는 거야? 이유는 행여 저는 주상이고 약손은 상약이니까 신분의 격차 때문에 어쩔 수 없이 수긍하는 척하는 건 아닌지 걱정됐다. 해코지당할까 봐, 주상의 뜻을 어겨 의금부에 끌려가지 않기 위해서 제 마음을 받아 주는 건 더욱 싫었다.

이유가 약손을 바라봤다.

"……."

"……."

까만 눈동자가 도록도록 맑은 빛을 뿜어냈다. 밤하늘에 수많은 별이 지천이었지만, 그래도 약손 눈에 박힌 눈동자보다 빛나는 별은 없었다.

"너…… 진심이야?"

이유가 꽉 쥔 주먹엔 땀이 흥건했다. 이유는 만약 약손이 거짓말이었다고, 농담이었다고 말하면 이 자리에서 콱 혀 깨물고 죽어 버릴 작정이었다. 약손이 흔들림 없는 목소리로 대답했다.

"네, 전하."

"……."

"제 마음은……."

"……."

"진정이옵니다."

알랑가 모르겠는데, 남녀가 정분날 때는 손을 잡아야 할 때, 서로를 끌어안아야 할 때, 입 맞춰야 할 때가 반드시 찾아온다고 한다. 누가 미리 가르쳐 주는 것도 아니고, 곁에서 일일이 훈수 두는 것은 아니지만 그때가 되면 정분난 당사자들은 귀신같이 알아챈다고 한다.

이유는 그 말의 뜻을 이제야 알 것 같았다. 관상감에서 정해 준 합방 기일을 받지 않아도, 왕의 동침을 관장하는 대전 상궁에게 일진日辰을 점쳐 보지 않아도 자연스럽게 깨치게 되는 일.

두 사람의 마음이 같음을 확인한 지금 이 순간. 입 맞춰야 할 때임이 틀림없었다. 이유가 약손에게 다가섰다. 얼굴을 가까이 붙이려다가 이내 불현듯 멈춰 섰다. 방금 전에 약손이 말 한마디 없이 손을 잡았다고 저에게 박치기한 일이 생각났기 때문이다. 제멋대로 손잡았다가 머리가 깨질 뻔했는데, 제멋대로 입 맞췄다가는 아예 골로 가 버릴지도 몰랐다.

다행인지 불행인지 이유는 하나를 가르쳐 주면 열을 터득하는 자였고, 학습 진행 능력 또한 특출했다. 하여 이유는 입술 도장 꾹 찍기 전에 먼저 약손의 뜻을 묻기로 했다.

"약손아…… 입 맞춰도 돼?"

내가 입 맞춰도 박치기 안 할 거지? 만약 약손이 안 된다고 거절 하면, 더는 조르지 않을 결심이었다.

아니나 다를까.

"……생각해 볼게요."

약손이 새쭉한 표정으로 대답했다. 역시, 물어보길 잘했다. 이놈의 승질, 왜 이렇게 급해 가지고. 좀 더 서로를 알아간 다음에, 약손과 더욱 가까워진 다음에 입 맞춰도 늦지 않았을 텐데. 괜히 보채는 것처럼 보이지는 않는지 걱정됐다. 인내심 따위라고는 개나 준 칠푼이 팔푼이처럼 보일까 봐 어쩔 줄 몰랐다. 약손에게는 언제나 멋지고 늠름한 모습만 보여 주고 싶은데, 왜 자꾸 실수만 연발하는 걸까?

"그, 그래! 그냥 한번, 혹시나 해서 물어본 거야. 마음 쓰지 마! 그깟 입맞춤이야 나중에 하면 되지! 아니, 네가 싫으면 영영 안 해두 되구! 난 상관없어! 정말이야!"

이유가 흠흠 헛기침을 하며 최대한 아무렇지 않은 척을 했다.

아, 오늘 별이 참 밝네. 내일은 날씨가 맑을라나 보다. 괜히 딴청을 부리며 돌아섰다. 하지만 그때, 약손이 휙 이유의 손목을 낚아챘다.

"생각해 봤는데, 입 맞춰도 될 것 같아요."

"!"

역시 우리 여약손은 사내 중의 사내요, 장부 중의 장부였다. 생각 따위 길게 하는 법이 없고, 고민은 질질 끄는 법이 없었다. 무엇이든 짧고 굵게! 대범한 결단을 내릴 줄 아는 진정한 사나희였다. 다만, 약손이 이렇게 빨리 결정 내릴 줄 몰랐던 이유는 도리어 당황하는 사태가 벌어지고 말았다.

"뭐? 지금 하자고? 여기서 해? 벌써?"

"그럼 지금하지 언제 합니까? 뭐, 내년에 합니까? 아니면 후년에? 얼른 이리 오세요."

"아니, 난 아직 마음의 준비가 안 되어 가지고……."

"제가 준비시켜 드릴게요."

약손이 점점 이유 앞에 가까이 다가왔다. 덕분에 이유는 자꾸만 뒤로뒤로 뒷걸음질 쳐야만 했다.

"야, 약손아…… 너, 너 왜 그래…… 응? 제발 정신을 차려……."

"전하, 뒷걸음질 치지 마세요. 어차피 도망 못 가십니다."

"너 대체 왜…… 왜……."

그렇다. 입 맞추기까지 둘은 옥신각신 한참 동안 실랑이를 벌였더랬다. 약손 입술이 잘 찧어 익힌 떡처럼 말랑말랑하고 보들보들했다. 마치 꿈결 같았다. 이유는 눈을 꼭 감고 약손에게 정신없이 제 입술을 맡겼다. 두 손은 무릎 위에 놓고 가지런히 모아 잡았다. 그러다가 불현듯 뭔가 생각이 났다. 이유가 반짝 눈을 떴다. 우리가 언제 다정하게 입술을 마주했냐는 듯 이유가 약손을 야멸치게 밀어냈다.

"야! 야! 여약손!"

"또 왜요? 뭐요? 처음엔 다 이런 거라니까요? 가만히 좀 계셔 보세요……."

막무가내로 입술 부딪치려는 걸 찰싹찰싹 어깨를 때려서 막았다. 붉어진 약손 입술에 시선이 가는 걸 꾹 참았다. 입맞춤도 입맞춤이었지만, 일단 확실히 짚고 넘어가야 할 것이 있었다.

"너, 어깨 딱 벌어지고 등 넓은 여인 만날 거야?"

"뭐라고요?"

"서영화가 이목구비 시원시원하고, 귀랑 코 큰 여인 찾아서 중매 서 주면 혼인할 거냐고?"

"……네?"

약손이 후궁을 들일지 안 들일지 따져 물으며 이유를 쥐 잡듯이 잡았다면, 이번엔 이유의 차례였다. 약손이 그러했듯, 이유 또한 약손의 이상형이 몹시 신경 쓰이고 거슬렸다. 이유가 제 얼굴을 약손 앞에 바짝 들이밀었다.

"잘 봐! 나도 눈, 코, 입은 어디 가서 빠진다는 소리 들어 본 적 없어. 코도 이만하면 얼추 크지 않아? 귀는 또 어떻고? 부처님 귀랑 진배없어. 즉, 너 하나 평생 배불리 먹일 재물은 충분히 쥐고 있단 말씀이야!"

이유는 새 주인에게 팔려 가는 짐승이라도 된 듯 제 몸뚱이의 장점 요모조모를 약손에게 설명했다. 남성력의 상징이라는 굵직한 목 두께부터 시작하여, 무예로 단련된 탄탄한 상체, 군살 없는 배, 웬만한 아름드리나무 뺨칠 정도로 굳건한 허벅지와 종아리까지. 심지어 저는 왕실에서도 소문난 통뼈라는 점을 몇 번이고 되풀이해서 강조했다.

"약손아, 여기 만져 볼래?"

이유가 질긴 근육이 다부지게 잡힌 팔뚝을 내밀었다. 요 며칠 화살 겨눈다고 잔뜩 힘주고 다녀서 나름 자신이 있었다. 만지라고 먼저 들이미는데, 굳이 거절할 필요는 없지. 약손이 손끝으로 이유의 팔뚝을 콕콕 찔러 봤다.

"오?"

눈이 절로 휘둥그레졌다. 사람 몸뚱이란 게 눈으로 보기만 하는 거랑, 직접 만져 보는 거랑은 큰 차이가 있었다. 주상 전하 몸 좋은 줄 익히 알고 있었지만 실제로 체감해 보니까 백배 천 배는 더 좋았다. 약손이 오물조물 찰흙 빚듯이 이유의 팔뚝을 만졌다. 커다란 교목 아래에서 나란히 마주 앉아 서로 살 만지고, 만짐 당하는 꼴이 얼마나 웃길지 두 사람은 알는지?

"심성 곱고, 어깨랑 등치 늠름한 사람 나타나면 혼인할 거야?"

"제가 혼인하면 주상 전하가 뭘 어쩌실 건데요?"

주상 전하가 안달복달하며 질문 퍼붓는 모습이 퍽 우스꽝스러웠다. 지존의 체면이고 뭐고 전부 뒷전으로 두고 제 대답만 간절히 기다리는 모습을 보니 놀려 주고 싶은 마음이 모락모락 솟아올랐다.

약손이 빙글빙글 웃으며 제3자, 저와는 상관없는 남 얘기하듯 태평하게 되물었다. 네가 이렇게 나올 줄은 정말 몰랐다는 듯 이유의 표정이 굳어졌다.

"내가 어쩔 것 같은데? 어떻게 할 것 같아?"

"제가 먼저 여쭤봤잖아요."

여약손, 진짜 알미워. 이유가 꾹 입을 다물었다. 곳감 안 줘 단단히 삐친 어린애 같았다. 그러거나 말거나 약손은 이제 이유의 팔뚝, 어깨를 지나서 목덜미, 귀를 간질이는 중이었다. 두툼한 귓불을 잡아 보니까 과연 부처님의 것과 쌍둥이처럼 똑같았다. 그러나 닮은 것은 귀뿐, 이유는 부처의 자비 따위는 만 리 밖에 내다 버린 패악을 서슴없이 내뱉었다.

"다른 사람이랑 혼인하기만 해 봐. 그 사람 죽여 버릴 거야. 팔다리 잘라서 병신 만들 거야. 눈알 뽑아서 애꾸 만들 거야. 혀 잘라서 벙어리 만들 거야! 차라리 죽는 게 낫다고 할 정도로 앞에 펼쳐진 날 하루하루가 생지옥이 되도록 만들어 줄 거야!"

이유가 결연한 표정으로 제 결심을 읊었다. 딴에는 몹시 진지한 다짐이었지만 약손은 그 끔찍한 발언에도 신경 쓰지 않았다. 약손이 뭔가 대단한 거라도 발견한 듯 '우와!' 탄성을 내질렀다.

"전하, 눈에 쌍점이 있네요?"

"응. 여기 왼쪽에…… 스님이 이르길, 눈물점이라 별로 좋지는 않다 하더라. 왜? 보기 싫으니?"

이유가 제 왼쪽 눈덩이를 가리켰다. 행여 약손이 보기 싫다고 대답하면 당장 제 살을 지져 점을 없애 버리고도 남을 기세였다. 약손은 절대 그렇지 않다는 듯 고개를 저었다.

"아니에요. 귀엽기만 한데 무슨…… 이렇게 예쁜 점이 있는 줄 왜 몰랐을까요?"

"그야 가까이서 안 보면 모를 정도로 작으니까……."

약손의 손이 점 콕콕 박힌 이유의 왼쪽 눈덩이를 덮었다. 이내 쌍점 두 개 박힌 자리를 따라서 쪽쪽 입맞춤도 두 번 해줬다. 그간 누군가 이유 눈가에 박힌 점이 예쁘다며 입맞춤 해준 일? 단 한 번도 없었다. 이런 적은 처음이었다. 몸뚱이가 꼬챙이에 꿰인 듯했다. 등줄기를 따라서 찌르르 전율이 흘렀다.

"주상 전하."
"약손아……."
약손이 이유의 목뒤로 손을 넣어 제 쪽으로 훽 끌어당겼다. 이유가 덩달아 깊이 고개를 숙였다.
"약손아, 안 할 거지? 어깨가 벌어졌든, 등치가 좋든…… 암만 의젓하고 당당한 사람이 나타나도 혼인 안 할 거지?"
"그걸 굳이 말로 해야 아시는지……."
"말해! 말로 해야 돼! 천지신명 다 들으시도록 맹세해 줘야 돼! 직접 말 안 해주면 나는 하나도 몰라!"
"아, 알았어요. 안 할게요. 가만히 있기나 하세요. 이거야 원, 입을 맞출 수가 없네……."
"뭐? 알았다고? 너 지금 알았다고 말한 거야?"
"전하, 제발…… 저 급한데……."
"약속했다? 무르기 없다? 그런 적 없다고 발뺌하기 없다?"
하도 캐물으니까 약손도 신경질이 났다. 약손은 이유를 훽 뒤로 밀어 버렸다. 눈치 없는 질문이 끝없이 쏟아지는 입술은 제 입술로 콱 막아 버렸다.
주상 전하. 본래 상열지사란, 천 마디 말보다 한 가지 몸짓이 우선되는 경우가 훨씬 더 많은 법이랍니다.
곧 약손과 이유의 모습은 갈대숲 사이로 완전히 가려졌다. 바람에 나부끼는 갈대숲에서 무슨 곡절이 벌어졌는지는 알 수 없었다. 연인의 은밀한 속사정은 그 둘만 아는 법이니…….

*

동재는 촉이 좋은 편에 속했다.

왜, 그런 부류의 사람들이 있지 않은가? 처음 본 상대의 첫인상이 개운하지 않으면 반드시 관계의 뒤끝이 좋지 않다든지, 괜히 뒷목이 당겨 주변을 살펴보면 아니나 다를까 저를 향한 위험이 도사리고 있었다든지. 여하튼 동재는 밑도 끝도 없이 촉이 발달했다. 이것이 과연 득인지 실인지는 알 수 없었으나, 여태껏 별 탈 없이 잘 먹고 잘 살아 온 걸로 미루어 짐작해 봤을 때 일단은 득이라고 해두는 편이 옳았다.

……정말 옳은 걸까?

동재는 아침부터 내내 마음이 찝찝했다. 아침에 눈 뜨고 소세 마칠 때까지만 해도 아무렇지 않았다. 몸은 가뿐했고, 정신도 맑았다. 오늘은 왠지 평탄한 하루가 될 것 같다는 느낌이 마구마구 치솟아 올랐다. 하지만 닭도 홰에서 떨어지는 법 있고, 잔나비도 나무에서 고꾸라진다. 오늘 동재의 촉은 영 꽝이었나 보다.

동재는 제 주변을 엄습하는 어둠의 기운 때문에 잔뜩 긴장했다. 하면, 동재의 일진을 사납게 만든 '어둠의 기운'이란 과연 무엇인가?

그것은 바로…….

"약손아, 약 많이 쓰지? 우리 약손이 탕약이 써서 어떡하면 좋겠니? 내 마음이 다 아프다. 얼른 다식 한입 먹어 보련? 자, 아 해봐!"

"아아아!"

자고로 상약의 본분이라 쓴 탕약 마시는 것은 당연하거늘! 여약손이 상약한지 어디 하루 이틀이던가? 대체 뭐가 그렇게 걱정되어 주상 전하 본인의 마음까지 아픈지 모를 일이었다. 심지어 주상 전하는 입가심으로 내온 다식을 제 손으로 서슴없이 먹여 줬다.

다식 중의 으뜸으로 치는 송화부터 시작해 황률 밤, 도토리 우려 만든 상실, 귀하디귀해 큰 잔치 고임상에나 놓는 용안육龍眼肉까지. 지금 동재와 주상 전하가 있는 곳이 어디던가? 잔치판인가? 연회판인가? 물 한번 길어 오기도 힘든 강무장 한복판이었다. 이 거친 평야에서 생과방 나인들이 고작 다식에 쓸 쌀가루나 찧고 빻는 행태 자체가 말이 안 됐다.

대군 시절부터 단 음식은 혀가 아리다며 입에도 안 대던 분이 왜 갑자기 주전부리에 환장하시지? 암만 쓴 약을 마셔도 물로 입 한번 헹구면 고만이던 분이 왜 갑자기 다식, 유밀과, 강정, 정과 따위를 줄줄이 꿰고 계시지?

갑자기 입맛이 변한 것이라 백 번 천 번 헤아려 보기도 했다. 하지만 눈앞에 펼쳐진 작금의 상황을 보아라. 생과방 나인들이 애써 만든 주전부리는 전부 여약손, 생도의 입으로 들어가고 있었다.

"밤다식 맛은 어떠하니? 아까 전에 나인들한테 물어보니까 공주목에서 진상한 황률을 으깨 만든 것이라더라."

"아주 달콤해요. 뭐랄까…… 입안에서 살살 녹아요."

"그래? 더 만들어 오라 할까?"

"괜찮아요. 괜히 항아님들 힘만 들게…… 다른 다식 먹어 볼래요."

"괜찮긴 뭐가 괜찮아? 밤다식을 제일 잘 먹어 놓구. 난 네가 잘 먹는 건, 무엇이든 더 가져다줄 수 있어! 얼마든지 만들어 줄 수 있어! 여봐라, 밖에 아무도 없느냐……!"

여약손이 괜찮다는데도 부득불 밤다식을 더 만들어 오라는 꼴은 어떠한지? 여약손이 말렸기에 망정이지 하마터면 죄 없는 나인들만 고되질 뻔했다. 한데, 이쯤에서 여약손이 주상 전하 말리는 방식을 짚고 넘어가지 않을 수가 없다.
"전하도 참…… 소인은 괜찮다니까요?"
여약손이 이유의 옆구리를 쿡 찔렀다. 감히 지존의 옥체에 함부로 손을 댔더냐? 곁에서 지켜보던 동재가 도리어 움찔 놀랐을 지경이었다. 게다가 동재가 아는 바, 이유는 제 몸에 타인의 손길 닿는 것을 거의 병적으로 싫어했다. 주상 전하 본인의 허락 없이는 함부로 환의換衣를 도울 수 없었고, 목간하실 적에도 곁에서 시중들 수 없었다. 오래전, 주상 전하 침전에 들었던 시침 궁녀가 등에 손톱자국을 냈다는 이유로 매를 맞고 쫓겨난 일 또한 같은 맥락이었다.
그런데 무슨 일이 있어도 남의 손 타려 하지 않는 주상 전하께서는 여약손이 제 옆구리를 꾹 찔러도 그저 가만가만. 심지어 여약손이 손등으로 눈가를 쓸어내려도 배싯배싯 갓난애처럼 웃기만 하셨다.
대체 이게 무슨 천지개벽할 일이더냐? 혹시 저자는 주상 전하의 탈을 쓴 영 딴사람이 아닐까? 아니면 주상 전하의 손톱을 먹고 둔갑한 영악한 쥐새끼가 아닐까?
"다식 한입 더 먹으렴?"
"이젠 고만 배가 부른데……."
동재의 끝없는 의심과 혼돈 따위는 아무 상관없었다. 약손과 이유, 두 사람은 이미 둘만의 세상에 흠뻑 취한 채였다.
"애, 동재야. 식혜 한 그릇 가져오너라. 약손이 다식 먹다 목메면 큰일이니."
"예. 전하……."
동재가 비틀거리는 걸음으로 막사를 빠져나왔다. 휘장 사이로 약손을 바라보는 이유의 다정한 눈빛이 보였다. 눈동자에서 뚝뚝 꿀이 떨어져 내릴 것만 같았다. 흐익! 주상 전하께서 저런 표정도 지으실 줄 알았던가? 쥐가 요술 부려 변신한 게 틀림없어! 동재의 등줄기로 쫙 소름이 끼쳤다.

간밤에 고기 잘 나눠 먹고 돌아온 두 사람에게 대체 무슨 일이 있었던 건지 몰랐다. 동재는 비척비척 식혜를 가지러 걸음을 옮겼다.

주상 전하 곁에 찰싹 달라붙어 별별 주전부리 잔뜩 얻어먹은 약손이 배를 통통 두드리며 제 막사로 돌아갈 때였다. 이래서 사람들이 권력에 눈멀어 온갖 악행 다 저지르나 보다. 조선의 제일 큰 권력 거머쥔 지존께서는 과연 내오지 못하는 음식이 없었다. 약손이 과줄 먹고 싶다면 과줄 주고, 강정 먹고 싶다 하면 강정 줬다. 저번에는 술도 몇 동이씩 통 크게 사주셨다.

또 뭘 먹으면 좋으려나……? 약손은 이참에 세상 귀하다는 온갖 음식은 다 먹어 볼 참이었다. 주상 전하 곁에 두고도 아까운 권력을 부리지 못한다면 그거야말로 천치 등신임이 분명했다.

그러면…… 붕어찜이랑, 구절판이랑, 곶감 호두말이 먹고 싶다고 아뢰어야지! 바닷가 사람들이 많이 먹는 대하 구이랑 도미 전골도 삼시 세끼 반찬으로 올려 달라고 해야지!

약손은 속으로 저가 먹고 싶은 음식을 줄줄 나열하기 시작했다. 하나라도 잊으면 아까우니 어서 돌아가서 아예 서첩에 적어 두고 시시때때로 읽어 볼 생각이었다.

숭어전, 게장, 떡갈비랑 호박전, 콩고물 묻힌 석이단자…….

주상 전하께 말씀드릴 음식 생각하는 것만으로도 저절로 흐뭇한 미소가 떠올랐다. 저 좋아하는 음식 원 없이 먹을 수 있어서 행복했는데, 사실 약손을 더욱 기쁘게 하는 보람은 따로 있었다.

'애, 동재야. 식혜 한 그릇 가져오너라. 약손이 다식 먹다 목메면 큰일이니.'

약손은 일부러 다식 먹다가 캑캑 목이 멘 척 기침을 했다. 이유가 알지 모르겠는데, 여약손 인생에 음식 급히 먹어 체하는 경우는 결코 있을 수 없었다. 이를테면, 꾀병이란 말이었다. 곁에서 지켜보는 내관이 영 불편하기에 밖으로 내보낼 심산이었다.

아니나 다를까, 이유는 득달같이 동재를 밖으로 보내 식혜를 가져오라는 심부름을 시켰다. 동재가 밖으로 나갔다. 약손은 그제야 숨통이 좀 트이는 기분이었다.

배는 부르겠다, 훈기 가득한 주상 전하 막사 안은 따뜻하겠다…… 사지 육신 편해지니까 그다음에는 자연스레 제 곁에 바짝 붙어 앉은 주상 전하가 눈에 들어왔다. 떡 하나라도 더 먹여 주고 싶고, 식혜 한입이라도 더 마시게 해주고 싶어 안달이 난 주상 전하의 안정(眼睛: 왕의 눈)이 어찌나 애틋한지 몰랐다.

'약손아, 아!'

이유가 약손의 입속에 콩다식을 넣어 주었다. 약손은 이때다 싶었다. 짓궂은 장난을 걸 수 있는 절호의 기회였다. 정분난 제 님을 곁에 두고 보기만 하려니, 저도 모르게 안달이 났다. 자꾸만 엉덩이가 들썩였다. 약손이 '앙!' 다식 먹여 주는 이유의 손을 함께 물어 버렸다.

'약손아! 너 지금 뭐하는 거야?'

이유가 혼비백산 놀라며 손을 빼려 했다. 약손이 '흐흐흐……' 음흉하게 웃으며 슬그머니 손을 맞잡았다.

'우리 주상 전하, 환한 낮에 보니까 인물이 더욱 훤칠하십니다, 그려……'

'애가 뭘 잘못 먹었나. 누가 보면 어쩌려고 이래……'

이유는 아무도 없는 막사 안을 두리번거리며 경계했다. 약손에게 이러지 말라며 가슴께를 콩콩 두드렸다. 그러나 이 안에 둘뿐인 줄은 저 자신이 제일 잘 알았다. 약손이 이유의 손등을 제 손바닥으로 느릿느릿 문질렀다.

'주상 전하, 손이 왜 이렇게 차세요?'

'네가 따뜻한 거지…….'

'하면, 제가 덥혀드려야겠네요.'

이유도 약손의 손길이 영 싫지 않은 눈치였다. 세상 부끄러운 듯 이리저리 시선을 옮기면서도 약손에게 붙잡힌 손은 결코 거두지 않았다. 약손은 이유의 손이 제 살인 듯 마음껏 주물렀다.

'어디 보자…… 우리 주상 전하, 손금 좀 봐드릴까?'

'너 역술도 깨쳤니?'

이유의 눈이 휘둥그레졌다. 약손이 껄껄껄 호탕한 웃음을 터뜨렸다. 이래서 사람은 보고 자란 환경이 중요한가 보다. 어느새 약손은 제 아비 칠봉이 주모들 꼬실 때 하던 개수작을 고대로 답습하고 있었다.

처음엔 괜히 손이 차다고 걱정하는 척을 한다. 저의 체온으로 기꺼이 녹여 주는 척을 한다. 마냥 손만 주무르면 이상하니까 적당한 때에 손금을 봐준다고 한다…….

열이면 열, 백이면 백. 칠봉의 수작은 단 한 번도 비껴간 적이 없었다. 칠봉이 손금을 다 해석할 즈음이면, 주모들은 이미 칠봉에게 반해 홀라당 제 마음 맡겨 버린 뒤였다. 사실 말이야 바른 말이지, 요목조목 따지고 보면 칠봉도 신수가 훤한 편이었다. 이목구비 훤칠한 데다 팔도를 제 집 앞마당 다니듯 걸어 다닌 탓에 고목처럼 딴딴한 하체가 주모들 마음잡는데 꽤 큰 몫을 했다. 그의 자식이자, 최고 수제자 되는 약손 또한 다를 리 없었다.

'재물선이 쫙쫙 뻗은 게 평생 먹을거리 걱정은 안 하셔도 되겠어요.'

'이래봬도 왕이잖니. 왕이 굶어 죽는 거 본 적 있어?'

'생명선은 짧지 않은데, 빗나간 금이 많은 걸 보니 말년에 잔병치레 좀 하시겠습니다. 체력 관리는 젊었을 때부터 미리미리 하셔야 돼요. 아셨죠?'

'네가 내 곁에 꼭 붙어서 맨날맨날 상약해 주면 되잖아.'

이유의 눈빛이 초롱초롱 빛났다. 어휴, 귀여워. 꽉 깨물어 주고 싶네. 그러나 깨물기엔 일렀다. 아직 손금 보는 일이 끝나지 않았다. 약손은 애써 제 마음을 다잡았다. 제일 중요한 손금이 남아 있었기에…….

'부부선을 보자 하니…… 한평생 금슬은 좋겠습니다. 요기요기, 딱 붙어 있는 거 보이시죠?'

'내가 순애보라 그렇지. 나, 되게 외골수야. 순정파. 한 사람밖에 몰라.'

'흠…… 정말요?'

이미 약손의 입꼬리는 실룩실룩 하늘을 향해 치솟고 있었다. 입안 살을 꾹 깨물며 참는데도 소용없었다. 이유가 약손 앞에 바짝 다가왔다. 약손이 자연스레 그 한쪽 볼에 쪽 입술을 찍고, 반대쪽 볼에 또 입술을 쪽 찍었다.

이유 역시 참지 못하고 키득키득 웃음을 터뜨렸다. 이유가 웃을 때는 긴긴 눈매가 맞닿아 보이지 않게 됐다. 그 또한 어여뻐 보였다. 눈덩이 위에 자리 잡은 조그만 쌍점 두 개는 영락없는 매력 점이었다. 기생들이 부러 눈 밑에 점찍는 까닭을 이제야 알 것 같았다.

"전하……."

"약손아……."

이제 둘은 눈만 마주쳐도 가슴이 홧홧해지는 지경에 이르렀다. 이유가 약손의 볼을 두 손으로 감싸 쥐었다. 가까이 끌어당긴 입술이 서로 맞닿고, 그 안의 연한 살덩이 둘이 엉키는 느낌은 가히 표현할 수 없을 만큼 짜릿했다. 이유가 살짝 입술을 뗐다. 그러곤 밖을 향해 냅다 소리쳤다.

'당분간 아무도 들이지 말거라!'

그게 방금 전 일이었다. 약손이 손끝으로 제 입술을 만졌다. 하도 빨아 당겨 부푼 입술이 잘 익은 연시처럼 포동포동했다. 먹고 싶은 음식 전부 적어 놓은 다음에 얼른 주상 전하 곁으로 다시 돌아갈 작정이었다.

까닭은 모르지만 절로 흥이 났다. 아마 칠봉이 이 꼴을 봤다면 '좋을 때다. 불구덩이에 저 죽는 줄 모르고 뛰어드는 나방처럼 좋을 때야. 사랑이란 게 얼마나 사람 천치 등신 만드는 건 줄 모르고…….' 혀를 찼을 것이 분명했다. 그러나 이제 막 사랑을 깨달은 약손은 이 세상에 전혀 개의할 것이 없었다. 모든 풍경이 아름다워 보이고, 모든 광경이 자비로워 보였다.

약손이 어디선가 따 온 풀잎으로 신나게 피리를 불어 댔다.

그때, 제 막사 휘장을 걷어 들어가려던 약손이 불현듯 멈춰 섰다. 풀피리의 곡조도 끝이 났다. 대체 무얼 봤는지 인상이 절로 찌푸려졌다. 약손이 입에 물었던 풀잎을 퉤 뱉었다.

"이게 뭐야? 웬 까치가 여기에서 죽어 있어?"

분명 아침에 나갈 적에는 못 봤다. 어쩌다 숨이 끊어졌는지는 모르겠지만 까치 주둥이께에 언뜻 피가 맺혔다. 아니, 네 목숨 피고 지는 거야 내가 상관할 소관은 아니라지만, 지천을 사방에 두고 예서 죽는 단 말이냐? 하필이면 내 막사 앞에서…….

"아침부터 운수가 트이려나? 액땜 제대로 하네."

암만 짐승이라도 죽은 시체를 목격했으니 기분이 좋을 리 없었다. 약손은 애써 액땜한 것으로 치부했다. 약손이 하늘을 향해 침을 세 번 뱉었다. 그러고는 행여 재수 옮겨 붙을까 걱정하며 까치 주변을 최대한 멀리 돌아서 제 막사 안으로 쏙 들어가 버렸다.

"……."

약손이 막사 안으로 들어간 뒤, 추운 바람이 까치 사체를 덮쳤다. 불쌍한 까치는 이대로 썩어 없어질 팔자인가 싶을 때…… 약손이 휙 신경질적으로 휘장을 걷으며 나왔다. 손에는 저가 입던 겉옷 한 장이 들려 있었다.

"하필이면 왜 여기서 죽어서…… 내 눈에 띄어 가지고……."

안 봤으면 흙이 되어 썩든, 개미에게 몸이 파 먹히든 자연의 섭리대로 내버려 둘 수 있었다. 하지만 이미 두 눈으로 봐 놓고 모른 척할 수는 없는 노릇이었다. 약손은 이상한 구석에서 마음이 약해지는 버릇이 있었다. 약손이 주섬주섬 까치의 사체를 주워들었다. 제 옷으로 감쌌지만 그래도 비위가 상하기는 매한가지였다. 거북한 마음을 꾹 참으며 여차저차 까치를 거뒀다. 약손이 뾰족한 돌멩이로 구덩이를 팠다. 땅이 얼었는지 잘 안 파져서 손에는 몇 개의 상처가 생겨났다.

"삼가 고인…… 아니, 삼가 고조鳥의 명복을 빕니다."

조의까지 야무지게 읊은 약손이 돌아섰다. 이왕 베푸는 김에, 주머니에 챙겨 온 다식 한 개도 까치 젯밥으로 던져 줬다.

"어으, 추워. 동장군이 벌써 오시려나? 오싹하네."

부르르 몸을 떤 약손이 제 막사 안으로 들어갔다.

약손이 토닥토닥 두드려 만들어 준 조그만 까치 봉분만이 그

자리에 동그랗게 솟아올랐다.

*

약손은 낮밥 먹고 해바라기를 하다가 그대로 잠이 들었다. 옛 어른들 이르길, 봄볕은 며느리를 쬐이고 가을볕은 딸을 쬐이라는 말이 딱 맞았다. 봄볕 맞으면 괜히 살갗만 타고 거칠어지지만, 가을볕은 사람의 기분을 상쾌하게 만들어 줬다. 곡식 익혀주는 너그러운 빛에 저 또한 풍성하게 익어 가는 것만 같았다.

약손이 한참 단잠에 빠져 있을 때, 보드라운 무언가가 약손의 이마를 간지럽혔다. 처음에는 지나가는 실바람인가, 허공을 떠도는 먼지인가 싶었다. 하지만 이토록 부드러운 손길로 저를 어루만져 주는 사람. 오직 한 사람뿐이라는 것을 깨달았다.

약손이 느릿하게 눈을 떴다.

"……전하."

잠기운 때문에 약손의 목소리가 푹 잠겼다. 언뜻 들으면 미성을 가진 사내의 목소리처럼 낮았고, 또 다르게 들으면 여인의 나른한 목소리 같기도 했다. 눈을 뜬 곳에, 저를 내려다보는 이유의 얼굴이 보였다. 이유가 손끝으로 약손의 눈가를 쓸어 주었다.

"예서 뭘 하고 계셨어요?"

"네 속눈썹을 세어 봤어."

"몇 개나 되든가요?"

"네 얼굴 보느라 도중에 자꾸만 잊어버려서……."

이유가 무척 안타깝다는 듯 탄식했다. 별거 아닌 일로 속상해하는 얼굴이 몹시 귀여웠다. 약손은 피식 가벼이 웃었다. 이유의 손을 덩달아 맞잡아 주다가 문득 막사 밖이 소란스럽다는 것을 깨달았다.

"무슨 일이 있습니까? 왜 다들 분주하시지?"

약손이 몸을 반쯤 일으켰으나 이유가 아무것도 아니라는 듯 고개를 저었다.

"곧 사냥을 나가려고 해. 호랑이 사냥."

"지금요? 밖에 깜깜한데……."

강녕에 온 이후, 장수들은 멧돼지나 늑대, 하물며 곰도 대여섯 마리씩 잡았는데 여태 호랑이만 못 잡았다며 하소연을 늘어놓았다. 내일은 반드시 호랑이를 작살에 꽂아 오겠다며 큰소리쳤지만 언제나 빈손이었다. 산 곳곳에 설치해 놓은 정창(阱槍: 호랑이를 잡기 위해 파놓은 함정), 벼락틀(호랑이나 표범 따위를 덮어 잡는 나무 우리) 따위도 무용지물이었다.

이 정도면 호랑이에게 잡아먹힌 민가의 피해가 이루 말할 수 없다는 말이 무색해졌다. 몰이꾼들이 밤새 산을 지키며 번을 섰지만 호랑이의 터럭 한 올조차 목격할 수 없었다.

명실공히 왕실 최고의 장수란 사람들이 허탕만 치니까 면도 서지 않았다. 다들 호랑이를 잡기 위해서 눈에 불을 켤 때, 드디어 호랑이의 발자국이 발견됐다는 전갈이 날아왔다. 저마다 칼을 갈고, 팽팽하게 당겨 놓은 활을 챙겼다. 본래 호랑이란 놈은 몸뚱이가 하도 거대하여 한 번에 죽이지는 못하고 최소한 칼 세 번, 활 세 발 정도는 쏴야 그 목숨을 끊을 수 있었다.

장수들은 적어도 선중전자(先中箭者: 첫 번째로 맞힌 사람), 차중자(次中者: 두 번째로 맞힌 사람), 우차중자(又次中者: 세 번째로 맞힌 사람)가 되기 위해 나름의 각오를 다졌다.

"호랑이 가죽을 가져다줄까? 옷 지어 입으면 올겨울은 따뜻하게 보낼 수 있을 거야."

세상에, 그 귀한 호랑이 가죽을 저에게 준다고요? 심지어 옷을 지어 입으라고요? 약손은 범 가죽을 칭칭 두르고 궁궐을 뛰어다니는 제 모습을 상상했다. 호랑이 가죽 뒤집어쓴 생도 좀 보라며 사람들이 흉보는 것은 둘째였다. 이 무슨 개 발에 편자, 돼지발톱에 봉숭아 물들이는 짓일까? 절로 웃음이 나왔다.

"왜 웃어? 호랑이 가죽 옷 싫어? 그럼 담요를 만들라 할게."

옷 싫으면 담요, 담요 싫으면 털 신발. 이도저도 다 싫으면 그냥 약손 방 벽에 장식품으로 걸어 놔도 좋을 것 같았다. 아무튼 이유는 약손에게 최고로 귀한 호랑이 가죽을 가져다주고 싶었다. 약손은 제게 얌전히 맡긴 이유의 손등을 살살 간지럽혔다.

"호랑이 가죽도 물론 좋지만, 이왕 호랑이를 잡는다면 호경골(虎脛骨: 호랑이 앞발 정강이뼈)을 가져다주세요."

"호경골?"

"네. 자고로 호경골에는 호랑이의 정기가 모두 모여 있어서 술로 담그면 천하 명약이 따로 없다지요? 한 삼 년 푹 우려낸 다음에, 좋은 날 골라서 전하랑 저랑 단둘이 나눠 마셔요."

"너랑 나랑, 단둘이?"

"그럼요. 그 귀한 술을 또 누굴 주겠어요?"

약손 혼자 몽땅 마셔도 부족한 술이었다. 천금을 준다 해도 바꿀까 말까였다. 사실을 고백하자면, 저 혼자 얌체처럼 날름 마셔버린 다음에 싹 입 닦고 싶을 정도였다. 하지만 호랑이를 잡아 온 공로를 생각하면 마땅히 이유와 나눠 마셔야 함이 옳았다. 약손은 이유를 제외 하고는 절대 다른 사람, 제3자를 술판에 끼워줄 마음이 없었다.

그 대신, 제가 여덟 잔 마시면 전하는 딱 두 잔만 마셔야 합니다. 절대 너 한 잔, 나 한 잔은 안 돼요. 술 모자라면 곤란하니까……. 뭐 이런 뜻이기도 했다. 하지만 이유는 약손의 말을 좀 다른 의미로 받아들였나 보다.

세상에! 약손이는 벌써 나와의 미래를 생각하고 있어. 약손이는 어느새 3년 앞을 내다보고 있어. 3년 뒤에도 우리는 함께 있을 거고, 다정하게 너 한 잔, 나 한 잔 술을 나눠 마실 거야. 호경골로 술 담그면 잘 익는지, 안 익는지 약손이랑 매일매일 확인하러 가야지…….

약손의 앞날에 저도 함께 있다는 상상을 하니까 가슴이 벅차올랐다. 그래! 약손아! 3년 뒤에도, 아니 30년, 300년 뒤에도 우리 함께 있자!

"반드시 호경골을 구해 올게! 네가 원하는 건 무엇이든 다 가져다줄 거야! 무슨 말이든 다 들어 줄 거야!"

이유가 불끈 주먹을 다잡았다. 본래 열혈남아란, 사랑하는 정인을 위해서라면 시도 때도 없이 피가 끓어오르는 법이었다. 과연, 그 열정이 약손에게도 옮았을까? 저를 위해서라면 무엇이든 가져다주고, 무슨 말이든 다 들어 주겠다는 주상 전하의 맹세를 들으니까 가슴속에서 몽글몽글 망개떡이 샘솟았다. 포근하고 달콤한 망개떡. 보이지 않는 망개떡에 잔뜩 휩싸인 약손은 갑자기 무슨 말이든 전부 고백해 버리고 싶은 충동에 휩싸였다.

"전하, 참말…… 제 말은 무엇이든 다 들어 주실 건가요?"

"그럼. 사나희는 두말 안 해. 남아일언중천금이니까."

"저 사실…… 전하께 드릴 말씀이 있사온데……."

"뭔데? 다 말해 봐."

이유가 제 가슴께를 툭 쳤다. 이제 이유는 약손의 이마를 지나 귀밑머리를 살살 쓰다듬고 있었다. 이유 손길 닿는 자리마다 살결이 따뜻해졌다.

"전하, 혹시 제가 남자라서…… 사내 노릇을……."

아버지의 빚을 갚기 위해 어쩔 수 없이 사내 복식 걸쳐 입고 궐에 들어왔나이다. 까딱했다가는 쥐도 새도 모르게 목숨 끊길지도 모르는 숨은 곡절이 있어서 한평생 사내 노릇하며 살아왔나이다.

그랬다. 약손은 비로소 이유에게 자신이 여인이라는 사실을 밝히려 했다. 약손을 바라보는 이유의 눈빛이 퍽 다정했다. 약손은 언젠가 사실을 밝혀야 한다면 지금보다 좋은 때는 없다고 여겼다.

"전하, 실은 제가……."

하지만 약손이 뭐라 말을 다 끝내기도 전이었다. 암만해도 그동안 속여 온 거짓을 이실직고 고하려니 우물쭈물 망설이고 말았다. 행여나 뭐든 들어 주겠다는 맹세는 말뿐이고, 정작 사실을 알고 나면 화내지 않을까? 왜 나를 속였냐며 괘씸해하지 않을까? 오만 걱정이 다 스쳐 지나갔다.

"제가……."

"됐다, 그만! 네 맘 다 알아. 무슨 말 하려는지 알아."

불현듯 이유가 그대로 약손의 입에 제 입을 맞췄다. 입맞춤이야 여러 번 나눈 적 있지만 지금은 좀 더 특별했다. 좀 더 부드럽고, 좀 더 다정했다. 좀 더 애틋했다. 이유가 약손의 입안을 부드럽게 쓸었다. 하루 종일 해바라기한 약손의 살에서는 고소한 햇볕 냄새가 났다. 이유가 약손의 손을 단단히 깍지 껴잡았다. 처음으로 얽혀 잡는 손가락의 느낌이 생경했다. 처음엔 손만 닿아도 부끄러웠는데. 손길만 스쳐도 좋아 어쩔 줄을 몰랐는데. 어쩌면 잠깐 맞닿았다가 금세 사그라졌을지도 모르는 두 사람의 인연이 지금은 단단히 얽혔다.

"네……? 다 알고 계신다고요?"

"그럼, 알고말고. 모를 리가 있겠느냐?"

"언제부터?"

"이런, 망충한! 언제부터라니? 내가 널 선택했다. 내가 널 사랑한다고 먼저 고백했어."

"……."

"네가 사내든, 계집이든 아무 상관없다고…… 내가 먼저 다짐했잖아. 잊었어?"

이게 무슨 해괴한 일인지 모르겠다. 약손은 그저 저가 여인이라는 사실을 이제라도 고백하려 했을 뿐이었다. 이유가 화를 내든, 그동안 거짓말한 저에게 실망해서 배신감에 치를 떨든, 그에 합당한 대가를 감내하려 했다. 하지만 웬걸? 이유는 약손이 전혀 생각지도 못한 말을 했다.

"네가 사내라도 개의치 않을 거야. 남자여도 달라지는 건 하나도 없어. 너를 정인으로 삼아 남색이라 비난받는다면, 난 기꺼이 한나라의 흔(전한의 13대 황제. 남색을 즐긴 황제로 회자되며, 그의 남첩 동현에게 소매를 잘라 준 일화로 유명하다)이 될 거야. 난 널 위해 무엇이든 할 각오가 되어 있으니까."

"네……?"

본인의 성 정체성을 누구보다 잘 알고 있는 약손은 단 한번이라도, 꿈결에서라도 해본 적 없는 고민이었다. 그저 성별을 감춘 부분만 걱정했을 뿐이었다.

하지만 이유는 아니었다. 성별이 같은 약손을 사랑한다고 인정하기까지 얼마나 많은 자기 부정과 고민이 있었던가. 저와 똑같은 사내가 왜 자꾸 눈에 밟히는지, 신경이 쓰이는지, 혹은 안부가 궁금한지…… 내내 생각하고 또 생각해야만 했다. 만약 금기를 아무렇지 않게 깨고, 제가 하는 사랑에 한 치의 부끄럼도 없이 당당했던 사방지가 아니었더라면 이유는 아직도 갈피를 잡지 못하고 헤매고 있을 것이 분명했다.

"전하……."

"괜찮다. 네 마음 다 알아."

알긴 뭘 알아요? 하나도 모르는구만! 망충한 주상 전하가 몹시 웃겼다. 왜 쥐뿔도 모르면서 아는 척하냐고 놀리고 싶은 마음이 굴뚝같았다. 하지만 약손은 이유가 제게 마음을 전한 일이 얼마나 큰 결심을 필요로 한 행위인지 이제야 깨달았다. 그 노력이 가상해서라도 더는 놀리지는 않기로 했다. 다만, 주책없게 눈물이 쏟아졌다.

약손이 우니까 이유가 기겁을 하며 놀랐다.

"약손아, 왜 그래? 갑자기 왜 울어?"

"주상 전하…… 저는 그런 줄도 모르고…… 주상 전하 마음도 모르고……."

약손이 손등으로 눈 위를 벅벅 문질렀다. 약손이 손닿는 자리마다 빨갛게 자욱이 생겼다. 어차피 시간 지나면 사라질 가벼운 상처지만 이유는 그 또한 맘 편히 두고 보지 못했다. 약손의 손을 억지로 당겨 내렸다. 눈물 퐁퐁 흐르는 눈가는 제가 살살 닦아 줬다. 안 그래도 남색을 불사하겠다는 이유의 말에 감동받았는데, 눈물까지 닦아 주니까 서러움이 더욱 복받쳤다. 약손은 아예 이유의 가슴팍에 얼굴을 묻었다. 대성통곡이 시작됐다.

"제가 나빴어요. 제가 생각이 짧았어요. 저는 그냥 거짓말한 거만 걱정하고…… 벌 받을까 봐 겁만 먹고……."

"네가 벌을 왜 받아? 내가 그렇게 둘 것 같아?"

"의금부에 끌려가서 고초당할까 봐…… 몸 성히 돌아온 사람이 없다는데……."

"절대 그럴 일 없어. 내가 널 아껴. 다른 누구도 아닌 내가, 이 나라 조선의 지존, 이유가 널 아낀다고. 같은 사내끼리 서로 좋아하는 일은 절대로 큰 죄가 아니야. 내가 그렇게 만들 거야."

망충이 같은 주상 전하, 내 말은 그게 아닌데. 남남의 사랑이 두려운 게 아니라, 성별 속여 가며 잘도 거짓말한 대가가 두려운 건데…… 아무것도 모른 채 저를 달래는 주상 전하가 우습기도 하고, 답답하기도 했다. 하지만 제일 으뜸으로는 미안한 마음이 가장 컸다. 주상 전하가 이토록 나 아껴 주는 줄 알았다면 차라리 진즉 여자였음을 고백할 걸, 때늦은 후회가 밀려왔다.

히끅히끅 약손이 하도 서럽게 우니까 이유가 제 품에 끌어안은 약손의 등을 토닥토닥 두드렸다. 고집 센 떼쟁이 달래듯 어화둥둥 입을 맞춰 주기도 했다. 두 사람 한참 다정하고 분위기 녹녹한 가운데, 막사 밖에서 눈치 없는 목소리가 들렸다.

"전하! 사냥 준비가 모두 끝났다 하옵니다. 서둘러 가셔야 호랑이의 뒤를 쫓을 수 있사옵니다!"

목소리의 주인공은 다름 아닌 호랑이가 발견됐다는 소식에 제일 크게 들뜬 서희도였다. 약손이 훌쩍훌쩍 코를 먹으며 이내 고개를 들었다. 눈물을 삭삭 닦고 자세를 바로 했다.

주상 전하께서 이토록 나를 아끼시니, 저가 여인임을 밝혀도 화내지 않으실 것이 분명했다.

"전하, 어서 호랑이 사냥 다녀오세요."

"갑자기 가기 싫다."

그토록 바랐던 호랑이 사냥인데 전부 부질없게만 느껴졌다. 사냥이고 뭐고 다 때려치우고 약손 곁에만 붙어 앉아서 둘만 아는 다정한 놀이하고 싶어졌다. 이유는 정말 모두 무르기라도 할 듯 약손 곁에 드러누우려 했다. 약손이 찰싹찰싹 이유의 등을 때렸다.

"호랑이 가죽으로 옷 지어 입으라면서요? 호경골을 가져다주신다면서요!"

"앗차차차!"

이유가 벌떡 몸을 일으켰다. 약손에게 주기로 한 품목을 생각하면 반드시 호랑이를 잡아야만 했다. 약손이 막사 한편에 세워 놓은 이유의 흑궁을 가져왔다. 딱 벌어진 어깨에 걸어 주니 세상 둘도 없이 늠름했다.

"주상 전하."

"응?"

"호랑이 사냥 다녀오시면, 그땐 제 비밀 하나 알려드릴게요."

"오호라! 네 비밀?"

약손이 그 어떤 금은보화를 준다 해도 이렇게 구미가 당기지는 않을 터였다. 뜬금없이 알려 준다는 여약손의 비밀이라? 몹시 흥미롭고 기대가 됐다.

"지금 알려 줄 수는 없는 건가?"

"네. 사냥 다녀오시면 알려드릴 거예요. 어서 다녀오세요."

혹시나 해서 찔러 봤는데 역시나였다. 이유는 이빨 한번 못 쑤시고 튕겨나갔다.

여약손…… 피도 눈물도 없는 사람 같으니…….

약손이 이유를 떠밀었다. 곧 이유는 약손에게 이끌려 얌전히 막사 밖으로 나서야만 했다. 장수들 앞에서도 호랑이 사냥가기 싫다 말하면 어쩌나 싶었는데, 다행히 이유는 언제 그랬냐는 듯 세상 근엄한 표정으로 선봉에 섰다.

이유와 휘하의 장군들, 사령들이 올라탄 말들이 쿵쿵 뒷발을 찼다. 오늘을 위해 콩에 섞어 먹인 닭 피가 충분한 효과를 발하는 것 같았다.

—둥둥둥둥…….

북이 울렸다. 동시에 '쉬이이이익—!' 귓전을 찢을 듯 날카로운 울음소리가 허공을 갈랐다. 보통 전장에서 적과의 전쟁을 시작한다는 신호로 쏘아 올리는 효시嚆矢, 우는살이었다.

'다녀올게.'

이유가 약손에게만 눈인사를 해줬다. 약손 또한 살짝 고개 숙이는 것으로 답례했다. 곧 이유가 탄 초광이 그 이름에 걸맞게 빛처럼 빠른 속도로 제일 먼저 달려 나갔다.

해는 졌고, 활은 울었다.

호랑이 사냥의 시작이었다.

[4]

약손은 어렸을 때부터 꼭 갖고 싶었던 물건이 있었다. 빨간약, 노란 약, 파란 약, 하얀 약이 골고루 들어 있는 색색의 약병이었다. 약병 이야기는 약손이 잠 못 자고 뒤척일 때마다 칠봉이 이야기해 준 설화였다. 대략적인 내용은 이러했다.

옛날에 아들만 넷인 부잣집에 딸이 태어났다. 하나뿐인 고명딸이라 애지중지하며 길렀는데, 어느 날부턴가 그 집에 기르던 소가 죽고, 닭이 죽고, 개가 죽는 희한한 일이 끊이지 않고 벌어졌다. 네 아들은 사건의 진상을 파헤치기 위해 달 밝은 밤에 몰래 외양간을 지키다가 가축을 죽인 범인이 다름 아닌 저희들의 여동생이라는 사실을 알게 된다. 여동생은 사람 행세를 하며 가축과 사람의 간을 빼먹는 꼬리 아홉 개 달린 구미호였던 것이다.

네 아들은 부모님께 사실을 말했다. 하지만 여동생을 시기하는 음모를 꾸민다며 도리어 집에서 쫓겨나게 된다. 그렇게 형제들은 집을 떠나게 되고, 수년이 지난 후 형제들은 부모님이 걱정되어 집에 들러 본다. 아니나 다를까, 대궐 같은 집은 다 쓰러져가는 오두막집이 되었다. 부모님은 물론이고 동네 사람들마저 구미호에게 잡아먹혀 버렸다. 심지어 구미호는 형제의 간마저 탐내며 형제를 해하려 했다.

사형제는 목숨을 잃을 절체절명의 위기에 처하지만, 때마침 사형제에게는 집으로 돌아오는 길에 굶주린 노인에게 양식을 나눠 주고 그 대가로 선물 받은 약병이 있었다. 용감한 맏이는 빨간 병, 현명한 둘째는 노란 병, 꾀가 많은 셋째는 파란 병, 마음 너그러운 셋째는 하얀 병을 말이다.

네 형제는 각각의 병이 가진 신묘한 힘으로 구미호를 물리쳐 낸다. 후에 네 형제는 다시 집안을 일으켰고 죽을 때까지 오순도순 행복하게 살았다.

세상에 수많은 설화가 존재했지만, 단언컨대 약손이 좋아한 이야기는 여우누이 설화였다. 고명딸 행세한 여우는 엄청 무서웠고, 형제의 우애는 감동적이었다. 약손은 여우누이 설화만 생각하면 항상 가슴이 뭉클해졌다. 특히나 형제가 노인에게 받은 네 가지 약병은 정말 탐났다. 하여 약손은 길가에 나앉은 불쌍한 노인만 보면 제 주머니 다 털어 주다가 칠봉한테 갖은 욕을 얻어먹어야만 했다.

약손은 툭하면 저가 네 가지 색색의 약병으로 곤란한 일 겪는 사람들을 도와주는 상상에 빠졌다. 어쩔 때는 상상으로 그치지 않고 꿈도 꿨다. 특히 오늘이 그러했다.

“아부지! 얼른 도망가! 내가 어떻게든 여우를 막아 볼게!”

약손이 늠름하게 말했다. 제 뒤를 쫓는 구미호에게 빨간 병을 던졌다. 불길에 휩싸인 여우를 보며 '핫핫핫! 것 봐라, 요놈아! 감히 여약손 님의 간을 먹으려 했어? 어떠냐? 이 뜨거운 불 맛이?' 의기양양하게 소리치기도 했다.

물론 여우는 불에 타 죽지 않았다. 약손은 칠봉과 함께 요리조리 도망치며 노란 병도 던지고, 파란 병도 던졌다. 약손이 가는 길마다 펑! 펑! 색색의 병이 깨졌다.

약손은 밤새 여우를 피해 도망쳤다. 마침내 여우는 죽었고, 약손과 칠봉은 무사히 살아날 수 있었다. 약손이 이마의 땀을 닦으며 '휴…….' 안도의 한숨을 내쉬었다.

하지만 그때, 약손의 앞에 웬 사람 한 명이 누워 있는 것이 보였다. 딱 봐도 키가 크고 뼈가 옹골찬 게 몹시 다부진 사내였다. 꿈속의 약손은 그가 누군지 전혀 알지 못했다. 그래도 길바닥에 누워 있는 사람을 모른 척 지나갈 수는 없었다. 약손이 사내의 코앞에 손을 대봤으나 숨결이 느껴지지 않았다. 심장에 귀를 대 봤는데도 쿵쿵 뛰는 맥이 느껴지지 않았다. 누가 봐도 숨이 끊어진 시체가 분명했다.

"웬 사람이 여기서 죽었지? 장례도 안 치렀나? 젯밥 차려 줄 사람이 없어?"

약손이 두리번두리번 주위를 둘러봤다. 사람의 인적이라고는 조금도 느껴지지 않았다. 사람 시체를 보고도 팽하자니 마음이 쓰이고, 묏자리 찾아 주자니 괜히 오지랖 부리는 것만 같았다.

대체 이를 어쩌면 좋지? 약손이 고민했다. 불현듯 제 주머니에 남아 있는 하얀색 약병이 생각났다. 까닭은 잘 모르겠지만, 약손은 여태까지 꿈속에서 다른 색 약병은 모두 던져 봤어도 하얀색 약병만은 사용해 본 적이 없었다. 약손의 지혜와 재치 때문에 칠봉과 약손은 구미호한테 털끝 하나 다치지 않고 살아났기 때문이었다.

약손은 생판 모르는 사내에게 선뜻 하얀색 약병을 주기로 했다.

"이거 진짜 귀한 약인데…… 내가 당신 목숨을 살렸으니까, 나중에 꼭 은혜를 갚으셔야 합니다. 알았지요?"

약손이 사내의 입안에 하얀 약을 흘려 넣었다. 곧 사내의 창백한 얼굴에 핏기가 돌았다. 딱딱하게 굳었던 손발이 점점 풀렸다. 약손이 하얀색 약 마지막 방울까지 남김없이 탈탈 흘려 넣을 때, 사내가 '휴우…….' 깊은 숨을 내쉬었다. 역시, 노인이 준 약병은 보통약이 아니었다. 영물임이 분명했다.

마침내 죽었던 사내가 다시 눈을 떴다. 분명 사내는 초면이었고, 누군지 전혀 몰랐는데 사내가 눈뜨니까 누구인지 단박에 알아볼 수 있었다. 약손의 눈이 휘둥그레졌다.

"……주상 전하?"

약손이 되살린 사내는 다름 아닌 이유더라. 이유가 약손을 보며 빙그레 웃음을 지었다. 무언가 할 말이 있는지 이유가 입술을 달싹거렸다. 하지만 그때, 이유의 등 뒤에서 죽은 줄만 알았던 구미호가 맹렬한 속도로 달려오는 것이 보였다.

"여약손, 네 이놈! 너 때문에 내가 인간이 되지 못했다. 네가 가장 사랑하는 사람의 간을 씹어 먹어야만 이 억울한 한을 풀겠노라! 이놈!"

구미호의 날카로운 손톱이 번뜩였다. 약손이 미처 막을 새도 없었다. 그 무시무시한 손톱이 이유를 꿰뚫을 때, 약손이 눈떴다.

"전하! 주상 전하!"

약손이 몸을 일으켰다. 헉헉 숨을 내쉴 때마다 어깨가 심하게 오르락내리락하며 요동쳤다. 천년 묵은 구미호가 이유에게 달려드는 장면이 직접 겪은 일처럼 생생했다. 약손의 온몸이 식은땀으로 축축했다.

여우에게 간을 빼앗기다니, 이 무슨 해괴망측한 꿈이란 말인가? 약손이 이마의 땀을 닦았다. 암만해도 다시 잠이 올 분위기는 아니었다. 바람이라도 쐬며 마음을 진정시켜야 할 것 같았다. 어디선가 불어온 바람에 매캐한 냄새가 약손의 코끝을 스쳤다.

"……응? 이게 무슨 냄새지?"

약손이 갸우뚱 고개를 젖혔다. 그와 동시에 막사 밖에서 다급한 비명 소리가 들렸다.

"불이야! 불이야! 불이야……!"

*

휘익! 몰이꾼이 들고 있던 마지막 횃불이 꺼졌다.

단 하나 남았던 불빛이 사그라짐과 동시에 산은 온통 어둠에 잠겼다. 삭녕 평야와 맞닿아 있는 북쪽 효성산은 산맥이 험준해서 호랑이나 늑대 따위의 맹수가 출몰하기로 유명했다. 호랑이에게는 토산에 사는 짐승만으로 충분한 먹거리가 되겠으나, 날씨가 추워지면서 사냥이 쉽지 않아지자 사람이 사는 민가로 내려오는 것이었다.

제 딴에는 소나 돼지 등의 가축만 잡아먹으려는 심산일 테지만, 어쨌든 사람이 피해 입기는 매한가지였다. 이유는 반드시 범 사냥에 성공해서 백성을 걱정하는 지존의 본을 보이고 싶었다. 더불어 약손에게 호경골을 가져다주면 그야말로 일거양득. 누이 좋고 매부 좋은 격이었다.

"쉿……!"

앞서 호랑이 흔적 찾으러 간 몰이꾼이 드디어 호랑이 발자국을 찾아냈다. 저가 암만 영특하다 한들 어차피 짐승이었다. 몰이꾼이 부러 두고 간 산짐승을 찢어 먹은 흔적이 주변에 어지럽게 흐트러져 있었다. 발자국이 큼지막했다. 얼추 크기를 가늠해 보니, 이만하면 몸집이 자랄 대로 다 자란 거대한 암수 호랑이가 분명했다. 몰이꾼과 함께 주변을 살펴보던 지육선이 기쁜 얼굴로 돌아왔다.

"어떤가? 범이 분명하더냐?"

"예, 전하. 족히 삼사백 근은 거뜬히 넘을 대호大虎인 줄 아옵니다."

"대호라!"

만약 어린 범이었더라면 흥미조차 느끼지 못했을 터였다. 지존의 사냥에 어린 새끼가 웬 말이더냐? 이왕이면 크고 사나워야 사냥의 참맛을 느낄 수 있었다.

"본래 호랑이란 놈의 습성이 몹시 영악하다. 일몰 후, 일출 전까지만 활동하며 목표물을 잡기 위해서라면 몇 날 며칠이고 숨죽인 채로 목표물을 뒤쫓지. 뿐만 아니라 특히 공들여 잡은 먹이는 여러 번 나누어 먹는 습성이 있다. 하니, 놈은 아직 이 근처에 있을 것이다!"

"예, 전하! 당장 수색해야 하옵니다!"

각오를 다지는 이유와 장수들의 사이로 바람이 불었다. 백송 잎사귀 부딪치는 소리가 스산했다. 바람이 불면 호랑이의 신경질이 더욱 심해진다. 만약 호랑이가 사람을 공격한다면, 바로 오늘과 같은 날임이 분명했다.

"내금위장은 장미춘과 함께 가고, 육선은 나를 따른다. 몰이꾼의 표식을 결코 잊지 말며, 호랑이는 산맥 중턱으로 몰아 한 번에 잡을 것이야!"

"예, 전하!"

이유와 장수들은 두 갈래로 갈라진 길 앞에서 마찬가지로 두 무리로 나뉘었다. 굳이 번거롭게 한 뭉치로 뭉쳐 다닐 필요는 없었다. 오늘 범을 획득하기 위한 전술은 각개 격파各個擊破가 될지어니.

서영화와 장미춘의 무리가 왼쪽 길로 먼저 사라졌다. 곧이어 이유와 지육선의 무리는 오른쪽 길로 향했다. 이유가 선택한 오른쪽 길은 특히 산기슭이 가파르고 곳곳이 낭떠러지였다. 까딱했다가는 죽음에까지 이를 수도 있었다. 하지만 타고난 사냥꾼들은 무릇 위험을 무릅쓰지 않는 부류들이었다. 도리어 그 위험을 즐기곤 했다.

이유 역시 마찬가지였다. 위험을 감수하지 않고는 그 무엇도 얻을 수 없었다. 이유와 지육선, 휘하의 장수들이 바람같이 내달렸다.

이유와 장수들이 모두 떠난 자리에는 아직도 저들끼리 몸을 부딪쳐 서걱대는 백송잎 소리가 요란했다. 언뜻 보면 그저 어둠에 휩싸인 평범한 백송가지들.

하지만 이내 놀라운 일이 벌어졌다. 백송 사이에서 곧 사람의 형상이 나타나기 시작했다. 머리부터 발끝까지 검은 복면을 한 사내들. 나무를 타고 내려오는 행동 하나하나가 예사롭지 않았다. 오랫동안 무예 훈련을 받아온 무인武人들임이 분명했다. 사내들은 유연한 야생동물 같았다. 걸음을 내딛을 때는 아주 작은 기척조차 내지 않았다.

가장 높은 백송에 올라 있던 사내 중 한 명이 신중하게 활을 겨눴다. 살은 이유가 사라진 오른쪽 길, 점점 멀어지는 무리 중 한 명에게로 향했다.

—휘이이이이익!

활촉은 정확하게 군령의 뒤통수 한복판을 관통했다. 군령은 비명 한 번 지르지 못하고 즉사했다. 군령이 고꾸라지며 그가 탄 말이 크게 울었다.

*

약손이 황급히 막사를 나섰다. 야생동물의 습격과 혹시 모를 위험에 대비하기 위해 최대한 촘촘하고 가깝게 지어 놓은 군막에 순식간에 불이 번졌다. 하필이면 모두가 단잠에 빠졌던 한밤중에 불이 날 게 뭐람?

약손은 겉옷만 겨우 꿰어 입었다. 저 멀리서 군령과 내관들이 근처의 하천에서 물을 길어 오는 것이 보였다. 분명 일손이 부족할 테다. 저라도 도와야겠다는 생각이 들었다.

약손은 그때까지도 난데없이 일어난 불소동인 줄만 알았다. 하지만 아니었다. 약손이 하천 쪽으로 향할 때, 물바가지를 들고 뛰어오는 내관 한 명이 보였다. 대전 드나드는 동안 안면 익혀 놓았더랬다. 내관이 먼저 약손에게 아는 척을 했다.

"여 생도! 무탈하신가?"

"박 내관님! 대체 이게 무슨 아닌 밤중에 홍두깨입니까? 웬 불이래요?"

"나도 모르겠네. 아마도 군관들이 피워 놓았던 모닥불이 번졌나 봐. 안 그래도 삭녕에는 비 온 지 오래라 온 둘레둘레가 마른

장작과 다름없으니 그렇게 화마를 조심하라 일렀거늘……."

"전하께서 사냥 나가서 안 계신 게 천만다행입니다. 만약 이곳에 함께 계셨다면 얼마나 놀라셨을까요?"

"어휴, 말이라도 삼가시게. 생각만으로도 등골이 오싹하니까. 하여튼 여기 빈 바가지 있으니까 가서 물 좀 길어 와. 우리도 마냥 손 놓고 구경할 수만은 없지 않은가?"

"예. 당연히 도와야지요!"

약손은 기꺼이 바닥에 떨어진 바가지를 주워들었다. 허리를 굽혀 바가지에 손을 뻗을 때, 문득 약손은 저가 방금 전까지 서 있던 자리로 휘이익 빠른 속도로 지나가는 뭔가를 느꼈다. 얼핏, 아주 빨리 날아가는 새 같기도 했다. 하지만 이 난리에 새라니. 말도 안 되는 소리였다.

약손이 다시금 몸을 일으킬 때, 마주 보고 서 있던 박 내관이 그대로 쓰러졌다.

"박 내관님……?"

박 내관은 엄청난 광경을 목격이라도 한 양 눈을 부릅뜬 채였다. 꽉 다문 입술은 열릴 줄 몰랐다. 약손은 무슨 일이 일어났는지 전혀 파악하지 못했다. 박 내관이 손에 쥐고 있던 물동이가 바닥으로 쏟아졌다. 약손의 시선도 아래로, 정확히는 박 내관의 배로 향했다. 배 한가운데에 깊이 박힌 화살 한 대가 보였다.

"바, 박 내관님!"

약손이 반사적으로 박 내관을 붙잡았지만 박 내관은 이미 숨이 끊어진 후였다.

"이, 이게 무슨……?"

갑자기 화살이 날아와 사람을 죽이다니? 약손은 아직도 꿈을 꾸고 있는 것만 같았다. 혹시라도 궁수 중 한 명이 활을 잘못 겨눠 실수로 쏘아 버린 것은 아닐까? 하지만 실수가 아니었다. 어둠 속에서 화살 비가 쏟아지기 시작했다. 활에 맞은 사람은 비단박 내관 한 명만이 아니었다.

"사람 살려! 사람 살리시오!"

"기습이다! 기습이야!"

여기저기서 비명 소리가 들리기 시작했다. 어디선가 뿔피리가 울었고, 둥둥둥둥 기습을 알리는 북소리가 나기도 했다. 불길에 휩싸여 몸부림치던 관군 한 명이 이내 가슴에 활을 맞고 자리에 넘어졌다.

불교의 지옥 중에 죄인을 불속에 집어넣어 태우는 초열지옥大焦熱地獄 있다는 말이야 익히 들었으나, 눈앞에서 실제로 마주하니 저절로 넋이 나가 버렸다. 약손은 자리에 돌처럼 굳어 한 발자국도 움직이지 못했다. 도망가야겠다는 생각도, 이 자리를 피해서 어떻게든 제 목숨 구해야겠다는 방편도 떠오르지 않았다.

—파바바바박!

약손의 주변에도 화살이 꽂혔다. 잃었던 정신이 그제야 돌아왔다. 바닥에 꽂힌 살은 군관들의 훈련용 나무촉도 아니요, 짐승을 잡기 위한 수렵용 촉도 아니었다. 그야말로 사람을 죽일 목적으로만 쏟아붓는 살육 병기였다. 대체 누가, 어떤 의도로 이런 짓을 벌이는지는 몰랐다. 하지만 적어도 아무것도 안 하고 넋 놓고 있다가 허무하게 개죽음당할 수는 없다는 생각이 들었다.

암, 여약손이 누구인데. 이래봬도 유명한 도사한테 명줄이 쇠심줄처럼 질겨 장수하며 한평생 먹을 복, 재물 복 걱정은 없겠다는 점지를 받아 놓은 운수대통의 팔자를 가진 장본인이었다. 비록 그 도사가 귀 얇은 대가 댁 마나님들 등쳐먹고 사는 장돌뱅이라는 것이 문제라면 문제였지만…….

좌우당간 약손은 제 복된 운세를 믿었다. 먹을 복, 재물 복은 아직 제대로 누려 본 적도 없는데 이대로 숨넘어갈 수는 없었다.

일단 물 떠오려던 바가지를 머리에 둘러썼다. 칠봉이 그랬는데, 일단 사람은 골만 잘 보전해도 반백 살은 너끈히 살 수 있다고 했다. 얼핏 보면 밤중에 오줌 싸서 소금 얻으러 가는 오줌쟁이 같기도 했지만, 목숨이 경각에 달린 상황에 그까짓 겉모습이 뭐가 중요하단 말인가? 약손은 그 어느 때보다 진지했고 절실했다.

한번 생존 본능이 고개를 쳐들기 시작하니까 갑자기 머리가 팽팽 돌아갔다. 물 길러 하천에 간 사람들은 이미 화살받이가 된 지 오래였다. 아무래도 습격자들은 막사 안에 사람을 몰아넣고 한 번에 죽일 요량인 것 같았다.

이런, 천하의 몹쓸 놈들! 내가 비록 지금은 가진 게 없고, 미리 해둔 방비가 없어 요 모양 요 꼴이지만, 언젠가 네놈들 정체를 밝혀내서 혼꾸멍을 내주리라!

약손은 주먹을 불끈 쥐고 다짐했다.

—히이이이잉!

갑작스러운 화마에 마구간에 매인 말이 울었다. 오늘 밤, 호랑이 사냥에는 따라가지 못한 말들이었다. 비록 말 못 하는 짐승이라도 저들 신변이 위험해졌다는 것만은 귀신같이 알아챘나 보다. 말들의 눈동자가 불안하게 움직였다. 울음소리도 구슬펐다.

약손은 거의 바닥을 기다시피 하며 마구간으로 향했다. 흙바닥에 손바닥, 무릎이 마구 긁혔지만 아픈 줄도 몰랐다. 때마침 약손이 기어가던 옆으로 휙 아기살이 꽂혔다. 한 치만 더 옆으로 갔거나, 뒤로 갔다면 저 끔찍한 활에 맞아 즉사했을 터였다.

"제길!"

욕지거리가 절로 나왔다. 호랑이 밥으로 던져 줘도 모자랄 놈들!

약손은 후다닥 막사 안으로 뛰어들었다. 그와 동시에 막사 주변에 검은 복면으로 얼굴을 가린 자객들이 모여들었다. 곧 자객들과 군관들의 치열한 싸움이 벌어졌다. 약손은 정예훈련을 받은 군관들이 열세에 몰릴 것이라고는 감히 상상도 하지 않았다. 하지만 느닷없이 닥친 화재 때문일까?

한밤중에 기습을 당한 군관들은 점점 뒤로 밀렸다. 게다가 범사냥 때문에 대부분의 장수들이 자리를 비운 상태이기도 했다. 복면을 쓴 사내들보다 바닥에 쓰러지는 관군들의 숫자가 훨씬 더 많아졌다.

"쥐새끼 한 마리도 살려 두지 말라! 단칼에 베어 숨을 끊어야 할 것이다!"

자객들 중 한 명이 소리쳤다. 칼을 든 군관이 자객의 뒤를 공격하려 했지만, 그야말로 어불성설. 관군은 자객에게 아주 작은 상처 하나 내지 못했다. 상대를 서슴없이 가르는 자객의 칼 솜씨가 예사롭지 않았다. 내금위장 서영화와 지육선, 장미춘이 종종 검술 내기 하던 광경을 떠올려 짐작해 보건데, 최소 장미춘, 서영화와 겨뤄도 손색이 없는 솜씨였다.

세상에나! 이 조선 땅에 내금위장과 대등한 실력 갖춘 자객이 또 있던가? 대체 저 자객들의 정체는 무엇이란 말인가?

약손은 저도 모르게 자객을 뚫어지게 쳐다봤다. 곧 관군의 피가 확 자객의 얼굴로 튀었다. 때마침 피범벅이 된 자객이 얼굴을 덮었던 복면을 머리 위로 벗어 버렸다.

그와 함께 자객의 입, 코, 눈의 이목구비가 차례대로 드러났다. 약손은 그만 '헙!' 저도 모르게 비명을 지를 뻔한 입을 틀어

막았다. 며칠 전, 제가 산에 갔다가 본 사내들이 떠올랐다.

'어르신, 산기슭에서 무얼 하고 계십니까?'

'말을 돌보러 나왔다가 벼락 맞은 대추나무를 발견했어요. 하지만 어떻게 가져가야 할지 몰라 고민 중입니다. 이대로 두고 가기에는 너무 아까운데…….'

'그렇다면 소인이 오늘…… 아니, 해가 다 졌으니까 내일 중으로라도 이 벽조목을 잘라다 드리겠습니다. 다만, 효성산은 산세가 험악하여 밤이 되면 곰과 호랑이, 사나운 멧돼지가 심심찮게 출몰하기로 유명합니다. 그들은 짐승과 사람을 가리지 않고 잡아먹지요. 더 어두워지기 전에 얼른 막사로 돌아가십시오.'

분명 저에게 벽조목을 잘라 주겠다 철석같이 약속을 한 몰이꾼 중 한 명이었다. 멀리서도 알아볼 수 있었다. 약손은 저에게 깍듯하게 인사하던 남자의 눈 한쪽에 박혀 있던 시퍼런 점을 똑똑히 기억했다.

자객의 눈에 똑같은 점이 있었다. 심지어 그는 맹수를 조심해야 한다는 조언까지 해주었는데, 어째서 지금은 저런 모습으로 나타난 것일까?

갑자기 오싹 소름이 돋았다.

결론은 하나뿐이었다. 저자는 미리 막사를 기습할 계획을 세우고 시위패에 합류한 것이리라. 그렇다면, 왜? 무슨 까닭으로? 약손은 참말 도깨비에 홀리기라도 한 기분이었다.

여러 가지 궁금증이 떠올랐지만 일단 문제의 답을 알아맞히는 것은 나중 문제였다. 이 목숨 온전히 건사해야 자객들의 정체고 뭐고 알아낼 수 있었다.

게다가 사내는 분명 쥐새끼 한 마리 살려 두지 말라는 무시무시한 명령을 내렸다. 그 말인즉, 약손이 죽는 것 또한 시간문제라는 뜻이었다. 어떻게든 이곳을 빠져나가야만 했다.

말들이 발로 마구를 쿵쿵 차대기 시작했다. 상황이 다급해지니 어떻게든 살아 보겠다 시위하는 것이었다. 약손은 최대한 자객들의 눈에 띄지 않도록 몸을 굽혀 일일이 말고삐를 풀어 주었다. 저가 하늘님이 아닌지라 감히 생사에 직접 관계할 수는 없지만, 일단 고삐 풀어 자유롭게 놓아주고 나면 죽든 살든 그건 말들 각자의 몫이라 믿었다.

약손은 마구 맨 구석에 머리를 처박은 월소를 발견했다. 안 봐도 훤했다. 식탐만 으뜸이고 겁쟁이인 월소. 산책하러 나갔을 때 보니까, 토끼를 보고도 기겁하며 놀란 적이 있더랬다. 겁이 유난히 많으니 오늘 밤 범 사냥에 따라가지 못한 까닭이 이해되었다.

"월소야, 큰일 났다. 저기 불난 거 보이지? 사람들도 막 죽잖아. 난리가 벌어진 거야. 너 난리 알아? 난리?"

—히이이잉!

안다는 건지 모른다는 건지 알 수 없었다. 약손이 월소의 등을 쓸어 주었다. 월소는 무서운 마음이 드는지 자꾸만 뒷발질을 쳤다. 어디선가 '아아아악!' 누군가의 비명 소리가 들려왔다. 점점 죽음의 그림자가 가까워지고 있는 것이 느껴졌다.

정확히 무슨 곡절로 자객들이 습격을 해 왔는지는 알 수 없었지만, 저들이 하필이면 주상 전하와 휘하의 장수들이 자리 비운 날을 부러 골랐을 리는 없다는 생각이 들었다. 따지고 보면 병력은 범 사냥을 나간 무리와, 막사에 남은 무리 둘로 나뉜 상태였다. 그래서 더 저들의 공격에 취약했고, 속수무책으로 당할 수밖에 없었다.

그렇다면…….

범 사냥 나간 주상 전하의 안위는 어떻게 됐다는 말인가?

암만 내금위와 함께한들, 반드시 안전을 보장할 수 있을까?

생각이 거기까지 미치자 약손의 마음이 급해졌다. 더는 가만 두고 볼 수만은 없었다. 어떻게든 주상 전하께 이 위기를 알려야만 했다.

결코 그럴 리는 없겠지만, 만약, 행여나 주상 전하께서 곤란한 상황에 처해 계시기라도 한다면…….

"안 돼! 절대 그럴 수는 없어!"

약손이 월소를 제 앞으로 단단히 끌어왔다. 본래 잘 훈련받은 군마는 제 주인이 아니고는 타인을 쉽게 등에 태우지 않았다. 이 마구간 안에서 그나마 약손이 부릴 수 있는 유일한 말, 월소뿐이었다.

약손이 기둥에 묶인 월소의 고삐를 풀었다. 저도 모르게 손이 부들부들 떨렸다.

"월소야. 우리…… 주상 전하께 가야 돼. 주상 전하 알지? 너한테 콩도 주고, 좁쌀도 주셨잖아……."

네가 겁쟁이라고, 식탐만 많다 구박하셔도 온갖 맛있는 음식 먹여 주고, 등 따습게 재워 주셨잖아. 사람이든 짐승이든 무릇 은혜는 갚아야 하는 법이란다…….

약손이 월소에게 중얼거렸다. 한데 그 중얼대는 말이 미물微物 월소에게 이르는 말인지, 저에게 이르는 말인지 도통 구분되지 않았다.

'약손아, 약 많이 쓰지? 우리 약손이 탕약이 써서 어떡하면 좋겠니? 내 마음이 다 아프다. 얼른 다시 한입 먹어 보련? 다식 싫으면 과줄 줄까? 과줄 싫으면 약과?'

'네가 사내라도 개의치 않을 거야. 남자여도 달라지는 건 하나도 없어. 너를 정인으로 삼아 남색이라 비난받는다면, 난 기꺼이

한나라의 혼이 될 거야. 난 너를 위해 무엇이든 할 각오가 되어 있으니까.'

'반드시 호경골을 구해 올게! 네가 원하는 건 무엇이든 다 가져다줄 거야! 무슨 말이든 다 들어 줄 거야!'

저가 먹고 싶은 것이라면 무엇이든 전부 만들어 주겠다는 주상 전하.

저가 여인인 줄 꿈에도 모르시고는, 무릇 남색이라 비난하는 사람들의 날 선 손가락질도 기꺼이 감수하겠다는 주상 전하.

'다녀올게.'

호랑이 사냥을 떠나기 직전, 저에게만 들리도록 말해 준 속삭임이 아직도 눈에 선명했다. 저를 봐 주던 다정한 눈빛이 아른아른했다. 주상 전하가 위험에 빠졌다는 게 확실해진 이상, 결단코 이대로 속수무책으로 손 놓고 있을 수만은 없었다.

월소의 고삐를 잡은 약손의 아귀에 강한 힘이 실렸다.

"그러니까, 우린 절대 겁쟁이처럼 숨어 있어서는 안 돼. 우린, 무슨 일이 있어도 반드시…… 주상 전하께 가야 해. 알겠어?"

자객들이 마구 근처로 걸어오는 소리가 들렸다.

"숨어 있는 자가 없는지 샅샅이 뒤져라!"

자객들의 목소리가 엄중했다. 더는 지체할 수도, 시간 끌 수도 없었다. 약손이 마구의 문을 활짝 열어젖혔다. 그와 동시에 언제든 나갈 준비를 하고 있던 말들이 밖으로 뛰쳐나갔다. 갑자기 날뛰는 말들 덕분에 자객들이 주춤거렸다. 도망칠 수 있는 절호의 기회는 지금뿐이었다.

월소의 등에 올라탄 약손이 월소의 옆구리를 냅다 찔렀다.

"가자! 월소야!"

아무래도 약손의 말이 효과가 있기는 한 모양이었다. 겁먹고 그대로 주저앉아 버리면 어쩌나 싶었는데, 놀랍게도 월소가 달리기 시작했다. 심지어 그동안 한 번도 본 적이 없는 엄청나게 날래고 빠른 속도였다.

과연, 월소는 초광의 피를 이어받은 자식이 분명하구나!

자객들이 뒤늦게 말의 등에 올라탄 약손을 발견했다. 하지만 이미 그때는 약손이 멀어지고 멀어져 그네들이 날리는 활이 미처 닿지 않을 거리였다.

약손은 무사히 막사를 빠져나왔다. 고개를 돌려보니 군막 한쪽에 높이 꽂혀 있던 사정기射亭旗가 불에 타 넘어지는 것이 보였다. 약손은 아주 잠깐 어디로 향해야 할지 갈피를 잃고 고민했다. 하지만 방황은 오래가지 않았다.

저만치 어둠 속에서 벼락 맞은 대추나무, 벽조목이 보였다. 약손이 사내들, 그러니까 자객들을 처음 만났던 장소가 바로 저기였다. 약손은 몰이꾼 시늉을 하던 자객들이 벽조목 뒤에 우거진 능선을 타고 내려오던 것을 떠올렸다.

분명 저쪽이 틀림없으렷다! 약손이 방향을 돌려 고삐를 당겼다. 월소가 벽조목의 산길을 타고 올라갔다.

그 어느 해보다 일찍 찾아온 겨울. 약손의 머리 위로 눈발이 흩날리기 시작했다.

*

"전하! 피하시옵소서!"

육선의 모습은 그것이 마지막이었다. 함께 사냥 길에 올랐던 장수들은 모두 흩어져 버린 지 오래였다. 마지막까지 이유를 호위하던 지육선은 뒤따르는 자객을 막기 위해 그대로 말의 고삐를 돌려야만 했다.

예상컨대 오늘의 기습은 오랜 날, 오랜 시간을 들여 준비한 것이 분명했다. 그렇지 않고는 이토록 빈틈없이 순식간에 몰아쳐 올 리 없었다. 그들은 이유의 사냥 길 곳곳에 매복하였으며, 공격의 수법 또한 치밀했다. 애초부터 효성산의 갈림길에서 이유의 무리가 둘로 나뉜다는 사실조차 미리 알고 계획한 듯했다. 처음에는 후미의 군관들이 제일 먼저 궁수의 공격을 받았다. 그다음에는 선두의 장수들이, 그다음에는 이유의 측근을 지키던 지육선이. 사냥 대열은 순식간에 갈라지고 헤쳐졌다.

고삐를 거꾸로 돌려 쥔 육선이 이유의 반대 방향으로 향했다. 이유는 미처 육선의 안위를 확인할 겨를도 없었다. 그저 앞을 향해서만 나아가야 했다. 초광이 달리면 달릴수록 산세는 더욱 험해졌다. 나뭇가지는 몇 번이나 이유의 얼굴을 할퀴었다.

과연, 온갖 맹수를 품고 사는 태산의 자태로다.

—휘이이익!

이유의 뒤에서 날아온 화살이 얼굴을 스쳤다. 화살은 그대로 이유의 맞은편에 있던 개비자나무에 꽂혔다. 살의 파괴력이 어찌나 서슬 퍼런지 몰랐다. 살은 개비자의 몸통을 뚫었다. 심지어 그 안을 갈라 구멍을 보이기까지 했다. 이유가 초광의 등에 납작 엎드렸기에 망정이지, 행여나 활에 맞았더라면 분명 생사를 장담하지 못했을 터였다.

이유가 제 귀에 온 신경을 집중했다. 어차피 칠흑 같은 어둠 속에서는 아무것도 보이지 않았다. 천둥처럼 땅을 울려 딛는 초광을 제외하고, 말굽 소리를 통해 저를 쫓는 자객의 숫자를 가늠했다.

좌에 둘, 우에 하나가 있도다.

이유가 앞을 주시했다. 길은 똑바로 이어지다가 왼쪽 방향으로 틀어졌다. 오른쪽의 낭떠러지 아래로 떨어지지 않기 위해서는 진즉 왼쪽 고삐에 힘을 주어 방향을 바꿔야만 했다. 그러나 이유는 오로지 직선으로만 나아갔다.

암만 저들이 만반의 준비를 했다 한들, 온 산세를 제 손바닥처럼 꿰뚫고 있지는 않을 터. 더군다나 지금과 같은 격추를 할 때는 무조건 이유의 등 뒤만 보고 쫓아오는 것이 분명했다.

직선의 길은 거의 끝이 났다. 저만치 붕 뜬 허공이 보였다. 이유는 최대한 벼랑 가까운 자리에 갔을 때, 비로소 왼쪽 고삐를 쥐어 방향을 전환했다. 달려오던 속도가 속도인지라 초광은 거의 날듯이 훌쩍 뛰어 왼쪽 길에 안착할 수 있었다.

가속도를 이겨 낼 수 있는 튼튼함, 저가 벼랑에 뛰어내려 죽는 한이 있더라도 주인에게만 복종하는 절대적인 충성을 가진 초광이기에 해낼 수 있는 일이었다.

곧 이유의 등 뒤에서 요란하게 낙마하는 소리가 들렸다. 오른쪽에서 달려오던 자객이 이유의 속임수에 걸려 미처 방향을 바꾸지 못한 채 그대로 벼랑으로 뛰어내린 것이었다. 왼쪽의 자객들은 스스로 몸을 던지는 불상사는 겨우 면했지만, 부득이하게 말의 속도를 줄여야만 했다.

당연히 이유는 저가 만들어 낸 절호의 기회를 놓칠 리 없었다. 이유가 휙 등을 돌렸다. 저를 쫓는 두 명의 자객이 보였다. 목표물의 위치를 확인했으면 더는 망설일 필요가 없었다. 이유는 어깨에 걸린 흑각궁에 화살 두 대를 잴다.

—쉬이이익!

—피이이익!

물소 뿔로 만든 흑각궁의 파괴력은 무시무시했다. 시위를 당김과 동시에 날아간 살이 자객 둘의 가슴에 그대로 꽂혔다. 누군가는 바닥을 굴렀고, 누군가는 재수가 나빠 벼랑 아래로 떨어졌다. 졸지에 주인 잃은 말들은 제 갈 데를 찾지 못해 방황했다. 이유는 그 틈을 타 더욱 박차를 가해 산을 올랐다.

이유는 뒤를 쫓는 자객이 모두 사라지고 나서야 안도의 한숨을 내쉬었다. 그러나 또 다른 자객들이 언제, 어느 때에 공격해 올지 알지 못했다. 안심하기는 아직 일렀다. 이유가 고삐를 느슨하게 잡아 속도를 낮췄다. 한시라도 빨리, 멀리 도망쳐야 한다는 것을 알았지만 초광이 걱정된 까닭이었다. 초광의 숨소리가 점점 거칠어졌다. 이유가 초광이고, 초광이 이유인 듯 언제나 한몸처럼 합을 맞춰 왔으니 그 변화를 놓칠 리 없었다.

"워—"

이유가 초광을 멈췄다. 처음에는 잠시 숨이라도 고르게 하며 쉬어갈 생각이었다. 이유가 훌쩍 뛰어내려 초광의 등을 쓸어 주려 했다. 그러다 이내 흠칫 멈춰 서고 말았다. 초광의 콧구멍에 피가 맺혀 있었다. 뿐만이 아니었다. 초광의 둔부와 오금이 이어지는 지점에 촘촘하게 박힌 화살 세 대. 언제 맞았는지는 알 수 없었다. 이미 오래전에 맞았는지, 초광의 둔부 전체가 피범벅이었다.

"초광아!"

이유가 잇새를 깨물었다. 보통의 말이었더라면 벌써 주저앉고도 남았을 상처였다. 활은 깊숙하게 꽂혀 있었다. 너, 어찌 성치 않은 몸으로 어찌 여기까지 내달려 왔느냐……. 비록 한낱 미물이나, 초광의 충성심은 인간과 비교해도 결코 뒤처지지 않았다.

이유가 초광의 상처를 살피기 위해 가까이 다가섰지만 이유를 엄습하는 위험은 그런 찰나의 순간조차 허용하지 않았다.

이유의 발아래에서 둥둥둥둥 지진이라도 난 듯한 떨림이 느껴졌다. 진짜 지진은 아니었고, 먼 곳에서부터 달려오는 말굽 소리였다. 이 정도의 거리라면, 이유가 서 있는 곳까지는 금방 도달할 것이 자명했다. 당장 몸을 숨기든, 멀리 달아나든 무엇이라도 해야만 했다. 초광과 함께 더는 여유 부리고 있을 새가 없었다.

이유가 뒤로 두어 걸음 물러섰다. 초광이 곁으로 다가오려는 것을 엄한 얼굴로 막았다. 이유가 옆구리에 찬 어도를 빼들었다. 본래 왕의 칼에는 지존을 상징하는 용을 조각했다.

화려한 패용은 물론이요, 청·적·황·백·흑의 단청색을 사용하여 장식하는 것이 관례였다. 왕은 칼을 지휘도로 사용하는 경우가 대부분이기 때문이었다.

그러나 이유의 어도는 아무 꾸밈이 없었다. 칼날 또한 멋을 위한 곡선이 아닌 쭉 뻗어나간 직선이었다. 오로지 상대를 베기 위한 목적이 다분한 실전도實戰刀.

이유가 초광의 등을 밀었다.

"돌아가. 더는 너와 갈 수 없다."

히이잉……. 이유의 단호한 말투에 초광이 작게 울었다. 끔뻑끔뻑 감았다 뜨는 눈이 애처로웠다. 초광은 한 번도 제 주인을 버려 본 적이 없었다. 그러한 명령을 받아 본 경험 또한 없었다. 하지만 아무리 초광이 고집 부린다 한들, 이미 이유는 마음을 정했다.

초광의 아래는 초광이 흘린 피로 인해 핏물이 가득했다. 이 몸으로 이유를 태우고 가파른 산길을 내달렸다가는 정말로 목숨을 잃을 수도 있었다. 초광이 꼼짝을 않자 이유가 가차 없이 칼날을 내리쳤다.

—휘익!

찰나에 스친 어도가 초광을 옭아맨 고삐를 갈랐다. 초광이 자유로워짐과 동시에 이유가 초광의 옆구리를 찼다.

"어서 가!"

고삐 풀린 초광이 그대로 달려온 길을 내달렸다. 조금만 더 시간이 있었더라면 몸에 박힌 화살이라도 빼줬을 터인데…… 이유는 초광이 먼 어둠 속으로 사라지고 나서야 몸을 돌렸다.

아까부터 내린 눈은 어느새 땅바닥에 하얗게 쌓이기 시작했다. 과연 이 눈은 이유를 감춰 줄까, 드러내 줄까?

호위와는 멀어졌고, 말 또한 떠났다. 사방은 벼랑, 가파른 길, 그리고 제 목숨 손수 거두러 온 자객들뿐.

이제 이유는 완벽한 혼자였다.

효성산의 밤은 겨울 만큼 싸늘한데, 약손은 온통 땀범벅이었다.

칠흑 같은 어둠과 끝없이 이어지는 험한 산세 때문에 잠시도 긴장의 끈을 놓을 수 없었다.

약손의 앞에 두 개로 갈라진 길이 나타났다. 월소가 약손의 명령을 기다리는 듯 속도를 늦췄다. 약손이 훌쩍 월소의 등에서 뛰어내렸다. 몸을 굽혀 땅을 살피니 말굽에 다져진 흔적이 보였다.

주상 전하는 어느 쪽으로 가셨을까? 말굽 자국으로 방향을 가늠을 해보려고 했지만 말굽은 왼쪽 길과 오른쪽 길 두 개에 공평하게 찍혀 있었다. 아무래도 사냥 무리는 이곳에서 둘로 나뉘어 간 것이 분명했다.

이런, 제길! 뭐 하나 쉬운 게 없네.

한숨이 절로 나왔다. 불바다가 된 막사를 겨우 빠져나왔더니만 앞에 펼쳐진 것은 험한 산길이었다. 제가 걷는 이 길이 이승길인지 저승길인지 헷갈릴 정도였다. 오직 주상 전하 찾겠다는 굳은 의지로 여차저차 올라왔더니만 이제는 갈림길이 저를 맞아주다니. 내가 만물 정통한 하늘님도 아닌데 주상 전하가 어디로 가셨을지 어떻게 안단 말이야?

약손이 쿵쿵 발을 굴렀다. 그래도 욕지거리를 내뱉을지언정, 그냥 돌아가 버리겠다는 말은 하지 않았다. 허공에 대고 실컷 화풀이를 한 약손이 별수 없다는 듯 갈림길 사이에 똑바로 섰다. 입을 꾹 다물고 제 앞에 펼쳐진 길을 노려봤다.

어차피 모 아니면 도고, 좌 아니면 우렷다!

약손이 심호흡 세 번을 했다. 저가 언제 욕을 했냐는 듯 경건한 마음으로 눈을 감았다. 비록 하늘님은 약손에게 세상 이치 다 내다보는 천리안의 능력은 주지 않으셨지만, 그 대신 곤란한 상황에서 가장 현명한 선택을 내릴 수 있는 방법은 일러 주셨다. 그 방법이란 바로…….

"카악! 퉤잇!"

약손이 목구멍 깊은 곳에서 끌어올린 침을 왼쪽 손바닥에 뱉었다. 그러고는 오른 손바닥으로 철썩 소리가 날 정도로 세게 내리쳤다. 손바닥 사이에서 맞부딪친 침은 오른쪽으로 픽 튕겨 나갔다.

"오른쪽이다!"

침점占은 장돌뱅이들 사이에서 대대로 전해 내려오는 수법이었다. 만약에 오른쪽 길로 가도 장이 나오고, 왼쪽 길로 가도 장이 나올 경우가 있다면 어느 장에 갔을 때 더 벌이가 좋을지 가늠할 때 쓰면 더할 나위 없이 좋은 방법이었다.

약손과 칠봉도 이 침점으로 꽤나 재미를 봤다. 비록 침 뱉으려다가 가래를 뱉게 되면 점보는 행위가 무척 추접스러워진다는 단점이 있기는 했지만……. 약손은 오른쪽 길을 확신했다.

약손은 신이 나서 월소에게 걸어갔다.

"월소야, 봤지? 내가 길 찾아냈다. 오른쪽이란다! 주상 전하는 오른쪽으로 가신 게 분명해!"

침이 이렇게 확실하게 튄 걸 보면 침신께 점지 제대로 받은 것이 분명했다. 약손이 서둘러 월소의 등에 오르려 했다. 하지만 그때, 문득 약손은 무슨 소리라도 들은 듯 그대로 자리에 멈춰 섰다. 월소가 힘들다며 칭얼거리는 숨소리도 다독여 잠재웠다. 약손의 시선이 오른쪽 길에 멈췄다. 온통 어둠뿐이라 한 치 앞도 보이지 않아서 길은 꼭 시커먼 동굴처럼 보였다. 하지만 약손은 아무것도 보이지 않는 허공을 내내 주시했다.

"월소야…… 들리니? 이 소리?"

대체 무슨 소리가 들린다는 걸까? 월소가 아무것도 모르겠다는 듯 투레질을 했다. 하지만 약손은 잘못 듣지 않았다. 멀리서 말 달려오는 굽 소리가 들렸다. 희미했던 말굽 소리는 점차 커지고 커지더니…… 마침내 오른쪽 길에서 말 한 마리가 쏜살같이 튀어나왔다. 그리고 산에 깔린 어둠만큼이나 새까만 흑색 털을 가진 말을 본 순간, 약손은 그대로 주저앉고 말았다.

약손의 얼굴에서 핏기가 싹 가셨다.

온몸이 피범벅이 되어 달려오는 군마.

다름 아닌 초광이었다.

*

강녕 평야에 위치한 효성산은 새벽 효曉, 별 성星의 글자를 쓴다.

새벽별이 잘 보이는 산이라. 얼핏 들으면 무척이나 낭만적인 이름이었다. 하지만 기상 일기나 천문에 조금이라도 관심이 있는 사람들은 그 섬뜩한 뜻에 혀를 내둘렀다. 산이 오죽 높으면 바늘구멍보다 작은 새벽별이 잘 보인다고 할까.

효성산은 능선길이 가파르고 산세가 무척 험해서 강무장으로 지정되기 전에는 실력 충만한 심마니도 툭하면 목숨을 잃을 정도였다. 사람 잡아먹는 산으로 악명이 높다 보니 실제로 효성산의 별칭은 악산惡山이기도 했다.

그런 험준한 악산의 길을 이유는 오직 혼자만의 힘으로 헤쳐 나가는 중이었다. 초광을 보내고 난 뒤, 자객들은 곧바로 이유의 뒤를 쫓았다. 흙에 쌓인 눈발 위에 이유의 발자국이 그대로 남았기 때문이었다.

이유의 등 뒤로 화살이 날아왔다. 어도를 휘둘러서 제 심장에 꽂힐 뻔한 화살을 막았다. 그러나 이미 사방에는 자객이 가득했다. 자고로 호랑이 사냥의 기본은 갈데없는 막다른 곳에 범을 가두는 몰이가 시작이요, 반이요, 전부더라.

그들의 계획은 성공했다. 그들은 효성산의 길을 제 집 안방 보듯 훤하게 알고 있었고, 이유는 초행길이었다. 이유는 저가 가는 길이 막다른 길이라는 사실도 알지 못했다. 비록 속도는 늦을지언정 착실하게 몰아간 끝에 마침내 이유의 등이 돌 벽에 다다랐다. 더는 빠져나갈 길이 없었다.

"이런……."

제 앞을 막은 돌 벽을 보는 이유의 얼굴에 당혹감이 스쳐 지나갔다. 돌 벽은 보름 전쯤 일어난 산사태 때, 바위 하나가 굴러 떨어져 생긴 흔적이었다. 원래 이곳은 사람과 짐승이 수시로 드나들던 길이었는데, 졸지에 가로막혀 버렸다. 정말이지 이런 장애물이 있으리라고는 생각지도 못했다.

만약 돌 벽이라는 장애물만 없었더라면, 어쩌면 이유는 능선께에 이르러 자객들을 따돌리고 일찍이 갈림길에서 헤어졌던 서영화를 비롯한 여타의 장수들과 합류할 수도 있었다. 애초 그들이 재회하기로 했던 장소가 이유가 있던 곳과 멀지 않았기 때문이었다.

하지만 이제 이유는 더 이상 앞으로 나아갈 수 없었다. 또한 뒤로 돌아갈 수도 없는 처지가 되어 버리고 말았다. 이럴 수도 없고, 저럴 수도 없는 진퇴양난의 상황. 하필이면 보름 전에 산사태가 날 것은 무어란 말인가? 이 정도면 하늘 또한 이유를 저버린 것이 분명했다.

이유가 뒤를 돌아봤다. 어느새 이유의 주위를 촘촘하게 둘러싼 자객들이 보였다. 빠져나갈 구멍이라고는 아무 데도 없었다. 그들은 모두 복면을 쓰고 있어서 하나같이 누가 누구인지 얼굴을 확인할 수 없었다. 자객과 이유, 팽팽하게 대치한 와중에 이유가 픽 웃음을 터뜨렸다.

“신분을 밝히지도 못할 치졸한 배짱 가진 치들치고는 제법 대단한 일을 벌였구나.”

“뭣이라? 치졸? 감히 어디서 함부로 입을 놀리느냐?”

자객들 중 한 명이 당장이라도 이유를 베러 올 듯 말고삐를 강하게 잡아챘다. 옆구리에 찬 칼을 뽑아 들자 검이 선연한 빛을 뿜어냈다. 그러나 그가 출사出師하기 전, 곁에 있던 다른 사내가 그를 제지했다.

“명을 내리기 전까지는 경거망동하지 말지어다.”

“하지만 형님, 저자가…….”

이유의 시선이 곁의 사내에게 향했다. 그가 이 무리의 장신將

臣임이 분명했다. 이유의 예상이 틀리지 않은 듯, 사내가 말을 움직여 앞으로 나섰다.

"지금 네놈들이 하는 짓거리가 무얼 의미하는지 모르느냐? 감히 역모를 꾀해? 목숨이 아깝지도 않아?"

이유가 호통쳤다. 그러나 사내는 전혀 동요하는 기색이 없었다. 사내가 낮은 목소리로 말했다.

"무얼 잘못 알고 있는 모양이군. 본래 역모란, 제 임금을 배신한 자들이 일으키는 신인공노의 짐승만도 못한 짓이다. 하지만 그대는 나의 임금이 아닌데, 어찌 역모라 할까? 이것은 작금의 어지러운 세태를 올바로 바로잡는 정란靖亂이다. 그대가 상왕 전하께 벌인 짓거리야말로 역란逆亂이지."

"……뭐라?"

무언가 제 마음에 들지 않는 일이 생기면 으레 하는 버릇 그대로 이유의 눈썹 한쪽이 삐죽 솟아올랐다. 사내는 거침없이 말을 이었다.

"역란을 모의한 수양 대군 이유. 죽음으로써 그 죄를 갚아라."

"……."

이로써 한 가지는 분명해졌다. 이번 일을 일으킨 자객들은 결코 상왕 홍위(弘暐: 단종의 휘)와 무관하지 않다는 점이었다. 그들은 홍위를 추종하는 자들이었으며, 심지어 홍위의 왕권 복위를 위해 무슨 짓이든 할 각오가 되어 있는 자들이었다.

이유는 궐 밖에 이어(移御: 왕이 거처를 옮기는 일)해 살고 있는 어린 조카를 떠올렸다. 외적으로는 건강 문제로 요양을 한다는 명목이었지만, 실제로는 이유에게 거의 쫓겨 나가다시피 했다. 실제로 홍위가 머무는 사가의 십 리 주변은 관군들이 지키고 있어서 이유의 허락 없이는 함부로 드나들지 못했다. 가시 박힌 탱자나무만 두르지 않았을 뿐, 위리안치(圍籬安置: 귀양 간 죄인이 도망가지 못하도록 집 주변에 가시로 울타리를 만들어 가두는 일)와 다름없었다.

홍위, 언제까지 이 숙부의 앞을 막을 셈이더냐…….

설마 했던 일이 확실시됐다. 홍위를 향한 분노가 솟구쳤다. 으스러지도록 쥔 주먹 안에서 손톱이 살에 박혔다.

"고작 네놈들 따위가 날 죽일 수 있을 것 같으냐?"

"두고 보면 알겠지. 이유, 저승에서 선왕 전하를 뵙거든 진심으로 참회하거라."

사내가 겨눈 활촉이 이유를 향했다. 등 뒤는 가로막힌 벽. 이유가 이 위기를 비껴 나갈 방법은 어디에도 없는 듯했다. 마침내 사내가 손에 걸린 시위를 당겼다.

—휘익!

멀쩡한 목숨이 스러질 수도 있는 절체절명의 찰나. 그런데 이 순간, 이유에게 거짓말 같은 일이 일어났다. 사내가 화살을 재고, 시위를 당기고, 활이 저가 있는 방향으로 날아오는 일련의 과정들이 아주 느리게 보였다. 사람이 죽는 순간에 자신이 살아온 한평생이 떠오른다더니만 영 헛말은 아닌 듯했다. 비록 일평생이 주마등처럼 스치지는 않았지만, 이유에게도 몇 가지 기억이 떠올랐다.

대군의 신분으로 보냈던 유년 시절, 제 생사를 걸어야 했던 치열한 밤, 그토록 바라고 바랐던 왕위를 손에 넣은 어느 날의 아침…….

한데 예상외로 그 많은 기억 중에서 죽기 직전에 가져가야 하는 마지막 기억치고 유독 인상적이라거나, 애틋하게 느껴지는 기억은 없었다. 분명 제 인생에서 손에 꼽을 정도로 중요한 대사의 날이었는데. 다시 돌이켜 보니 무던하기만 했다. 알 수 없는 일이었다. 도리어 가장 뚜렷하게 생각나는 일은 예전에 월당에서 약손에게 온갖 구박당하며 유황을 건지던 모습이었다.

'이건 너무 작다고 했지? 적어도 내 주먹만큼은 커야 한다고! 이게 내 주먹이냐? 아우는 눈이 삐었어?'

'유황 못 건지면 오늘 집에 못 갈 줄 알아! 닭 알 먹을 생각도 하지 마!'

약손은 이유에게 일 다 시켜놓고 저 혼자만 누각에 앉아 삶은 계란을 까먹었다. 이유가 일을 더디게 하니까 진짜로 저 혼자서 그 많은 계란을 다 먹어 치웠다. 대체 그깟 계란이 뭐라고? 이유는 약손의 매정함에 이를 갈면서 홀로 침전에 앉아 계란을 까먹었던 적도 있었다. 이토록 급박한 순간에 하필이면 그때의 기억이 떠오르다니. 이유의 얼굴에 설핏 미소가 걸렸다.

—휘이익!

화살은 한층 가까워졌다. 이유가 체념한 듯 눈을 감았다.

그때였다.

"전하! 주상 전하!"

낯익은 목소리가 들렸다. 번뜩 이유가 눈을 떴다. 행여나 죽음을 목전에 둔 저가 환청을 들었나 싶었을 정도였다. 하지만 환시가 아니었다.

어둠 속에서 달려오는 말 한 필. 그 위에 올라탄 익숙한 인영.

그는 분명…….

"전하! 제 손을 잡으세요!"

그렇다. 그는 바로 약손이었다. 오직 이유를 찾기 위해 월소와 함께 험한 산길 헤쳐 올라온 약손. 이유가 약손이 내민 손을 잡았다. 따뜻한 온기. 하지만 그 온기에 감탄할 새가 없었다.

이유가 월소의 등 위에 올라탄 것은 눈 깜짝할 사이에 일어난 일이었다.

—휙!

사내가 날린 화살은 이유가 있던 자리에 한 치의 오차도 없이 명중했다. 하지만 그곳은 이미 빈자리더라. 이유는 이미 약손과 함께 떠난 후였다.

"쫓아라! 쫓아야 한다! 절대 놓쳐서는 안 돼!"

사내가 외쳤다.

[5]

"대체 여긴 어떻게 왔어?"

"어떻게 오긴요. 월소 타고 온 거 안 보이세요?"

"아니, 내 말은 그게 아니라……."

이유는 아직도 제 앞에 있는 사람이 약손이라는 걸 실감하지 못하는 모양이었다. '네가 어떻게……', '왜……', '어쩌자고…….' 따위의 혼잣말만 자꾸 내뱉었다. 뒤에는 언제라도 제 목숨을 위협하는 자객들이 쫓아오고 있건만, 이유의 신경은 온통 약손에게만 쏠렸다.

"산길이 험할 텐데 길잡이도 없이 왔어? 올 때 아무 일 없었어?"

"올 때는 아무 일 없었는데, 군막이 다 타 버려 큰일입니다. 큰불이 났거든요. 그 와중에 내관 나리들 여럿 돌아가시고…… 저는 월소 덕분에 겨우 빠져나왔어요."

"뭐? 불이 났어? 하면, 멀리멀리 도망이나 갈 것이지 왜 산을 올라왔어? 응?"

"왜겠어요. 자객들이 습격을 했는데, 전하께서는 무사하실까 걱정이 되어 가만 볼 수가 있어야지요. 그래도 제가 늦지 않게 맞춰 왔으니까 천만다행이지……. 역시 저밖에 없지요?"

약손은 이 와중에도 주상 전하를 구한 저의 멋짐과 용맹함에 한껏 취했다. 온몸에 자부심이 넘쳐흘렀다. 쫓기는 중만 아니라면 뒷짐 지고 서서 온갖 큰 체는 다했을 터였다.

이유가 크게 고개를 끄덕였다. 어쨌든 약손 덕분에 목숨을 건진 것은 부인할 수 없는 사실이었다. 저를 위해 위험을 불사했다는 약손에게 고맙다는 말을 하고 싶었는데, 목이 메여 아무 말도 못 했다. 대신 제 앞에 앉은 약손을 끌어안았다. 똑같이 고삐를 맞잡은 둘의 손이 단단히 엉켰다.

"이 은혜는 평생을 두고 갚으셔야 합니다. 아셨지요?"

"……응, 알았어."

아유는 목이 콱 막힌 티를 내지 않기 위해 연신 큼큼 헛기침을 했다. 처음에는 쑥스러움을 감추려던 아무 의미 없는 헛기침. 그런데 이게 어찌된 영문일까? 기침은 전염병처럼 약손에게도 옮겨 갔다. 약손도 이유처럼 콜록콜록 기침을 하기 시작했다.

대체 이게 무슨 일인지……? 빠른 속도로 산을 내려가던 이유가 문득 월소를 멈춰 세웠다.

"주상 전하, 이상하죠? 자꾸 기침이 나고, 눈물이 흐릅니다."

"……."

약손은 매운 고추를 여러 개 잘라 먹은 듯 눈이 매웠다. 손등으로 눈을 비빌 때마다 눈물이 볼을 타고 주룩 흘러내렸다. 이유가 벼랑 가까이에 섰다. 산 아래를 내려다본 약손이 경악했다.

"저, 전하! 불이…… 불이……."

약손의 입술이 서로 부딪쳐 딱딱 소리를 냈다. 분명히 좀 전까지만 해도 사람 목숨이란 게 이렇게 쉽게 끊기고, 사그라지겠느냐. 산만 온전히 내려가면 어떻게든 살아날 방도가 있을 거라는 자신감이 있었다. 하지만 산 아래의 광경을 보는 순간, 약손은 난생처음 이대로 저가 죽을 수도 있겠다는 생각을 했다.

휘익, 산 아래에서부터 불어온 바람이 약손과 이유를 덮쳤다. 덩달아 바람에 실려 온 매캐한 연기가 코끝으로 느껴졌다. 약손이 목격한 산 아래의 광경. 그것은 바로…….

"약손아, 이걸로 입부터 막아."

이유가 제 옷소매를 찢어 건넸다. 약손이 고개를 저었다.

"싫습니다. 제가 어찌 감히 주상 전하의 용복을……."

"어허! 어서 입을 가리래두!"

사태의 심각성을 깨달은 것은 이유 또한 마찬가지였다. 이유의 목소리에 장난기라고는 조금도 찾아볼 수 없었다. 약손은 거의 들어본 적 없던 낮은 목소리. 약손이 선뜻 옷깃을 받지 못하고 망설였다. 하지만 이유는 약손과 실랑이할 시간이 없었다. 찢어 낸 옷깃을 약손의 입가에 직접 대 주었다.

"더는 아래로 못 간다. 다른 길로 가자."

"……."

"꽉 잡으렴."

산 위에서는 자객이 쫓아왔다. 하지만 산 아래에서는 시뻘건 화마가 지옥도의 한 폭처럼 타오르고 있었다. 바람에 실린 불은 순식간에 산 능선을 타고 올라왔다. 이대로 맥 놓고 있다가는 산 채로 화장당할 것이 분명했다.

이유는 과감하게 말머리를 돌렸다. 고작 호랑이 한 마리를 잡기 위해 아예 산 전체를 태우는 꼴이라니. 어리석은 놈들.

이유가 잇새를 세게 물었다.

*

서영화가 뭔가 이상하다는 것을 느낀 때는 산 중턱에 이르러서였다. 처음에는 아직 도착하지 않은 이유 일행 때문에 신이 났었다. 주상 전하 오시면 길눈이 이렇게 어두워서 어떻게 호랑이를 잡겠냐고 놀려드려야겠구나, 나름 짓궂은 작당을 하기도 했다. 하지만 반 식경이 지나도 이유는 나타나지 않았다. 한 식경이 지나도 머리카락 비칠 기미조차 없었다. 암만 산길이라 해도 길잡이 앞세운 사람들이 이렇게 늦게 올 리가 없는데. 게다가 강무패들은 모두 신체 단련한 무관들이 아니던가.

서영화의 불안이 점점 커져 갈 때였다.

먼 어둠 속에서 주상 전하 일행 맞이하라 보냈던 군령이 되돌아왔다. 서영화는 반갑고 궁금한 마음이 앞서 크게 소리쳤다.

"주상 전하는 어디쯤 오고 계시느냐? 이러다가는 호랑이는커녕, 사슴 새끼 한 마리 잡지 못하겠구나……!"

군령이 가까워진 순간, 서영화의 눈이 커졌다. 서영화가 저도 모르게 흡 숨을 들이마셨다. 하지만 당혹감도 잠시, 서영화의 눈빛이 날카롭게 빛났다. 노련한 내금위장답게 순식간에 상황을 파악했다.

"모두 경계 태세를 하라! 주상 전하께 변고가 생긴 듯하니, 당장 전하께 갈 것이야!"

서영화가 군령을 바라봤다. 저도 모르게 인상이 찌푸려졌다. 말에 실려 돌아온 군령은 이미 숨이 끊어진 지 오래라. 목 뒤에 날카로운 화살 한 대가 박혀 있었다.

이제 이유는 자신이 어디로 향하는지조차 알지 못했다. 품속에 효성산의 산세를 자세하게 기록한 지도를 갖고 있기는 했지만, 이 난리에 알아보기란 쉽지 않았다. 화마를 피할 수 있고, 자객들을 따돌릴 수 있는 곳이 곧 길이였다. 눈앞에 펼쳐진 길이 그동안 보았던 길과는 비교할 수도 없을 만큼 험해졌다. 효성산의 꼭대기는 풀 한 포기 자라지 않는 돌산이라더니만, 아무래도 정상 근처에 이른 듯했다.

이유의 등은 땀으로 흠뻑 젖었다. 한참을 달리던 중, 불현듯 월소가 기겁을 하며 자리에 멈춰 섰다.

—히이이잉!

워낙 예고 없는 멈춤이라 하마터면 약손은 앞으로 고꾸라질 뻔했다. 하지만 이유가 약손을 강하게 끌어안은 덕분에 말에서 떨어지는 불상사만큼은 면했다.

"월소야, 왜 그래……?"

앞을 내려다본 약손이 질겁하며 뒤로 물러섰다. 약손의 아래로 까마득히 높은 벼랑이 펼쳐졌다.

"전하! 아, 아래 벼랑이…… 나, 낭떠러지가 있습니다."

목소리가 절로 떨렸다. 저도 모르게 이유에게 바짝 몸을 붙였다. 원래 높은 곳이라면 칠색 팔색 해서 칠봉과 고갯길 넘어갈 때도 저 혼자만 잔뜩 겁을 먹었었는데. 약손은 세상에 이렇게 높은 봉우리에 올라온 적은 거의 처음이었다. 하지만 지금은 벼랑 따위가 문제가 아니었다. 등 뒤에는 화마가, 아니 화마보다 무서운 추격꾼이 뒤를 쫓고 있었다. 이유가 벼랑과 반대쪽 길을 가기 위해 고삐를 돌렸지만 이미 때는 늦은 후였다. 자객들은 이유가 택할 수 있는 모든 길을 원천봉쇄해 버렸다.

"이번엔 절대로 빠져나가지 못할 것이다!"

자객들은 두 번의 실수는 용납할 수 없다는 듯 단단히 각오를 다진 듯했다. 약손과 이유를 둘러싼 자객들이 일제히 화살을 쟀다. 수십 개의 화살 끝이 오직 저만을 향하는 공포란 어찌나 대단하든지. 약손은 몸이 얼음처럼 굳어서 아무 말도 하지 못했다.

월소가 발길질할 때마다 벼랑 아래로 굴러떨어져 내리는 돌멩이 소리가 천둥처럼 크게 들렸다.

"네놈의 영화榮華는 여기까지다!"

제아무리 이유라도 등 뒤에 아찔한 벼랑이 펼쳐져 있는 상황에서 도망칠 수 있는 방법은 없었다. 휘이익! 자객의 손에 걸려 있던 시위의 활이 떠났다.

하지만 그때, 이유는 자객들이 전혀 생각지도 못한 행동을 했다. 이유가 말머리를 돌려 완전히 방향을 전환한 것이었다.

"내 말하지 않았느냐? 네놈들은 결코 내 목숨을 거두지 못할 것이라고."

희미하게 웃었던 것도 같았다.

이유, 네 이놈! 대체 무슨 수를 쓰려고……!

하지만 자객들이 뭔가를 깨닫기도 전이었다. 이유가 월소의 고삐를 그대로 당겼다. 그러고는 까마득한 벼랑 아래로…… 미련 없이 몸을 던졌다.

"이유!"

후두둑.

수십 개의 화살은 방금 전까지 이유가 있던 자리에 비처럼 쏟아졌다. 하지만 이미 이유는 저 아래로 몸을 던진 후였다. 과연 이유가 활에 맞았을까? 숨이 끊어졌을까? 아무것도 확신할 수는 없었다.

자객 중 한 명이 벼랑 아래를 내려다봤다.

"독한 놈…… 성질머리 보소. 치욕스러운 죽음을 맞느니 차라리 자결하겠다는 건가?"

자객이 퉤 허공에 침을 내뱉었다. 어차피 이유도 사라진 마당이라 답답하게 쓰고 있던 복면부터 벗었다. 그 사이에서 드러난 얼굴…….

"당장 쫓아야 할 것이다."

"예? 뭣하려요? 아래를 좀 보세요. 이 높이에서 떨어졌는데 어떻게 살 수 있단 말입니까?"

"숨이 끊어졌음을 확인하기 전까지는 아무것도 단정할 수 없다. 수양, 그치의 목숨이 얼마나 질긴지는 네가 더 잘 알겠지."

"……."

그렇다. 복면을 쓴 사내들.

오늘 군막을 태우고, 사냥을 나간 이유를 고립시켜 암살을 시도한 무리의 정체는 바로…….

"곧 내금위가 들이닥칠 것이다. 우리는 그들보다 먼저 이유를 찾는다. 살아 있다면 끝까지 찾아내 숨통을 끊고, 이미 죽었더라도 시신을 회수해 주상 전하 앞에 바칠 것이다. 알겠느냐?"

"예! 장군!"

군막을 습격하던 자객들의 무예가 예사로운 솜씨가 아니라는 약손의 짐작이 옳았다. 그들은 지금은 상왕으로 물러났지만 예전 홍위 즉위 시절, 홍위를 호위하던 별운검 박쟁과 그 휘하의 장수들이었다.

박쟁이 이유가 떨어진 벼랑 아래를 주시했다. 이토록 높은 곳에서 몸을 던졌다면 살아날 확률은 희박했다. 하지만 알다시피 오늘 사냥하기로 한 호랑이는 태생이 교활하고 영악하기가 이루 말할 수 없었다. 가죽을 벗기고 고기를 도육하기 전까지는 절대로 편히 마음 놓을 수 없는 일이었다.

"찾아라! 역적 이유를 결코 살려 두지 말라!"

*

삭녕에는 기름진 평야의 필수 조건인 맑은 강이 평야 전체를 휘두르고 있었다. 이름 하여 징파澄波라. 상류는 강바닥 자갈이 훤히 비칠 정도로 맑았지만, 하류는 거센 폭포가 맞닿아 있어 뱃사공들도 유독 조심하는 자리였다. 이유와 약손이 강물 위로 떨어진 것이 과연 하늘이 돕는 것인지, 저버린 것인지 모르겠다.

"약손아!"

허공에 뛰어들 때, 약손을 제 품에 끌어안은 것이 이유의 마지막 기억이었다. 소스라칠 정도로 차가웠던 강물의 느낌, 세찬 물살에 정신없이 떠밀려 가는 와중에도 약손의 손을 놓치지 않으려고 안간힘을 썼다. 하지만 어찌 한낱 인간이 물길의 힘을 거스를 수 있단 말인가. 몇 번이나 파도에 휩쓸렸던 이유는 마침내 정신을 잃었다. 아무래도 내 명의 끝은 여기까지인가 보군. 제 목숨 끊기는 것은 아깝지 않았으나, 저 때문에 위험에 휘말린 약손에게는 못내 미안했다.

"약손아…… 약손아……."

이유는 연신 약손의 이름만 애타게 불렀다. 이대로 죽나 싶은 순간, 불현듯 이유가 눈을 떴다. 거의 튕기듯 몸을 일으켰다.

"약손아!"

분명 벼랑에서 떨어져, 강물에 휩쓸려 죽는 줄만 알았다. 하지만 이유는 어느새 강의 하류에 도달해 있었다. 중간에 정신을 잃어서 저가 어디에 있는지, 시간이 얼마나 흘렀는지도 알아차리지 못했을 뿐이었다. 이유가 흙 섞인 물을 토해 냈다. 수초에 할 켜고, 바위에 부딪쳐서 온몸이 상처투성이였다. 그러나 제 몸뚱이 살필 겨를이 없었다.

약손, 약손은 대체 어디에 있는가? 이유가 황급히 주변을 둘러봤다. 행여나 이 거친 물살에 저만 살아났다면, 나 또한 목숨을 끊겠노라! 다짐을 할 때, 다행인지 불행인지 이유와 멀리 떨어지지 않은 곳에 쓰러져 있는 약손이 보였다.

"약손아!"

참말 천지신명께서 도왔다고 할 수밖에 없는 일이었다. 약손은 하류 근처 모래가 쌓인 자리에 누워 있었다. 물살은 약손과 이유를 집어삼키는 대신 안전한 곳으로 데려다줬나 보다. 이유가 첨벙첨벙 강물을 건너 약손에게 다가갔다.

"약손아! 너 괜찮느냐? 정신을 차려 보거라! 어디 다친 데는 없어?"

쓰러진 약손을 흔들어 깨웠다. 그때까지만 해도 저가 살았으니, 약손 또한 무사할 것이라는 근본 없는 확신이 있었다. 이유가 자빠져 있는 약손의 몸을 일으켰다.

"틀림없이 부처님께서 도우셨나 보다. 너나 나나 이렇게 멀쩡히 살아 있는 것을 보면, 관세음보살님께서 보살펴 주신 것이 분명해……."

하지만 이유는 미처 부처님께 감사를 다 올리지도 못했다. 이유의 얼굴이 굳어졌다.

"약손아…… 너…… 너……."

약손의 오른쪽 옆구리 아래, 화살 한 대가 박혀 있었다. 강물에 휩쓸려오는 동안 반쯤 부러졌으나, 가늠하건데 손가락 한 마디보다 훨씬 더 깊게 꽂혀 있음이 분명했다. 이유가 황급히 약손의 몸을 돌려 안았다. 그 작은 움직임에도 약손 옆구리에서는 울컥울컥 핏물이 흘러나왔다.

"너…… 너…… 피가……."

저도 모르게 상처 위에 손을 덮었다. 이유의 손은 금세 피범벅이 됐다. 삭녕의 밤은 여전히 어두웠고, 아침은 멀었다. 이유의 죽음이 확실치 못한 자객들은 뒤를 쫓아올 것이 분명했다. 내금위가 이유를 찾아낼 때까지 어떻게든 약손과 함께 아무도 모르는 곳에 숨어 있어야만 했다.

"약손아, 조금만 참아. 조금만…… 조금만 참아……."

이유가 약손을 둘러업었다.

약손은 조금도 의식을 차리지 못했다. 이유는 약손의 몸에 박힌 화살을 빼내는 것이 급선무라 생각했다. 하지만 겨우 몸을 피한 와중에 이유에게 다친 사람을 치료할 수 있는 변변한 장비가 있을 리 없었다. 흑강궁은 물론이고, 어도조차 잃어버린 상황이었다. 이유가 가진 것이라고는 단검 한 자루가 전부였다.

"약손아, 활촉을 빼야 하는데…… 화, 활촉을……."

이유의 손이 절로 떨렸다. 차가운 한기가 옷깃을 스칠 때마다 뼛속까지 추위가 밀려왔다. 하지만 이유는 추위에 아랑곳없이 식은땀을 흘렸다. 약손이 얼마나 아플까, 얼마나 고통스러울까…… 약손이 작게 신음할 때마다 이유는 어쩔 줄을 몰라 했다.

어쩌자고 네가 활에 맞아서…… 나 때문에…… 전부 내 탓이야…….

이때까지만 해도 이유는 약손이 다친 상처만 걱정했다. 곧 제가 알게 될 엄청난 사실은 꿈에도 생각하지 못한 채 말이다.

이유가 약손을 동굴 바닥에 똑바로 눕혔다. 동굴은 이유가 하류 근처에서 찾아낸 장소로, 사실 동굴이라는 표현보다는 짐승이 살던 굴, 혹은 구덩이에 가까웠다. 입구는 두 사람이 몸을 욱여넣어야만 겨우 드나들 수 있을 정도로 비좁았다. 하지만 그 대신에 쉽게 발각되지 않는다는 장점이 있었다. 이유 역시 약손을 업은 채로 걷다가 크게 넘어질 뻔하여 알아챈 은신처였다.

"화살을 빼 줄게. 하지만 좀 아플 거야. 어쩌면 많이…… 그치만 잘 참을 수 있지? 넌 사내 중의 사내이고…… 장부 중의 장부니까……."

"……."

이유는 약손이 버릇처럼 내뱉던 말을 그대로 따라 했다. 약손이 평소처럼 이까짓 상처 따위는 별거 아니라며 허세라도 부려 주길 바랐는데, 약손은 여전히 의식이 없었다. 이유의 속이 타들어 갔다. 바싹 마른 입술을 한번 훔치고 단검을 손에 쥐었다.

하지만 활을 빼내기 전, 약손의 상의를 탈의하는 것이 훨씬 더 유용할 것 같았다. 이유가 약손의 옷고름을 끌러 냈다. 물에 축축하게 젖은 옷고름을 풀어낼 때까지만 해도 이유의 신경은 온통 상처에서 배어 나오는 핏물에만 쏠려 있었다.

겉옷 한 겹을 벗기고, 그 안에 껴어 입은 속옷 한 겹을 또 벗기고……. 요즘 같은 계절에는 대부분 간소하게만 의복을 걸쳐 입었다. 지금은 내복을 껴입을 한겨울도 아니고, 엄동설한도 아니었으니까. 하지만 참 이상했다. 약손은 보통 사내들과 달리 속옷 아래에 한 가지 천을 더 둘렀다.

"답답하게 무슨 옷을 이렇게 많이 껴어 입었어……?"

마음은 급한데 벗겨 내야 할 옷은 많았다. 무심코 혼잣말을 하는데, 일순간 턱 이유의 말문이 막혔다.

"이, 이건…… 이건……!"

약손이 한 겹 더 챙겨 입은 옷감의 정체. 이유라고 모를 리 없었다. 약손의 가슴을 둘둘 감은 천은 여인들이 가슴을 가리기 위해 두르는 가슴 띠. 사내들은 결코 사용하지 않을 물건이었다.

—챙그랑!

손에 쥐었던 단검이 떨어져 내렸다.

*

"너 지금 뭐라 하였느냐? 다시 말해 보아라!"

"여, 영감…… 주상 전하께서…… 주상 전하께옵서……."

"주상 전하께서 무어!"

명회가 벌떡 자리에서 일어났다. 그 바람에 찻잔이 쓰러져 책 한 권을 다 적셨다. 그러나 명회는 상관치 않았다. 명회의 기세가 불같았다. 군령이 더욱 머리를 조아리며 말을 이었다.

"삭령에서 날아온 파발에 의하면 현재 주상 전하께옵서 가신 곳을 알지 못한다 하옵니다."

"가신 곳을 알지 못하다니? 그 많은 장수들은 전부 허수아비더냐? 천치, 등신이야? 어째서 그들이 주상 전하의 행방을 몰라?"

"내금위가 효성산 전체를 수색하고 있으나, 큰불이 일어나는 바람에……."

"허!"

명회가 이마를 붙잡았다. 이유의 불명 소식에 엄청난 충격을 받은 듯 중심을 잃고 비틀거렸다. 그럴 수밖에. 지존께서 행방이 묘연하다는데, 신하에게 이보다 나쁜 소식은 없었다. 군령이 재빨리 부축했다. 명회는 그 손길을 야멸치게 치워 버렸다.

"풍운우…… 대체 일을 어떻게 하였기에 이 지경으로 만들어?"

명회가 거의 짓씹는 듯한 말투로 중얼거렸다. 풍운우? 그게 무엇이지? 군령이 갸웃 고개를 저었다. 괜히 모르는 일 아는 척 하다가 경을 칠까 봐 이실직고 물었다.

"풍운우? 그게 무엇입니까?"

"넌 알 것 없어!"

그러나 명회는 더 이상의 참견은 허용치 않았다. 단칼에 잘라 버렸다.

"가서 전하라. 무슨 일이 있어도 주상 전하를 찾아내야 할 것이다. 또한, 내금위는 목숨을 걸고 전하의 무사 안위를 지켜내야 한다고 일러라. 알겠느냐?"

"예!"

군령이 물러났다.

어둔 밤, 명회의 얼굴에 깊은 그림자가 드리웠다.

"전하…… 어찌 이러시옵니까?"

세상을 뒤집고 태어난 인물은 언제나 불안을 떠안고 살 수밖에 없었다. 하루아침에 해와 달이 바뀌는 날들. 어제 내가 찌른 수난의 칼날이 오늘의 나를 찌르지 않으리라는 보장은 그 어디에도 없었다. 피가 마르는 전전반측의 날이 반복됐다. 하지만 그렇다고 불평을 입 밖으로 꺼낼 수는 없었다. 이 불안의 늪에 빠진 것은 누군가 등 떠민 것이 아니라 스스로가 자처했기 때문이었다. 되돌아가기엔 너무 멀리 왔고, 또 너무 늦었다.

'명회야, 내가 이 위태로운 업보를 끊어 낼 수 있을까?'

어느 날 밤, 불면에 시달리던 이유가 수척한 얼굴로 물었다. 원래도 태생이 기민했지만 즉위 후, 이유의 예민함은 끝을 달렸다. 낮에는 그런 기색을 전혀 찾아볼 수 없었다. 그러나 해가 지면 어둠과 함께 불안과 우울은 반드시, 결코 바꿀 수 없는 진리처럼 찾아왔다.

그러니까, 이유는 정체 모를 불안에 잠식되어 스스로를 좀먹었다.

'후회하시옵니까?'

질문의 대답은 아직 듣지 못했다. 이유는 염주를 손에 쥐고 눈을 감았을 뿐이었다. 명회는 지금도 이유의 속내를 알지 못했다. 솔직히 강무를 강행하는 이유의 앞길을 몇 번이나 막아서고 싶었다. 하지만 어찌 지존의 확고한 뜻을 꺾을 수 있으랴.

부디 무사 강평하기만을 기원했다. 하지만 주상 전하의 생사가 묘연해진 지금 이 순간, 이제 명회가 가진 패는 딱 하나뿐이었다. 더는 지체하지 말고 이유의 전지傳旨를 받들어야만 했다.

어둠 속에서 그림자처럼 자리를 지키고 있던 사내가 명회의 곁에 섰다. 갑주(甲冑: 몸에 부착하는 무구. 머리를 가리는 투구와 몸을 가리는 갑옷을 지칭한다.)로 무장한 사내는 도총관(都摠管: 5위도총부에서 군무를 총괄하는 최고 군직) 심중인이라.

"검서청(檢書廳: 서적의 수집과 출판을 담당한 청사. 왕의 글과 옥새를 보관한다.)으로 갈 것이다."

이 밤, 명회는 검서청으로 간다 했다. 그 말뜻의 의미는 한 가지였다. 도총관이 고개를 끄덕였다. 이내 위엄 섞인 목소리로 명을 내렸다.

"궐내 모든 성문을 걸어 잠가라! 지금 이 시간부터 도성의 4대문, 4소문 출입을 제한한다. 명을 어기는 자는 그 자리에서 목을 베도록 하라!"

그렇다. 궐을 떠나기 전, 이유가 명회에게 내린 마지막 전지. 그것은 바로…….

'행여나 과인의 행방이 불분명해지거나, 목숨이 위태롭다는 전갈을 받거든 승정원 우승지 한명회는 반드시 옥새를 사수한다. 또한 도총관과 협의하여 도성의 평안과 질서를 도모할 것이며, 병부의 모든 전권을 행사하라. 알겠는가?'

명회가 겪어 온 최악의 밤은 숱했다. 하지만 오늘 밤 만큼 위태롭지는 않을 터였다.

이제 남은 것은 이유의 전지에 따라 옥새를 지키며 주상 전하의 무사 귀환을 기다리는 것뿐.

명회가 각사를 나섰다.

*

약손이 사내가 아니었다는 사실에 큰 충격을 받긴 했지만, 지금 이유에게는 놀란 마음을 다스릴 여유조차 없었다. 약손의 안색이 점점 파리해져 갔다. 코 밑에 손을 대보자 숨소리마저 희미해진 듯했다. 이대로 두면 정말 숨이 끊어질지도 모른다는 두려움이 엄습했다.

여약손이 죽는다고? 이 세상에서 없어진다고? 두 번 다시 얼굴 볼 수 없고, 이야기 나눌 수조차 없게 되면 나는 어떻게 해?

생각하는 것만으로도 마음은 아득해졌다. 약손이 여자든, 남자든 지금은 전혀 중요한 문제가 아니었다. 일단 목숨부터 살리고 봐야 했다.

"아파도 참거라. 곧 끝내 줄 터이니."

이유가 단검을 집어 들었다. 자꾸만 떨려오는 팔을 꾹 잡고 마음을 굳게 먹었다. 한번 행동했다면, 절대 뒤로 무를 수는 없는 법. 날카로운 칼끝이 상처를 벌렸다. 울컥, 피가 흘렀지만 아랑곳하지 않았다. 칼로 틈을 벌린 후에 재빠르게 활촉을 뽑아냈다.

드드득. 약손의 살을 긁어내는 소리가 섬뜩했다.
"흐읏!"
엄청난 고통에 약손이 신음했다. 이유가 뽑아낸 활촉을 던져 버렸다. 검은색 핏물이 뚝뚝 떨어지는 물건은 꼴도 보기 싫었다. 제 겉옷을 찢어 상처 부위를 단단히 묶었다.
"약손아, 괜찮느냐? 응? 많이 아파?"
"흐으……."
하얗게 질린 얼굴, 퍼렇게 변한 입술은 전혀 약손이 아닌 듯했다. 난생처음으로 낯선 사람을 보는 듯했다. 불이라도 피워 몸을 녹여 주면 좋으련만…….
아무것도 해 줄 수 없는 자신의 무능력이 사무치도록 원망스러웠다. 그때, 약손의 고개가 픽 뒤로 꺾였다. 고통에 겨워 앓듯이 내던 작은 신음 소리마저 뚝 끊겼다.
"약손아! 약손아!"
약손의 몸이 빳빳하게 굳어졌다. 흡사 나무토막을 만지는 느낌이었다. 이유가 정신없이 손발을 주물러 줬다. 곱아 버린 손가락을 하나하나 펴 주고, 차가워진 발을 녹였다. 그러나 약손의 상태는 좀처럼 나아지지 않았다. 몇 번이나 볼을 만져 주고, 이름을 불렀지만 아무 소용이 없었다.
상처에 발라 줄 변변한 연고 하나 없고, 탕약조차 구해 줄 수 없는 상황. 할 수 있는 일이라고는 자객의 눈에 띄지 않기 위해 숨어 있는 것이 전부인 막막하고도 암담한 처지.
이유가 주변을 둘러봤다. 동굴 안에는 그 흔한 풀 한 포기조차 찾아볼 수 없었다. 지혈하기 위해 묶어 준 천 위로 어느새가 붉은 피가 배어 나왔다. 약손은 피를 흘려도 너무 많이 흘리고 있었다. 이대로 둔다면 정녕 목숨 부지하기 어려울 것이니…… 마냥 약손만 붙잡고 있던 이유가 문득 고개를 쳐들었다. 뭔가 심상찮은 묘수라도 떠오른 모양이었다.

"왜 내가 그걸 생각 못 했을까?"

이유의 시선이 약손의 상처를 찔렀던 단검에 닿았다. 이유에게 떠오른 묘수란, 언젠가 각 지방 관찰사들이 정려(旌閭: 충신·효자·열녀 등을 표창하던 일)를 위해 올렸던 상서였다. 그 중에서도 가장 기억에 남는 일화는,

—나주목의 임 아무개, 가뭄 때 배고픈 어머니께 스스로 할고(割股: 허벅지 살을 베어 냄)하여 연명하게 하다…….

—문경의 박조이, 남편이 사경을 헤맬 때 제 살을 먹이고 손가락을 잘라 피를 마시게 하다…….

제 가족을 살리기 위해 서슴없이 생살을 잘라 먹이고, 피를 마시게 했던 사람들의 행적. 대체 서로를 위하는 마음이 얼마나 애틋하고 정다우면 자신의 아픔조차 무릅쓸 수 있단 말인가.

당시만 해도 이유는 제 살 스스럼없이 끊는 사람들의 심정을 이해하지 못했다. 하지만 이제는 십분 공감했다. 소중한 사람을 살릴 수만 있다면, 내 살과 피뿐이랴. 제 목숨을 줄 수도 있었다.

이유가 칼날을 저에게 향하게 잡았다. 그러고는 단번에 제 팔목을 그었다. 상처가 깊었으나 하나도 아프지 않았다. 뚝뚝 핏방울이 떨어지는 손목을 그대로 약손의 입가에 가져갔다.

한 방울, 두 방울…… 이유의 피가 약손의 입안으로 남김없이 흘러 들어갔다. 피가 멈추면 다시 팔목을 긋고, 그 피가 멈추면 또 다른 살을 긋고……. 그렇게 이유는 몇 번이나 제 몸을 갈랐다.

"약손아……."

"……."

"부디, 사자의 세계로 걸음 하지 말렴……."

"……."

"내 이렇게 간절하게 부탁할 터이니……."

"……."

"부디……."

"……."

"나를 떠나지 마……."

이유는 제가 걸쳐 입었던 옷을 벗었다. 화려한 오조룡이 수놓아진 철릭이 한 겹, '정유생조선국왕수만세(丁酉生朝鮮國王壽萬歲: 정유년에 태어난 세조의 장수를 기원하다.)라는 명문이 묵서된 백삼 저고리가 두 겹. 어둠 속에서 완벽하게 탈의한 이유의 맨몸이 드러났다.

이유가 약손의 곁에 누웠다. 품에 끌어안은 약손은 너무도 작은 것만 같아 한 번 더 가슴이 미어졌다. 이 순간, 약손은 이대로 사라진다 해도 하나도 이상하지 않을 것만 같았다. 이유가 약손을 안은 손에 힘을 주었다.

난 절대 너를 보내지 않아.

그럴 수 없어.

네가 저승에 간다 한들, 다시 끌어서라도 내 곁에 둘 테니…….

본래 맞닿은 사람의 체온만큼 따뜻한 게 없는 법이었다. 이유는 기꺼이 약손에게 제 피를 나누고, 체온을 나눠 줬다. 행여나 숨결이 약해질 때면 입안에 숨을 불어넣어 주기도 했다.

하얗게 날렸던 눈발은 어느새 비로 변했다. 바닥에 쌓였던 눈에 비가 닿는 순간, 눈은 순식간에 녹아 없어져 버렸다. 이유가 걸어왔던 발자국이 지워졌고, 약손이 흘린 핏방울 또한 씻겼다.

덕분에 자객들은 이유의 발자취를 놓치고야 말았으며…… 동이 텄을 때는 온 산을 쥐 잡듯이 훑으며 이유를 찾아 헤매는 내금위와 맞닥뜨리지 않기 위해 서둘러 물러나야만 했다.

이유는 저가 할 수 있는 모든 일을 했다. 이제 약손의 생사를 가늠하는 일은 하늘님의 손에 달려 있을 뿐이었다.

대대적인 수색이 시작됐다. 효성산 전체를 태울 정도로 번진 불이 가장 큰 장애물이었지만, 눈발이 비로 바뀌는 바람에 불은 쉽게 꺼졌다. 참말 하늘이 도운 덕에 큰 시름 하나를 덜었다고 볼 수밖에 없었다. 본래 이유가 갔던 길을 차근차근 되짚던 서영화는 중간에 가로막힌 돌 벽 앞에서 망연자실할 수밖에 없었다.

애초에 이 길에 들어선 무리는 돌 벽에 가로막혀 중턱까지 올라올 수 없는 형국임을 이제야 깨달았다.

사방에 흩어졌던 장수들 또한 다시 되돌아왔다. 하지만 대부분 몸 성치 않았다. 마지막까지 이유와 함께 있던 육선은 낙마하여 다리가 부러진 상태였다.

이제 서영화는 효성산을 넘어, 강의 상류부터 하류 전부를 뒤지는 중이었다. 군사들이 하류에 도달했을 때는 이미 해가 넘어가는 오후가 됐다. 꼬박 하루 동안 사라진 주상 전하라. 지존을 제대로 보필하지 못하였으니 그 죄는 목숨으로도 갚을 수 없을 만큼 무거웠다.

그때, 강의 물살이 느려지는 곳에서 월소가 발견됐다. 월소는 어디를 다쳤는지 자리에 주저앉아 전혀 움직이지 못한 채였다.

—히이잉!

“월소야, 네가 왜 여기 있더냐?”

귀신이 곡할 노릇이었다. 활에 맞아 피범벅이 된 초광은 제 주인을 잃은 채로 돌아왔는데, 본래 군막에 묶여 있던 월소는 하류까지 떠내려왔다. 약손이 월소와 함께 이유를 구하러 갔다는 사실을 알지 못했으니, 참 괴이한 일이라고밖에 생각할 수 없었다.

때마침 하류를 뒤지던 군관이 다급하게 외치는 목소리가 들렸다.

"장군! 이쪽입니다! 이쪽으로 오시옵소서!"

목소리에 깃든 놀라움과 흥분만으로도 알 수 있었다. 주상 전하를 찾아냈구나! 서영화가 거의 날듯이 군관이 가리킨 장소로 향했다. 칡과 노박 덩굴이 잔뜩 우거진 수풀 한가운데에 조그만 동굴 입구가 보였다. 그 구멍이 어찌나 작은지 키가 큰 서영화는 잔뜩 몸을 굽혀야만 거우 들어갈 수 있었다.

덩굴 근처에 찍힌 사람의 발자국이 보였다. 주상 전하께서 계시는 곳이 바로 여기로다! 더는 망설일 필요가 없었다.

"전하! 주상 전하 계시옵니까? 소신, 내금위장 영화이옵니다!"

서영화가 동굴 안으로 들어섰다. 빛 한 줄기 들지 않는 깜깜한 어둠 속, 사람의 형상이 보였다. 틀림없는 주상 전하였다.

"전하! 주상 전하……!"

하지만 그때, 불현듯 어둠 속의 이유가 '쉿' 낮게 속삭였다. 지존의 분부라, 서영화는 목소리를 줄였다. 숨소리조차 지울 기세로 침묵을 유지했다. 서영화가 조심스레 걸음을 내딛었다. 주상 전하의 안위를 확인해야 했기 때문이었다. 하지만 이유가 허락하지 않았다.

"내금위는 분부할 때까지 게서 기다리도록 하라."

"하, 하오나…… 예…… 주상 전하."

서영화는 발길을 돌렸다. 그 대신, 동굴 입구를 철통처럼 막아섰다. 곧 이유가 저가 밤새 벗어 놓았던 옷을 입었다. 그러나 얇은 저고리 한 장만 걸칠 뿐, 비교적 두툼한 축에 속하는 철릭은 여전히 약손에게 덮어 준 채였다. 다행히도 어젯밤만 해도 금방 숨이 멎을 것 같았던 약손의 표정이 한결 편해져 있었다. 지혈제를 처방하여 피는 완전히 멈췄고, 상처에는 환약이 발렸다. 뿐만 아니라 환부는 깨끗한 무명천으로 감겨져 있기까지 했다. 약손이 내쉬는 숨소리가 골랐다. 이유가 약손을 안아 들었다.

"으음……."

약손이 작게 신음했다. 이유가 밖으로 나왔다. 이유의 얼굴 위로 삭녕의 지는 해가 붉게 비췄다. 온통 주상 전하의 안위만을 걱정했던 서영화가 이유의 품에 안겨 있는 약손을 확인하고는 깜짝 놀랐다.

"전하! 여 생도가 어찌 이곳에……."

"궐로 돌아갈 것이다. 내금위는 환궁을 준비할 것이며, 과인의 상처가 깊으니 어가御駕를 호위하도록 하라."

서영화로서는 월소가 하류까지 떠밀려온 연유도, 상약 생도 여약손이 어찌하여 사경을 헤매는 처지가 되어 주상 전하의 품에 안겨 있는지 모를 일이었다. 게다가…… 전하의 용포를 덮고 있는 까닭은 정녕 무엇이더란 말인지.

지존께 여쭙고 싶은 궁금증이 한가득했지만 서영화는 말을 아꼈다.

주상 전하 등 뒤로 넘어가는 노을이 섬뜩하게 불길했기에, 사람 오싹하게 만들 정도로 등골이 시렸기에.

"분부 받잡겠나이다."

서영화가 대답했다.

[6]

궐내 분위기가 심상치 않았다. 강무 가셨던 주상 전하는 예정

보다 일찍 돌아오셨다. 자객들에게 습격을 받았다는 소문이 파다했다. 삭녕에 다녀온 사람들에게 함구령이 내려졌지만 어디 산 사람 입 막기가 쉽던가.

자객이 주상 전하의 목숨을 노렸다더라. 벼랑 끝에서 주상 전하를 밀어 버렸다더라. 독화살에 맞은 주상 전하는 지금 사경을 헤매고 계신다더라……. 온갖 흉흉한 풍문이 궐 곳곳에 들러붙었다.

궁녀들과 내관들은 살얼음판을 걷는 듯 주변을 경계했다. 그들 대부분은 앞길 창창한 어린 왕이 상왕上王되어 궐 밖으로 쫓겨나는 모습을 지켜봤다. 흉포하기 이루 말할 수 없다는 몽고와 여진을 물리친 맹장 김종서 장군의 비참한 최후 또한 목도했다. 손바닥 뒤집듯이 바뀌는 형국에 추풍낙엽처럼 휩쓸려 목숨 잃은 사람들이 한둘이 아니었다.

그 말인즉 현재의 치세治世가 언제 난세亂世가 될 줄 알 수 없으며, 오늘의 충신忠臣이 언제 역적逆賊 될지 모른다는 뜻이기도 했다.

궁인들은 아무것도 보지 못하고 듣지 못하는 벙어리처럼 일제히 입 다물고 귀를 막았다. 자고로 세 치 혀 간수를 잘 해야 제 목숨 온전히 보전할 수 있으니…….

주상 전하 머무시는 강녕전 곳곳에 평소보다 많은 숫자의 군사들이 배치됐다. 허리에 칼 찬 군령의 그림자가 월대까지 길게 늘어져 흡사 지옥을 지키는 대왕처럼 보이게 했다. 무거운 침묵이 깃든 가운데, 동재가 명이에게만 은밀하게 속삭였다.

"내의원의 한길동 영감을 불러오너라. 아무도 알지 못하게 해야 돼. 알겠느냐?"

"예, 영감."

비록 나이는 어려도 동재의 심복이라 수완은 이루 말할 수 없었다. 반짝 눈을 빛낸 명이가 침전을 빠져나갔다.

강녕전에 어둠이 내려앉았을 때, 한 사내가 월대에 올랐다. 바짝 몸을 숙여 얼굴은 잘 보이지 않았지만, 주변을 훑어보는 눈동자가 몹시 불안했다. 그럴 만도 했다. 잔뜩 굳어 있는 표정의 나인들, 비장하다 못해 살기가 넘쳐흐르는 군관들까지. 이토록 살벌한 풍경 앞에서 태평을 유지할 수 있는 사람은 별로 없었다.

"이쪽으로 오시지요."

"예? 예……."

사내가 저를 예까지 안내한 내관의 뒤를 따랐다. 댓돌 위에 가지런히 신발을 벗어 놓고, 마루에 발을 올리는 것만으로도 송구함이 휘몰아쳤다. 사내는 단 한 번도 지존께서 머무시는 대침전大寢殿에는 와본 적이 없었다.

침전은 생각보다 훨씬 더 넓었고, 방의 개수도 많았다. 주상 전하께서 이 많은 방 중 어디에 머무시는지 짐작하지 못했다. 널찍한 대청을 지나고, 몇 개의 방을 또 지나갔다. 초행자에게는 너무나도 어렵게 느껴지는 복잡한 구조.

그때, 내관이 분합문 앞에 멈춰 고개를 숙였다.

"전하, 분부하신 대로 데려왔나이다."

"……들라 하라."

방 안에서 낮은 목소리가 들렸다. 사내는 겹겹의 호위를 지난 끝에야 겨우 지존을 만날 수 있었다. 사내가 걸어오는 동안 제 얼굴을 감싸고 있던 가리개를 끌러 냈다. 방 안에 들어서자, 발밑에서 온돌이 절절 끓었다. 온돌을 데우기에는 아직 이른 날씨가 아니던가? 저도 모르게 갸우뚱 고개가 젖혀졌다.

"전하…… 소, 소인을 찾으셨다 하시어……."

일단 예를 차리기 위해 무릎을 굽혀 절을 하려 할 때였다. 하지만 사내의 무릎은 바닥에 미처 닿지도 못했다.

—쩍!

가타부타 아무런 말도 없이 따귀부터 내려치는 매서운 손길. 그 엄청난 악력에 사내가 중심을 잃고 휘청거렸다.

"저, 전하…… 주상 전하……!"

사내가 거의 주저앉듯이 바닥에 엎드렸다. 뺨을 맞은 충격은 아직도 가시지 않았다. 별이 스친 정도가 아니었다. 온 세상에 빛이 사라진 듯 머릿속이 온통 암흑에 휩싸였다. 사내는 질끈 감은 눈을 제대로 뜨지도 못했다.

"주, 죽여주시옵소서. 전하……."

일단 제 잘못부터 빌었다. 송구하다고, 면목이 없다고, 모든 것은 저의 탓이라고.

사내가 납작 엎드려 제 잘못을 고할 때, 머리 위에서 낮게 이죽거리는 목소리가 들렸다.

"죽여 달라? 그리 말하면 네 천한 목숨, 거두지 못할 것 같으냐?"

"전하……."

"네깟 놈 숨 끊는 것은 내게 일도 아니야!"

온돌방 위로 검붉은 핏방울이 뚝뚝 떨어졌다. 따귀를 맞을 때 터진 코피가 이제야 흐르기 시작한 것이었다. 동재가 사내 앞으로 광목천을 툭 던졌다. 전하께 불경한 꼴 보이지 않도록 혈을 감추라는 뜻이었다.

사내가 얼른 천으로 제 얼굴의 피를 닦아 냈다.

"……."

깊은 한숨 소리가 들렸다. 끝도 없이 솟구치는 노여움을 억누르려는 태가 다분했다.

"네 죄는 네가 더 잘 알겠지? 감히 날 속여?"

"예? 그게 무슨 말씀이신지……."

"여약손!"

"!"

사내의 얼굴이 하얗게 질렸다. 지존께서 저를 찾은 연유를 이제야 알겠다. 상황을 보아하니 거짓은 결코 통하지 않으리라. 그렇다면 지금이라도 사실을 고하는 것이 최선이었다. 사내가 더욱 깊숙이 고개를 숙였다.

"소인, 태생이 미천하고 배운 것이 없어 세상사를 이해하는 식견 또한 넓지 않으나…… 제 동무를 살리려고…… 제 동무를 위해 그리하였사옵니다……."

"……."

"이 세상에 곡절 없는 사람은 하나도 없다기에, 제 동무에게도 차마 말 못 할 사연이 있겠거니…… 제 성별을 바꾸어 궐에 들어올 정도로 절박한 자초지종이 있겠거니……."

"그 입 다물지 못하겠느냐? 네놈이 정녕 단칼에 죽고 싶어 발악을 해?"

"전하……."

이제 사내는 거의 울먹이는 지경에 이르렀다. 부러 작당하고 속인 것이 아니오니, 부디 제 동무의 목숨만은 살려 달라 빌며 애원을 했다.

"주상 전하, 약손을 살려 주시옵소서. 약손은 죄가 없사옵니다. 분명, 피치 못할 사정이 있었을 것이옵니다."

"……."

그 꼴을 보니 더 열이 뻗쳤다. 얘가 지금 이 상황에 누가 누굴 걱정해? 쥐가 고양이를 걱정하나? 아주 꼴값을 떨어요, 꼴값을. 하여튼 죄다 그놈이 그놈이고, 끼리끼리지…… 오지랖 넓은 건 여약손이랑 똑같네.

방 안에는 착잡한 숨소리, 사내가 작게 흐느끼는 울음소리뿐이었다.

그때, 명이의 앳된 목소리가 들렸다.

"분부 내리신 대로, 한길동 영감을 모셔 왔나이다."

곧 방 안으로 한길동이 걸어 들어왔다. 한길동은 주상 전하께 예를 올리다가 바닥에 엎어져 있는 사내를 보고는 깜짝 놀라 눈을 둥그렇게 떴다.

"아, 아니 너는? 네가 왜 여기서 이러고 있느냐?"

언제나 그렇듯 각사에 틀어박혀 산더미처럼 쌓인 잡무를 보는 중에 명이 손에 이끌려 영문도 모른 채 끌려온 한길동 영감이었다. 예까지 오는 동안 군령들이 어찌나 철통 방어를 하며 저를 데려가는지, 의금부에 끌려가는 줄만 알고 오금을 저렸다.

내가 뭐 잘못한 게 있던가? 실수를 했나? 기억나지 않는 머릿속을 억지로 쥐어짜내 가며 반성을 하는 와중에 도착한 곳이 바로 주상 전하 머무시는 침전이었다. 그런데 얘는 또 왜 여기서 울고 있어?

온통 낯설고 살벌한 기운이 가득한 가운데, 한길동 영감이 친근하게 아는 척을 하니까 저도 모르게 서러움이 폭발했나 보다. 사내가 으어엉 어린애 같은 울음을 터뜨렸다.

"영감님…… 한길동 영감님……."

"그래, 그래. 내가 여기 있다. 그러니까 너…… 왜 이러고 있어? 말을 해봐라. 복금아."

그랬다. 침전에 끌려와 느닷없이 따귀를 맞은 사내. 그는 바로 약손과 한방 쓰던 동무 복금이었다.

암만 여약손이 청산유수 같은 말재간과 재주로 사내인 척을 했다 해도 한방 쓰며 동고동락하는 동무까지 속일 수는 없는 법. 이유가 내린 결론은 두 가지였다. 두 놈이 함께 작당하여 성별을 속였거나, 거짓을 알고도 모른 척해 줬거나. 전자든 후자든, 모가 됐든 도가 됐든 울화통 터지기는 마찬가지였다.

이유는 과거 칠촌에서 만났던 복금의 품행을 차근차근 되짚어 봤다.

'약손아, 배 안 고파? 밥 부족하지? 밥 두 그릇밖에 못 먹어서 어떻게 해…… 너 이러다 쓰러질까 봐 걱정이다.'

'애들 간호는 내가 할게. 넌 가서 좀 더 자. 하루 종일 마을 돌아다니느라 힘들었잖아.'

'빨래 같은 건 내가 한다니까? 괜히 손에 물 묻히지 말고, 쉬어.'

그때는 둘의 우정이 조금 각별하다고, 사내자식들이 참 남세스러울 정도로 서로를 위한다고만 여겼을 뿐이었다. 솔직히 말하자면 복금이 하도 약손을 싸고돌기에 무슨 약점이라도 잡혀서 하인 노릇하는 줄 알았다. 월당에서 저를 노예처럼 부려 먹은 여약손의 평소 행실로 미루어 짐작해 보면 충분히 있을 수도 있는 일이었다. 그래서 여약손 없을 때 은근슬쩍 물어보기도 했다.

'자네, 혹시 여약손…… 아니, 형님한테 돈 빌렸는가?'

'예? 그게 무슨 말씀이십니까? 돈 빌린 적 없는데…….'

'에이! 아무 말 안 하겠네. 내가 입이 얼마나 무거운데…… 여약손한테 협박당하고 있는 거라면 눈을 두 번 깜빡해 봐.'

'…….'

당연히 아무 소득도 얻지 못했다. 실없는 사람 취급만 당했다. 나중에는 그냥 둘의 우정이 좀 별난 거라고 혼자 결정을 내려야만 했다. 하지만 돌이켜 보니 복금이 약손을 애지중지 위한 까닭을 알 것 같았다. 복금은 처음부터 여약손이 여인이었음을 알고 있었다. 예전에 약손이 크게 아팠을 적에 진맥을 짚지 못하게 한 것까지 감안하면 딱딱 아귀가 들어맞았다.

'의, 의, 의원께서는 방금 전에 다녀가셨습니다. 약손이 아프다 고했더니 숙직 계시던 영감께서 약손의 병증을 확인하였습니다. 또한 이렇게 처방까지 친히 내려 주셨습니다.'

'약손이 정신을 차린 후에 다시 진맥하러 오겠다 하셨으니 우선은 탕약부터 먹게 해주십시오.'

나도 이제 겨우 안 사실을 그놈은 오래 전부터 알고 있었다니! 같이 한방 쓰고, 밥 먹고, 씻고, 잤으니 모를 리가 없지! 생각이 거기까지 미치자 치밀어 오르는 화를 다스릴 길이 없었다. 이유는 복금부터 소환했다.

내, 네놈의 사지를 찢어 본을 보이리라!

꽉 말아 쥔 이유의 주먹이 부들부들 떨렸다. 이유가 복금을 쏘아봤다. 당장 목을 쳐도 전혀 이상하지 않을 분위기였다. 졸지에 그 한가운데 낀 한길동이 끔벅끔벅 소처럼 눈을 감았다 떴다.

"주상 전하, 송구하기 이루 말할 데 없사오나…… 소신을 무슨 연유로 찾으셨는지요?"

한길동이 조심스럽게 물었다. 한길동은 진실로 저가 왜 주상 전하 침전까지 불려왔는지 알지 못했다. 서리로 밀려난 한길동은 내의원에서 주로 잡무를 맡았다. 대전 웃전의 처방, 특히 주상 전하의 병증은 도제조가 맡아보기 때문에 한길동이 예까지 불려올 까닭은 결단코 없었다.

한길동 영감이 질문한 덕분에 이유는 그제야 복금에게서 관심을 돌렸다.

"자네가 살펴봐야 할 사람이 있어."

"예? 그게 누구인지? 대침전의 치료는 도제조 영감을 부르시는 게 나을 터인데……."

이유가 뒤로 한 걸음 물러섰다. 병풍이 걷히자 그 뒤에서 또 다른 반합문이 나왔다. 이토록 비밀스러운 공간에 환자가 있단 말인가?

"이쪽으로 오시지요."

동재가 한길동을 안내했다.

이유의 침전, 보통 사람들은 그 존재조차 알지 못하는 깊고 깊은 방. 그 방 한가운데에 사람이 누워 있었다. 한데, 침전에서 뜬금없이 복금을 만난 것처럼 역시나 뜬금없는 사람이 자리를 보전하고 있었다.

"아니? 이 아이는……."

"진맥부터 잡아 주십시오."

"허……."

동재가 권하고 있었지만, 말투는 거의 강압에 가까웠다. 한길동은 일단 환자의 손목부터 잡았다. 이유가 한길동의 곁에 섰다.

"이 아이가 왜 여기……."

"이 방의 이름은 파설재破舌齋라네. 깨뜨릴 파破, 혀 설舌을 쓰지."

"……."

"예서 본 것, 들은 것을 발설한 자는 남녀와 노소를 가리지 않고 그의 혀를 깨부수겠다는 뜻이야."

"!"

문득 진맥하느라 꾹 감겼던 한길동의 눈이 떠졌다. 저도 모르게 헙 숨을 들이마셨다. 조곤조곤한 말투로 끔찍한 말을 잘도 내뱉는 이유 때문은 아니었다.

"……."

한길동이 제 앞에 누운 약손을 바라봤다.

여약손. 한길동은 약손의 생도 시절을 똑똑히 기억했다.

처음 내의원 생도를 뽑을 적에, 독초와 약초를 묻는 질문을 했더니만 쓰임새와 병증을 먼저 알려 주면 골라내겠다고 답해서 흐뭇하게 했었더랬지. 내약방에 두고 심부름시킬 때도 말귀 빠릿빠릿하게 잘 알아들어서 다른 생도들보다 믿고 분부 내릴 수 있었더랬지. 그뿐만이 아니었다. 칠촌 역병의 진실을 규명해 냈던 똘똘한 생도. 오랫동안 두고 보려 했더니만 어느 날 갑자기 숨이 끊어져 사람을 놀래게 해놓고는 다음 날 멀쩡하게 살아난 생도.

어떻게 죽었던 사람이 다시 살아난단 말이야? 딱 한번만 진맥을 해보자고 했지만 여약손은 그때마다 갖은 핑계를 대며 요리조리 빠져나가기 일쑤였다.

그랬는데…….

한길동은 약손이 왜 진맥을 거부했는지 깨달았다.

보통 남자는 왼쪽 맥을, 여자는 오른쪽 맥을 보는 것이 관례였다. 양기를 많이 받는 남자는 왼쪽 맥이 강하고, 음기를 많이 받는 여자는 오른쪽 맥이 강하기 때문이었다. 한길동 또한 처음에는 약손의 왼쪽 맥을 짚었다. 약손이 사내이기 때문이었다. 하지만 맥을 읽으려 아무리 노력해도 뭔가 이상했다.

이럴 리가 없는데? 혹시나 싶은 마음에 오른쪽 맥을 짚어 봤다. 아니나 다를까, 약손에게서 충맥(衝脈: 자궁에서 시작하여 척

추를 따라 올라가는 맥)이 느껴졌다.

어찌 사내에게서 충맥이 짚일 수 있단 말인가? 이는 결코 말도 안 되는 일…… 아니, 약손이 여인이라면 말 안 될 것도 없는 일이었다.

그렇다면, 여약손은 여인이란 말이야?

"화살에 맞은 채로 강물에 휩쓸렸다. 다행히 급한 고비는 넘겼으나, 앞으로 여러 날 동안 처치가 필요하지."

"하오나 주상 전하, 어찌 이런……."

"그대는 잊지 말라. 이 방의 이름을."

파설재破舌齋.

혀가 뽑혀 죽고 싶지 않다면 약손의 일을 결코 발설하지 말라는 뜻이었다. 이유가 돌아섰다. 파설재 바깥에서는 복금이 아직도 바닥에 엎드려 잘못을 고하는 중이었다.

"넌 날 따라와."

"전하……!"

"말해! 언제부터 알고 있었어? 언제부터?"

이것들이 나만 쏙 빼놓고…… 약손의 성별 때문에 수많은 날을 홀로 뜬눈으로 지새운 것만 생각하면 속에서 열불이 났다.

한길동의 등 뒤로 복금이 흐느끼는 소리가 점차 잦아들었다.

"……."

한길동이 약손을 내려다봤다. 사내 행세할 때는 꿈에도 몰랐는데, 이제 와서 살펴보니 천생 여인의 얼굴이었다. 세상에, 이럴 거면 눈을 왜 달고 다녔지? 어쩌자고 깜빡 속았어? 게다가 여약손, 너는 참 간이 배 밖으로 나왔다. 지엄한 궁궐에서 여인네의 몸으로 생도 노릇을 하다니. 이걸 용감하다고 해야 할지, 무모하다고 해야 할지.

대체 왜 이런 엄청난 짓을 벌였는지 그 숨은 곡절이나 들어 봐야 속이 시원할 것 같았다.

"고놈 참, 눈빛 한번 또릿또릿하더니만…… 여인이었단 말이야?"

아무튼 속사정 알기 위해서는 약손을 정신 차리게 하는 것이 급선무였다.

"인삼을 함께 쓴 패독산(敗毒散: 감기와 몸살에 쓰는 탕약)을 처방할 것이옵니다. 산국 달인 물을 여러 번 먹여 열을 내리도록 하십시오."

상궁에게 처방을 내렸다. 또한 병증을 낫게 하는 처치도 일러 주었다.

나 원 참. 죽었다 살아나지를 않나, 사내였다가 여인이 되지를 않나. 이토록 파란만장한 삶은 부러 살아 보라 해도 살지 못할 터였다. 한길동이 설레설레 고개를 저었다.

사람에게는 각자의 사정이라는 것이 있다.

발에 차이고 구르는 돌멩이의 사연도 절절한데 인간사야 오죽할까. 복금의 말마따나 약손에게는 차마 아무에게도 말 못 할 사연이 있는 것이 분명했다. 제 성별을 바꾸어 살 정도로 피치 못할 사연.

문득 이유는 호랑이 사냥을 나갈 때, 약손과 나눴던 이야기를 떠올렸다.

'전하, 참말…… 제 말은 무엇이든 다 들어 주실 건가요?'

'그럼, 사나희는 두말 안 해. 남아일언중천금이니까.'

'저 사실…… 전하께 드릴 말씀이 있사온데…….'

'뭔데? 다 말해 봐.'

무언가 말을 할 듯 말 듯 한참 망설였던 약손. 얼굴에는 걱정과 수심이 한가득했었다. 그때까지만 해도 이유는 혹 약손이 사내끼리의 사랑에 거부감을 느껴 그러는 줄만 알았다. 행여 세상 사람들이 둘의 부적절한 관계를 알게 되어 손가락질당할까 봐 겁을 내는 것이라고 생각했다. 하지만 다시금 돌이켜 보면 아마 약손은 저가 여인임을 밝히려 했던 것 같다.

'호랑이 사냥 다녀오시면, 그땐 제 비밀 하나 알려드릴게요.'

비밀? 약손의 말이라면 암만 시답잖은 이야기라도 재미나게 들어 줄 수 있었다. 세상에서 가장 하찮고 따분한 화제라도 귀 쫑긋 세우고 집중할 수 있었다.

"그렇게 하려면 어서 정신을 차려야지…… 이깟 상처쯤은 아무것도 아니라며 훌훌 털고 일어나야지……."

이유가 약손의 손을 잡았다. 혈색도 돌아오고, 체온도 이렇게나 따뜻해졌는데 왜 아직 눈을 뜨지 못하는 걸까? 혹시 뭐가 잘못된 것은 아닐까?

한길동은 시간이 약이라고 했다. 좀 더 두고 보면 환자 본인이 의식을 찾을 것이라고 했다. 하지만 이유의 가슴은 타들어 갔다.

"말하지 않았느냐? 네가 여인이든, 사내든 난 전혀 상관없다고."

"……."

"나를 속였다고 벌을 내리지 않을게. 약속할게. 그러니……."

"……."

"어서 눈을 떠."

"……."

과연, 약손에게 이 속삭임이 전해질 수 있을까? 이유가 약손의 손에 제 볼을 갖다 댔다. 약손이 눈을 뜰 때까지, 정신을 차릴 때까지, 언제까지나 곁을 지키겠다며 홀로 다짐을 했다.

그때, 약손의 감긴 눈동자가 떨렸다. 아주 작은 목소리가 들렸다. 이유는 제 귀를 의심했다.

"……오라버니."

*

본래 칠봉은 약손의 과거를 쉬이 입에 올리지 않았다. 칠봉이 약손을 데리고 황급히 도망쳤을 때, 어린아이를 찾던 흉흉한 사내들이 마음에 걸렸기 때문이었다.

조선 팔도에서 성별까지 바꾼 약손의 정체를 알아낼 사람이 어디 있겠냐마는, 원래 설마가 사람 잡는 법이었다. 허리에 칼 찬 무리가 눈에 불을 켜고 뒤를 쫓는데, 괜히 입 한번 잘못 놀렸다가 봉변당하면 저만 손해였다. 하여 약손의 옛일을 말하는 것은 거의 금기처럼 되어 버렸다. 하지만 예외인 때가 있기는 했다.

인적이 드문 산길을 단둘이서만 걸어갈 때, 사람의 그림자는 코빼기도 찾아볼 수 없는 높디높은 고갯길을 넘어갈 때 칠봉은 그때만 약손의 과거를 언급했다.

'부모님 이름은 아예 기억이 안 나?'

'응……'

분명 입에서는 맴맴 도는데 정확한 발음이 떠오르지 않았다. 그나마 어렸을 때는 아버지라고 추정되는 남자의 얼굴을 대충이나마 생각해 냈는데, 점점 커가면서 그마저도 희미해졌다.

'턱에 수염이 많다 했어. 키는 나보다 조금 작고, 걸음을 성큼성큼 크게 걷는다고 했지.'

도리어 약손이 어렸을 때 했던 얘기를 칠봉이 다시 알려 줄 때도 있었다.

'네 이름은?'

'글쎄, 이젠 그것도 모르겠어. 연? 영? 그런 글자가 떠오르긴 하는데…….'

'것 봐라, 이놈아! 내가 너 처음 만났을 때 이름을 그렇게 캐물었는데 한마디도 말을 않더니만…… 내게라도 말했으면 기억해 뒀다가 가르쳐 줬지!'

'그치만…….'

'그치만은 무슨 그치만이야?'

칠봉은 저가 다 안타까워져서 약손을 타박했다. 하지만 약손은 제 이름마저 다 잊은 와중에도 또렷하게 기억하는 한마디가 있었다.

'잘 들어. 이제부터는 아무 데서도 아버지 이름 이야기해서는 안 돼. 네 이름 석 자도 꺼내서는 안 돼. 그래야 네가 살아. 알겠어?'

몇 번이나 당부하던 마지막 목소리. 어찌나 간곡한지 몰랐다. 약손은 저가 왜 그래야 하는지도 모르면서 그리하겠다고 약속을 했다. 아무래도 남자의 당부는 약손의 입을 봉하다 못해, 아예 이름에 관한 기억 따위를 덮어 버리게 만든 것이 분명했다.

'불에 활활 타오르던 집이랑 나루터가 기억나. 내가 그 배를 타고 떠내려갔거든.'

'역시, 뭔가 곡절이 있는 게 분명한데……. 너를 찾던 무리들이 얼마나 살벌했는지 아냐? 너 찾으면 당장 죽이고도 남겠더라니까.'

'찾는 사람이 나인 거는 확실해?'

'확실해! 그치들이 윤가를 찾는댔어. 근데, 너도 윤가라며?'

'음…….'

솔직히 약손은 제 성도 긴가민가했다. 칠봉이 약손의 등짝을 후려쳤다.

'윤가라고! 내가 너한테 혹시 윤가냐고 물으니까 엄청 놀랬잖아. 기억 안 나?'

'안 나는데…….'

'이거 완전 닭대가리구만, 닭대가리여.'

칠봉은 약손의 형편없는 기억력에 두 손 두 발 다 들었다. 너랑 얘기해 봤자 아무 소용없다면서 제 가슴을 때렸다. 하지만 못내 답답해하면서도 행여나 뭔가 떠오르는 건 없는지 되풀이해서 질문을 했다. 최대한 약손이 옛일을 잊지 않게 하기 위해 노력했다. 대단하게 큰 도움은 아니었지만 덕분에 약손은 대략적이나마 제 과거를 추론해 냈다.

첫째, 약손은 윤씨다.

둘째, 집이 불타고, 혼자서만 배를 타고 떠내려온 것으로 볼 때 야반도주를 했다.

셋째, 야반도주를 할 만한 원인은 하나뿐이다. 약손의 친부모님은 고리대금을 갚지 못했다.

넷째, 약손의 뒤를 쫓던 사내들은 고리대금업자다.

다섯째, 감당할 수 없는 고리대금을 끌어 쓰는 원인 역시 하나뿐이다. 약손의 친부모님은 투전꾼이다.

여섯째, 여칠봉도 투전꾼이다. 약손이 모아 둔 장사 밑천을 툭하면 말아먹었다.

무슨 결론이 이래? 결국 약손은 이러나저러나 투전꾼 슬하에서 자라나는 팔자라는 건가? 허무맹랑한 귀결에 약손은 더는 제 과거를 떠올리지 않기로 했다.

아주 가끔씩 저가 뛰놀던 집이라든가, 저가 먹던 음식 따위가 단편적으로 생각나기도 했지만 누가 알랴. 그것이 제 과거의 기억인지, 꿈인지도 확신하지 못했다. 약손의 과거는 짙은 안개 속에 쌓인 섬처럼 멀고, 희미했다.

그런데 아주 신기한 일이 일어났다. 약손이 제 기억 덮고 산 지 어느덧 십 년. 단 한 번도 걷힌 적 없는 안개가 한 겹 걷혔다. 생각난 것은 제가 살던 집? 아버지의 얼굴? 이름? 모두 아니었다.

약손이 떠올린 기억, 그것은 바로…….

'예서 왜 울고 있어? 응? 누가 울렸어?'

'머리 좀 봐. 다 못 쓰게 됐잖아…….'

약손은 방구석에 콕 처박혀 울고 있는 중이었다. 나이는 일곱 살? 여덟 살? 하여튼 열 살은 안 넘은 어린아이였는데, 꿈속에서도 저라는 것을 딱 알 수 있었다. 약손은 하늘님이라도 된 듯 높은 곳에서 어린애 우는 꼴을 지켜봤다.

어린 약손이 눈물범벅이 된 얼굴을 들었다. 왜 울고 있나 했더니만, 머리에 묶은 댕기가 홀랑 타 버렸다.

'떡 구워 먹었는데, 화롯불이 그랬어. 화롯불이 댕기 못 쓰게 했어…….'

약손은 세상 심각한 표정으로 울먹였다. 보는 사람으로서는 우습기 짝이 없는 모습이었다. 눈물, 콧물은 줄줄 흐르는데 댕기까지 태워 먹은 꼴이 아주 상거지가 따로 없었다. 약손을 달래러 온 사람도 웃음을 참지 못했다.

'떡은 안 굽고, 댕기를 구워 먹었단 말이야? 댕기를 먹은 거야?'

'아니, 구워 먹은 게 아니라…….'

약손이 다시 한번 엉엉 울음을 터뜨렸다. 와하하하! 호탕한 웃음소리가 들렸다. 약손이 제 앞의 도령을 바라봤다. 도령의 나이는 대략 열댓 살쯤? 약손이 울면 울수록 도령의 웃음소리 또한 커졌다.

'나 놀리지 마! 약 올리지 마!'

어린 약손이 앙칼지게 소리쳤지만 아무 소용도 없었다. 도령은 한참 동안 배꼽 빠지게 웃고 나서야 약손을 달래 줬다.

'미안, 미안. 놀리는 거 아니야. 약 올리지도 않을게.'

'저리 가! 꼴 보기 싫어!'

어린 약손이 제 앞에 있던 밥상을 홱 뒤집어엎어 버렸다. 세상에, 저 영악한 계집애가 실로 나란 말이야? 하늘 위의 약손은 믿을 수가 없을 정도였다. 약손이 심술부리니까 도령이 뒤돌아 앉아 등을 내밀었다.

'오라버니가 업어 줄게. 업히렴.'

오라버니? 저 소년이? 저에게 오라버니가 있는 줄은 꿈에도 몰랐다. 하늘 위의 약손이 유심히 도령의 얼굴을 살펴봤지만 안개는 아직 완전히 걷힌 게 아니었다. 얄미운 안개는 '오라버니'라고 불린 도령의 얼굴만 가렸다. 아무래도 도령의 얼굴을 자세히 봐야 직성이 풀릴 것 같았다. 약손이 소년의 얼굴을 확인하려 애썼다.

'오라버니, 이쪽으로 좀 와 봐. 응?'

'네가 와야지. 어서 와.'

업어 준다는 말이 무색했다. 도령은 점점 멀어졌다. 어느새 도령과 약손 사이에는 건너지도 못할 시퍼런 강 하나가 생겨났다. 가뜩이나 물을 무서워하는 약손으로서는 감히 근처에도 갈 수 없을 만큼 겁이 날 정도였다. 설상가상, 강물은 점점 불어났다.
'오라버니, 나 좀 데리고 가. 응? 무서워서 못 가겠어.'
'안 돼. 너 안 오면 오라버니는 먼저 갈 테야.'
도령이 돌아섰다. 미련조차 없어 보이는 뒷모습이 어쩜 그렇게 쌀쌀맞아 보이는지 몰랐다. 엄청나게 서러웠다.
'오라버니…… 나 두고 가지 마……!'
아무리 울어도 소용없었다. 어느새 강물은 차고 넘쳐 약손의 목까지 닿았다. 꼴깍꼴깍 숨이 넘어갔다. 마침내 약손은 강물에 푹 잠긴 채로 거친 물살에 휩쓸렸다.
'사람 살려요! 살려 주세요!'
코로, 눈으로, 귓구멍으로 물이 들어찼다. 비명을 지르는 찰나에는 입안으로도 쏟아졌다. 이대로 죽을지도 모른다는 공포가 엄습했다. 약손을 구해 줄 사람은 없었고, 강물은 거칠었다. 온몸에 힘이 쭉 빠져 점점 아래로 가라앉을 무렵, 불현듯 누군가 약손의 손을 잡아챘다.
'약손아! 정신 차리거라! 이대로 포기해서는 안 돼!'
낯익은 목소리였다. 목소리의 주인공이 강바닥에 가라앉으려는 약손을 수면 위로 끌어올렸다.
'……오라버니?'
'내 손을 꽉 잡아라! 절대 놓쳐서는 안 돼!'
저를 구해 주려는 사내가 누구인지는 알 수 없었다. 하지만 도움을 청할 사람은 그뿐이었다. 그래! 이대로 맥없이 죽을 수는 없어! 생존 본능이 일었다. 약손도 사내의 손을 꽉 붙잡았다. 오랫동안 참았던 숨이 한계에 다다랐을 때, 마침내 약손은 사내의 손을 잡고 수면 위로 솟구쳤다.
푸읍! 긴 숨이 터졌다.

그와 동시에,
"주상 전하!"
약손이 눈을 떴다.

약손과 이유, 두 사람은 서로를 부둥켜안고 울었다.
"난 정말 네가 죽는 알았어. 왜 이렇게 늦게 일어난 거야? 내가 얼마나 걱정한 줄 알아?"
"죄송해요, 주상 전하. 일부러 그런 건 아니에요."
"이 바보! 군막에 불났으면 멀리멀리 도망이나 갈 것이지, 어쩌자고 날 구하러 와! 효성산이 얼마나 험한데?"
"웬 이상한 놈들이 쳐들어왔어요. 사람들 인정사정없이 다 죽이고…… 박 내관님도 돌아가셨단 말이에요!"
"그러면 더더욱 안전한 장소에 숨어 있어야지!"
"어떻게 그래요? 그놈들이 주상 전하한테 해코지할 게 뻔한데! 전하가 위험에 처하는 꼴을 가만두고 보라는 말씀이세요? 전 절대 그리 못 해요. 전하도 없는 이 세상, 제가 무슨 낙으로 살아가겠어요?"
"약손아……."
"전하……."
둘은 눈만 마주쳐도 울었다. 약손이 코 먹는 시늉만 해도 서러움이 복받쳤다. 벼랑에 떨어져 참말 죽는 줄만 알았는데 저가 무사히 살아났고, 주상 전하 또한 무탈하심을 확인하니까 그제야 긴장이 풀렸다.
역시, 나는 장수할 팔자가 틀림없나 봐…….
약손이 엉엉 울 때마다 코 방울이 펑펑 터졌다. 일평생 못 보다가 겨우 상봉한 가족 같았다. 한참을 꺼이꺼이 울다가 이유가 먼저 이성을 되찾고 눈물을 그쳤다.
"그런데 약손아……."
"네, 주상 전하."
약손이 킁 코를 풀었다. 이유가 훌쩍훌쩍 서러운 얼굴로 물었다.
"오라버니가 누구야?"

*

'오라버니요? 그게 누굽니까?'
'발뺌할 생각은 하지 마! 내가 다 들었거든? 오매불망 오라버니만 불러 젖히는데…… 그 오라버니가 대체 누구냐? 게다가 넌 외동이잖아!'
'외동이고 나발이고, 저도 억울해요. 오라버니요? 제가 정말 오라버니를 찾았단 말이에요?'
'여약손, 너 그렇게 안 봤는데 정말 무섭다. 어쩜 이렇게 감쪽같이 거짓말을 해? 내가 뭐 과거를 탓하겠다는 게 아니잖아. 나, 그렇게 옹졸한 사내 아니야!'
옹졸한 사내가 아니라고요? 이게 옹졸함이 아니라면 대체 뭐란 말입니까?
약손은 이유의 질문에 답을 하느라 진을 빼야만 했다. 과거를 신경 쓴다거나, 지난 일을 절대로 탓하지 않는 사내 이유는 결국 약손에게 '오라버니는 잠결에 잘못 튀어나온 헛말이다. 가슴속에 품고 사는 오라버니 따위는 없다.'라는 맹세를 받고 나서야 물러났다. 물론 여전히 석연찮은 의문이 남아 있는 눈치긴 했지만 그냥 모른 척했다. 정말 모르는 걸 어떡하란 말인가?

오라버니? 내가 왜 그런 사람을 찾았지?

약손도 참말 영문을 알지 못했다.

"그러나저러나, 다 죽었다 살아난 사람한테 미음이 웬 말이래?"

약손이 허공 위에 든 숟가락을 비껴 세웠다. 건더기 하나 없는 희멀건 미음이 물처럼 쪼르륵 떨어져 내렸다. 기가 막히고 허망했다. 이따위 걸 먹으라고 준 거야? 자고로 소는 여물 먹고, 인간은 찰기 있는 밥을 먹어야만 힘을 쓰는 법인데. 이따위 미음 나부랭이를 백날 먹어 봐라. 기운이 나나. 인상을 잔뜩 쓴 채로 입에 한 숟갈 넣어 봤다. 역시나 맹맹하기만 하고 아무 맛도 안 났다.

"배고파. 미음 말고 밥…… 쌀밥…… 곡기를 달라……."

미음은 못 먹겠다고 몇 번 투정을 부려봤다. 하지만 한길동 영감의 처방과 주상 전하 윤허 없이는 함부로 밥을 줄 수 없다며 거절당했을 뿐이었다. 고개를 젓는 상궁마마의 얼굴이 몹시도 지엄하여 더 조르지도 못했다.

약손은 미음을 물처럼 마셨다. 한입 거리도 안 됐다. 속이 허해서 벌러덩 뒤로 누워 버렸다. 뒤통수에 닿는 금침은 말도 못하게 보드라웠다.

이불에 수놓아진 금실을 뽑아가서 장에 내다 팔면 얼마나 받으려나? 주상 전하가 직접 쓰신 품목이라 소문내면 웃돈 얹어 벌 수 있지 않을까? 나중에 금실 팔아서 한몫 챙길까 보다. 생각하는 것만으로도 히죽히죽 미소가 떠올랐다.

하지만 공상도 잠시였다. 곧 약손의 얼굴이 어두워졌다. 약손이 근심 어린 신음을 내뱉었다.

"한데…… 이젠 주상 전하께서도 알고 계시겠지?"

내가 여인이라는 것을? 사내 행세하며 거짓말했다는 것을?

주상 전하 성격에 저를 감쪽같이 속였다는 사실을 알았으니 그냥은 안 넘어가실 터였다. 그러면 이제 나는 어떻게 해야 할까? 어떻게 해야 잘못을 빌고 용서를 받을 수 있을까?

약손의 표정이 사뭇 진지해졌다. 약손은 오랫동안 자리에 누워 고민을 했더랬다.

이유가 침전에 돌아왔을 때는 노을 다 넘어가고 어둠이 내려앉았을 무렵이었다. 약손은 하루 종일 파설재 안에 들어앉아 빈둥거리느라 몰랐지만, 이유는 평소와 다름없이 정사를 돌보느라 꽤나 바빴다.

덕분에 오늘 석수라가 좀 늦어졌다. 마침 한길동이 이제부터는 약손도 쌀을 먹어도 된다고 했으니, 함께 밥을 먹을 참이었다.

아침에만 잠깐 얼굴 보고 하루 종일 못 봐서 애가 타 죽을 뻔했다. 하루에도 열두 번씩 파설재에 들르고 싶은 마음을 꾹 참아내느라 속이 말이 아니었다.

이유가 환복도 하지 않은 채 파설재에 들어섰다.

"약손아! 게 있느냐? 내가 왔느니라!"

있는 줄 뻔히 알면서도 큰 소리쳐 불렀다. 약손이 버선발로 나와 저를 맞아 준다면 더할 나위 없이 기쁠 듯했다. 아니, 그냥 얼굴만 보여 줘도 좋아 죽을 텐데…….

이유는 벌써부터 설레는 표정이었다. 한데 웬일이지? 방 안의 약손이 잠잠했다. 뭐야? 벌써 잠들었나? 그럴 리가 없을 텐데? 이유가 갸우뚱 고개를 젓히며 반합문을 열고 들어섰다.

그리고 방 안에는…….

"……여약손?"

이유의 입이 딱 벌어졌다.

"약손아! 너 뭐해? 왜 그러고 있어?"

방 한가운데, 약손이 단정히 무릎을 꿇고 앉아 있었다. 그 앞에 가지런히 놓인 칼이 괜히 섬뜩했다. 손톱이 길어 깎아야겠으니 줄칼 좀 달라 해서 흔쾌히 갖다 줬던 상궁의 얼굴만 사색이 됐다.

약손이 근엄한 얼굴로 말했다.

"전하, 저가 사실 드릴 말씀이 있사옵니다."

"그게 뭔데? 꼭 그렇게 무릎을 꿇고 앉아서 말해야 되는 거야? 너 무릎 아프면 어떻게 해……."

얼른 쾌차하라고 금이야 옥이야 어화둥둥 내 아기처럼 소중하게 대해도 부족했다. 이유는 약손의 무릎부터 걱정했다. 사실, 약손도 발이 조금 저리긴 했다. 그냥 정좌만 하고 앉을 걸 그랬나? 마음이 약간 흔들렸지만 불굴의 여약손! 끈기와 인내로 참아 냈다.

"영민하신 주상 전하께옵서는 이미 아실 수도 있는 일이지만……."

한길동 영감이 진맥을 잡았고, 저가 모르는 새에 이렇게 깨끗한 옷으로 갈아 입혀져 있었다. 여러 가지 정황으로 미루어 볼 때 이유 또한 약손이 여인임을 알고 있을 확률이 높았다. 아직도 모른다면 그거야말로 세상 둘도 없는 천치고, 등신인 것을…….

"뭘? 내가 뭘 알아?"

"그러니까…… 사실은 제가……."

"네가 뭐?"

"그게…… 고의는 아니었으나…… 완벽하지 않은 인간의 존재로 살다 보니 부득이하게……."

"너 대체 무슨 말을 하는 거야?"

약손은 말을 빙빙 돌리기만 할 뿐, 선뜻 사실을 자백하지 못했다. 덕분에 이유만 답답해졌다. 왜? 무슨 말 하려고? 괜찮으니까, 얼른 말해 봐. 질문을 하는 표정이 참말로 천진무구했다. 약손이 여인인 줄은 하나도 모르는 것 같았다.

뭐지? 주상 전하는 아직도 모르고 계신 것 아니야?

일의 전말을 사실대로 고백하고, 용서를 빌자는 결심이 슬그머니 사라졌다. 주상 전하는 눈치채지도 못했는데, 나 혼자 제발 저려 뜨끔한 건가? 괜히 긁어 부스럼 만드는 거 아냐? 하지만 모를 수가 없을 텐데……?

약손은 알쏭달쏭 헷갈리는 얼굴이 되었다. 굳이 내 입으로 사실을 알려서 불화를 만들 필요는 없었다. 암, 이건 다 주상 전하를 위하는 마음인 걸? 선의의 거짓말. 주상 전하의 마음의 평안과 안녕을 위한 나의 충심…….

약손이 슬금슬금 이유의 눈치를 봤다. 칠봉이 그랬는데, 원래 거짓말은 들킬 때까지 하는 거고, 사기는 호구가 눈치채기 전까지 치는 거랬다. 무조건 우기고, 무조건 끝까지 잡아뗄 것! 목소리 큰 사람이 이긴다! 약손은 진리와도 같은 칠봉의 가르침을 몸소 실천했다.

주상 전하가 아직 저의 성별을 모른다면 영원히 숨기고 살 테다…….

매는 절대로 먼저 맞지 않고, 최대한 미루고 미루다가 나중에 맞을 테다…….

"어…… 그게…… 그러니까……. 아, 내가 무슨 말을 하려고 했더라? 주상 전하, 배 안 고프세요? 아우 출출해."

약손이 괜히 말을 돌렸다. 다행인지 불행인지 이유도 픽 웃기만 할 뿐 아무렇지 않게 넘어가 주었다.

"녀석, 싱겁기는. 뭔가 대단한 말이라도 할 것처럼 뜸 들이더만."

"대단하긴요. 별거 아니었어요. 신경 쓰지 마세요."

"응. 신경 안 쓴다. 네가 나한테 중대하게 할 말이 뭐가 있겠니? 그래 봤자 만날 배고프다거나, 떡 먹고 싶다거나……."

"그렇죠! 제 말이 바로 그거였어요! 어차피 그런 얘기였어요!"

"아니면 뭐…… 사실은 네가 사내가 아니라 여인이라는 얘기뿐이겠지."

"!"

이런 싯팔! 아무것도 모르는 줄 알았는데, 사실 다 알고 있었잖아? 약손이 기함했다. 얼마나 놀랐는지, 갑자기 숨이 탁 막혀서 사레가 들릴 정도였다. 약손이 캑캑캑 기침을 했다. 목이 잔뜩 메고, 얼굴에 피가 쏠렸다.

이유가 쯧쯧쯧 혀를 차며 약손의 등을 두드려 줬다. 약손은 한참 동안 기침하고, 숨을 고른 후에야 겨우 입을 뗄 수 있었다.

"전하…… 아, 아, 알고 계셨어요?"

"나 등신 아니다."

헉! 아직도 사실을 모르면 주상 전하는 천치고, 등신이다! 하고 생각한 게 떠올랐다. 마음 한구석이 뜨끔 찔렸다. 혹, 주상 전하께옵서는 독심술을 연마한 도사는 아닐는지…….

"내가 말했지?"

"무, 무엇을……."

"난 네가 남자래두, 여자래두…… 아니, 그 무엇이래도 널 사랑했을 거라고."

"전하……!"

약손이 손바닥으로 제 입을 가렸다. 폭풍 같은 감동이 휘몰아쳤다. 사람들이 사랑 때문에 죽고, 또 사랑 때문에 사는 까닭을 이제야 알겠다.

"참말…… 제가 사내여두, 여인이여두 상관없으세요? 그 무엇이라도?"

"그럼, 천지신명 앞에 맹세하라면 할 수도 있단다. 어찌 네게 거짓을 말해."

이유의 눈빛이 진지했다. 또한 다정했다. 그 눈빛 온전히 맞고 있으니 온몸이 녹아내릴 것만 같았다. 거짓말 하나도 안 보태고, 이대로 죽어도 여한이 없을 듯했다.

"만약에 저가 반편이라도 개의치 않으시나요?"

"그렇다마다."

"만약에 저가 바보랑 천치랑 등신이랑 백치랑 다 합친 존재래도요?"

"전혀 신경 안 쓰지."

약손이 와아앙 울음을 터뜨렸다. 그 무엇을 물어봐도 이유의 대답에는 흔들림이 없었다. 약손은 아예 이유 품에 얼굴을 묻고 울었다. 주룩주룩 흘린 눈물이 이유의 용포를 다 적셨다. 그러나 여약손이 코찔찔이면 어떠하랴. 어차피 주상 전하는 약손이 무엇이 된다 해도 신경 안 쓰겠다는데.

"저가 독수리라면?"

"괜찮아."

"닭이라면?"

"꺼리지 않는다."

역시, 내 주상 전하! 하늘이 두 쪽 나도 이 마음 변치 않으실

분이었다.
“지렁이가 된다면?”
“괘, 괜찮…….”
“사람의 썩은 살만 잔뜩 파먹는 징그러운 구더기! 파리의 유충!”
“…….”
약손은 그 후로도 한참 동안이나 질문을 퍼부었다. ‘오라버니’의 존재에 대해 꼬치꼬치 캐물었을 적에 여약손의 마음이 이랬으려나?
이유는 끝없이 이어지는 질문에 그 어떤 것도 다 괜찮다며 뻘뻘 식은땀을 흘리며 대답해 줘야만 했다.
발톱에 낀 쥐며느리!
말똥 굴리는 왕 쇠똥구리!
이빨로 물으면 사람 즉사하게 만들 정도로 강력한 맹독 지닌 독사!
이러다가는 밤을 새워도 끝이 없으리라.
이유가 약손의 말을 잘랐다. 약손이 사내든 여인이든 진정 아무 상관없었지만 그건 그거고, 저를 속인 건 속인 거였다. 사실이 밝혀진 이상, 일은 확실히 끝을 맺어야만 했다.
“너, 간도 크다. 여인 된 처지로 생도 노릇한 것도 모자라 감히 왕까지 속이려 들었느냐?”
“그것은……!”
약손이 합 입을 다물었다. 할 말이야 많았지만, 저가 저지른 잘못의 무게가 막중했다.
“지존을 능멸한 죄, 어떻게 다스리면 좋을까?”
“예?”

"본디 기군죄(欺君罪: 임금을 능멸한 죄)는 역모죄와 동일하게 취급하여 벌 또한 무겁다. 보자꾸나…… 변화(卞和: 초나라 사람. 화씨벽을 제일 먼저 발견한 인물로 알려짐)는 임금을 속여 왼쪽 발목이 잘렸는데?"

"……예?"

"관직과 칭호를 삭탈하여 주살誅殺함이 마땅하겠지만, 약손이 너는 한낱 생도라 빼앗을 관직도 없으니 어찌하겠느냐? 목숨이라도 거두는 수밖에…… 한데, 그따위 줄칼로는 목도 치지 못할 터인데, 왜 가져다 놨느냐? 발목 자르라는 건가?"

이유가 약손이 제 앞에 가져다 놓은 조그만 줄칼을 턱 끝으로 가리켰다. 약손이 황급히 칼을 숨겼다.

"아니요! 손톱이 길어서 깎으려던 게 그만…… 참, 이게 왜 여기에 나와 있지?"

"목을 치지 못하면 사약을 내려서 본보기를 보여야 하나?"

이야기를 듣는 것만으로도 끔찍했다. 갑자기 발목이 몹시 아파 왔다. 행여 이대로 목이 잘리기라도 할까 봐 거북처럼 답삭 몸을 움츠려 감췄다. 설마 주상 전하께서 내게 그토록 가혹한 벌을 내리지는 않겠지? 나를 사랑하신다면서…….

"물론 약손이 너를 아주 많이 연모하지만……."

"?"

"어쨌든 공은 공이고, 사는 사니까."

"전하!"

약손이 빽 소리를 질렀다. 설마설마했는데, 설마가 사람 잡겠다. 이대로 죽을 수는 없었다. 어떻게든 잘못을 빌고 용서를 받아내야만 했다. 약손이 양손을 번쩍 들었다.

"전하, 잘못했습니다. 부러 속이려 했던 것은 아니고, 살다 보니까…… 어쩔 수 없이 이렇게 됐습니다. 하루에도 몇 번씩 주상 전하께 사실을 아뢰옵고 싶었으나, 차마 입이 안 떨어져서……."

"끝가지 숨길 작정이었다는 건가?"

"아, 아니…… 제 말은 그것이 아니오라! 그러니까…… 기회를 엿봐서 적당한 때에…… 주상 전하께 누를 끼치지 않을 때가 오면 이실직고를 하려고……."

"그때가 오지 않으면 영원히 감출 계획이었다?"

약손이 빠릿하게 손을 뻗었다. 죽순처럼 꼿꼿하게 뻗은 것도 모자라 귀 옆에 바짝 붙이기까지 했다. 저가 이만큼이나 죄송하고 송구스럽다는 표시였다. 하지만 이유는 꿈쩍도 하지 않았다.

"어? 왜 점점 손이 구부러지지? 내려오는 것 같지? 똑바로 들지 못해? 그게 잘못을 비는 자세인가?"

이유는 약손 쪽은 보지도 않았다. 그 대신, 약손과 함께 먹으려던 밥상 앞에 앉았다. 그러고는 저 혼자서만 손에 숟갈 쥐고 냠냠 얄미운 소리 내면서 밥을 퍼 먹었다.

식충이 같은 인간…… 콱 체해라.

"전하……."

아무리 봐도 얼른 손 내리라고 말해 줄 것 같지는 않았다. 약손은 슬금슬금 벽 쪽에 붙어서 은근슬쩍 손을 기댔다. 어깨가 약간 편안해졌지만, 갑자기 몹시 억울해졌다. 이래봬도 나는 환자인데. 강물에 휩쓸렸고, 화살에 맞은 옆구리의 상처는 아직 낫지도 않았는데…….

이래서 사람이 변소 들어갈 때 다르고, 나올 때 다르다는 건가? 좋은 일 해서 개 주느니만 못 했다. 막심한 후회가 밀려왔다. 주상 전하 괜히 살렸나 봐…….

퐁퐁퐁 눈물이 샘물처럼 샘솟았다. 다정한 주상 전하는 완전히 변해 버렸고, 아까처럼 제 눈물 닦아 주거나 달래 줄 것 같지 않았다. 약손도 눈치가 영 꽝은 아니라서 저 누울 자리는 귀신같이 찾을 줄 알았다. 히끅히끅 눈물을 삼키며 바닥만 봤다.

어깨 아파…… 팔 저려…….

그때, 이유가 약손 앞에 엉덩이를 끌어 붙여 앉았다. 그러곤 한숨을 내쉬었다.

"어휴…… 이건 뭐, 놀려 먹지도 못하겠구먼."

"전하?"

"그만 울고, 물 마셔."

용포 소매 끝으로 살뜰하게 눈물도 닦아 주었다. 내내 울먹여서 붕어처럼 퉁퉁 부어 버린 여약손의 얼굴. 조선 최고의 못난이였다. 이 기이한 광경을 혼자만 지켜본다는 것이 참으로 통탄할 일이로다!

더는 참을 수가 없었다. 이유의 인내심은 여기까지가 한계였다. 마침내 이유는 와하하핫! 크게 웃음을 터뜨리고 말았다.

"이런, 못난이 같은 녀석!"

"전하……."

"이리 온."

약손이 답삭 이유의 품에 안겼다. 이유가 약손의 두 볼에 쪽쪽 입을 맞췄다.

# 第十四章. 호랑이 사냥(2)

[1]

선유후부가설화仙遊朽斧柯說話라는 이야기가 있다.

한 소년이 산에 나무를 하러 갔는데, 웬 노인 두 명이 바위에 앉아서 바둑을 두고 있었다. 땀도 식힐 겸 잠시 구경을 한 뒤, 집에 돌아갈 차비를 하니까 도끼자루가 썩어 버렸다. 마을의 풍경 또한 예전과 달라져 있었다. 저가 알던 사람들은 한 명도 없었다.

어쩔 수 없이 한 사내를 붙잡고 자신의 이름을 대며 집을 찾으니까 그가 말했단다.

'우리 증조할아버지 존함이 댁과 같은데, 산에 나무하러 갔다가 행방불명이 되었소. 한데, 내 할아버지는 무슨 일로 찾으시오?'

사실 소년이 만났던 바둑 두던 노인들은 신선이었더라. 신선 세계의 시간은 인간 세계의 것과 달라서 하루가 백 년이요, 열흘은 천 년이었다. 새로운 세계를 꿈꾸는 이야기꾼들이 지어낸 설화 중 하나였는데, 궁인宮人들은 이 말을 즐겨 썼다.

겉보기에는 사시사철 변함없이 흘러가는 듯한 궁궐의 생활. 하지만 그 속에는 치열한 암투가 존재했다. 꼭 검을 휘둘러 피를 흘려야만 전쟁일까. 눈 깜짝할 사이에 생과 사가 갈리는 곳이 바로 궁궐이었다.

어제의 적이 오늘의 친구임을 인지하지 못하는 팔푼이. 새 주인이 안방 차지하고 들어앉은 지 오래건만, 낡은 주인에게 여적 미련 못 버리는 천치들.

궁인들은 그런 사람들을 볼 때마다 이렇게 에둘러 표현했다.

저치는 혼자서 신선놀음하러 다녀왔나 보군. 세상 바뀐 줄 여태 몰라서 어쩔꼬?

자고로 궁궐에서 잘 먹고 잘 살기 위해서는 상황 파악 빠릿빠릿하게 할 줄 아는 눈치코치가 가장 중요하다는 뜻이었다. 그 중에서 가장 빠르게 움직이는 무리는 단언컨대 내의국이었다. 왕의 살고 죽음에 운명이 좌지우지되는 사람들.

그런 방면에서 내의원의 수장인 민희교와 그의 아들 민경예는 탁월한 재능을 가졌다고 말할 수 있었다. 큰일은 물론이고, 사소한 일 또한 허투루 넘기는 법이 없었다. 왕의 일거수일투족을 꿰뚫었다.

한데, 요 몇 달간 경예는 본의 아니게 일선에서 물러나 있어야만 했다. 칠촌에서 교룡가를 역병으로 오진한 실수 때문에 혜민원으로 차출되었기 때문이다. 사실, 말이 차출이지 근신과 다름없었다. 하지만 징벌은 오래가지 않았다. 내국에 경예만 한 실력자가 없기도 했지만, 대체 누가 차기 도제조에게 함부로 벌을 내릴 수 있으랴. 곧 경예는 내의원으로 복귀했다.

정식으로 업무를 배정받지는 않았지만, 대신 도제조 이하 어의들의 뒤를 따라서 주상 전하의 침전을 드나들었다. 어이가 진맥을 하고, 탕약을 올렸다. 경예는 침전 밖에서 잡무를 거들었다.

그때, 침전 안에서 화기애애한 웃음소리가 들렸다.

"약이 많이 쓰냐? 다식 주랴?"

"조청 묻혀 주세요! 많이!"

예전에 의약 동참하던 상약이 고향에 돌아간 뒤, 새 상약을 뽑았다는 이야기는 들었다. 하지만 방금 전에 침전 안에서 들린 것이 진정 웃음소리란 말인가? 믿을 수가 없었다. 백 년 만에 마을로 돌아와 몰라보게 바뀐 풍경에 어찌할 바 모르며 어리바리하게 행동하는 소년이 된 기분이었다. 예전에도 주상 전하 탕약 드실 때 곁을 지킨 적은 있었지만 전하가 웃고 계신다니.

본래 주상 전하께서는 신료들에게 절대로 먼저 속내를 보이지 않았다. 기분이 좋은지, 나쁜지. 슬픈지, 행복한지. 혹은 불쾌한지. 서늘한 낯빛은 찔러도 피 한 방울 나오지 않을 것만 같았다. 지금처럼 웃음소리가 들리는 일은 감히 상상도 할 수 없었다.

"전하, 도제조 민희교, 이만 물러가겠나이다."

민희교와 어의들이 침전을 나섰다. 마지막으로 반합문이 닫히기 전, 경예가 살짝 고개를 들어 안을 살폈다. 새로운 상약은 일반 내관도 아니요, 내국 소속의 의관도 아니었다. 상선이 직접 뽑아 올린 생도 출신이었다.

그리고 그 생도의 이름은…….

"알겠다. 조청 부족하면 더 가져오라 이를 테니, 천천히 먹거라. 체할라."

"네! 주상 전하!"

반쯤 열린 문 사이로 보였다 사라지는 얼굴.

약손이었다.

"경예야, 오랜만이다. 그동안 잘 지냈어?"

"하여튼 도제조 영감님 엄격하신 건 알아줘야 돼. 그깟 실수 한번 했다고 하나뿐인 아들을 가차 없이 혜민국으로 내쫓으시다니…… 너 없는 동안 내국이 얼마나 휑했는지 몰라. 고생 많았어!"

내의원이 부산했다. 오늘부터 정식으로 내국에 복귀한 경예를 반기는 무리였다. 경예는 얼굴의 살이 좀 빠졌을 뿐, 언제나 그렇듯 예전과 변함이 없었다. 경예는 간만에 만난 제 동기들은 물론이고, 저보다 기수가 높은 선학들, 후학까지 일일이 찾아가 인사를 나눴다.

누군가는 경예를 진심으로 반기었고, 또 누군가는 경예를 못마땅해 했다. 그깟 실수? 교룡가를 오진하여 멀쩡한 사람들 불에 태워 죽일 뻔한 게 '그깟 실수'란 말인가? 아예 제명을 시켜도 모자랄 판이었다. 고작 혜민서에서 몇 달 근신한 것으로 덮자는 심산이 고깝기 짝이 없었다.

하지만 경예의 아버지 도제조 민희교의 입김이 막강한데 어찌할까. 그 누구도 민씨 부자에게 밉보여 화를 자초할 행동은 노골적으로 드러내지 못했다.

경예가 사람들과 회포를 풀 때, 약손은 약방에서 말려 놓은 인삼을 거두는 중이었다. 파설재에서 오랫동안 잘 먹고, 잘 쉰 약손은 몸을 완전히 회복했다. 화살이 꽂혔던 옆구리에 상처가 남긴 했지만, 별다른 후유증 없이 훌훌 털고 일어났다. 그리고 예전과 마찬가지로 상약 생도 노릇이나 하며 유유자적 나 홀로 신선놀음을 하며 살았다.

"이게 진짜 백 년 묵은 인삼이란 말이야? 대단할세. 이것만 먹으면 영생도 누리겠어……."

사실, 인삼 회수는 복금의 일이었다. 하지만 약손은 그저 주상 전하 탕약 드실 때만 불려가니, 남는 게 시간이고 여유였다. 복금을 돕는다는 핑계로 복금의 뒤만 졸졸 쫓아다녔다. 약손은 백 년 근 인삼에서 통 눈을 떼지 못했다. 이리저리 주변을 둘러보다가 이내 인삼에 돋아난 잔뿌리 한 개를 몰래 떼어 먹었다. 잔뿌리래 봤자 머리카락보다 가는 수준이었다. 하지만 입에서는 쌉싸래한 맛이 맴돌았다. 괜히 불끈 힘이 솟아오르는 것만 같았다.

복금이 기함해서 말렸다.

"약손아! 인삼에 손대면 안 돼! 의원님들께서 아시면 엄청나게 혼날 거야!"

"잔뿌리 없어진 걸 어찌 알아? 의원님들이 귀신이야?"

"그치만……."

"그치만은 무슨! 옜다! 너도 한입 먹어! 이참에 몸보신하자!"

약손은 잔뿌리 하나를 똑 떼서 복금에게도 주었다. 복금은 이러면 안 된다는 듯 질끈 눈을 감았지만, 막무가내로 입을 벌리는 약손을 이길 수는 없었다. 결국 복금도 인삼 잔뿌리를 먹었다. 이제 둘은 공범이었다.

"의원님께서 아시면……."

"걱정 마. 만약 들켜도, 어차피 주상 전하는 내 편이야! 내가 책임질게!"

"약손아……."

저가 무슨 잘못을 해도 주상 전하는 내 편 들어줄 거라며 큰 체하는 약손. 이제 저가 여인이라는 것도 밝혀졌으니 더는 거리낄 것이 없다는 듯 제 마음대로 행동했다. 그뿐만일까? 약손은 주상 전하께 총애 받는 자신의 처지를 누구보다 잘 알고 있었다.
본디 권력의 단맛이란 위대한 법. 하다못해 동네에서 소작일 돌보는 마름에게만 잘 보여도 한철이 편해졌다. 한데, 소작도 아니요, 일반 신료들도 아니요, 이 나라 으뜸가는 주상 전하에게 비호를 받게 된다면 어떻게 될까?
약손은 변했다. 달라졌다. 옛날에는 보리쌀 섞인 밥도 군소리 없이 잘 먹어 놓고, 이제는 고깃국 없으면 수저도 안 들려고 했다. 이러다가 큰 경을 치르는 것은 아닐까? 지켜보는 복금으로서는 걱정 안 될 수가 없는 일이었다.
"캬! 맛이 좋구만!"
약손이 또 인삼 뿌리를 떼어 먹었다. 꼬리가 길면 밟힐 텐데……. 하지만 약손은 복금의 염려는 귓등으로도 듣지 않았다. 아니나 다를까, 이 세상에 완전 범죄는 없었다. 약손이 잔뿌리를 입에 넣는 순간이었다.
"여약손!"
웬 남자의 목소리가 들렸다. 복금의 얼굴이 사색이 됐다. 약방에는 아무도 없는 줄만 알았는데? 놀란 사람은 복금뿐만이 아니었다. 주상 전하께서 내 뒤를 봐준다느니, 전하는 영원토록 내 편이라느니, 잔뜩 허세 부리던 약손도 그대로 굳어 버렸다.
남자가 돌처럼 굳어 있는 약손의 앞으로 걸어왔다. 약손의 입가에 달라붙었던 인삼 잔뿌리가 툭 떨어졌다.
약재에 사사로이 손댔으니 난 이제 죽었다…… 복금이 말을 들을 걸…….
후회했지만 이미 늦었다. 약손은 머리에서 떨어질 불호령을 기다렸다. 겁에 질려 눈을 꾹 감고 있는데, 약손이 생각했던 일은 일어나지 않았다. 그 대신,

“주상 전하께서 드실 약재는 함부로 다루면 안 된다. 정성과 마음을 다해야지.”

“……?”

나지막한 목소리가 익숙한 것 같기도 하고, 처음 들어 본 듯 낯설기도 했다. 약손이 반짝 눈을 떠 제 앞의 사내를 바라봤다. 사내가 손끝으로 인삼을 다듬었다. 손끝이 야무지고 살뜰했다.

그리고 그의 얼굴…… 약손이 히끅 딸꾹질을 했다.

“여약손, 오랜만이지?”

“헉…….”

“칠촌에서 헤어진 후로 거의 처음 보는 것 같은데?”

“…….”

그렇다. 그는 바로 민경예더라. 차라리 높으신 의원님들께 인삼 몰래 먹은 일이 발각되는 것이 나을 것 같았다. 불경한 짓거리했다고 눈물이 쏙 빠지도록 혼나는 것이 백 번 천 번 옳을 것 같았다.

민경예가 누구던가.

‘제 말대로 역병이 아니라면, 사실은 쉬이 고칠 수 있는 병이라면 그땐 어쩌실 겁니까?’

‘뭐라고?’

‘다른 누구도 아닌 의원님이 책임지실 겁니까? 무고한 사람들을 죽일 뻔했으니까?’

약손과 민경예는 칠촌에서 내기를 했었다. 역병이 아니라는 약손과, 역병이 맞는다는 민경예. 약손은 제 목숨을 걸었고, 경예는 자존심을 걸었다. 사실상 두 사람이 가진 모든 패를 걸었다고도 볼 수 있었다. 모두들 경예의 의견이 옳을 것이라 생각했지만, 결국 약손의 생각이 맞았다. 덕분에 약손은 목숨을 구명할 수 있었고, 경예는 그 대가로 혜민원에서 근신해야만 했다.

그러니까 내의원의 수장인 도제조의 아들, 차기 도제조로 점쳐지는 민경예를 쫓아낸 사람이 다름 아닌 생도, 약손이라는 뜻이었다.

언젠가 마주할 것이라 예상은 했지만 그 시기가 이렇게 빠를 줄이야! 게다가 그때만 해도 약손은 어차피 갯버들탕 먹고 도망갈 계획이라서 뒷일 따위는 생각하지도 않았을 때였다. 이렇게 다시 만날 줄 알았다면 저가 감히 웃전 말에 토를 달았겠는가?

여약손! 왜 그랬어? 그냥 가늘고 길게, 죽은 듯이 살지 대체 왜 나서 가지고 이런 사달을 만들어? 약손은 과거의 제 자신을 수없이 후려쳤다.

"저…… 그…… 지, 지난 일에 대해서는…… 저가 배움이 부족하여…… 세상 물정을 모르고…… 죄송합니다……."

뒤늦게나마 용서를 구하는 입술이 달달 떨렸다. 그때 봐서 아는데 민경예, 성격 장난 아니었다.

'아무리 궐에서 심부름하는 하찮은 생도라 해도 무시해서는 안 되지요. 아랫사람에게 묻는 것을 부끄러워하지 말아야 합니다. 자, 편하게 말해 보렴. 왜 내가 오진했다고 생각하지?'

말은 편하게 하라고 했지만, 당장 약손을 갈가리 찢어 죽여도 부족함 없는 눈빛이었다. 말투는 다정했지만, 상대를 경멸하는 기색은 가득했다. 입에 꿀을 발랐으나 배 속에는 칼을 숨긴 사람. 눈앞에서는 복종하지만 뒤에서 배신하는 악독한 인간상의 표본. 이런 부류와 등지면 인생이 망하는 수가 있으니, 절대로 엮여서는 아니 되는데…….

하지만 이제 와서 후회해도 별수 없었다. 약손이 떠듬떠듬 사죄를 했다. 제발 이렇게라도 마음이 풀려, 응어리 또한 잊어 주시길. 약손은 그 누구의 눈 밖에도 나지 않고 궁궐 생활 편히 하고 싶었다.

아무래도 오늘은 민경예에게 가루가 되도록 쪼이겠구나……

하지만 의외의 일이 벌어졌다. 경예는 별로 마음 상한 눈치가 아니었다.

"죄송하긴 뭐가. 다 내 불찰이지."

"예…… 그렇긴 하지만…… 예?"

약손이 방정맞은 제 입을 틀어막았다. 역시 경예는 웃기만 할 뿐 별다른 소리도 하지 않았다.

"혜민국에 가 있는 동안, 자네 생각을 참 많이 했어. 백 권의 의학서를 읽으면 뭐하고, 천 장의 약방문을 외면 뭐하겠어? 내 눈으로 직접 본 환자의 증상에 먼저 집중했어야 했는데…… 깜도 안 되는 주제에 확진을 한 내 잘못이야."

"……."

"자네는 내가 없는 동안 주상 전하의 상약이 됐더랬지? 참 잘 됐네. 말이야 바른 말이지, 자네야말로 칠촌에서 세운 공이 가장 크지 않는가? 자네 같은 사람이 주상 전하 곁에 머물러야 해. 암, 그렇고말고."

"……."

약손이 힐끗 민경예의 얼굴을 살폈다. 악의라고는 하나도 없는, 순수한 얼굴이었다.

분명 약손의 기억으로는 겉 다르고 속 다른 사람이었는데. 내가 뭔가 잘못 알고 있었나? 아니면 이 사람, 혜민국에서 산전수전 다 겪고 완전히 새사람으로 거듭난 거야?

알쏭달쏭 헷갈렸다. 하지만 웃는 얼굴에 침 뱉을 수 없고, 듣기 좋은 말만 줄줄 내뱉는 혀끝에 혹하지 않을 사람은 별로 없었다. 약손 또한 마찬가지였다.

"혹시 내의원에서 생활하는 동안, 어려운 일이 있거든 언제든 나를 찾아오게. 미흡하지만, 힘닿는 데까지 자네를 도울 터이니."

심지어 경예는 약손의 등을 두드려 주기까지 했다. 어느새 약손의 마음속에서는 경예에 대한 경계가 다 허물어져 버렸다.

"조심해서 가십시오! 안녕히 가십시오! 경예 나리!"

약손이 약방을 나서는 경예에게 싹싹하게 인사를 했다. 손에는 경예에게 받은 인삼 한 뿌리가 들려 있었다. 경예가 약손에게 화해의 의미로다가 선물로 준 것이었다. 그것도 나이 백오십 년이 넘는 아주아주 귀한 놈으로 말이다! 귀한 인삼 획득한 약손은 입이 찢어지도록 웃었다.

경예 나리, 영 까칠한 줄만 알았더니 사실 되게 좋은 사람이었잖아? 하긴 세상에 완벽한 사람이 어디 있어? 암만 명의라도 실수할 수는 있는 법!

약손이 인삼 절반을 딱 잘랐다. 실보다 얇은 잔뿌리 떼어 먹으며 눈치 보던 날은 끝이었다.

"저분…… 정말 믿어도 될까?"

복금이 영 미덥지 않다는 표정으로 물었다. 약손이 반으로 자른 인삼을 복금의 입안에 쏙 넣어 주었다.

"보면 몰라?"

"넌 사람을 보기만 해도 알아?"

복금의 눈이 휘둥그레졌다. 약손이 그런 복금을 보며 쯧쯧 혀를 찼다. 어휴, 우리 복금이 이렇게 사람 보는 눈 없어서 어떻게 해? 순진해서 어따 써? 약손이 인삼을 씹으며 단정했다.

"나한테 인삼 줬으니까 좋은 사람이지!"

*

"하면, 나중에 또 보세나."

경예가 약손을 두고 돌아섰다. 그와 동시에 표정이 싸늘하게 바뀌었다. 방금 전까지만 해도 어려운 일이 있으면 저를 찾아오라는 둥, 힘닿는 데까지 돕겠다는 둥, 한없이 사람 좋아 보이던 표정은 온데간데없었다.

"경예 나리! 안녕히 가십시오! 살펴 가십시오!"

등 뒤에서 약손이 꾸벅 인사하자 경예의 입가에 비릿한 미소가 떠올랐다. 하여튼 아랫것들이란 조금만 잘해 줘도 엉겨 붙는다. 필요 이상의 충성을 보이려 한다. 평생 대접받으며 살아 본 적이 없으니 하찮은 배려 하나에도 감격해 어쩔 줄 몰라 한다.

여약손이라고 다를 바 있을까.

처음에는 저를 경계하는 듯하더니만 인삼 한 뿌리 손에 쥐여 주니까 순식간에 돌변했다. 제 간이고 쓸개고 전부 빼줄 기세였다. 과연 이걸 멍청하다고 해야 할지, 순진하다고 해야 할지.

'혜민국에 가 있는 동안, 자네 생각을 참 많이 했어. 백 권의 의학서를 읽으면 뭐하고, 천 장의 약방문을 외면 뭐하겠어? 내 눈으로 직접 본 환자의 증상에 먼저 집중했어야 했는데…… 깜도 안 되는 주제에 확진을 한 내 잘못이야.'

이 말은 사실이었다. 실제로 경예는 혜민국에서 근신하는 동안 단 하루도 여약손 생각을 하지 않은 적이 없었다. 자처해서 숙번을 서고, 피고름 범벅된 환자의 옷을 빠는 일. 의식을 잃고 사경을 헤매는 무의탁자를 밤새 돌봐 주는 일. 신분이 고귀한 왕족, 지체 높은 사대부들을 주로 진료하던 경예로서는 상상할 수도 없을 만큼 고된 일이었다.

'역병이 아닙니다. 의원님께서 오진을 하셨습니다!'

눈을 동그랗게 뜨고 오진을 주장하던 여약손의 얼굴이 생생했다. 생도면 생도답게 잡일이나 하며 조용히 지낼 것이지, 감히 나와 맞먹으려 해? 내 앞길을 막아? 날 짓밟았어?

'못난 자식. 혜민원으로 발령 낼 것이다. 자숙하여라.'

심지어 경예는 아버지 민희교에게 뺨까지 맞았다. 그동안 경예가 아버지에게 인정받기 위해 쌓아 왔던 모든 노력이 물거품이 되어 버렸다. 실수는 되돌릴 수 없었고, 아버지의 신뢰를 회복하기는 하늘의 별을 따는 것보다 어려웠다. 그러니 경예는 이번 일의 원흉인 여약손을 절대로 잊을 수가 없는 것이었다.

생각 같아서는 아까 약재에 사사로이 손댄 죄를 물어 물고를 낼 수도 있었다. 아니면 각사에 심부름 보낼 때, 약재를 살짝 바꿔 놓아서 잘못을 뒤집어씌울 수도 있었다. 고작 생도 따위, 다시는 재기할 수 없을 만큼 인생을 망쳐 버리는 것은 경예에게 있어 일도 아니었다. 하지만 고작 그런 정도로 경예의 울분이 풀릴 수 있을까?

여약손은 경예가 당한 만큼의 수모를 겪어야만 했다. 경예가 감내해야만 했던 고난의 날들을 똑같이 경험해 봐야만 했다. 내 아버지가 나에게 실망해 등 돌렸듯이, 너 또한 가장 소중한 사람이 네게서 등 돌리는 꼴을 한번 겪어 보렴.

경예는 때를 기다리기로 했다. 어차피 여약손이 이 궁궐에서 살아 있는 동안, 시간은 얼마든지 넘쳐났다.

경예의 얼굴로 찬바람이 스쳤다. 그리고 하늘님은 경예의 억울함을 알고 그의 간절한 바람을 들어 주실 모양이었다. 여약손을 무너지게 할 기회는 생각보다 빨리 찾아왔다.

그즈음, 사방지 노래가 다시 유행하기 시작했다. 사람들의 흥미가 떨어져서 완전히 잊힌 줄 알았는데 이게 무슨 일인지. 그런데 아이들이 개사해서 부르는 가사가 이전의 노래와는 조금 달라졌다. 뿐만 아니라 노래의 주인공 또한 바뀌었다.

사방지와 이청을 잇는 노래의 새 주인공.

그들은 바로…….

*—계집도 아니고 사내도 아닌 것이 밥을 먹는단다.*

*—계집도 아니고 사내도 아닌 것이 뒷간을 간단다.*

*—계집도 아니고 사내도 아닌 것이 안방에서 쿨쿨 잠을 자는데,*

*—계집도 아니고 사내도 아닌 것은 혼례를 올릴 때 족두리를 쓸까? 사모관대를 쓸까?*

*—글쎄? 글쎄? 계집도 아니고 사내도 아닌 것은 어머니가 될까? 아버지가 될까?*

*—글쎄? 글쎄? 계집도 아니고 사내도 아닌 것!*

*—너는 계집이냐? 사내냐? 사실을 말하지 않으면…….*

*—주상 전하께서는 약 마시는 상약 생도를 철퇴로 때려죽이고 말 테지.*

이유와 여약손이었다.

*

약손은 온몸이 간지러웠다.

저가 가는 곳마다 사람들이 힐끔힐끔 쳐다봤다. 밥을 먹으러 가도, 각사에 심부름을 하러 가도 흰자만 돌려서 저를 몰래 관찰하는 눈빛이 느껴질 정도였다.

왜 이렇게 나를 쳐다보지? 내 얼굴에 뭐가 묻었나?

몇 번이나 면경에 비춰 봤지만 낯은 깨끗하기만 했다. 혹시 옷에 구멍이라도 났나 싶어서 요리조리 돌려 봤지만 멀쩡했다. 몇 번이나 동기들에게 무슨 일이 있냐고 물어봤지만 다들 고개만 저을 뿐 별다른 말을 해주지는 않았다. 뭐지? 기분 탓인가?

하지만 우연히 마주친 한 무리의 항아님들이 약손을 보고는 혼비백산 놀란 얼굴로 도망치는 것을 보며 저만 모르는 꽤나 심각한 일이 벌어지고 있음을 직감했다.

동기들은 난처한 표정만 짓고 속 시원히 말해 주지 않는 일.

항아님들이 제 근처에도 오지 않고 저들끼리 수군거리며 돌아가 버리는 일…….

약손의 머리가 비상하게 돌아갔다. 그리고 약손은 언제나 그렇듯 정답을 찾아냈다.

"아! 사람들이 왜 나만 보면 피했는지 이제야 알겠다!"

약손이 짝 박수를 쳤다. 며칠 전부터 몸이 간지럽더니만! 약손은 목간 안 한지 여러 날이 지난 제 처지를 떠올렸다. 행여 뭇 사람의 눈에 띌까 조심하느라 다리 한 짝도 제대로 못 씻는 판이니, 목간은 그야말로 감개무량. 사치스러운 일이었다.

정말 견디지 못할 때가 되면, 몰래 목탕에 물 받아 놓고 후다닥 씻고 나와야만 했다.

약손이 킁킁 제 몸의 냄새를 맡아 봤다. 의복은 깨끗했지만, 기분 탓인지 왠지 모를 고릿한 냄새가 나는 것 같기도 했다.

"더러우면 더럽다 말해 주면 그만이지. 그게 뭐 대수라고 사람을 벌레 보듯 보며 피해? 내가 더럽고 치사해서 씻는다! 씻어!"

약손은 늦은 밤이 되어서야 겨우 목간통 안에 들어갈 수 있었다. 처음에는 후다닥 때만 벗기고 나오려고 했었다. 하지만 간만에 따뜻한 물속에 들어가서 몸을 푸니 밖으로 나오기가 싫어졌다. 결국 약손은 뜨거운 물 한가득 부어 놓고 그 안에서 몸을 불렸다.

수증기 가득한 목간은 따뜻하고, 몸은 점점 노곤해졌다. 잠이 솔솔 왔다. 조심이고 나발이고, 이 순간을 좀 더 오랫동안 즐기고 싶은 마음뿐이었다. 따지고 보면 어차피 장방 근처에는 아무도 오지 않을 터였다. 여태까지 목간을 여러 번 했지만 한 번도 누군가에게 들켜 본 적 없다는 점이 특히 약손의 경계를 늦추게 만들었다.

약손은 바가지에 물 받아서 쪼르륵 쪼르륵 제 어깨에 들이부었다. 살결은 보들보들해지고 개운한 마음이 가득했다. 약손은 한참 동안이나 물속에 더 몸을 담그고 있다가 밖으로 나왔다. 잘 개켜 놓은 옷을 한 겹 두 겹 차곡차곡 챙겨 입을 때, 문득 아무도 없다고 생각한 목간 밖에서 우당탕탕! 뭔가 부딪치는 소리가 들렸다.

"……뭐야?"

약손은 그대로 자리에서 굳어 버렸다. 새벽에 물 마시러 샘터에 내려왔다가 낙엽 소리에 겁먹어 버린 토끼 같았다. 너무 놀라서 한동안은 움직일 생각조차 하지 못했다. 약손이 기민하게 문밖을 주시했다.

"……."

누구지? 누가 온 걸까? 내가 목욕하는 모습을 본 거야? 겁이 덜컥 났다. 약손은 일단 옷부터 챙겨 입었다. 그리고 서둘러 목간 밖으로 나갔다. 하지만 바깥에는 새카만 어둠만 있을 뿐, 사람의 기척은 어디에도 없었다.

분명, 무슨 소리가 들렸는데…….

약손이 주변을 살펴봤다. 괜히 목욕한다고 설쳤나 보다. 아무도 없으니까 더 무서웠다. 혹시 귀신인가? 갑자기 뒷골이 당기며 소름이 쫙 끼쳤다. 약손은 서둘러 목간을 빠져나갔다.

하지만 약손은 잊지 말아야만 했다. 궁궐에는 벽에도 눈이 있고, 땅에도 귀가 있다는 것을. 세상에 비밀은 없는데, 대체 언제까지 저가 여인이라는 사실을 숨길 수 있을까? 행운은 오래가지 않았다.

약손이 사라지고 난 후, 깜깜한 어둠 속에서 사람 인영 하나가 걸어 나왔다. 그림자만 컴컴하게 드리워진 목간에서는 그가 누구인지 잘 보이지 않았다. 하지만 그가 달빛 비추는 널찍한 내국으로 나온 순간, 사내의 얼굴이 똑똑히 보였다.

사내는 큰 충격에 휩싸인 표정이었다.

"여약손…… 여인이었단 말이더냐?"

감히 여인 된 몸으로 생도가 되다니. 이는 분명 목숨 부지하기 어려운 중죄였다. 어둠 속에서 나타난 사내, 경예의 걸음이 빨라졌다.

[2]

이유는 평소와 다름없이 상소문을 살펴보고 있던 중이었다. 전국 방방곡곡에서 올라온 안건 중에서 중대한 몇 가지는 반드시 신료들과 의논하였고, 그에 상응하는 해결책 또한 마련하였다. 늘 하던 일이었는데, 오늘이라고 특별할까.

그런데 오늘은 차자(箚子: 상소보다 간단한 형식으로 구체적인 사실을 올리는 글)가 한 부 올라와 있었다. 별생각 없이 펼쳐 보았는데, 이유의 얼굴이 눈에 띄게 굳어졌다.

"……이것이 무엇인가?"

차자를 작성한 이개가 한 발 앞으로 나왔다.

"주상 전하, 아뢰옵기 황공하오나 생도의 신분으로 입궐한 궁인 여아무개가 사방지와 같은 반음반양인이라는 해괴한 소문이 떠돌고 있나이다. 차마 입에 담기도 어려운 추잡한 내용의 노래가 도성 곳곳에서 불리고 있으니, 이것은 분명 왕실의 기강을 욕보이는 짓이옵니다. 청컨대 반드시 생도를 추문하시어 일의 전말을 밝혀내시옵고 성상의 엄위를 보이셔야 할 것이옵니다……."

그렇다. 이개의 차자는 다름 아닌 생도 여약손의 성별을 구분 짓고 옳고 그름을 따져 내라는 상소였다. 고작 풍문으로 떠도는 소문 한 자락을 국정을 논하는 편전까지 끌어와 논의할 가치가 있는가?

"직제학은 퍽 한가한가 보오. 어린아이들이 쑥덕대는 항설에까지 신경 쓸 여유가 있는 걸 보면?"

이유는 더 이상 왈가왈부할 필요도 없다는 듯 차자를 치워 버렸다. 그러나 이개는 물러서지 않았다.

"주요한 업무를 뒤로하고 한낱 항설에까지 신경 쓰는 까닭이 무엇이겠사옵니까? 풍문 따위에, 다른 누구도 아닌 주상 전하의 존함이 오르내리는데 신료 된 자로서 두고 볼 수 없었사옵니다.

"……뭐라?"

이유가 그제야 차자를 자세히 살폈다. 이개가 적어 놓은 노랫말이 보였다.

*—계집도 아니고 사내도 아닌 것이 밥을 먹는단다.*
*—계집도 아니고 사내도 아닌 것이 뒷간을 간단다.*

*—계집도 아니고 사내도 아닌 것이 안방에서 쿨쿨 잠을 자는데,*
*—계집도 아니고 사내도 아닌 것은 혼례를 올릴 때 족두리를 쓸까? 사모관대를 쓸까?*
*—글쎄? 글쎄? 계집도 아니고 사내도 아닌 것은 어머니가 될까? 아버지가 될까?*
*—글쎄? 글쎄? 계집도 아니고 사내도 아닌 것!*
*—너는 계집이냐? 사내냐? 사실을 말하지 않으면…….*
*—주상 전하께서는 약 마시는 상약 생도를 철퇴로 때려죽이고 말 테지.*

"뭐라? 이개 그놈이 무슨 차자를 올렸다고?"
명회가 자리를 박차고 일어났다. 동재의 부름을 받고 편전에서 벌어진 일을 모두 전한 작은 내시가 고개를 조아렸다.
"하필, 지금과 같은 시기에 주상 전하께 차자를 고해? 이개, 그놈이 정녕 정신이 나갔단 말이더냐?"
그들은 명회가 예상한 것보다 훨씬 더 빨리 움직였다. 명회 역시 질질 끌 생각은 없었지만, 가진 패가 확실해지지 않은 상황에서는 함부로 경거망동할 수 없었다.
하지만 이개가 그리 나왔다면 더는 두고 볼 수만은 없었다.
"내 당장 입궐해야겠다. 차비하라 일러라!"

*

복금이 급체를 했다. 가는 날이 장날이라고, 몸도 아파 죽겠는데 하필이면 숙번이었다. 뾰족한 바늘로 손가락, 발가락 열 개씩 찔러 놓고도 내국에 나가려 들기에 약손이 만류했다.

"넌 그냥 쉬어. 내가 대신 숙번 설게."

"아니야, 괜찮아! 넌 주상 전하 상약하러 가야지!"

"어차피 상약은 잠깐이야. 탕약 한 그릇만 마시고 오면 되니까, 내 말 들어."

당장 장방으로 돌아가라고 엄포를 놨다. 복금은 몇 번이나 뒤를 돌아보다가 약손에게 등 떠밀려 결국 방으로 돌아갔다. 단단히 체했는지 얼굴은 허옇게 질렸고, 애 밴 여인네처럼 자꾸만 토악질을 해댔다.

어구, 사내놈 유약해서 어따 써? 이따 밤에 쌀 물이나 좀 끓여 먹여야겠다, 속으로 생각하며 복금 대신 장방을 나갔다. 언제나 그렇듯 의원님들이 보신 약방문을 차곡차곡 정리하고, 이슬 맞지 않도록 약재도 걷었다. 생도가 해야 할 뒤치다꺼리를 얼추 끝내고 나니까 한밤중이 됐다.

조금만 더 있으면 항아님들께서 밤참을 가져다줄 시간. 비록 주먹밥 한 덩어리가 전부였지만 야식 먹는 재미는 퍽 쏠쏠했다. 그 맛에 숙번 선다 해도 과언이 아니었다. 슬슬 출출해지는 배를 문지르며 한숨 돌릴까 싶을 때, 명령이 떨어졌다.

"낭부께서 차 마시다가 손을 데이셨다는구나. 환약 좀 가져다드리고 오너라."

"예, 나리!"

처방받은 환약 한 봉지를 새끼줄에 굴비 꿰듯 엮어서 의장고(儀仗庫: 의장 담당하던 관서)에서 숙직하던 낭부에게 무사히 전해 줬다. 낭부는 약 가져다준 약손이 대견했는지 저가 야참으로 먹고 있던 수리떡을 나눠 줬다.

'이게 웬 횡재람!'

성격 개차반 같은 관료에게 심부름 가면 좋은 일 해도 욕먹는 경우가 다반사였다. 약을 왜 이렇게 늦게 가지고 왔냐, 조금 가지고 왔냐, 많이 가지고 왔냐…….

만만한 게 생도이니 괜한 화풀이를 하거나 트집을 잡았다. 하지만 오늘은 운이 좋았다. 약손은 떡이랑 수정과까지 야무지게 얻어먹은 후에야 의장고를 나섰다. 배가 부르니까 발걸음이 절로 가벼워졌다. 혼자 흥에 겨워 휘파람을 불면서 어둔 밤길을 깡총깡총 잘도 뛰어갔다.

"내국에 가서 얼른 주먹밥 먹어야지!"

머릿속에서는 주먹밥이 아른거렸다. 저 멀리 삐죽 보이는 내국의 처마가 마냥 반가웠다. 하여 약손은 아까부터 계속 저의 뒤를 쫓던 인기척을 꿈에도 눈치채지 못했다.

약손이 빛 하나 보이지 않는 돌담길에 들어섰다. 이 길만 지나면 내국이었다.

감기가 오려나? 콧물을 훌쩍거리는데, 문득 어둠 속에서 시커먼 손 하나가 튀어나왔다.

"헉!"

낯선 손이 약손의 멱살을 잡아 쥐었다. 대체 누가 이런 짓을?

깜짝 놀란 약손이 소리를 지르려고 했지만 그 전에 낮은 목소리가 들렸다.

"아무 소리 내지 마라. 입 여는 순간, 네 목을 칠 터이니!"

"!"

순식간에 오금이 차이고 바닥에 그대로 꿇어앉혀졌다. 어둠 속에서 사람 인영이 하나, 둘, 셋, 넷…… 속속 늘어났다. 그림자가 약손을 빙 둘러쌌다. 약손은 그들 안에 갇혀 버린 형국이 되었다.

"뉘, 뉘, 뉘시옵니까? 뉘시오기에 이, 이런 짓을……."

"아무 소리 내지 말라 했다."

약손은 사내들이 누구이고, 대체 무슨 연유로 저를 잡아챘는지 전혀 알지 못했다.

"생도 여약손."

"예, 예……."

대답하는 목소리가 저도 모르게 덜덜 떨렸다. 어둠 속 그림자는 아직도 약손의 멱살을 쥔 채였다. 조금만 수틀리면 그대로 목을 비틀 고도 남을 듯한 엄청난 힘이었다.

"내가 묻는 바에 사실을 말해야 할 것이다."

"그게 무슨 말씀이시온지……."

"네 정체가 무엇이냐?"

"예?"

"사내냐? 계집이냐?"

"!"

사내의 질문은 전혀 생각지도 못한 것이었다. 네 정체가 무엇이냐 묻다니. 여인인지, 사내인지 이실직고 말하라니. 머릿속이 새하얘졌다.

"그, 그것은…… 그것은……."

약손이 여인임을 알고 있는 사람은 주상 전하와 한길동 영감, 복금, 파설재의 나인들밖에 없었다. 그런데 이게 어찌 된 일일까? 어떻게 한 번도 본 적 없는 낯선 사람들이 약손의 성별을 묻는 것일까? 왜? 약손은 본의 아니게 대답을 망설이고 말았다.

그 모습이 사내들에게 확신을 줬나 보다.

"좋다. 네놈이 답을 않는다면 직접 두 눈으로 확인하는 수밖에."

남자가 손에 쥐었던 약손의 목을 바닥에 내팽개치듯이 놓아 버렸다. 덕분에 약손은 목이 졸려서 캑캑 기침을 터뜨렸다. 힘겹게 숨을 몰아쉬는데, 사내 두 명이 다가왔다. 약손은 그제야 저를 둘러싼 사내들이 내관임을 깨달았다.

내관이 약손의 두 손을 강하게 결박했다. 그와 함께 다른 내관이 약손의 웃옷을 그대로 벗겨 내려 했다.

"무, 무슨 짓입니까?"

약손이 기겁하며 뒤로 물러섰다. 하지만 내관들은 가차 없었다. 겉옷 저고리가 쭉 찢겨지고, 그 안에 속적삼이 드러났다. 낯선 사내들에게 몸을 보이게 되다니! 약손은 필사적으로 옷을 사수하려 했다.

"이것 놓으십시오! 나리들은 대체 누구이십니까? 대체 누구이기에 이런 무례를 범하십니까?"

약손이 항의했지만 내관의 얼굴에는 아무런 표정도 보이지 않았다. 그저 서늘한 눈빛으로 제 할 일을 할 뿐이었다. 내관이 약손의 겉옷을 함부로 벗겨 냈다. 좍좍 천 찢어지는 소리가 섬뜩했다. 두려움이 밀려왔다. 겁간을 당하는 것과 진배없는 행위에 턱 숨이 막혔다.

"이것 놓으십시오! 놔라! 놓으라 하지 않습니까?"

약손이 등 뒤의 내관을 발로 퍽 찼다. 제 옷을 벗기려는 손을 있는 힘껏 깨물어 버렸다. 어떻게든 내관들에게서 벗어나기 위해 도망을 치려했지만, 약손은 혼자의 몸이었고 내관들은 여럿의 장정이었다.

약손은 순식간에 돌담 구석으로 밀렸다. 사정없이 쿵 부딪친 등이 아파서 몸을 움츠렸다.

"으……."

조그맣게 신음을 내뱉는데, 내관이 약손의 턱 밑에 칼을 들이밀었다. 서늘한 칼날이 닿자 온몸에 소름이 끼쳤다.

"두 번째 경고는 없느니라. 목숨 부지하고 싶다면 내 말에 따르도록 해."

사내가 턱 밑의 여린 살을 꾹 눌렀다. 목을 친다는 말이 영 거짓은 아닌 듯했다. 목덜미를 타고 피 한 줄기가 흘렀다. 약손은 그대로 굳어 버렸다. 약손에게 팔뚝을 깨물린 내관이 옷을 마저 벗겼다.

한 겹, 두 겹의 천이 차례대로 헤쳐졌다. 이제 몸을 가린 마지막 천 자락만 남았다.

약손이 저항했지만 그들의 힘을 이길 수는 없었다.

"흐윽……."

잇새로 울음소리가 터져 나왔다. 사내들에게 몸을 결박당해서 옴짝달싹할 수 없었고, 인적 드문 깊은 밤에 약손을 도와줄 사람은 아무 데도 없었다. 내관이 마지막 남은 적삼을 벗기려 가까이 다가오는 것이 보였다.

눈물이 절로 흘렀다. 내관이 목깃을 그대로 잡아 내리려던 순간, 어둠 속에서 날 선 목소리가 들려왔다.

"네 이놈! 당장 그 손 놓지 못하겠느냐?"

그와 함께 주변이 환하게 밝아졌다. 약손이 꾹 감았던 눈을 번쩍 떴다. 저 멀리서 큰 걸음으로 성큼성큼 걸어오는 사내의 인영이 보였다. 사내가 내딛는 걸음을 감히 막아서는 사람은 단 한 명도 없었다. 당장이라도 약손을 죽일 듯한 기세였던 내관 또한 뒤로 한 걸음 물러났다.

약손은 그만 다리에 힘이 풀려 바닥에 주저앉을 뻔했다. 하지만 그 전에 사내가 약손이 넘어지지 않도록 붙잡아 주었다.

그렇다. 약손을 구해 준 사내는 다름 아닌 이유, 주상 전하더라. 감히 이 궁궐에서 지존의 앞을 막을 수 있는 사람은 아무도 없었다.

"이게 무슨……."

몇 겹의 옷이 헤쳐진 약손의 행색을 본 이유의 얼굴이 일그러졌다. 이유가 용포를 벗어 약손의 어깨에 둘러 주었다. 곁에 선 나인들의 소리 없는 동요 따위는 신경 쓰지 않았다.

"너, 이리 가까이 와봐."

이유가 옆으로 물러선 내관을 손짓으로 불렀다. 내관이 이유의 앞에 나선 순간,

철썩!

이유가 내관의 뺨을 내려쳤다. 엄청난 힘에 잠시 휘청거렸던 내관이 재빨리 몸을 가로세웠다.

"뭐하는 놈이더냐?"

"소인, 감찰부 이한규라 하옵니다."

"감찰부? 감찰부 따위가 어찌하여 궐내 한복판에서 생도의 옷을 벗겨 욕을 보여? 대체 누구의 사주를 받아 이리 방자하게 굴지?"

이유의 목소리가 지엄했다. 당장 감찰 내시의 목을 쳐도 하등 무방하지 않을 터였다. 감찰 내시가 고개를 조아리며 무언가 말하려 할 때, 이유의 등 뒤에서 목소리가 들렸다.

"전하, 잘못을 저지르거나 법도에 어긋난 행동을 하는 궁인을 감시하는 것은 감찰부가 마땅히 해야 할 일이옵니다. 어찌하여 감찰 내관을 문책하시나이까?"

문장 하나하나가 꼭꼭 눌러 다진 듯 진중했다. 딱히 뒤돌아보지 않아도 목소리의 주인공이 누구인지 알 수 있었다. 이유가 아

는 한, 자신의 주변에서 이런 어투를 가진 사람은 한 명뿐이었다.

"……매죽헌."

"주상 전하를 뵙사옵니다."

그렇다. 하루의 업무가 끝나다 못해 새벽을 달려가는 깊은 밤. 도무지 어울리지 않는 장소, 어울리지 않는 시간에 나타난 사람은 다름 아닌 성삼문이더라.

성삼문의 곁에는 이개가 서 있었다. 조회 때 차자를 올려 약손과 얽힌 풍문에 대해 언급하더니만, 기어코 일을 벌인 것이었다.

성삼문이 이유의 앞에 섰다.

"궐내에 해괴한 소문이 끊이지 않는 바, 소신이 감찰부에게 생도를 불시에 검문하라 고변하였나이다."

"그것은 조회 때 이미 끝난 일이다."

"생도의 정확한 성별을 밝히지 않는 한, 아무것도 끝난 것이 아닌 줄 아옵니다."

실제로도 이유는 약손의 성별에 관한 문제를 터무니없는 소문으로만 일축하고 일을 마무리했다. 정확한 성별을 밝히라 따로 명하지 않은 것은 명백한 사실이라서 쉬이 반박하지도 못했다.

"감찰부는 무얼 하시는 겐가? 어서 여 생도를 데려가!"

성삼문이 눈짓하자 감찰 내시가 머뭇거렸다. 분명 성삼문의 말은 이치에 틀린 데가 없지만, 무려 여약손이 입고 있는 용포를 보라. 여약손의 신분이 천하든 고귀하든 상관없었다. 고작 생도였지만, 주상 전하의 비호를 받고 있음이 분명했다.

감찰 내시는 좀 전처럼 약손을 함부로 다루지 못했다.

"과인의 허락 없이는 아무도 여약손을 데려갈 수 없다. 그런 줄 알고 그대들은 이만 물러가라."

이유가 약손을 제 뒤로 잡아끌었다. 그러나 그 꼴을 가만두고 볼 성삼문 또한 아니었다.

"주상 전하, 본 생도는 감히 지존의 존함에 먹칠을 한 자이옵니다. 이것만으로도 목숨 거둘 충분한 죄가 되는 줄 아오나, 주상 전하께서 상약일 도맡아 하는 생도를 몹시 아끼시니 그저 사실만 확인하려는 것이옵니다. 어찌 그것조차 하지 못하게 막으시옵니까?"

"확인? 무엇을 확인하겠다는 말이냐? 그대들이야말로 어찌 철없는 아이들이 찧어 대는 한낱 낭설 따위에 좌지우지된단 말이오?"

"한낱 낭설 따위였다면 소신 또한 이렇게 나서지 않았을 것이옵니다. 생도 하나만을 향한 추문이었다면 소신은 결코 감찰부에 고변하지 않았을 것이옵니다. 생도의 성별만 확인하면 주상 전하는 물론이옵고, 생도 본인의 억울함 또한 풀 수 있는 간단한 일이라 여겨지옵니다."

"두 번 말하지 않겠다. 여약손은 데려갈 수 없다. 감히 왕명을 거스를 자가 있느냐?"

반복되는 실랑이 끝에 마침내 이유의 울화가 터졌다. 이유가 제 곁에 서 있던 내금위장의 칼을 빼들었다. 스르릉…… 칼집을 벗어난 칼이 성삼문에게 향했다.

"왕명을 거스를 자가 있느냐 물었다."

"……."

성삼문은 참 얄밉게도 맞는 말만 내뱉었다. 약손이 사내라면 감찰 내시에게 보여 성별을 확인하게 하면 간단하게 해결될 일이 맞았다. 한데 주상 전하께서는 어찌 이토록 맹렬하게 여약손의 성별을 확인하지 못하게 하시는가?

설마 소문대로 여약손과 그렇고 그런…… 같은 사내끼리 몰래 부부 행세하는 대식對食하는 사이라도 되는 것인가? 아니면 여약손은 여인도 되고 남자도 되는 반음반양의 사람인가? 이유의 행동은 근거 없는 소문에 바람 일으키는 꼴밖에 되지 않았다.

"여약손을 데려가고 싶으면 네놈들 목부터 내놓아라!"

"……."

약손을 데려가겠다는 성삼문과 결코 불허한다는 이유가 팽팽하게 대립했다. 심지어 이유는 내금위의 군사 여럿을 두었고, 성삼문은 그저 이개를 비롯한 집현전 학사 여남은이 전부였다. 그런 상황이었으니 이유는 분명 제 말대로 성삼문과 학사들의 목숨을 단칼에 거둘 수도 있었다.

하지만 거둔 목숨에는 반드시 책임이 따르는 법. 만약 이유가 성삼문을 이 자리에서 도륙한다면 어떻게 될까? 선왕 시절부터 나라를 이끌어 온 학자들을 궁궐 한복판에서 학살했다는 오명을 씻지 못할 터였다.

피의 군주라는 별명은 일전의 정난으로도 충분할 터이니…….

지금 이 순간, 이유에게는 여약손을 데려가지 못하게 할 명분이 실로 부족했다. 그리고 명회는 이유가 맞닥뜨리게 된 난처한 상황을 누구보다 잘 알고 있었다. 이유의 한마디에 당장이라도 칼부림이 일어날 듯한 일촉즉발의 상황.

명회가 나타난 것은 바로 그때였다.

"주상 전하, 부디 칼을 거두어 주시옵소서."

명회가 눈짓했다. 내금위 군사들이 뒤로 물러나 자리를 텄다. 명회가 이유의 앞으로 걸어갔다. 고작 생도 주제에 당당하게도 용포를 덮고 있는 약손의 모습이 보였다. 설마설마했지만 제 눈으로 직접 마주하니 절로 한숨이 나왔다.

이런 간 큰 사고뭉치를 보았나……. 가만히 있으면 중간이라도 갈 텐데 이유가 한바탕 휩쓸어 놓은 탓에 상황은 더욱 난처해졌다. 제아무리 명회에게라도 이 순간을 모면할 좋은 수는 없었다. 암, 성삼문 그자가 누구인데. 원칙에 어긋나는 일은 결코 하지 않는 인간이었다. 그의 호가 괜히 매죽헌이 아니었다.

그렇다면 어쩔 수 없지. 원칙에 어긋나지 않되, 사실을 기반으로 하는 정공법으로 돌파하는 수밖에.

명회가 감찰 내시에게 일렀다.

"이 내관은 여약손을 데려가 취조하시게나. 성별을 확인한 뒤, 결과를 알려 주도록 해."

"한명회!"

이유가 명회를 쏘아봤다. 이유의 얼굴에 차오르는 화가 심상치 않았다. 성삼문보다 명회를 먼저 베어 버릴 기세였다. 그러나 명회는 조금의 망설임도 없었다. 심지어 제 목을 내놓기로 작정한 것처럼 굴었다. 약손이 감찰 내시에게 끌려갔다.

이유가 만류하려 했지만 명회가 한 발 빨리 그 앞을 막아섰다.

"주상 전하!"

"너…… 네놈이 지금 무슨 짓을 하는 줄 아느냐?"

"예. 알고 있사옵니다. 사리 분별하여 이치에 맞는 일을 하는 중이옵니다."

"네가 감히 약손이를! 약손이를……!"

"주상 전하께서 상약 여 생도를 각별히 여기시는 줄 충분히 알고 있어 더욱 면목이 없사옵니다. 하오니 감히 주상 전하의 앞길을 막은 소신의 목을 치시옵고 부디 여 생도를 다시 데려오소서……."

명회가 털썩 그대로 흙바닥에 무릎을 꿇고 앉았다.

"너…… 너……! 명회 네가! 네가!"

여약손을 데려오려면 그 전에 제 목을 치고 가야 한다는 명회의 선전 포고. 이유가 경악했다. 명회가 이렇게 나올 줄은 꿈에도 몰랐던 일이었다. 그사이에 약손은 감찰 내관에게 끌려갔다.

"전하! 전하! 소인을 살려 주시옵소서! 주상 전하!"

약손의 목소리가 멀어졌다.

*

명회는 이유의 마음을 알 수가 없었다. 주군의 생각을 능히 가늠치 못했으니, 책사로서는 실격이로다. 하지만 어쩔 수 없는 일이었다.

도대체 주상 전하께서는 눈엣가시 성삼문을 왜 살려 두는가?

성삼문은 명회의 살생부에 이름을 적히고도 살아남은 몇 안 되는 극소수의 인물이었다. 살려 준 데에 다른 큰 뜻이 있는 것은 아니었다. 명회는 언제든지 성삼문에게 철퇴를 내릴 만반의 준비가 끝난 상태였다. 그저 주상 전하께서 매죽헌을 살려 주라 하시니 목숨 보전하게 됐을 뿐이었다.

인재를 모아 제 곁에 두기를 즐겨하는 수집증이 돋으신 걸까?

하지만 성삼문을 살려 두는 까닭을 단순한 괴벽으로만 치부하기에는 적잖은 무리가 있었다. 성삼문은 사사건건 이유의 일에 참견했다. 편전에서나 침전에서나 사석과 공석을 가리지 않으며 그릇된 정책에 대해서 호되게 훈수했고, 이래라저래라 훼방을 놓았다.

명회는 일전에 성삼문이 주상 전하를 감히 양광 따위와 비교하며 조롱한 일을 똑똑히 기억했다. 왕을 능멸한 죄를 물어 목을 치고 삼대를 멸해도 부족한 징벌을 기대했지만, 이유는 그때에도 허허 속없이 웃으며 넘어가고 말았다. 덕분에 명회만 열 뻗쳐서 하마터면 화병으로 세상 하직할 뻔했다.

혹, 주상 전하께서는 성삼문이 소왕의 악의(樂毅: 연나라의 명장. 본래 조나라 사람이었으나, 소왕을 도와 제나라를 징벌했다.)라고 여기시는 걸까?

만약 그렇게 생각하는 거라면, 신하된 자로서 한마디 안 할 수가 없더랬다.

주상 전하, 천만의 말씀 만만의 콩떡이옵니다. 성삼문, 그자가 주상 전하 품에 안착하게 되는 일? 꿈결에라도 다시없을 일이옵니다. 부디 지금이라도 정신 차리시옵소서!

하지만 이유가 그 말 귀담아 들었을 위인이라면 계유년 때 벌써 들었을 터였다. 결국 명회는 제 호처럼 곧은 소리만 족족 해대는 성삼문을 곁에서 지켜봐야만 했다. 다만 한 가지 다행인 것은 성삼문 그는 미련하기 짝이 없는 작자라서 속내는 맑은 물속 들여다보듯 정직하고, 남의 눈을 속이는 연기 따위는 눈곱만큼도 못 한다는 점이었다.

그래, 세상 물정 모르는 곰 새끼의 위태로운 줄타기가 오래가봤자 얼마나 오래갈 수 있겠어? 줄이 썩어서 끊어지든, 저가 중심 잃고 쓰러지든 어쨌든 결판이 나겠지.

지루한 기다림이 이어졌다. 그런데 주상 전하의 참된 속내를 들여다볼 기회는 예고도 없이 갑작스럽게 찾아왔다.

궐 안에만 박혀 있느라 좀이 쑤신다는 둥, 바깥바람 좀 쐬어보고 싶다는 둥 밤마다 투정하시기에 호환虎患을 핑계로 강무를 제안했다.

물론 제안은 백 번이고 천 번이고 할 수 있었다. 하지만 천하의 매죽헌이 두고만 볼까? 명회가 걱정을 지레 사서 했더니 이유는 그런 걱정일랑 하지 말고 조회 때 운이나 띄우라고 했다. 하여 명회는 그 뜻에 따라 착실하게 강무를 권하였다.

'주상 전하, 신 한명회가 한 말씀 올리옵니다. 각 고을에서 호식장 치르는 백성들을 가엾이 여기시어 금추金秋에는 반드시 강무하여 몸소 호랑이를 사냥하는 지존의 본을 보여 주시옵소서.'

그리고 역시나,

'강무라니요! 주상 전하, 아니 되옵니다! 불가합니다! 이는 천부당만부당한 일이옵니다! 경기와 강원도의 백성들이 풍수재와 해충으로 말미암아 농사를 실패하고 기아와 궁핍에 시달리고 있사옵니다. 뿐만 아니라 전년에 돈 역병의 후유증은 아직 제대로 해결되지 않은 실정이옵니다. 나라 안팎이 어렵고 곤궁한데, 어찌 주상 전하께서는 오히려 나서서 사치를 숭상하려 하시나이까? 부디 청컨대 씀씀이를 절약하시고 살림 출납을 생감하시어 근본을 후하게 하소서.'

성삼문은 득달같이 달려들며 반대를 했다. 참, 인간이 어쩜 저렇게 판에 박힌 듯 예외란 게 없지? 예상과 빗나갈 수는 없는 거야? 성삼문과 투덕거리며 말싸움할 의지조차 사라졌다. 명회가 대충 문답하는 시늉을 하니까 골똘히 생각에 잠겨 있던 이유가 마침내 결론을 냈다.

'이번 강무 때에는 검약 정신 발휘하여 선대에 지출했던 경비의 절반, 아니 그 절반의 또 절반으로 축소하면 어떠한가?'

'과인이 데려가는 호위의 숫자 또한 절반으로 줄이지. 내금위장 6인 중 3인과 그 휘하의 장수들, 소대만 동행하도록 하겠네. 사실, 이 정도 인원도 호랑이를 잡기엔 과분하지. 어떻게 생각하는가, 죽헌?'

사치가 문제라 하니, 검소함으로 답하였도다. 이 정도면 왕께서 한발 물러서다 못해 엎드려 절한 격이었다. 경비는 물론이고, 안위와 즉결 연결되는 호위 또한 반으로 줄이겠다는데, 암만 성삼문이라 해도 더는 딴지를 걸 수 없었다.

'……분부 받들겠나이다.'

그 순간, 명회는 제 귀를 의심했다. 웬일로 순순히 주상 전하 말씀 따르겠다는 성삼문 때문은 아니었다. 뭐라고? 경비를 축소한다고? 호위의 숫자 또한 절반으로 줄이겠다고?

'고맙네, 죽헌. 역시 내 뜻 알아주는 건 자네뿐이야.'

명회는 딱 벌어진 입을 내내 다물지 못했다. 그러거나 말거나, 이유는 가뿐한 표정으로 편전을 나섰다.

허……. 대체 이 일을 어찌하면 좋을꼬? 명회만 똥마려운 강아지처럼 안절부절못했다.

그렇다. 편전에 모인 수많은 신료들 중에서 호위를 딱 절반만 데려가겠다는 이유의 말뜻을 알아들은 사람은 오직 명회 한 사람뿐이었다.

단언컨대 지존의 안전을 책임지는 군사들의 숫자가 줄어드는 일은 절대로 있을 수 없는 일이렷다. 하면, 호위를 절감한다는 실 뜻은 무엇인가?

그것은 바로…….

"명회, 호랑이를 어떻게 잡는 줄 알아?"

"글쎄요. 전 말 타기도 질색하는 부류라……."

말 타기도 질색하는 판에 사냥이 웬 말이더냐. 호랑이를 잡든 지렁이를 잡든 명회는 몸 쓰는 모든 일에는 일절 관심이 없었다. 이유가 대군이던 시절, 틈만 나면 마음 맞는 무리들과 모여 사냥

갈 때도 가마 타고 그 안에서 책이나 읽으며 천천히 그 뒤를 따르기만 했다. 칠삭둥이 궁지기에 이어서 여염집 한규수라는 새로운 별명은 그때 얻었다.

아무튼 웬 호랑이 잡는 방법? 방법이란 게 따로 존재하는가? 그냥 활이나 창으로 찔러 죽이면 되는 것 아니야? 비록 실전에서 쓸 일은 없다 해도 못내 궁금하긴 했다.

"어떻게 잡는데요? 호랑이를 잡는 방법이란 게 무엇입니까?"

명회가 물었다. 이유는 너털웃음을 터뜨리고는 간단히 대답했다.

"어씨 잡긴. 몇 날 며칠 오랫동안 기다려서 잡지."

"……."

"왕도가 따로 있는 줄 알았어? 명회, 그렇게 안 봤는데 은근 날로 먹으려는 심보가 있구만."

"……."

아니, 제가 언제 날로 먹겠대요? 대군께서 먼저 사람 궁금하게 만드셨잖아요! 호랑이 잡는 데 뭔가 특별한 비법이라도 있는 양 운 띄워 놓고, 그냥 기다렸다가 잡는다구요? 어찌나 싱거운지 몰랐다. 간장을 퍼먹어도 부족했다.

명회가 구시렁거리면서 걸음을 뗐다. 에이, 싱거워! 싱거운 분!

그때만 해도 이유는 아직 대군, 명회는 궁지기를 면하지 못하던 시절이었다. 암만 들어도 수양 대군의 실없는 농담은 익숙해지지 않았다. 내가 정녕 이분 믿고 따라도 될까? 명회는 깊은 회의감에 잠길 정도였다.

"그나저나 산길은 얼마나 더 올라가야 합니까? 갑자기 웬 단풍 구경을 하시겠다고……."

초가을인데도 여름과 다를 바가 없는 더위였다. 땡볕을 맞으며 산을 오르려니 죽을 맛이었다. 명회의 도포가 땀에 푹 젖었다. 가파른 경사 위에 나무뿌리 하나가 삐죽 솟아 있는 것이 보였다.

옳거니! 명회는 나무뿌리를 밧줄 삼아 손에 쥐었다. 제 무게를 전부 실어 한 발 한 발 위로 향할 때,

—쉬이익!

귓가를 스치는 서늘한 소리가 들린다 싶었다.

"이게 무슨……?"

명회가 놀랄 새도 없었다. 어디선가 날아온 화살은 명회가 꼭 붙잡고 있던 나무뿌리를 정확히 찍어 버렸다. 나무뿌리가 두 동강이 나며 끊어졌다. 뿌리를 동아줄처럼 잡고 있던 명회는 까마득한 산 아래로 굴러떨어질 위기에 처했다.

"어……?"

아무것도 없는 허공이 아찔했다. 소리를 지를 새도, 도움을 청할 틈도 없었다. 그저 황망하게 몸이 뒤로 젖혀질 때, 문득 명회의 등을 누군가 단단히 받쳤다.

"이래서 산길 등정할 때는 절대 딴생각하면 안 돼. 까딱하다가는 바윗돌에 머리 찧어 죽는다니까?"

"대, 대군마마……?"

뒤로 자빠질 뻔한 명회를 잡아 준 사람은 다름 아닌 이유더라. 이유가 훌쩍 바위 위에 올라섰다. 이유는 농담처럼 지나쳤지만 하마터면 인생 하직할 뻔한 명회는 아직도 정신이 돌아오지 않은 상태였다.

"자, 내 손잡고 올라와."

눈앞에 손이 보이기에 일단 잡고 봤다. 산길에서 굴러떨어질

뻔하여 충분히 놀랐지만, 대체 저가 잡았던 나무뿌리를 끊은 화살의 정체는 또 무엇이란 말인가?

대체 이 산중에 누가? 왜? 나를? 무슨 까닭으로?

명회는 행여나 또 다른 화살이 날아와 제 목숨 거둘까 봐 잔뜩 몸을 움츠린 채였다.

이유가 그런 명회를 보며 벙긋 웃었다. 이유가 명회의 어깨를 톡톡 두드렸다.

"명회, 저기 좀 보게나."

"대군……. 헉!"

이런 돌산에 무슨 단풍이 있냐고 툴툴대던 불평이 쏙 들어갔다. 이유가 가리키는 저 먼 산 아래, 명회가 꿈에도 생각 못 했던 광활한 공터가 끝없이 펼쳐져 있었다. 그뿐만이 아니었다. 골짜기에 지어진 산채는 수백 채가 넘었다. 대체 저 산채에는 누가 살고 있을까?

"이, 이게 무엇입니까……?"

명회가 영문을 모르겠다는 표정으로 이유를 바라봤다. 그 순간, 명회의 뒤에서 웬 사내가 나타났다.

"대군마마, 오셨나이까?"

분명 명회의 등 뒤에는 아무도 없던 터였다. 귀신처럼 기척도 없이 나타난 사내의 등장에 명회는 자라 보고 놀란 가슴 솥뚜껑 보고 놀라듯 기겁을 했다. 방금 전에 활에 맞아 죽을 뻔했으니 당연한 반응이기도 했다. 사내의 등에는 각궁이 걸려 있었다. 방금 전에 활 쏘아 날 죽일 뻔한 작자가 바로 네놈이렷다!

"대군! 저, 저자가…… 저놈이……!"

저자가 바로 방금 전에 대군과 저를 죽이려 한 장본입니다! 당장 죄를 물어 물고를 내십시오! 명회가 이유에게 낯선 사내의 죄를 고하려 했다.

하지만 이유는 사내의 죄를 묻기는커녕 도리어 사내의 곁에 섰다. 사내가 다시 한번 시위에 활을 걸었다. 그리고 명회에게 겨눴다.

"대군! 이게 무슨 일이옵니까? 어찌 제게 이러세요?"

평생 대군을 따르기로 약조했는데, 어째서 내게 활을 겨누는가? 내 목숨 앗아가려 하시는가? 명회는 억울해 미칠 지경이었다. 그러나 이유는 명회가 놀라거나 말거나, 억울해 죽거나 말거나 여전히 유유자적 동네 마실 나온 듯 여유로우며 특유의 실없는 표정으로 웃기만 했다.

"명회, 자네는 착호군捉虎軍을 아는가?"

"착호군이요? 예, 들어 본 적은 있습니다만……."

착호군. 이름 그대로 호랑이를 잡기 위해 창설한 부대였다. 사나운 호랑이를 상대하는 부대답게 무예가 뛰어나고 용맹한 군사들로만 이루어져 그야말로 최정예 부대라는 소문이 자자했다. 한데 수양 대군은 지금 이 시점에 무슨 까닭으로 착호군을 언급하는가?

"한 명의 장수가 호랑이 한 마리를 혼자서도 능히 상대하는 부대로 알려져 있지. 하지만 알고 있는가? 사실 그들은 아바마마께옵서 친히 조직한 친위대라네."

"친위대요? 하면 금군과 운검은 어찌하옵고……?"

"내 아바마마께옵서는 당신 말고는 아무도 믿지 않아. 자신의 손으로 먹이고, 거둬 키우지 않는 이에게는 결코 정을 나눠 주지 않는 분이야. 그런 분에게 금군이 성에 차겠는가?"

"하, 하오나……."

"그러고 보면 피는 속일 수 없나 봐. 내 아무리 내놓고 자란 자식이라고는 하나, 아바마마의 기질을 꼭 닮은 걸 보면. 안 그런가?"

"!"

순간 명회는 숨이 턱하고 막히는 듯했다.

이유는 아무것도 아닌 양 말하지만 뜻의 경중은 한없이 무거웠다. 이곳이 산 한복판이기에 망정이지 누군가 들었다면 당장 사지가 찢겨 나가도 할 말이 없는 대역죄였다.

그렇다. 선왕 전하께서는 지존되는 분이시니 얼마든지 친위대를 조직하고 파할 수 있는 전권을 가지고 계셨다. 그 누구도 딴지를 걸 수도 없고, 그 권리에 훈수 둘 수도 없었다. 하지만 수양대군은 아니었다. 선왕 전하의 기질을 꼭 닮았다는 뜻은 자신 또한 주변을 믿지 못해 사사로이 친위대를 조직한다는 말. 감히 대군 따위가 사병을 키우는 일이 가당키나 하던가? 게다가 현 지존께서 건재하옵고, 그의 아들 홍위가 적장자가 동궁을 떡하니 지키고 있는 상태였다.

암만 수양의 야심이 하늘을 찌른다 한들, 명회는 이렇게까지 치밀하게 준비를 하고 있을 줄은 꿈에도 알지 못했다. 처음엔 그저 제 뜻 알아주는 주군을 만나서 마냥 기뻤을 뿐이었는데. 명회는 그제야 자신이 발들인 세계가 얼마나 위험천만한지 깨달았다.

"……."

깊은 산기슭에서 바람이 불어왔다. 명회는 수양의 사병이 몇 명인지, 그들의 무예 실력이 얼마나 대단한지는 미처 알지 못했다. 하지만 바람에 함께 실려 오는 것은 분명한 살기더라. 실체가 보이지 않는 위협이 더욱 소름 끼쳤다.

이유가 싱긋 웃었다.

"이들은 원래부터 존재하지 않는 이들이었다네."

"……."

"날 때부터 버려진 핏덩이, 부모와 절연한 무명자, 고아를 데려와 키웠지. 범이 우글거리는 산속에 풀어 놓고 두고 보다가, 살아남은 아이들만 거뒀어. 목숨 부지하기 힘들지만, 대신 살아남기만 하면 뒷일은 끝까지 책임져 준다네. 이래봬도 내가 은근 속정이 깊거든."

이유가 으쓱 제 어깨를 들었다 놨다. 그러고는 명회를 향해 활을 겨누고 있는 사내의 시위를 가로막았다.

"명회, 오늘을 잊지 마시게. 자네가 어디에 있든, 무엇을 하든, 자네를 향한 활이 겨눠지고 있음을."

"대군……."

한숨이 절로 터졌다.

그랬다. 그날은 명회가 정식으로 이유의 책사가 되던 날. 조선 땅에는 결코 존재하지 않는 사병, 이유가 은밀히 키우는 유령사幽靈士를 처음 눈으로 확인한 날. 도대체 세상을 뒤집어엎을 비밀을 어떻게 유지하나 싶었는데, 이유는 이런 식으로 사람을 모으고 입을 봉했나 보다. 저를 겨눈 활이 어디에서든 날아올 수 있음을 안다면 결코 쉬이 입을 놀리거나 배신할 수 없으리라.

명회는 훗날 저에게 활을 겨눴던 사내가 유령사의 풍휘라는 것을 나중에야 알게 됐다.

'과인이 데려가는 호위의 숫자 또한 절반으로 줄이지. 내금위장 6인 중 3인과 그 휘하의 장수들, 소대만 동행하도록 하겠네. 사실, 이 정도 인원도 호랑이를 잡기엔 과분하지. 어떻게 생각하는가, 죽헌?'

유령사의 존재는 이유를 가장 가까이 모시는 내금위조차 알지 못했다. 주상 전하께서는 금군의 숫자를 줄이는 대신 유령사로 그 빈자리를 채우시리라.

'명회야, 내가 이 위태로운 업보를 끊어 낼 수 있을까?'

'……후회하시옵니까?'

명회는 이유가 피의 군주라는 오명을 견디지 못한다고 생각했다. 형제와 조카의 목숨 거둬 권세를 차지한 치욕을 후회한다고 생각했다. 어쩌면 성삼문을 살려 둔 것도 그와 같은 맥락이라고 이해했다. 하지만 그것은 명회의 완벽한 오해. 이유는 강무 떠나기 전, 홀로 궁궐에 남아 있어야 하는 명회에게 일렀다.

"김종서의 별명은 호랑이였지. 이목구비와 풍채가 범을 빼다 박기도 했지만, 아마도 그의 기개와 용맹이 대단했기 때문일 거야. 오죽하면 북방의 맹장이라 하겠어? 그에 비하면 아마도 난 호랑이가 될 깜은 영 아닌 모양이야."

"전하! 어찌 그런 말씀 하시나이까? 김종서, 그자는 역적과 뜻을 함께한 무뢰배일 뿐, 호랑이라니! 당치 않사옵니다!"

"범의 그림자가 자꾸만 주변을 아른거리니 영 신경이 쓰여 못 견디겠는걸? 암만 그림자라도 저는 범이라 이거지……."

"저, 전하!"

"명회, 호랑이를 어떻게 잡는 줄 알아?"

"……어떻게 잡습니까?"

"어찌 잡긴. 몇 날 며칠, 오랫동안 기다려서 잡지. 범 사냥에 왕도는 없어. 명회도 이제 그만 날로 먹으려는 버릇은 고치도록 해."

"……."

이유는 그 말 한마디를 남기고 삭녕으로 떠났다. 약손과 함께 소풍 간다며 내내 웃음을 감추지 못하는 표정으로 말이다. 그리고 명회는 이제야 이유의 속마음을 얼추 알아챘다.

폭군, 피의 군주, 악귀, 야차…….

안타깝게도 주상 전하께옵서는 저에게 달라붙는 오명 따위는 전혀 신경 쓰지 않았다. 그런 말들은 일말의 타격조차 주지 못했다. 제 혈육을 가차 없이 도륙 낸 지난날에 대한 후회? 그런 후회를 할 사람이라면 애초에 손에 칼을 쥐지도 않았을 터였다.

그저 이유는 호랑이를 잡기 위해 오래도록 기다리고 또 기다릴 뿐. 기간이 며칠이 됐든, 몇 달이 됐든, 몇 년이 됐든 전혀 개의치 않았다. 이유는 숨 죽여 기다리며 단칼에 범을 사냥할 적당한 때를 기다리는 것이었다.

알다시피, 범을 사냥하는 가장 좋은 방법은 기다리는 것 말고는 별다른 왕도가 없기 때문에.

"너 지금 뭐라 하였느냐? 주상 전하께서 사라지다니? 그 많은 장수들은 전부 허수아비더냐? 천치, 등신이야?"

군령에게 이유의 행방불명을 전해 들었을 때, 명회는 뒷골이 서늘해짐을 느껴야만 했다. 주상 전하의 실종은 곧 궐의 피바람을 뜻한다더라. 궁궐이 피의 지옥으로 변하는 것은 시간문제였다. 그리고 어쩌면 지난번과 달리 제물은 명회 자신이 될지도 모르는 일이었다. 도총관에게 도성의 모든 문부터 걸어 잠그라 했다. 검서청에서 옥새를 지키며 파발만 손꼽아 기다리던 그 밤, 명회의 피가 바짝바짝 말랐다. 온 신경이 곤두서서 수명의 절반이 줄어드는 듯했다.

그야말로 풍전등화, 바람 앞의 촛불처럼 미약한 목숨을 움켜쥐고 있을 때 마침내 파발이 도착했다.

주상 전하께서는 다친 곳 하나 없이 옥체 무탈하시며, 무사 귀

환하신다더라.

비록 계획은 틀어졌지만 명회는 주상 전하의 안위를 보존한 것만으로도 한숨을 놓았다. 그렇다면 여기서 명회가 말하는 '계획'이란 무엇인가?

이유는 왕위에 오르던 순간부터, 저에게 반하는 무리를 숙청하기를 바랐다. 예전에는 어렸으나, 나날이 커가는 궐 밖의 홍위가 언제 역모를 일으킬지 알 수 없었다. 홍위는 세종 시절부터 후계자로 낙점된 적장자였으며, 명실공히 왕세손과 왕세자를 고루 거친 정통성까지 갖춘 제왕 중의 제왕이었다. 감히, 사저에서 유년 시절을 보낸 대군 따위와는 비교할 수도 없는 고귀한 존재였다.

김종서를 주축으로 하는 무리는 계유년 때 가지치기하듯 모두 잘라 버렸으나 문제는 조정에 깊이 뿌리박고 있는 신료들이었다. 그들은 겉으로는 웃고 있지만 마음속으로는 칼을 품고 살았다. 먼저 내색하지 않으니 속내를 들출 수도 없고, 딱히 큰 죄를 짓지도 않기에 벌을 주지도 못하는 부류들.

그들은 그저 도리에 맞지 않는 작태에 훈수를 두고, 이유와 공신들이 빈틈을 보일 때마다 냉정한 얼굴로 멸시할 뿐이었다. 덕분에 이유는 속에서부터 뻗쳐 오는 울화에 하루에도 몇 번씩 냉수마찰을 해야만 했다. 하지만 제아무리 아니꼽고 괘씸해도 어떡할까. 원래부터 제 것 아닌 왕위를 손에 쥐고 살기 위해서는 이 정도 대가는 스스로 치러야만 했다.

명회는 주상 전하께서 나름의 고충을 잘 견디고 있다고 여겼다. 집현전 학자들 따위, 저가 쌩하고 무시해 버리듯이 서책만 독파하며 살아온 샌님들을 대수롭지 않게 여기는 줄만 알았다. 하지만 명회는 주상 전하께서 남의 이목, 관심, 평판을 엄청나게 신경 쓰고 사는 분임을 진즉 알았어야 했다.

본래 문관文官은 직언하다 죽고, 무관武官은 전쟁하다 죽는다고 했다. 왕에게 쓴소리 좀 했다 하여 목을 치는 것은 명백한 명분 부족이었다. 제 얼굴에 침 뱉다 못해 자부작족(自斧斫足: 제 도끼에 제 발등 찍힌다.)하는 짓이었다.

저들을 어떡할까? 어떻게 해야 나를 능멸한 본때를 보여 주고, 숨소리 하나 내지 못하게 끝장낼 수 있을까? 고양이 쥐 잡듯이 내 손아귀에 꼭 쥔 다음에 뼛속까지 자근자근 씹어 먹어 줘야 이 분이 풀릴 텐데. 간밤에 살수 따위 보내서 쉬이 목숨 거둬서는 안 됐다. 그러면 너무 시시했다. 재미가 없었다. 그들이 그토록 죽고 못 사는 그 대단한 '명분'에 따라, '도리'에 따라 숨통을 끊어 놔야만 했다.

평소에 이유는 비교적 학자들에게 관대하게 굴었다. 저를 얕잡아 보는 행동을 해도 못 본 척, 쓴소리를 들어도 못 들은 척, 노골적으로 싫은 태를 내도 등신처럼 묵과했다.

그러나 그들은 알았을까?

이유는 언제든 그들을 단번에 숙청할 수 있는 적당한 때를 기다리고 있다는 것을. 얼마든지 치료하고 나을 수 있는 가벼운 상처가 아니라, 단 한 번의 일격으로도 숨통을 끊어 낼 수 있는 치명적인 급소를 노리고 있었다는 것을.

그런 이유의 첫 번째 계획은 삭녕의 강무였다. 경비를 축소하고, 호위의 숫자를 줄인다는 이야기를 부러 편전에서 흘렸다. 듣는 귀가 한둘이 아니었으니 일파만파 퍼지는 것은 시간문제였다.

'아니 되옵니다! 어찌하여 풍운우만 데려간다 하십니까? 불가합니다.'

'명회는 걱정일랑 넣어 둬. 과인의 호위는 셋만으로도 충분할 테니.'

틈을 보여야 자객들이 주상 전하 목숨을 노릴 것 아닌가? 그래야 발뺌할 수 없는 정확한 증거를 잡을 수 있었다. 이유는 아무 일 없을 거라고 호언장담했다. 하지만 명회는 끝까지 반대하지 못한 과거의 자신을 내내 자책했다.

효성산에서 일어난 산사태가 이유의 계획을 완전히 망쳐 버렸다. 풍운우는 돌 벽에 가로막혀 이유를 놓쳤으며, 덕분에 이유는 진심으로 목숨을 잃을 뻔했다. 효성산의 깎아지른 벼랑에서 떨어져 목숨 부지하다니, 실로 하늘이 도왔다고밖에 표현할 수 없는 일이었다. 조만간 효성 산신님과 물신님께 거하게 치성 올려드려야겠거니. 명회는 버선발로 뛰쳐나가 환궁하는 이유를 맞이했다.

"주상 전하, 성은이 망극하옵니다. 무릇 만세 강녕하셨어야 할 전하께 심려를 끼쳐 드린 소신의 불찰이 크옵니다. 부디 소신을 벌하옵소서……!"

정전에 들어서는 이유의 표정이 심상치 않았다. 행여 벼랑에서 뛰어내리실 적에 옥체라도 상하셨나? 내색 못 할 후유증을 앓고 계신가? 명회의 걱정이 끊임없이 이어졌지만 어의에게 일러 살펴보니 천만다행스럽게도 외적인 부상은 전혀 없었다. 다만…….

다만, 이유는 정신적 충격을 받은 듯했다.

그 충격이란,

"약손이가 날 살렸다, 내 목숨을. 이깟 목숨이 대체 뭐라고…… 제 한 몸 다 버려 가며…… 제 목숨 아까운 줄도 모르고……."

여약손이 제 한 몸 날려 주상 전하 구했다는 이야기는 별스럽지 않았다. 암만 여약손의 부상이 심각하다 해도 파설재에 데려간 것이 더 별스러웠다.

파설재가 어디인가? 그곳은 주상 전하의 윤허 없이는 결코 드나들 수 없는 공간이었다. 그곳에서 본 일, 들은 일을 밖으로 전하는 자는 무조건 지위를 막론하고 혀를 부숴 버린다는 이유의 가장 내밀한 공간이었다.

아니나 다를까, 여약손을 대하는 주상 전하의 마음이 심상찮게 각별하다 싶더니, 이내 명회에게 놀라운 소식이 들려왔다.

그것은 바로 여약손이 실은 사내가 아니라 여인이라는 사실. 본래 성별을 숨기고 천연덕스럽게 사내 행세하며 의학 생도 노릇을 해먹었다는 기가 차는 이야기.

그때부터였을까?

모든 것이 뒤죽박죽, 엉망진창이 되어 버렸다.

강무 때 주상 전하의 목숨을 노린 자객을 잡긴 잡았다. 사내의 이름은 최인호. 과거, 홍위의 별운검을 지낸 박쟁의 휘하 장수였다. 박쟁이 홍위에게 지극한 충성심을 가지고 있다는 사실은 세상 모두가 아는 일이기도 했다. 차라리 박쟁 본인을 잡았더라면 일이 이토록 꼬이지는 않았을 텐데. 박쟁을 닮아 그러한가? 최인호 또한 제 주군에 대한 충성심이 만만치 않았다.

"누구의 사주를 받았냐고? 수양산 도야에 묻혀 살아야 할 웬 병신 같은 치가 제 것 아닌 권세를 누리고, 왕을 참칭하는 꼴이 괘씸하여 나 스스로 칼을 들었을 뿐이다. 내가 누군가의 명이나 받고 따르는 개새끼처럼 보이느냐? 개새끼 눈에는 개새끼만 보인다더니, 딱 그 짝이로구나! 어서 내 목숨을 거둬라! 천벌을 받을 이 궁지기 놈아! 카아아악! 퉤에!"

심지어 최인호는 명회의 얼굴에 침을 뱉기까지 했다. 명회의 저택 사옥私獄에 갇혀 몇 날 며칠 모진 고문을 받았으면서도 기개만은 대단했다. 곧 죽어도 모든 일은 저 혼자 벌였다고 주장하며, 박쟁은 물론이고 집현전의 학자들과는 일절 관계없다 잡아떼는 꼴이 암만 달래고 고문해 봤자 이실직고하지 않을 터였다.

하여, 명회는 깔끔하게 인정하기로 했다.

이번 일은 완벽히 실패했다.

주상 전하의 목숨을 노린 주요 인물을 잡아 내지 못했으며, 뿐만 아니라 조정 신료 누구에게 사주를 받았는지도 불분명했다. 최인호 따위 의금부에 데려가서 일 키워 봐야 결국 저만 수치스러워질 것이 자명했다.

그렇다면 어쩔 수 없지. 내가 가진 것은 시간이고, 기회는 또 찾아오는 법. 이번 일은 이쯤 해두는 수밖에 없었다. 명회는 피와 침으로 얼룩진 제 얼굴을 수건으로 닦으며 사옥을 나섰다.

"사지가 불구돼도 주둥이만 살아 나불대는 꼴이 영 볼썽사납다. 저놈의 혀를 자르고 입을 지져 버려라."

*

사실 명회는 여약손이 죽든 말든 아무 상관이 없었다. 감히 사내라 거짓말하고 궐에 들어왔어? 들키면 목숨 부지하지 못할 각오쯤은 당연히 했겠지. 참형에 처해 마땅했다.

하지만 주상 전하는 아니었다. 과연 주상 전하께서 여약손이 다치는 꼴을 두고만 보실까? 단언컨대 여약손 털끝만 건드려도 이 궁궐을 전부 다 뒤집어엎고도 남으실 분이었다.

지금만 해도 그랬다. 이유는 당장 명회의 목을 비틀어 버릴 기세였다.

"주상 전하께서 상약 여 생도를 각별히 여기시는 줄 충분히 알고 있어 더욱 면목이 없사옵니다. 하오니 감히 주상 전하의 앞길을 막은 소신의 목을 치시고 부디 여 생도를 다시 데려오소서……."

"너…… 너……! 명회 네가! 네가!"

이유의 화가 불같았다. 법도고 나발이고 다 필요 없으니 당장 약손을 데려오라 호통치는 주상 전하를 간신히 말렸다. 성삼문을 비롯해서 지금 이 순간, 이유를 주시하는 눈은 한둘이 아니었다.

명회는 간신히 이유의 침전에 입회했다. 이유는 아직도 화를 다스리지 못하고 씨근덕거리며 숨을 뱉어 내기 바빴다. 목부터 붉어지면서 피부염이 돋아나 동재가 녹두 물 적신 수건으로 닦으려 했으나 그 마저도 획 던져 버렸다.

명회는 이유의 화가 잠잠해지길 기다렸다.

"전하…… 저들이 바라는 바를 정녕 모르시옵니까?"

"모른다! 난 몰라! 감히 약손을 감찰 내관에게 보냈어? 내 앞에서? 내가 두 눈 시퍼렇게 뜨고 있는데? 그래, 내 네 말대로 해주마. 지금이라도 네 목을 치고 약손을 곁에 데려올 것이야!"

이유가 어도를 빼들었다. 흐이익! 도리어 겁먹은 동재가 기겁하며 바닥에 이마를 대고 엎드렸다. 정말로 명회의 목숨을 끊을 듯 칼날이 명회의 턱 아래에 바짝 와 닿았다. 명회는 개의치 않고 차분하게 말을 이었다.

"소신에게 서찰 한 장이 왔사옵니다."

명회가 품 안에서 종이 한 장을 꺼냈다. 무엇이냐? 이유가 날카롭게 되물었다. 명회가 서찰에 쓰인 내용을 찬찬히 읊었다.

"간신 한명회의 집에 불법 구류한 최인호를 방면할 것, 그를 더 이상 고신하지 말 것, 죄를 심문하지 말 것……."

"……뭐라?"

지존의 목숨을 노렸으니 죽음으로 그 죄를 씻어도 부족할 판이었다. 한데 뭐라? 최인호를 방면하라? 고신하지도 말고, 죄를 묻지도 말라?

이유가 획 서찰을 빼앗아 들었다. 명회가 읊은 내용이 토씨 하나 빼놓지 않고 적혀 있었다. 다만, 어디의 누가, 무슨 까닭으로 서신을 보냈는지는 쓰여 있지 않았다. 보나마나 박쟁의 무리가 아니겠는가? 박쟁이 관련됐다면 그와 뜻을 함께하는 집현전 학사들 또한 얽혀 있겠지…… 물증만 없을 뿐, 심증은 확실했다.

"만약 최인호를 방면치 않을 때에는……."

서찰을 읽어 나가던 이유가 기가 막힌 듯 픽 헛웃음을 터뜨렸다. 뒷말은 명회가 맺음 했다.

"최인호를 방면치 않을 때에는, 지엄한 궐의 법도를 어기고 기강을 어지럽힌 여약손의 죄를 묻겠노라. 그의 잘못된 행실을 낱낱이 밝히고 전시하여 반드시 참형에 이르게 하리라……."

서신은 명회에게 왔으나 이유를 향한 협박임이 분명했다. 이것들이 진짜…… 지금 저들이 누구를 상대로 공갈치려 하는 줄은 잘 알고 있겠지? 감히 내 앞에서 여약손을 들먹여?

그들은 넘지 말았어야 할 선을 넘어 버린 것과 같았다. 정확한 물증이고 나발이고, 최인호를 도륙 내고 그와 가까이 지내던 박쟁, 집현전 학사 놈들, 그들의 사돈의 팔촌, 십육촌, 아니 옷깃만 스쳐 지나간 자들까지 전부 찾아내어 동해 앞바다에 수장시켜 버리리라. 삼대를 멸하고, 족보를 불태워 가문의 흔적조차 찾지 못하게 하리라.

이유의 분노가 심상치 않았다. 계유년의 정난 때조차 이렇게 화나지는 않았었다. 말이야 바른 말이지, 김종서와 대립하여 오랜 세월 동안 지지부진한 신경전을 펼친 것은 사실이지만 이를 갈게 할 만큼의 해코지를 당한 적은 없었다. 이유는 그저 권력을 차지하려 안달이 났을 뿐, 그들을 불구대천의 원수로 여기지는 않았다.

하지만 지금은 달랐다.

내 이것들을 가만두지 않으리라!

이유가 자리를 박차고 일어섰으나 명회가 그 앞을 막았다.

"예, 전하. 감히 주상 전하 욕보인 죄를 물을 것이옵니다. 추국을 열어 최인호와 박쟁, 성삼문 무리를 모두 잡아들여 문초할 것이옵니다. 비록 명확한 증좌는 없사오나 무슨 상관이겠나이까? 전하께서 징벌하겠다는 뜻이 확고한데, 감히 이 궐 안에서 그 누가 주상 전하를 거스를 수 있겠사옵니까?"

이유를 편드는 척하지만 명회의 말투가 삐딱했다. 이유의 눈에 불꽃이 튀었다. 네놈이 정녕 뵈는 게 없구나. 경솔한 세 치 혀 때문에 목이 날아가 봐야 정신을 차릴 테지. 터억! 이유가 그대로 명회의 목을 틀어쥐었다. 이유의 힘에 밀린 명회가 침전 기둥에 등을 부딪쳤다. 명회의 얼굴이 창백해지고 이마에는 푸릇한 핏대가 섰다. 피가 몰린 눈에 시뻘겋게 핏발이 섰다.

참고 참았던 이유의 화가 마침내 폭발했다. 하지만 명회는 저 죽을지도 모르는 상황에서도 뜻을 굽히지 않았다. 원래 인간사란 게 전부 끼리끼리라서 명회 또한 이유 못지않게 한 성질 했다.

"이번 기회에 눈엣가시 같은 무리들을 전부 없애 버릴 수만 있다면 그야말로 앓던 이가 빠진 격이니, 주상 전하께옵서는 그 어떤 방해도 받지 않고 승승장구할 것이옵니다."

"그래. 하여, 네놈부터 없애려 한다!"

"예. 당장 소신을 참하소서! 그러나 신, 한명회 그동안의 충성을 생각하여 마지막으로 한마디 아뢰옵니다. 이 구중궁궐에서 신료들이 마땅한 근거 없이 하나둘 끊임없이 죽어 나가니 참으로 괴이한 일이라 여길 것이옵니다. 누군가는 반드시 이번 일화를 적어 보존할 것이며, 그것조차 여의치 않는다면 구전口傳으로라도 전달할 것이옵니다. 전하의 위대함이 만고에 비추니 감히 주상 전하 앞에서는 진실로 간언하는 자가 없을 것이며, 지엄한 국법은 오로지 주상 전하 뜻에 따라서만 다스려질 것이옵니다."

"뭐, 뭐라……?"

명회의 목을 누른 손아귀 힘이 엄청났다. 이제 명회는 정신이 혼미해지고 시야까지 흐려졌다. 그러나 이유는 당최 손의 힘을 풀 줄 몰랐다.

"네놈이…… 명회, 네놈이……."

이유에게는 퍽 애석한 일이지만, 명회 말에는 어디 한 군데 틀린 구석이 없었다. 이유의 심기가 불편하고 괘씸하다는데 저들이 어쩔 것인가? 명회 말대로 최인호와 박쟁, 성삼문, 학사 전부를 불러들여 추국하고 참형하는 것은 참 쉬웠다. 상황이 여의치 않다면 없는 죄 만들어 뒤집어씌울 수도 있었다.

하지만 그런 일이 실제로 벌어진다면 어떻게 될까?

자고로 정치에서 명분이란, 얼마나 허망한가. 또 얼마나 중대한가.

이유는 황표정사로 국정을 농단하는 김종서 무리를 단죄한다는 명분으로 세상을 뒤엎었다. 안평을 왕으로 옹립하여 왕위를 찬탈하려는 무리를 진압한다는 도리를 앞에 내세웠다. 이 허술하고 미약하기 짝이 없는 명분은 놀랍게도 이유의 권세를 지켜

주는 가장 중대한 명분으로 자리매김했다.

그러나 세종 때부터 크고 작은 나라 살림 도맡아 해온 학사들은 김종서와는 달랐다. 차라리 그들이 손에 칼이라도 쥐었다면 정정당당히 대응하련만. 그들이 손에 쥔 것은 고작 지필묵이었으며, 고작 경서 따위나 나불대는 주둥이가 전부였다. 그들을 무력으로 제압하는 일, 더군다나 명분 없이 숙청하는 일은 이유 스스로가 보기에도 치졸했다.

게다가 명분 잃은 왕실이 결코 오래 존속될 수 없음은 만고불변의 진리이기도 했다.

"네 이놈!"

"크읍……!"

이유가 내동댕이치듯 명회의 목을 놓아줬다. 바닥에 쓰러진 명회가 기침을 터뜨렸다. 오랫동안 끊겼던 숨을 간신히 내쉬면서도 명회는 당부를 잊지 않았다.

"전하…… 부디 약손을…… 여약손을…… 참수하시옵소서…….

# 第十五章. 이별

[1]

약손은 옥사에 갇혀 있는 내내 울음을 그치지 못했다.

감찰 내관이 억지로 옷을 벗기려 들기에 더는 버틸 수 없어서 제 입으로 저가 여인임을 고백했다. 덕분에 감찰 내관은 물러났지만 대신 찔러도 피 한 방울 나오지 않을 정도로 엄해 보이는 감찰 궁녀에게 검사를 받았다.

남성과 여성의 생식기가 쌍으로 들어 있다는 둥, 위에는 봉긋한 가슴을 달았지만 아래에는 묵직한 대물을 단 괴물이라는 둥 터무니없는 누명을 벗었으니까 어깨춤이라도 춰야 하는 걸까?

저가 온전한 여인의 몸이라는 것을 증명했지만 그걸로 끝이 아니었다. 이제는 제 성별 숨기고 사내들만 할 수 있는 의학 생도 노릇한 죄를 추궁당할 차례였다.

상황이 이렇게까지 악화되는 걸 보고 있자니 절로 마음이 심란해졌다. 솔직히 말해서, 약손이 얼마나 대단한 부귀영화를 누리자고 생도를 지원했겠는가? 금은보화 거하게 챙길 심보였다면 차라리 과거에서 장원 급제한 어사를 사칭하며 사기를 쳤을 터였다.

이것들이 사람을 뭐로 보고! 내가 그렇게 배포가 좁아 보여? 급하게 아부지 빚 갚아야 해서 어쩔 수 없이 생도 짓 했을 뿐이라고! 아부지가 명나라에 팔려 갈 뻔했는데 댁들이라면 찬물 더운물 가리겠어? 남 일이라고 쉽게 생각하고, 멋대로 단정 짓지 마러!

약손에게도 저를 변호할 구구절절한 변명과 사정이 존재했다. 물론 귀 기울여 들어 주는 사람이 없어서 문제였지만 말이다.

만약 주상 전하가 계셨다면 우리 약손이한테 그런 피치 못할 사정이 있었냐며 가엾게 여겨 주셨을 텐데. 아버지를 위해 제 한 몸 희생한 지극한 효성을 기린다며 맛난 음식을 푸짐하게 내려 주셨을 텐데. 생각이 주상 전하에게까지 이르자 겨우 진정했던 마음이 다시금 서글퍼졌다. 삐죽삐죽 눈물이 새어 나오기 시작했다.

"전하아아……! 크읍……! 주사아앙전하아아!"

약손이 어린아이처럼 엉엉 울음을 터뜨렸다. 이제 보니까 저는 주상 전하 없이는 아주 벌레만도 못 한 존재였나 보다. 주상 전하가 없으니깐 난 말짱 꽝이야. 약손은 그저 그런 거짓말쟁이 생도일 뿐이라서 아무도 거들떠보지 않았다. 옥사에 찾아와 몸은 좀 괜찮으냐며 안부를 묻거나, 그 흔한 사식을 넣어 주는 사람조차 없었다.

역시 주상 전하뿐이야…….

"주상 전하아아아!"

약손은 제 인생의 마지막 동아줄인 주상 전하만 하염없이 불러 댔다. 비빌 언덕이 주상 전하뿐이니 어쩔 수가 없는 일이었지만, 실은 주상 전하와 저의 친밀한 관계를 조금이라도 티내면 저의 죄가 조금이라도 감형되지 않을까 하는 얄팍한 꾀였다. 여약손 뒤에 지엄하신 주상 전하께서 떡하니 버티고 계신다는데 감히 제까짓 것들이 나를 막 대하겠어? 나를 죽이기야 하겠어?

"……."

훌쩍. 약손이 코를 먹었다. 상황 돌아가는 꼴을 보아하니 죽이고도 남을 것 같았다.

실제로 약손은 옥사에 끌려온 이후 한 끼도 먹지 못한 상태였다. 감히 죄인에게 식사가 가당키나 하단 말인가? 옥졸은 약손에게 물 한 모금 마시는 일도 허락지 않았다. 내내 울어서 머리가 아프고, 눈은 퉁퉁 붓고, 목마르고, 춥고, 배가 고팠다. 제발 주먹밥 한 덩이만 달라 사정했지만 들은 척도 하지 않는 걸 보니까 아무래도 약손은 참형당하기 전에 굶을 팔자인가 보다. 체념한 약손이 옥사 한구석에 쪼그려 앉아 무릎에 얼굴을 묻었다.

"전하…… 부디 소인을 살려 주세요……."

혼자 훌쩍거릴 때, 문득 약손이 번쩍 고개를 쳐들었다. 그러곤 저도 모르게 옥사 앞까지 무릎걸음으로 걸어갔다. 이게 무슨 냄새지? 분명 냄새가 났는데? 내가 지금 꿈을 꾸는가? 약손이 강아지처럼 콧구멍을 벌렁거렸다.

이 냄새는…… 이 냄새는……!

"쌀밥!"

컴컴한 옥사 밖, 기둥 사이로 새하얀 쌀밥이 쑥 들어왔다. 갓 지어 왔는지 하얀 김이 폴폴 솟아올랐다. 약손이 쌀밥을 받아 들었다. 하지만 밥이 끝이 아니었다. 약손의 개코는 기가 막히게 냄새를 잘 맡았다.

"배춧국!"

"돼지고기 수육!"
"전병!"
꼭 요술을 부리는 것만 같았다. 약손이 말할 때마다 그 이름에 딱딱 맞춰 해당 음식이 들어왔다. 만약 꿈이라면 너무 잔인하고 허망할지어다……. 약손이 제 팔목을 세게 꼬집어 봤다.
"악!"
엄청나게 아팠다. 그렇다면 필시 꿈은 아니렷다? 허상이 아니렷다? 하루 종일 굶은 약손은 그제야 안심하고 와구와구 밥을 퍼먹었다. 왼쪽 볼에는 쌀밥, 오른쪽 볼에는 수육을 넣고 씹다가 목이 메면 배춧국을 마셨다.
후루룩, 쩝쩝. 조용한 옥사 안에 약손이 밥 먹는 소리가 요란했다.
수북하게 쌓아 올린 고봉밥의 밑바닥이 보일 때쯤, 얼추 배가 부르고 나니까 약손의 정신이 돌아왔다. 하루 종일 사람 쫄쫄 굶길 때는 언제고, 이제 와서 진수성찬을 차려 준대? 주먹밥 달래니까 죄인은 그런 거 먹을 자격도 없노라며 구박을 해놓고.
약손은 이제야 저가 먹어 치운 밥상의 정체가 궁금해졌다.
"갑자기 왜 밥을 주는 거지? 아부지가 세상에 공짜는 없다 그랬는데……."
게 눈 감추듯 다 먹어 치우고 이제 남은 음식은 전병 한 조각뿐이었다. 약손은 이 전병을 먹어야 하나 말아야 하나 세상 진지하게 고민했다.
그때였다.
"이제 보니 염치가 아주 없지는 않구만. 그래, 맞아. 아부지가 참 잘 가르쳤네. 세상에 공짜는 없는 법이지."
"누구……?"

약손이 옥사 밖을 내다봤다. 그와 동시에 캄캄한 옥사에 횃불이 켜졌다. 환한 불빛 사이로 웬 사내가 걸어 들어왔다.

그는 다름 아닌 한명회더라.

"아니, 당신은……."

약손은 주상 전하와 각별했던 명회를 기억했다. 저자는 주상 전하와 막역하고, 친하고, 스스럼없는 사이지. 주상 전하 말이라면 팥으로 메주를 쑨다 해도 믿고 따르는 자야. 하면, 그런 한명회가 친히 옥사에 왔다는 뜻은 무엇일까?

"한명회 영감님!"

당장 여약손을 풀어 주라는 주상 전하 명을 받들러 온 것이 분명하렷다? 이제 나는 살았구나! 나는 살았어! 약손의 얼굴에 화색이 돌았다.

"영감님! 여긴 어쩐 일이십니까?"

약손의 목소리에 기대감이 가득했다. 어이구, 저렇게 신나고 좋을까? 약손이 웃으니까 명회 또한 해사한 미소로 화답했다.

"왜겠는가? 내 자네에게 긴히 할 말이 있어서 왔지."

명회의 할 말이란 들어 봤자 뻔하지 않겠는가? 당장 여약손을 방면하라는 것이겠지. 어차피 명회는 주상 전하 부름 받고 일하는 사람이니까. 약손은 이제야 마음 푹 놓을 수 있겠다며 안도의 한숨을 내쉬었다.

하지만 약손은 알아야 했다. 명회는 저를 살리러 온 은인이 아니라, 저를 죽이러 온 저승사자라는 것을 말이다.

—챙그랑!

바닥에 떨어진 대접이 산산조각 났다. 음침한 옥사와는 전혀 어울리지 않는 대추 냄새가 향긋하게 퍼졌다. 명회가 고뒨 자리에서 고생하는 약손을 위해 가져다준 대추차였다. 후후 불어 가며 찻물 마시던 약손은 대접을 깨놓고도 여전히 무슨 일이 일어났는지 깨닫지 못하는 표정이었다.

"그러니까…… 저보고 이 궁궐을 떠나라는 말씀이십니까?"

약손의 목소리가 떨렸다. 명회가 그건 아니라는 듯 고개를 저었다.

"아니, 뭘 잘못 이해했구만."

"그럼……?"

"내 말은 궐을 떠나라는 게 아니라……."

"……."

"이 나라, 조선을 떠나라는 말이라네."

"……."

약손은 큰 충격을 받아 어쩔 줄을 모르건만, 명회는 여상한 안부 묻기라도 하듯 아무렇지 않게 말을 이었다.

"궐만 떠나면 뭐하겠나? 주상 전하가 마음 잡수면 언제든 자네를 보러 갈 수 있는 곳? 그런 가까운 자리는 안 돼. 괜히 거슬리고 신경 쓰이기만 할 테니까, 차라리 궐에 두고 보느니만 못하지."

"……."

"내가 말하는 건, 주상 전하께서 쉬이 갈 수 없는 곳이라네. 보러 가고 싶어도 너무 멀어서 갈 수 없는 곳. 찾아보고 싶어도 찾으러 갈 수 없는 곳. 이를테면…… 남경? 낙양? 아! 서안도 좋겠어!"

명회는 명나라의 지명을 줄줄 읊었다. 조금 전까지만 해도 약손은 명회가 저를 방면해 주러 온 것이라 여겼다. 당장 나갈 수는 없어도, 조금만 기다리면 아무 일 없이 내보내 줄 터이니 조금만 더 참고 기다리라는 주상 전하의 전언을 전하러 온 줄 알았다. 하지만 아니었다. 명회는 약손이 꿈에도 짐작하지 못한 말을 꺼냈다.

그건 바로 약손에게 궁궐을, 아니 약손이 태어나고 자란 조선을 떠나라는 이야기.

하도 어이가 없어 말문이 막혀 버렸다. 지금 내게 무슨 말을 지껄이는가? 뭐? 조선을 떠나라고? 주상 전하가 나를 찾지 못하는 곳으로 가라고? 볼 수도 없는 곳? 그야말로 기가 막히고 코가 막히는, 어불성설의 황당한 이야기일 뿐이었다.

약손이 단칼에 고개를 저었다.

"싫습니다! 제가 왜 조선을 떠납니까? 왜 주상 전하를 못 만나요? 싫어요! 그럴 수 없습니다! 그 말씀만은 따르지 않겠습니다."

약손의 목소리가 단호했다. 평소 약손의 취향은 번잡하지 않고, 물에 물 탄 듯 술에 술 탄 듯 단순하다지만 그래도 이런 부류의 사람들 대부분이 그렇듯이 한번 고집 부리기 시작하면 아무도 못 말렸다.

"결심을 번복할 생각은 없는가?"

"없습니다! 절대로요!"

"자네 때문에 주상 전하께서 곤란해진다 해도?"

명회가 기어코 주상 전하를 입에 올렸다. 약손의 마음이 수그러질 것이라 생각했기 때문이다. 하지만 천하의 여약손, 그런 얄팍한 수에 넘어갈 사람이 아니었다. 약손이 흥! 콧방귀를 뀌었다.

"주상 전하께서 저 때문에 곤란해진다고요? 어떤 면에서 그렇죠?"

"여러 가지 정치적인 문제가 있지."

"거짓말! 주상 전하는 한 번도 제게 그런 말씀을 하신 적이 없는걸요?"

"당연히 그렇겠지. 여 생도는 알 필요가 없는 문제니까. 그리고 거짓말이라니? 내가 지금 없는 말 지어내는 것 같아?"

"네! 썩 믿음이 가지는 않습니다."

"난 절대 허언 따위 안 해. 철석심장鐵石心腸이라고 들어 봤지? 쇠처럼 굳은 마음 말이야. 그게 바로 나야! 철의 심장, 한명회! 대체 날 뭐로 보고……."

"뭐로 보긴요? 거짓말쟁이로 보죠! 틀림없이 영감께서는 주상 전하와 제 사이를 이간질하려는 거죠?"

"이간질? 이게 기껏 생각해 주고, 챙겨 줬더니만 은혜를 모르고…… 말이면 단 줄 알아?"

"누가 챙겨 달랬냐구요? 이제 겨우 주상 전하랑 입맞춤했는데 떠나라니…… 지금 사람 놓고 장난쳐요? 줬다 뺐기 있어요? 영감님 같으면 떠나시겠냐구요……! 됐고! 주상 전하나 뵙게 해주세요! 이제부터 저는 주상 전하 말만 듣고, 주상 전하 말만 따를 거예요!"

주상 전하 만나고 싶다, 절대 불가하다…….

딱 보니까 이간질이 틀림없다. 그게 아니라면 왜 못 만나게 하느냐? 네 눈에는 내가 이간질이나 하고 다닐 만큼 한가한 사람처럼 보이느냐…….

약손과 명회는 한참 동안 옥신각신 실랑이를 벌였다. 하지만 서로의 말은 귓등으로도 듣지 않으니 암만 다툰다 한들 결론이 나지 않았다. 게다가 명회는 어린 생도랑 말 섞다 못해 유치하게 티격을 벌이는 자신의 모습에 깊은 회의감을 느끼는 중이었다.

내가 앓느니 죽지, 죽어. 저 세상 물정 모르는 어린놈이랑 싸움이나 하고 앉아 있다니…….

결국 명회는 넓은 아량 베풀며 먼저 대화를 끝내기로 했다.

"왜 영감님 마음대로만 하시는데요? 이 세상에 영감님 마음만 있나요? 제 마음도 있거든요? 주상 전하 뵙고 싶은 마음! 보고 싶은 마음! 그리워하는 마음! 근데 왜 못 만나게 해요? 대체 왜! 왜! 왜! 왜!"

"……."

약손의 끝없는 왜 공격에 명회가 꾹 입을 다물었다. 약손을 노려보는 명회의 눈빛이 흉흉했다. 하지만 눈치 없는 약손은 명회가 제 수려한 말발에 지쳐 나가떨어진 것이라 생각했다. 더는 반박할 근거를 찾지 못한 것이라 생각했다. 승리감에 사로잡힌 약손이 옆구리에 턱 손을 잡고 섰다.

역시 아부지 말이 맞았어. 세상사는 무조건 목소리 큰 사람이 이기는 거야!

"왜? 입이 열 개라도 할 말이 없으신가 봐요? 하긴, 그렇겠죠. 제가 정곡을 찔렀으니까. 이렇게 아무 말도 못 하는 걸 보면……. 흐익!"

그때, 참나무 잘라 울타리를 세워 놓은 옥사 사이로 날이 시퍼렇게 선 칼 한 자루가 들어왔다. 칼끝이 정확히 약손을 겨눴다. 약손이 질겁하며 뒤로 물러서다가 중심을 잃고 옥사 벽에 쿵 등을 부딪치며 자리에 주저앉았다.

명회가 싸늘한 얼굴로 약손을 내려다봤다. 좀 전까지 약손과 지지부진한 말싸움하던 모양과는 영 딴판이었다. 전혀 다른 사람이 된 것만 같았다.

"내 말 똑바로 들어. 이 덜떨어진 자식아."

"!"

"내가 하는 말이 장난 같아?"

"여, 영감님……."

다가온 명회가 몸을 숙여 약손과 눈높이를 맞췄다. 명회가 품속에서 조그만 책 한 권을 꺼냈다. 휘리릭 빠르게 넘기는 책에 무슨 글씨가 쓰여 있는지 자세히 보지는 못했지만 군데군데 찍혀 있는 붉은 점이 보였다. 홍점을 보는 순간, 약손은 궁궐에 괴담처럼 떠도는 이야기를 떠올렸다.

'한명회의 살생부를 아는가? 그 책에 이름 적힌 사람들은 모두 철퇴에 맞아 죽는다더군. 거둔 목숨 밑에는 붉은 점을 찍어 표시를 한다네. 오죽하면 홍표정사紅票政事라는 말을 하겠어…….'

한명회는 저 마음에 들지 않는 사람이 생기면 살생부에 그 이름을 적고, 쥐도 새도 모르게 죽여 버린다고 했다. 그러니 온전하게 목숨 부지하려면 절대 한명회 눈에 띄어서는 안 된다고 했다.

명회의 살생부를 둘러싼 온갖 끔찍한 풍문들.

그렇다면 이 책은 핏점 찍힌 살생부가 분명하렷다? 약손의 눈에 공포가 서렸다.

명회가 고개를 끄덕였다.

"그래, 맞아. 소문으로만 듣던 살생부를 실제로 보니 소감이 어때?"

"……."

"난 한 번도 내 명부에 이름 올린 사람을 살려 둔 적이 없어. 한번 작정한 결심은 반드시 지키고 실행하는 성격이거든. 덕분에 그 대단하다는 김종서는 물론이고, 삼정승과 판서들이 내 손에 줄줄이 죽어나갔지."

"……."

"바로 나, 내가 쓴 살생부 때문에 말이야."

한명회가 좀 더 가까이 다가왔다. 그리고 아주 작은 목소리로 속삭였다.

"한데, 이름 없는 생도를 죽이는 일? 그건 얼마나 간단하고 손쉽겠나?"

"!"

명회는 들고 있던 책을 탁 덮었다. 겁먹은 약손은 너무 놀라고 황망하여 아무 말도 하지 못했다.

"여 생도, 그대는 전하가 난처해지길 바라는가? 한 치의 틈만 보여도 죽자 살자 칼 꽂아 대는 이들이 수두룩한 이 위험천만한 궁궐에서? 그게 여 생도의 진심이야?"

"하, 하지만……."

"더는 말 안 하겠네. 떠나시게. 이건 내가 여 생도한테 해 줄 수 있는 마지막 배려이자, 기회야."

"……."

명회는 그 한마디를 남기고 옥사를 나섰다. 환했던 불이 꺼졌다. 옥사는 다시금 깜깜한 어둠에 휩싸였다.

*

"약손아, 어디 아픈 데는 없느냐? 못 본 사이에 얼굴이 아주 반쪽이 됐구나."

"나졸이 밥 한 그릇밖에 안 줬어요. 제가 더 달라고 했는데, 죄인 주제에 말이 많다며…… 굶기지 않는 것만으로도 다행으로 알라며 구박했어요!"

"뭐야? 누가? 어느 놈이 그랬어?"

"저쪽 구석에 서 있는 놈……."

손가락을 삐죽 들어 옥사 한쪽에 서 있는 사내를 가리키자 이유가 획 고개를 돌렸다. 약손에게 지명당한 나졸의 얼굴이 사색이 됐다. 전하, 소인은 규율대로 처리했을 뿐이옵니다…….

하지만 그 변명이 통할 리 없었다. 약손을 굶주리게 하다니! 너는 대역죄로 다스릴 것이다!

이유가 약손에게 복수를 약속했다.

역시 내 주상 전하가 최고야! 천군만마를 얻은 약손은 언제 풀 죽어 살았냐는 듯 기가 살아나기 시작했다. 그동안 옥사 안에서 천덕꾸러기처럼 당하던 차별과 구박, 서러움을 미주알고주알 하나도 빼놓지 않고 전부 다 일러바쳤다. 이유는 약손의 이런저런 사정을 들을 때마다 마치 제 일처럼 가슴 아파하고, 함께 분노해 줬다.

"그리고 한명회 영감님이 저보고 식충이라고 그랬어요. 저처럼 밥 많이 먹는 사람은 처음 본대요."

"누가? 누가 식충이야? 한명회 그놈은 삼시 세끼 새 모이처럼 먹는 주제에 말이 많아? 우리 약손이 먹는 모습이 얼마나 복스럽고 건강한데! 뭘 좀 알고나 떠들라지!"

"그렇죠? 한명회 영감님 혼내 주세요!"

"그럼! 내 당장 요절을 내주마!"

이유가 치가 떨려 못 살겠다는 듯 부득부득 이를 갈았다. 그 모습 보니까 약손의 마음이 조금은 풀렸다. 뭐? 궁궐을, 아니 이 조선 땅을 떠나라고? 내가 왜? 무슨 대단한 잘못을 했다고 쫓겨가야 해? 대역 죄인이 유배를 당해도 그렇게 멀리 보내진 않겠네!

솔직히 명회가 약손에게 조선을 떠나라는 말은 했어도, 식충이라고까지 한 적은 없었다. 하지만 약손은 없는 말까지 지어내면서 명회를 모함했다. 그도 그럴 것이, 약손은 명회에게 쌓인 응어리가 한두 가지가 아니었다.

주상 전하랑 나를 갈라놓으려고 했지? 헤어지게 만들려고 했지? 조선 땅 떠나라고 하면 내가 뭐 넙죽 '네, 떠나겠습니다.' 할 것 같았나? 천만의 말씀! 만만의 콩떡이다! 한명회 영감님, 두고 보세요! 저, 여약손이 이간질의 정석을 보여 드립죠.

"한명회 영감님이 저를 개똥이라고 했어요!"

"염치는커녕 똥치도 없는 굼벵이래요!"

"오줌에 씻겨 나와 똥물에 헹군 강아지만도 못 하대요!"

약손이 말할 때마다 이유는 한명회 이놈, 이제 보니 영 몹쓸 놈이라며 대신 욕을 해줬다. 그렇게 한창 명회의 뒷담화를 잔뜩 늘어놓을 때, 동재가 끼어들었다.

"주상 전하, 이제 그만 가셔야 할 시간이옵니다."

"예? 벌써요?"

약손이 도리어 놀라 눈을 동그랗게 떴다.

"오신 지 얼마 안 됐는데……?"

"벌써 한 시진이 넘었다네."

시간이 그렇게 빨리 지났나? 아닌데, 방금 전에 오신 것 같은데. 일각이나 겨우 흐른 것 같았는데…… 약손이 울상을 지었다. 이유 또한 마음이 애달프기는 마찬가지였다. 둘의 사이를 가로막는 옥사 울타리가 원수처럼 느껴졌다. 약손과 이유는 나무 기둥의 좁은 틈새로 서로의 손을 꽉 붙잡았다.

"약손아……."

"전하……."

대체 이 울타리는 왜 있는 거야? 왜 눈치 없이 약손과 나의 사이를 방해하는 거야? 이유가 훌쩍거렸다. 지존께서 울먹이고 계시는데 어찌 그 종의 마음 또한 편할 수 있으랴. 약손과 이유를 곁에서 가만 지켜보던 동재가 한참을 망설이다가 겨우 한마디 했다.

"전하……."

"알았다! 알았노라! 아주 잠시만 더 약손과 같이 있을 터이니, 상선은 더 이상 보채지 말라!"

"아니, 그것이 아니옵고……."

—삐이걱…….

동재가 조심스럽게 약손이 갇혀 있던 옥사의 문을 열었다.

"이 안으로 들어가시면 여 생도를 만나실 수 있사온데 왜 굳이……."

왜 굳이 번거롭게 나무 기둥 사이에서 손만 겨우 맞잡은 채 둘의 처지를 비관하고 있단 말이더냐…….

동재가 간단히 문 여는 것을 보고 이유가 깜짝 놀라 말했다.

"뭐야? 안에 들어갈 수 있었느냐? 왜 진작 말 안 했어?"

"아까 전에 말씀드렸사온데……."

"난 못 들었거든? 내가 들을 때까지 말을 했었어야지!"

"여 생도와의 대화를 방해 말라 하셔서……."

"난 전혀 몰랐어! 아, 됐다! 하여튼 상선이라고 하나 있는 게 진짜 도움 안 돼!"

이유가 툴툴거리며 옥사 안으로 들어섰다. 이렇게 간단히 만날 수 있었는데, 괜히 허송세월 보냈다. 이유는 이제 마음껏 약손의 얼굴을 만져 보고, 반쪽 된 볼을 쓸어 보고, 손을 붙잡을 수 있었다.

"내가 나졸한테 앞으로는 밥 잘 챙겨 주라고 했어. 자고로 몸이 고될수록 밥 제때 챙겨 먹어야 하는 건 당연한 이치니까. 행여나 입맛 없다고 밥 남기면 절대 안 돼. 알았지?"

"네. 주상 전하 생각해서라도 세 그릇씩 남기지 않고 꼭꼭 잘 챙겨 먹을게요."

"조금만 참고 기다리면 내 너를 방면해 줄 터이니 아무 걱정하지 말고……."

오히려 갇혀 있는 약손은 멀쩡한데, 누구보다 의젓하셔야 할 주상 전하께서 자꾸만 눈물 바람 보이시니 약손은 도리어 더 울지도 못했다. 뿐만 아니라 당장 옥사를 나가게 해 달라 막무가내로 떼쓰지도 못했다. 약손이 이유의 눈물을 닦아 줬다.

"왜 자꾸 울고 그러세요? 사실 아까 전에 한 말은 전부 거짓말이에요. 주상 전하 놀리려고 지어낸 꾀병이에요. 옥사 생활도 별로 나쁘지는 않아요. 여기 푹신하게 짚도 깔려 있고, 밤에는 날씨 쌀쌀해진다고 나졸 나리께서 이불도 줬어요."

"이까짓 이불…… 흑……."

이 추운 날씨에 두꺼운 솜이불도 아니고, 여름에도 안 덮을 홑청이 말이나 된단 말이더냐? 이유는 더욱 설움이 복받쳤다. 아예 약손의 어깨에 얼굴을 묻고 흐느꼈다.

덕분에 약손은 내내 이유의 등을 쓸어 주고, 만져 주고, 얼러 주며 달래야 했다.

"주상 전하, 뚝! 이제 그만 옥루를 거두세요. 조회에 나가셔야 하는데, 신료들에게 이런 꼴 보이시면 어떡합니까?"

"뭐, 내 알 바야? 그치들이 날 어떻게 생각하든 난 아무 상관없어! 관여 안 할 거야! 지금 네가 누구 때문에 이 험한 고초를 겪는데? 다 그 버러지 같은 자식들 때문에……. 흡!"

"전하!"

약손이 깜짝 놀란 얼굴로 이유의 입에 손가락을 갖다 댔다. 약손이 주위를 둘러보며 작게 속삭였다.

"어찌 함부로 남을 험담하는 말씀을 하십니까? 게다가 신료들을…… 누가 듣기라도 하면 어쩌시려고요?"

다른 건 다 차치하더라도 좀 전까지 명회를 모함하던 약손이 할 말은 영 아닌 것 같지만…… 아무튼, 약손은 궁궐 벽의 귀, 땅의 눈을 염려하며 이유를 단속했다.

이유가 훌쩍 코를 먹으며 어린애 떼쓰듯 말했다.

"가기 싫어."

"가셔야죠."

"싫어. 너 두고 가기 싫단 말이야!"

이유가 쾅쾅 발을 굴렀다. 약손이 제 호주머니에서 손수건을 꺼내 이유의 눈가를 닦아 줬다.

"저는 걱정 마세요. 평생을 옥사에서 살 것도 아니고, 곧 전하께서 방면해 주실 텐데 무엇을 그리 염려하십니까?"

"하지만……."

"아이참, 콧물 좀 봐. 흥 하세요."

"흥! 흐흐흫……."

이유는 약손이 하라는 대로 착실하게 콧물을 풀었다. 그러다가 불현듯 저의 처지가 웃겼는지 흐흐흐 웃음을 터뜨렸다. 옥사에 갇혀서는 한 명은 코 풀라 하고, 또 한 명은 코 풀고. 참 쉬이 볼 수 없는 광경임은 분명했다.

약손이 이유를 밖으로 내보냈다.

"어서 조회에 나가셔서, 약손이를 방면해 달라 명을 내려 주세요. 아셨죠?"

"그리하마."

이유가 세상에서 제일 말 잘 듣는 도령이라도 된 것처럼 착하게 고개를 끄덕였다. 하지만 영 가기 싫은지 자꾸만 뒤를 돌아보며 미련을 못 버렸다.

"나 진짜 갈게. 혼자 잘 있을 수 있지?"

"그럼요!"

"밤에 귀신 나오지는 않지?"

"어서 가세요!"

약손이 엄한 표정을 지었다. 이유는 비 맞은 강아지처럼 추적추적 몇 걸음을 가다가 이내 다시 돌아왔다. 약손이 질겁하며 손을 내저었다.

"도로 오면 어떻게 해요? 진짜 조회 늦으시겠어요!"

"아니, 잠깐만…… 내가 진짜 그냥은 못 가겠어서 그래."

"그냥 못 가면 뭘 어쩌시려고……!"

그때였다. 지이익, 천 찢어지는 소리가 들렸다. 그 선명한 소음에 약손은 물론이고, 멀찍이 서 있던 동재 또한 경악했다.

"저, 전하…… 지금 무엇을 하십니까? 대체 무엇을……?"

약손은 달달 입이 떨려 말을 잇지 못했다. 하지만 이유는 아무렇지 않기만 했다. 이유가 제가 찢어 낸 천 한 귀를 내밀었다. 그렇다. 이유가 약손에게 찢어 준 천의 정체. 그것은 바로 조선 땅의 임금님만 입으실 수 있다는 용포의 소매였다.

"말했잖아. 난 널 위해서라면 기꺼이 흔이 될 수도 있다고."

"……."

약손은 언젠가 이유가 제게 했던 말을 떠올렸다. 둘이 서로의 마음을 처음 확인했을 무렵, 이유가 약손에게 해준 약속 하나.

'네가 사내라도 개의치 않을 거야. 남자여도 달라지는 건 하나도 없어. 너를 정인으로 삼아 남색이라 비난받는다면, 난 기꺼이 한나라의 흔이 될 거야. 난 널 위해 무엇이든 할 각오가 되어 있으니까.'

제 소매를 베고 잠든 동현을 깨울 수 없어서 차라리 소매를 자르고 정무를 보러 갔다던 한나라의 황제 애제. 비록 동현이 남첩이었으나 그를 아끼고 사랑하는 마음을 대표적으로 보여 주는 일화는 지금까지도 단수斷袖로 전해질 정도였다. 이유가 스스로 잘라 낸 용포의 소매를 약손에게 쥐여 주었다.

"이 모진 자리에 어찌 너 홀로 남겨 둘 수 있겠니? 그 쓸쓸함, 이루 말할 수 없다. 그러니 이것을 나라 여기며 마음을 달래도록 하여라."

비와 눈이 섞여 내리는 진눈깨비가 내리는 밤이었다. 비가 오려면 비가 내리든가, 눈이 오려면 눈이 내리든가. 진눈깨비는 둘 중에 하나도 아니고, 괜히 흙길만 적시고 사방을 진창으로 만들었다. 길만 더러워지면 다행이지, 진눈깨비 오면 다음 날에는 반드시 날씨가 추워져서 까딱했다가는 얇게 얼어 버린 얼음을 밟고 뒤로 자빠지는 수가 있었다.

내일은 길 미끄러우니까 어무니한테 집에만 계시라고 말씀드려야 겠구만. 지엄한 옥사를 지키는 나졸 박씨는 하늘에서 떨어지는 눈송이를 보며 제 어머니 염려를 잠시 하다가 이내 옥사 안으로 들어섰다. 약손이 저치가 밥 안 줬다고 하루 종일 굶었다며 고자질을 하는 바람에 큰 고초 치를 뻔했다. 하지만 뒤늦게 이불 준 사실을 말해 줘서 간신히 목숨 부지하기도 했다.

박씨의 손에 들린 죽 그릇에서 하얀 김이 모락모락 피어올랐다. 눈비를 맞아 어깨가 흠뻑 젖은 박씨가 옥사 안으로 죽 그릇을 넣어 줬다.
"이보게, 여 생도! 죽이라도 좀 드시게나."
"……."
"내가 직접 끓여 맛은 보장하지 못하겠지만, 그래도 아예 굶는 것보다는 낫지 않겠나?"
"……."
옥사 안에서는 아무 대답이 없었다. 어둠 속에서 우두커니 앉아 있는 그림자가 보였다. 박씨가 가벼운 한숨을 쉬었다. 아까 주상 전하 가시고 난 후부터 하루 종일 저러고 앉아 있으니 대체 무슨 일인지 모르겠다.
"어이구, 저녁도 안 먹었네? 그대로잖아."
아까 저녁에 넣어 준 밥그릇에는 손 하나 까딱하지 않았는지 밥이고, 반찬이고 전부 그대로였다. 아까 주상 전하께서 이르길, 행여나 여 생도를 굶기거나 먹거리를 주지 않으면 경을 친다고 으름장을 놓으셨는데, 정작 여 생도가 밥을 먹지 않으니 이것 참 큰일이 아닐 수 없었다.
"여기 동치미 국물도 가져왔어. 내가 항아님께 부탁해서 특별히 구한 것인데, 맛이 아주 좋아. 한술만 떠 봐."
이젠 하다하다 죄인의 밥상까지 챙기는 저의 처지가 서러웠다. 하지만 제게 눈 부라리던 주상 전하만 생각하면 이깟 죽뿐이랴. 여 생도가 먹고 싶다는 음식은 저 힘닿는 데까지 최대한 구해 줄 생각이었다.
"이보게, 여 생도……! 여 생도……!"
그때였다. 내내 대답이 없던 약손이 자리에서 일어났다. 그래, 하루 종일 아무것도 안 먹었는데, 저도 배가 고프겠지. 동치미가 먹고 싶겠지. 박씨가 반색했다. 죽 그릇과 동치미를 얼른 옥사 안으로 넣어 줬다.

"동치미 좋아하나?"

"……."

하지만 약손은 여전히 답이 없었다. 그저 물끄러미 서서 죽 그릇을 바라보기만 했다. 밥 먹으러 온 줄 알았는데, 그게 아니었나 보다. 박씨가 약손의 안색을 살폈다.

약손의 얼굴이 해쓱했다. 입술은 잔뜩 물어뜯었는지 군데군데 상처가 나 있었다. 박씨는 깜짝 놀랐다. 아침까지만 해도 멀쩡하더니만, 어떻게 하루 만에 이렇게 반송장이 되었어?

"자네, 어디 아픈가? 몸이 안 좋아?"

"……."

약손이 도리도리 고개를 저었다. 그 대신 약손이 말했다.

"부탁이 있습니다."

"응. 뭔데?"

"그……."

약손이 망설였다. 습관처럼 물어뜯은 입술에서 다시금 툭 핏방울이 번졌다. 한참을 고심하고 또 고심하던 약손이 말을 이었다.

"한명회 영감님을 뵙게 해주십시오."

*

원래 약손의 속마음은 이러했다.

주상 전하 곁에 최대한 찰싹 달라붙어서 절대 떨어지지 말자. 남들이 욕을 하든 말든, 한명회가 너는 전하에게 짐이 된다느니, 은혜도 모르는 철면피라느니 백날 천 날 흉을 봐도 못 들은 척하자. 거머리처럼 주상 전하 팔뚝 꽉 물어뜯은 다음에 달달한 피 쪽쪽 뽑아 마시며 살자…….

암만 거머리가 피를 들이켠다 한들 인간에게 대단한 타격 주는 것 봤는가? 그저 있는 듯 없는 듯, 티 안 나게 조금씩만 마시면 아무도 모르고 넘어갈 일이었다. 물론 피 뺏기는 당사자 입장에서는 좀 억울할 수는 있겠지. 하지만 원래 세상사가 서로서로 돕고 살아야지, 사람이 너무 각박해도 못 쓰는 법이었다.

그런 의미에서 약손과 이유의 관계는 너무나도 적절했다. 어차피 이유는 가진 게 차고 넘치다 못해 종내에는 버려야 할 왕이었고, 약손은 가진 게 쥐뿔도 없는 생도였다. 주상 전하는 재물이 어마어마하게 많으시니 약손에게 맛난 음식 실컷 사 주고, 크나큰 권력 이용해서 목숨 조금만 부지할 수 있게 도와주면 어디가 덧나나? 세상이 무너지기라도 하나?

그리고 약손이 여태 살아오면서 봤는데, 암만 큰 죄를 지어도 가문이나 뒷배를 이용해서 방면되는 양반들은 수두룩했다. 저들은 그래도 되고, 나는 그러지 말라는 법이 어디 있어? 나도 주상 전하 벗바리 삼아서 무죄 방면 받아 볼 테야!

그래서 명회가 조선을 떠나라는 말을 했을 때도 단칼에 거절했다. 주상 전하가 뒤에 있는데 왜? 내가 왜 죄인처럼 조선을 쫓겨나?

그 결심은 영원히 변하지 않을 듯했다.

그랬는데…….

'말했잖아. 난 널 위해서라면 기꺼이 흔이 될 수도 있다고.'

'이 모진 자리에 어찌 너 홀로 남겨 둘 수 있겠니? 그 쓸쓸함, 이루 말할 수 없다. 그러니 이것을 나라 여기며 마음을 달래도록 하여라.'

참 이상한 일이었다. 원래대로라면 역시 주상 전하는 나를 버리시지 않을 테구나, 암만 날고 긴다 하는 신료들이 성별을 속여 궐에 입궐하고 왕실의 법도를 어지럽힌 여약손의 목을 치라고 난리를 피워도 주상 전하는 귓등으로도 듣지 않겠구나. 오히려 약손을 방면하라 하시겠구나…….

그 증거로 소매 단까지 끊어 주셨으니, 나는 정말 살았구나……. 어깨춤을 추며 기뻐해야 마땅했다. 그런데 이게 대체 무슨 상황인지. 사람의 마음이란 참 알다가도 모를 일이었다.

약손은 주상 전하의 용포 소매를 받아 들고 저도 모르게 왈칵 눈물을 쏟고 말았다. 약손을 안심시키려고 단수를 했는데, 정작 약손은 무슨 서러운 일이라도 당한 듯 눈물을 줄줄 흘리다니. 이유가 도리어 놀라서 약손을 달래야만 했다.

"왜 그래? 응? 뭐가 맘에 안 들어? 왜 우는데? 소매 단이 너무 짧아?"

"아니, 그게 아니라…… 흐윽……."

"그럼 뭐? 왼쪽만 줘서 그래? 오른쪽 소매도 잘라 줄까?"

"아니, 아니…… 흐으윽……."

이유는 비단 소매뿐만이 아니라 약손이 원하면 제 양팔을 모두 자르고도 남을 기세였다. 약손은 아무 대답도 하지 못하고 그저 엉엉 울음만 터뜨렸다. 그런 약손을 보는 이유의 표정 또한 덩달아 심각해졌다. 이유는 약손이 큰 벌 받게 될까 봐 두려워서 우는 것이라고 생각했다. 원래 약손은 순 겁쟁이고, 엄살쟁이니까. 입만 나불나불 살아서 큰 체할 뿐이지, 사실은 간이 콩알만도 못 한 쫄보 중의 쫄보니까.

그런 겁쟁이가 옥사에 갇혔으니 얼마나 무섭고 겁이 날까?

이유는 며칠만 더 참고 기다리라는 저의 말이 무척이나 책임감 없고, 대책 없는 보증이었음을 깨달았다. 아마도 옥사 안에 갇힌 약손의 하루는 십 년처럼 길었을 테니……

"전하아아아! 주상 전하아아!"

"그래, 그래. 내가 여기 있어. 울지 말렴."

결국 이유는 약손을 달래느라 그날 조회에 지각하고 말았다.

이유가 떠난 뒤, 약손은 제게 남겨진 소매 단을 붙잡고 깊은 생각에 잠겼다. 물도 마시지 않고, 밥 한술 뜨지 않았다. 말 한마디 없이 골몰하던 온 종일, 약손의 얼굴은 눈에 띄게 해쓱해졌다.

"이보게, 여 생도! 죽이라도 좀 드시게나. 혹시 어디 아픈가? 몸이 안 좋아?"

깊은 밤. 나졸이 죽을 가지고 왔을 때, 약손은 그제야 복잡했던 머릿속의 생각을 전부 정리했다. 약손은 죽 가져온 나졸에게 부탁 한 가지를 했다.

"부탁이 있습니다."

"응. 뭔데?"

"한명회 영감님을 뵙게 해주십시오."

[2]

"야, 세상 참 좋아졌어? 생도 나부랭이가 승지를 오라 가라 하고 말이야?"

명회가 한껏 이죽거리며 옥사 안으로 들어왔다. 행여나 별다른 용무도 없는 주제에 저를 불렀다면 내 필히 여약손 네놈을 갈아 마시고 말리라. 며칠 전, 약손과 말싸움하느라 잔뜩 기분이 상했는지 표정에 짜증과 신경질이 가득했다. 단 한마디도 지는 법 없는 여약손, 당연히 제 비웃음을 맞받아치리라 생각했는데,

웬일로 옥사 안이 조용했다. 명회는 그제야 삐죽 고개를 빼들고 옥사 안을 들여다봤다.

"사람 불러 놓고 왜 말이 없어? 자는 거 아니지?"

용무가 없는 데다, 더불어 똥개 훈련까지 시키는 거라면 오늘 너 죽고, 나 죽어 보자! 명회가 질끈 주먹을 쥐었다. 하지만 천만다행으로 약손은 잠들지도 않았고, 용무가 아예 없는 것도 아니었다.

약손이 명회를 마주했다.

"왜? 뭔데? 목에 칼이 들어와도 조선 땅 못 떠난다며? 내 말은 죽어도 안 듣겠냐며? 그럼 얘기 끝난 거 아닌가? 진즉 파장 난 사이에 무슨 할 말이 있다고……."

그때, 약손이 명회의 말을 끊었다. 그리고 단도직입적으로 말했다.

"제 생각이 짧았습니다. 영감님 말씀이 맞았어요."

"당연히 내 말이 맞지! 내가 뭐 틀린 말이나 하고 다니는 칠푼이도 아니고…… 뭐? 너 지금 뭐라 그랬냐?"

애가 답지 않게 황소고집에다가, 근성 또한 보통이 아니라서 자율적으로 떠나보내기에는 글렀구나. 내 말 따르게 하기는 물 건너갔구나. 그렇다면 몰래 보쌈이라도 해서 명나라로 보내 버릴까? 내내 궁리하던 명회였다. 그런 와중에 약손이 한 말은 명회가 생각지도 못한 것이었다.

"뭐? 뭐? 뭐라고? 너 지금 뭐라고 했어? 다시 말해 봐."

명회가 저도 모르게 어버버 말을 더듬었다. 약손이 다시 한번 차분한 목소리로 말했다.

"영감님이 옳았다고요. 저는 주상 전하 곁에서 민폐만 끼치는 존재입니다."

“세상에…… 드디어 네 주제를 깨달은 거야? 주상 전하 등 뒤에 숨어서 천년만년 잘 먹고 잘 살겠다더니만?”

“철이 없어서 그랬습니다. 저 나름대로는 전하께 도움이 될 수 있다고 생각했는데…….”

약손의 눈빛이 사뭇 진지했다. 약손이 고개를 저었다.

“아니었어요. 제가 잘못 판단했어요.”

“…….”

“저는 주상 전하의 짐만 될 테고…… 주상 전하 발목 잡기는 죽기보다 싫습니다.”

“허…….”

나무 기둥 틈새로 약손을 바라보는 명회가 손으로 제 턱을 쓸었다. 약손이 제 결심을 번복하거나 말거나, 한 입으로 두말하며 변덕이 죽 끓듯 하는 것과 별개로, 떠나겠다 말하는 약손을 보는 명회의 얼굴에 흥미로운 기색이 스쳤다.

독서광답게 학문 외의 여러 분야에서도 박학다식한 명회는 역술에도 제법 능통했다. 천간지지를 조합하여 사주팔자를 읽는다거나, 이목구비를 통해 관상을 해석하는 일. 분명, 맹신하지 못할 미신이지만 얼추 맞아떨어졌다.

“흠…….”

명회가 약손의 얼굴을 찬찬히 살펴봤다.

전체적으로 모나지 않고 둥근 이마. 그러나 부모궁父母宮이 누워 있으니 부모덕은 하나도 받지 못하고 자수성가할 팔자였다. 하지만 일생의 부귀영화를 단정 짓는 이마 한가운데의 관록궁官祿宮은 막 잡은 돼지 간 엎어 놓은 듯 살점이 도톰하고 밝은 빛이 났다.

부귀빈천富貴貧賤을 나타내는 눈은 또 어떠한가. 흰자와 검은

자의 흑백은 감탄이 절로 날 정도로 명확하게 구분이 되며, 언뜻 보면 둥근 듯하지만 자세히 보면 가늘고 길게 이어지는 모양의 눈매는 영락없는 봉황의 눈이었다. 예로부터 봉황 눈을 가진 사람은 고귀함을 태생으로 가지고 났다는데, 포부가 원대하여 한 번 마음먹은 일은 반드시 이룬다고 했다. 오죽하면 관상가들도 다른 부분이 전부 못나도 봉황 눈만 가지면 세상에 부러울 게 없다고 할까. 딱히 노력 안 해도 재물이 절로 굴러들어오는 눈. 바로 여약손의 눈이 그러했다.

코는 얼굴에 비해 비교적 큰 축에 속하고, 끝이 풍성해 재財와 인人은 두루 갖추겠지만 대신 성공은 늦게 하겠다. 입은 사내답게 굵직하게 잘생겼고…… 아, 여약손 여자랬지.

이제 보니까 여약손은 참 희한한 골상을 갖고 있었다. 약손의 얼굴에는 귀貴와 천賤, 상上과 하下, 망亡과 공功이 동시에 공존했다. 이런 팔자는 모 아니면 도라서 아예 어릴 적에 단명하거나 벽에 똥칠할 때까지 장수하기, 가장 고귀한 신분으로 살거나 말할 수도 없을 만큼 천하디천한 신분으로 살곤 했다.

내 살다 살다 이렇게 극단적인 관상은 처음 보겠네.

하긴, 따지고 보면 옥사에 갇힌 지금 여약손의 상황은 딱 제 관상을 닮았다. 자칫하면 목이 달아날 수도 있는 끔찍한 옥사에 갇혔으나, 약손의 뒤에 선 사람은 다름 아닌 이 나라 조선의 지존되는 분이도다.

"갑자기 왜 뜻을 바꾼 거야?"

명회가 물었다.

"그건……."

약손이 잠깐 생각에 잠겨 골몰하듯 입술을 몇 번 깨물었지만 이내 거기까지 설명할 필요는 없는 듯 가볍게 고개를 저었다.

"그냥…… 마음을 바꿈에 특별한 까닭이 있겠어요? 생각해 보니까 너무 제 생각만 하는 것 같아서요."

아닌데? 그거 아닌데? 사실은 엄청나게 특별한 까닭이 있는 것 같은데? 명회는 끝까지 추궁하고 싶었다. 하지만 약손 스스로가 별로 말하고 싶어 하지 않는 눈치였다.

그래, 속사정이야 내가 알 바야? 얌전히 조선 땅 떠나 주면, 나야 고마운 거지. 몰래 보쌈 안 해도 되고. 어우, 큰 시름 한번 덜었네. 오지랖 넓게 더는 참견하지 말자. 명회는 흔쾌히 모른 척 넘어가 주기로 했다.

"그럼 언제 갈래? 주상 전하 용안, 마지막으로 한 번 더 뵐 테야? 내가 또 그 정도는 너그럽게 이해해 줄 수 있는데……."

"아니요."

약손이 단호하게 고개를 저었다. 얼핏 보면 우유부단하고, 갈팡질팡, 마음이 약해 줏대 하나 제대로 못 세워 이것도 저것도 못 할 것만 같은 유약한 얼굴. 하지만 그 얼굴은 한번 입장을 정하면 정반대의 기색을 드러냈다.

"어차피 떠나야 하는데, 주상 전하를 뵈어 무엇 합니까? 괜히 가슴만 더 아픕니다. 최대한 빠른 시일 내에 떠나도록 하겠습니다."

숙정문 앞에 채여彩轝가 멈춰 섰다. 채여는 본래 왕실의 귀중품을 운반하는 가마였다. 한데 어째서 이 야심한 새벽에 궐문을 통과할까? 그 누구라도 이상하게 생각할 광경이었다. 채여를 호위하는 군관의 표정이 엄격했다.

군관이 주변을 살피더니 아무도 없음을 확인하고 나서야 톡톡 가마채를 두드렸다.

채여를 보낸 장본인인 명회가 저의 허락 없이는 그 누구도 안을 볼 수 없게 하라 철통같은 분부를 내렸는데, 과연 채여에 실린 귀중품은 무엇이었을까?

"다 왔습니까……?"

곧 가마채가 걷히며 안에서부터 인영 하나가 꾸물꾸물 기어 나왔다. 불빛 하나 없는 밤중이라 그 모습이 가히 우물벽 기어 나오는 귀신처럼 흉해 보였다.

"아우, 발 절여……. 아우, 아우, 내 발…… 내 발 살려……."

하지만 귀신이라기에는 인영이 어째 허술했다. 아니, 상당히. 가마에서 기어 나온 인영은 발이 저려 죽겠다며 중심을 잃고 휘청거렸다. 내내 쪼그려 앉아 있던 탓에 경련이 난 종아리를 주무르고, 코에 침을 세 번 바르고…… 한참 난리를 피운 끝에야 귀신, 아니 인영의 얼굴이 드러났다.

"배웅은 여기까지네. 예서부터는 자네 혼자 가야 할 것이야."

"예, 예. 압니다, 알아요."

약손이 고개를 끄덕였다. 그렇다. 이 새벽에 채여를 타고 위장하여 도성을 빠져나온 사람. 다름 아닌 약손이었다.

'어차피 떠나야 하는데 주상 전하를 뵈어 무엇 합니까? 괜히 가슴만 더 아픕니다. 최대한 빠른 시일 내에 떠나도록 하겠습니다.'

한번 마음을 정했으니 시간 끌어 봤자 지루하기만 했다.

'정말이야? 지금 하는 말, 틀림없는 진심이지? 나중에 딴말하기 없어?'

'뭐, 각서라도 써드려요?'

명회는 약손에게 몇 번이나 확답을 받았다. 마침내 약손의 뜻이 확고하다는 것을 알아채고는 그 즉시 일을 진행했다. 채여 하나를 구해 와서 그 안에 약손을 태우고 도성 밖으로 내보내겠다는 계획을 세웠다. 약손의 목적지는 북쪽의 명나라였으니 숙정문이 가장 적합했다.

"하면, 몸조심해 가시오. 낙양에 도착하면 그대를 돌봐 줄 사람이 있을 것이오."

"예, 예. 그 또한 잘 압니다. 누구보다 잘 알고 있어요."

약손이 빈정대듯이 대답했다가 표정이 바로 험악해지는 군관을 보고는 얼른 깨갱 몸을 사리며 꼬리를 내렸다. 아무래도 요며칠 주상 전하며, 한명회며, 웃전들에게 버릇없이 굴던 습관이 저도 모르게 몸에 밴 모양이었다. 하여튼 요놈의 입이 방정이다! 더 있다가는 경을 칠지도 몰랐다.

"그럼, 안녕히 가십시오!"

약손이 꾸벅 인사하고는 등을 돌렸다. 군관은 가마꾼과 함께 미련 없이 숙정문 안으로 사라졌다. 몇 걸음 성큼성큼 걸어가던 약손이 빼꼼 고개를 내밀고 뒤를 돌아봤다. 군관의 머리꼭지가 완전히 사라지고 나자 그제야 '휴…….' 안도의 한숨을 쉬었다.

"농담 좀 한 걸 가지고 정색하기는. 이래서 무관들이랑은 놀지 말아야 돼. 무슨 말이 통해야지! 말이!"

약손은 군관이 사라진 방향을 향해 혀를 쏙 내밀어 보였다.

"……."

밤길은 쥐 죽은 듯 조용하기만 했다. 군관마저 사라지고 나니 들리는 소리는 오로지 약손이 내쉬는 숨소리뿐이었다.

"……."

약손이 후우— 길게 숨을 뿜어냈다.

새하얀 입김이 허공에서 연기처럼 퍼졌다. 통행이 금지된 시각에 이슬 맞고 다니려니, 꼭 옛날에 야반도주하던 여인네들 도와주던 때로 돌아간 것만 같았다. 군관들에게 들킬까, 도망치는 여인 가족들에게 들킬까, 온 신경을 곤두세운 채로 마음 졸여야 했던 때. 그래도 그때가 차라리 낫다는 생각이 드는 건 왜인지.

그저, 내일 먹을 밥, 찬, 칠봉과 등 따습게 몸 누일 집만 걱정하면 되던 나날들.

"참, 아부지한테 인사도 못 올리고 가네……."

약손이 쩝 입맛을 다셨다. 하지만 칠봉은 저가 명나라에서 자리 잡고 난 후에 불러들여도 늦지 않을 터였다. 지금 함께 가봤자, 고생만 하지. 아부지가 그 먼 명나라를 어떻게 가? 이젠 늙어 고갯길만 넘어가도 숨차서 헉헉 숨을 몰아쉬는 사람이 바로 칠봉이었다.

"아부지는 나중에 오셔. 내가 명나라에서 성공하면 아부지한테 번쩍번쩍한 가마를 보내 드릴 테니까 그거 타고 편히 오세요."

듣는 사람도 없건만, 약손이 혼잣말을 하며 걸음을 옮겼다.

명나라. 엄청나게 먼 곳인데, 그 흔한 길동무 하나 없이 가게 생겼다. 한 발 한 발, 걸음 내딛던 약손이 가락을 읊었다.

"사악한 한명회의 꾐에 넘어간 여약손은 아부지도 없고, 어무니도 없고, 나귀도 없고, 동무도 없이 홀로 머나먼 명나라로 떠나게 되었는데……."

배운 게 도둑질이라, 절로 노래가 나왔다. 장돌뱅이 할 적에 닦아 둔 솜씨는 여전했다. 하나도 녹슬지 않았다. 약손은 노랫말에 등장하는 제일 악당은 한명회로 정했다. 그런데 노래하는 폼이 뭔가 허전했다.

아, 맞다. 부채! 어디 부채가 없던가? 부채 촥촥 펼쳐 가면서 장단 맞추면 더할 나위 없을 것 같았다. 약손이 등에 맨 봇짐을 뒤졌다. 하지만 명회가 황급히 챙겨 준 짐에 부채 따위가 있을 리 만무했다.

하여튼 한명회, 이놈은 도움이 안 돼, 도움이. 지가 광대의 인생을 알아? 순 책상머리에 앉아서 탁상공론만 할 줄 아는 정치가 놈이 하는 짓이 다 그렇지 뭐. 광대 짐에 부채를 빼놓았네.

"부채가 없잖아……."

약손이 깊은 한숨을 푹 내쉬었다. 사악한 한명회의 꾐에 넘어간 여약손은 아부지도 없고, 어무니도 없고, 나귀도 없고, 동무도 없고, 부채도 없이 홀로 머나먼 명나라로 떠나게 되었는데…….

그때였다.

불현듯 약손의 눈앞에서 촥 부채가 펼쳐졌다.

"어?"

이게 무슨 일이야? 웬 귀신이 곡할 광경이야? 어둔 밤중에 갑자기 나타난 부채에 깜짝 놀란 약손은 그만 뒤로 벌렁 넘어지고 말았다. 그와 함께 하하 웃음소리가 들렸다.

"부채가 없긴 왜 없어? 내가 챙겨 왔는데?"

"흐익!"

제 앞에 놓인 부채를 본 약손의 눈이 휘둥그레졌다. 분명 약손이 입궐할 때 함께 챙겨 온 부채였다. 약손의 손때가 여실했다.

"사악한 한명회의 꾐에 넘어간 여약손은 아부지도 없고, 어무니도 없고, 나귀도 없지만……."

"너……!"

귀에 들리는 목소리가 엄청나게 낯익었다. 약손이 저도 모르게 꽥 소리를 질렀다. 곧 눈앞에 펼쳐졌던 부채가 착 소리를 내며 접혔다. 그와 동시에 보이는 얼굴…….

“동무 복금이가 있고, 부채도 여기 있잖아.”

그렇다. 그 동무는 바로 복금이더라. 약손은 허깨비라도 본 양 연신 제 두 눈을 비비고, 팔뚝을 꼬집었다. 하지만 복금은 실제였다. 환상처럼 금방 사라져 버리지도 않았고, 꿈속의 환영처럼 없어지지도 않았다.

복금이 싱긋 웃어 보였다. 약손은 그제야 동구 밖에 마실 보냈던 제정신을 찾아왔다.

“너…… 너, 네가 왜…… 어떻게…… 여기…….”

약손이 천천히 자리에서 일어났다. 약손의 눈가에 설핏 이슬이 맺힌 듯도 했다.

“약손아, 나 괜찮아. 나는 네가 걱정돼서…….”

하지만 복금은 미처 말을 끝맺지 못했다. 온전히 정신 돌아온 약손이 그대로 달려가 복금의 등을 후려쳤기 때문이다.

“너 이놈의 자식! 네가 왜 여기 있어? 네가 왜! 왜! 왜왜왜왜! 내가 진짜 못 살아! 제명대로 못 살아!”

약손이 느티나무 아름드리 기둥에 제 머리통을 쾅쾅 쥐어박았다. 복금이 쥐도 새도 모르게 제 뒤를 따라온 것도 울화가 치밀어 죽겠는데, 설상가상…….

“헤헤…… 약손아…… 나다, 수남이.”

복금이가 등짝 후려 맞는 것을 내내 지켜보다가 약손이 조금이나마 진정되니까 그다음에는 수남이 머리를 긁적이며 나오는 게 아닌가? 암만 약손이 철부지고, 신경질이 난들 장유유서가 엄격한데 저보다 한참 연장자 되는 수남의 등짝을 칠 수는 없었다.

그럼 이 화를 어떻게 참아? 약손은 차라리 제 머리통을 나무에 박아 대며 자해를 하는 것이었다. 어차피 약손의 골은 이유도 인정한 돌멩이 중의 돌멩이고, 세상 제일로 으뜸가는 짱돌이었기에 하나도 아프지 않았다. 하지만 그런 사정 하나도 모르는 복금과 수남의 얼굴은 사색이 됐다.

"쟤 왜 저러냐?"

"저러다 골 깨져서 죽겠어요!"

복금이 약손의 왼팔을, 수남이 오른팔을 잡고 말렸다. 하지만 성난 황소 같은 약손의 성질 죽이기가 어디 쉽더냐? 약손의 콧구멍에서 허연 콧김이 쉭쉭 뿜어져 나왔다.

"대체 나 가는 길이 어디라고 따라와? 명나라 가는 게 장난인 줄 알아? 농인 줄 알아? 난 쫓겨나는 거라고! 모가지에 칼만 안 찼을 뿐이지, 유배 가는 거랑 마찬가지라고!"

"우리도 알아, 약손아. 다 알아. 알고 따라온 거야. 한명회 영감님이 다 말씀해 주셨어."

"……뭐?"

약손이 흠칫 자리에서 멈춰 섰다. 복금은 그 틈을 타 저가 예까지 따라오게 된 연유를 설명했다.

"간밤에 날 찾아오셨어. 혹시 너 따라 명나라 갈 생각 있냐고 물으시더라. 만약 그럴 의향이 있다면 너랑 같이 보내 주겠다고 하셔서……."

명회가 복금을 찾아온 것은 약손이 옥사에 갇힌 지 며칠 안 지나서였다. 복금은 하루에도 몇 번씩 옥사를 찾아가 봤지만, 약손은 아무도 접견할 수 없다고 해서 늘 허탕만 치고 돌아왔다. 그 험한 옥사 안에서 밥은 잘 먹는지, 잠은 잘 자는지, 혹 고문을 당하고 있는 것은 아닌지…….

주릿대에 다리가 묶여 정강이가 비틀어지는 약손의 얼굴이 아른거렸다. 그럴 때는 방에 누웠다가도 벌떡벌떡 일어날 정도였다. 결국 복금은 정방 마당을 서성이며 하릴없이 새카만 하늘만 바라봐야 했다.

"약손아…… 괜찮은 거지?"

깊은 한숨을 내쉴 무렵, 불현듯 뒤에서 사람의 기척이 느껴졌다. 이 늦은 시간에 누구지? 돌아본 자리에 서 있는 사람은 다름 아닌 한명회더라.

복금이 깜짝 놀라 자리에 엎드렸다.

"그렇게 한숨 쉬어서 땅이 꺼지겠어?"

"스, 승지 영감님……."

행여 저가 뭔가를 잘못했나? 어찌하여 이런 야밤에 우승지 영감께서 생도들 머무는 장방에 직접 걸음 하셨을까? 머릿속에 온갖 생각이 스쳐 지나갔다. 그러거나 말거나 한명회가 복금에게 나직하게 물었다.

"네가 여약손과 가장 친한 생도라고 들었다. 칠촌에서도 약손을 따라 함께 남았다고 했지?"

"그, 그건……."

"예, 아니오로만 대답해. 내 말이 맞아, 틀려."

명회는 시간 낭비는 딱 질색이었다. 저 듣고 싶은 말만 듣고 싶어 했다. 복금이 얼떨결에 고개를 끄덕였다.

"……예, 맞사옵니다."

"그래. 하면, 너 여약손 따라서 명나라 갈래?"

"……예? 그게 무슨 말씀이신지요?"

"이게 건방지게 나한테 되물어? 너 따위 천한 생도랑 말 섞으니까 우승지가 우스워 보이더냐?"

명회의 목소리가 추상같았다. 잔뜩 겁먹은 복금이 질끈 눈을 감고 이마를 바닥에 부딪쳤다. 한명회 눈 밖에 나면 목숨 부지하기 힘들다고 하던데…….

명회가 다시 물었다.

"시간 없으니까 빨리 대답해. 너, 여약손 따라 명나라 갈 거야, 말 거야?"

그 질문에 복금이 어떤 대답을 했을지는 듣지 않아도 알 수 있었다. 작금의 상황이 충분히 알려 주고 있으니까.

"……그런 일이 있었어?"

"응. 그런 일이 있었어."

복금의 이야기를 듣고 나니까 약손의 마음에도 뭔가 변화가 생겼나 보다. 황소처럼 날뛰던 약손이 잠잠해졌다. 하긴, 제 친구가 큰맘 먹고 저를 따라오겠다고 했는데, 마냥 구박할 수만은 없겠지. 약손 말마따나 명나라 가는 게 어디 장난의 일이던가? 거의 목숨 걸고 가는 것과 진배없었다.

약손이 더 이상 난리를 부리지 않으니까 복금과 수남이 서로 눈치를 보며 슬그머니 팔을 잡은 손에 힘을 풀 때…… 약손이 다시금 악을 썼다.

"한명회! 이 미친 새끼! 불구덩이에 나 혼자 밀어 넣었으면 됐지, 대체 이 정신 나간 놈은 대체 무슨 생각으로…… 큽……."

"약손아! 누가 들을라! 쉿! 쉿!"

얘가 진짜 미쳤나? 정신 나갔어? 암만 궐을 빠져나왔다 한들, 고작 문 하나에 갈린 안과 밖이었다. 행여 누가 들으면 어떻게 해? 한명회가 저 욕하는 거 알아채면 어떻게 해? 너 진짜 철퇴 맞아 죽고 싶냐? 목숨이 한 예순 개쯤 돼? 너 때문에 우리까지 굴비 꿰듯 줄줄이 엮이면 책임질래?

수남이 재빨리 약손의 입을 틀어막았다. 하지만 그 무엇도 약손을 방해할 수는 없으리라…….

약손이 수남의 손을 콱 깨물었다.

"궐에 죽은 듯이 박혀 있으면 밥 줘, 재워 줘, 녹봉 따박따박 줘……. 그 복을 걷어차고 따라오는 등신들이 대체 어디 있어? 왜 날 따라와?"

"아이구, 약손아. 사람이 한솥밥 먹은 정이란 게 있는데, 어찌 그 먼 길 너 혼자 보낸단 말이냐…… 게다가 우린 뫼자리라고 여겼던 칠촌에서도 살아남은 명색이 삼인방인데……."

"멋대로 삼인방라고 이름 붙이지 마세요!"

약손이 빽 소리쳤다. 워낙 약손의 몸에서 뿜어져 나오는 기세가 흉흉하기에 수완 좋은 수남도 헙 입을 다물었다. 약손에게 핀잔 들은 수남의 얼굴이 몹시 침울해졌다.

"그래, 미안하다. 우린 삼인방이 아니지…… 그래도 난 나름대로 그간 함께한 정이 깊다고 생각했는데…… 그래, 약손이 네 말이 맞아. 내 멋대로 삼인방이라는 칭호를 붙여서는 안 될 일이었어."

수남이 약손의 팔을 붙잡았던 손에서 스르륵 힘을 풀었다. 수남이 풀 죽은 듯 고개를 푹 숙였다. 맨날 헤헤헤, 허허허 속없는 천치처럼 마냥 웃기만 하던 사람이 그렇게 나오니까 약손도 조금 미안해졌다. 삼인방 따위가 뭐 대수라고. 저 따라서 명나라 가는 길까지 선택한 사람한테 굳이 이렇게 냉정하게 말했어야 할까? 명백한 약손의 잘못이었다.

"아니, 아저씨. 제 말은 그게 아니라요……."

"우린 이제 삼인방이 아니야."

수남이 답지 않게 확고하게 말했다.

"아저씨……."

약손이 수남 좀 달래 보라는 듯 복금을 바라봤다. 하지만 복금 역시 마땅한 방법이 없다는 듯 고개만 저을 뿐이었다. 수남이 방금 전 약손이 머리를 박아 대던 느티나무 아래로 걸어갔다. 행여 저처럼 자해라도 할까 봐 약손이 얼른 그 뒤를 따랐다.

"아저씨! 제가 잘못했습니다. 말이 심했어요. 전 정말, 그런 뜻이 아니라……."

그때, 느티나무 뒤에서 웬 사람 그림자가 튀어나왔다. 복금과 수남, 저를 포함한 셋 말고는 주위에 아무도 없는 줄 알았던 약손이 기겁을 하며 놀랐다.

"누, 누, 누, 누구세요?"

약손이 빽 소리쳤다. 곧 검은 그림자가 약손 앞에 섰다.

검은 그림자가 머리에 둘러쓰고 있던 쓰개치마를 벗었다. 그리고 보이는 한 여인의 얼굴…… 약손은 난생처음 보는 얼굴이었다.

그때, 수남이 말했다.

"약손아, 인사해라."

"……예?"

약손은 여전히 상황을 파악하지 못했다. 여인이 다소곳하게 약손에게 인사를 했다.

"여 생도, 이렇게 만나게 되어 반갑습니다. 저는 목진화라 하온데…… 목 상궁이라 부르소서……."

"예? 아니, 상궁마마님께서 어찌 이곳에 계시는지……?"

그때, 수남이 은근슬쩍 목 상궁의 손을 잡았다.

"한명회 영감한테 너 따라가겠다고 할 때, 혹시 목 상궁도 동행하면 안 되겠냐고 했더니만 흔쾌히 허락하더라. 한명회, 그분

소문답지 않게 참 호탕하더라. 아주 장부야."

"아이참, 사람들 앞에서 민망하게 왜 이러세요……."

수남이 손을 잡으니까 목 상궁이 약손의 눈치를 보면서 잡힌 손을 빼냈다. 수남이 그런 목 상궁을 다독였다.

"괜찮아. 내가 친동생처럼 생각하는 아이들이라네. 얘들도 나를 친형처럼 따르고…… 이제 목 상궁 또한 나를 지아비처럼 여겨서……."

"아잇! 망측해요!"

목 상궁이 수남의 어깨를 주먹으로 콩 때렸다. 수남은 허허 웃으며 뒤로 밀리는 시늉을 했다.

곧 둘은 약손 따위는 아랑곳없이 둘만의 대화에 빠져들었다. 이제 우린 앞으로 그 누구의 눈치도 볼 필요가 없으며, 감찰 궁녀 따위는 없는 세상에서, 암수 서로 정다운 훨훨 나는 꾀꼬리가 되어 천년만년 아무 근심 없이 살아 봅시다…….

"……."

빠직. 약손의 이마에 핏대가 섰다. 그래, 복금은 그렇다 치자. 복금은 하나밖에 없는 동무니까. 한데 수남이 저를 따라온 것은 참 이상하다 싶었더랬다. 수남 아저씨가 겁쟁이고, 모험 싫어하고, 얇고 길게 사는 성격임은 하늘이 알고, 땅이 알고, 모든 생도가 익히 잘 아는 바였다. 그런 수남이 명나라로 떠나는 약손을 따른다? 뭔가 꿍꿍이가 있음을 진즉에 눈치챘어야 했거늘…….

'넌 알고 있었지?'

'약손아, 그게…….'

약손이 눈으로 욕을 하거나 말거나, 복금이 약손의 눈치를 보기 바쁘거나 말거나, 둘만의 세상에 빠져 한참 사랑을 속삭이던 수남이 이내 정신을 차리고 엄숙하게 말했다.

"우린 이제 삼인방이 아니다. 목 상궁까지…… 사인방이다."
"하……."
갑자기 두통이 몰려왔다. 졸지에 혹이 두 개, 아니 세 개나 붙어 버리다니. 약손이 제 머리를 싸잡았다.

*

"저기…… 약손아……."
좀처럼 약손의 화가 풀리지 않아서 둘, 아니 셋 모두 서로서로 약손의 눈치만 살필 때였다. 약손의 뒤를 맴맴 따라가던 복금이 뭔가 중대하게 할 얘기라도 있는 듯 약손을 불렀다. 약손이 퉁퉁 부은 얼굴로 대답했다.
"뭐, 왜."
"이거……."
복금이 제 봇짐을 주섬주섬 뒤지더니 조그만 보자기 하나를 꺼내서 약손에게 내밀었다.
"이게 뭔데?"
약손은 보자기를 받아 들지는 않고 역시나 시큰둥한 표정으로 곁눈질하기만 했다.
"이거는…… 내가 여태까지 모아 놓은 녹봉인데……."
복금이 무사히 운을 틔우는 꼴을 보고 있던 수남도 목 상궁과 함께 냉큼 다가왔다. 그러곤 수남도 복금과 마찬가지로 조그만 쌈지를 내밀었다.
"우리 성의라고 생각해라."
"예? 성의요?"
"그래, 명나라까지 가는 길이 오죽 멀겠냐? 재물 필요한 순간이 꽤 될 거다. 당장 잠자리, 먹을거리부터가 공짜로는 안 될 테니까 말이야."
"이게 다 여비란 말이에요?"
"그렇지. 난 목 상궁 몫까지 같이 챙겨 넣었다."
"비록 얼마 안 되지만 이거라도 보태 써."
약손이 복금과 수남의 꾸러미를 받아서 안을 살펴봤다. 그러고는 픽 코웃음을 쳤다.
"얼마 안 된다더니만, 진짜 얼마 안 되네. 이깟 푼돈으로는 명나라 반도 못 가 길에서 굶어 죽겠어."
"그래도 아예 없는 것보다는 낫잖아."
"됐고! 도로 집어넣어. 푼돈 모아 봐야 어차피 푼돈이고, 티끌 모아 티끌이야."
"그럼 명나라까지는 어떻게 가려구?"
복금이 울상을 지었다. 약손의 사정이라고 저와 다를 바가 있으랴. 분명 쥐뿔도 없는 주제에 자존심만 내세우며 허세 부리는 것이 분명했다. 약손이 길가에 돋아난 풀을 손으로 뚝 잡아 뜯었다. 그러고는 입에 넣고 유유자적 풀피리를 불었다. 복금이 그 뒤를 졸졸 쫓았다.
"약손아, 그만 화내고 이거 받아. 응? 너 돈 없잖아. 여태 녹봉 받은 걸로 전부 떡 사먹어 가지고 엄청나게 가난하잖아."
"누가 가진 게 없대? 누가 가난하대?"
설핏 약손의 얼굴에 승자의 표정이 떠오른 것은 복금의 단순한 착각일까? 어째 단순한 허세만은 아닌 듯한 느낌적인 느낌. 수남이 바짝 따라붙어 꼬치꼬치 질문을 퍼붓기 시작했다.
"애, 약손아. 너 모아 놓은 재물 좀 있구나? 그치? 그런 거지?"
"그게 왜 궁금하시죠?"

"야! 우리 사이에 이렇게 시치미 떼기 있냐? 좀 말해 주면 어디가 덧나? 응? 응? 재물이 얼마나 되는데 이렇게 자신감이 넘치냐?"

약손은 대답 대신 삑삑 피리만 불어 댔다. 약손이 핏 웃으며 몇 시진 전, 명회와 독대하던 순간을 떠올렸다.

'어차피 떠나야 하는데 주상 전하를 뵈어 무엇 합니까? 괜히 가슴만 더 아픕니다. 최대한 빠른 시일 내에 떠나도록 하겠습니다.'

약손의 단호한 결심에 명회는 아주 만족스럽다는 듯 고개를 끄덕였다.

'좋아. 쇠뿔도 단김에 빼랬다고, 당장 차비하도록 하지.'

드디어 성공적인 협상 결과를 이끌어 낸 명회가 뿌듯한 표정으로 돌아섰다. 하지만 그때, 약손이 덧붙였다.

'단, 그냥은 못 갑니다. 조건이 있어요.'

'뭐? 조건? 그게 무슨 말이야?'

'명나라까지 갈 길이 먼데 맨몸으로 갈 수야 있겠습니까?'

'아, 여비를 말하는군. 그거라면 걱정하지 마. 내가 설마 자네를 무일푼으로 보낼까? 여비는 물론이고, 앞으로 평생 동안 써도 부족함 없는 재물을 꾸려 준다고 약속하지.'

명회가 약손을 다독였다. 그러나 약손은 재물 앞에서 호락호락한 인간이 아니었기에 단호하게 고개를 저었다.

'아니요. 재물은 영감님께서 손에 쥐여 주는 것 말고, 제가 직접 품목을 정하도록 하겠습니다. 제가 원하는 것, 제가 필요한 걸로요.'

'……뭐라고?'

명회는 자신의 귀를 의심했다. 얘가 지금 나한테 뭐라고 그랬냐? 패물 주면 고맙습니다, 절을 해도 부족할 판에 뭐? 뭘 직접 정하겠다고? 품목?

'까짓 패물이야 쓰다 보면 연기처럼 사라지기 마련이고, 명나라 가는 길에 재수 없게 도둑맞을 수도 있는 법.'

'……그런데?'

'주상 전하는 제가 원하는 건 뭐든 들어 주세요. 만약 제가 전하 곁에 머문다면, 아마 죽을 때까지 호화롭게 살도록 보살펴 주셨을 걸요?'

'요점이 뭐야?'

'그러니까 제가 원하는 건……'

약손이 간단하게 대답했다.

'평안도의 성천도호부成川都護府는 옥 채굴지로 유명하지요. 명나라 국경과 인접하기도 하구요.'

'……그래서?'

'성천도호부의 옥 채굴권을 저한테 주세요.'

이 새끼가 미쳤나? 정신 나갔나? 보자 보자 하니까 누굴 보자기로 알고. 지금 저한테 뭘 달래? 명회가 어불성설, 절대로 안 된다는 듯 눈으로 쌍욕을 퍼부었지만 약손은 굴하지 않았다.

'사람이 집도 절도 없이 어떻게 삽니까? 평생 살던 고향땅 떠나는 게 어디 쉽나? 저는 산해진미, 금은보화 다 필요 없습니다.'

'차라리 산해진미를 달라 해! 금은보화가 필요하다고 해!'

'옥 채굴권 안 주시면, 전 그냥 예서 천년만년 살겠습니다. 명나라에서 비렁뱅이처럼 빌어먹다 죽으나, 옥사에서 고문 받다 죽으나, 어차피 그게 그거……'

'여약손…… 너……'

명회가 뒷목을 붙잡았다. 제 발로, 제 입으로, 스스로 주상 전하 곁을 떠나겠다고 해서 쾌재를 불렀건만. 주상 전하는 어디서 이런 근본 없는 자식을 만나 가지고 나를 이렇게 힘들게 하는 걸까? 명회는 잠시나마 여약손을 소리 소문 없이 죽여 버리는 방법을 진지하게 고민했다. 하지만 귀신같은 약손이 또 말했다.

'명나라에서 비렁뱅이처럼 빌어먹다 죽으나, 옥사에서 고문받다 죽으나, 누구누구 영감님한테 쥐도 새도 모르게 죽임당하거나, 어차피 그게 그거…… 아이고, 주상 전하아아아! 약손이가 죽어 갑니다! 누구누구 영감님에게 사주 받은 살수殺手에게 암살을 당해 유언 한마디 남기지 못한 채 원통하게 죽사옵니다! 소인, 원귀가 되어 구천을 떠돌아도 부디 놀라지 마시옵소서……'

'야! 너 조용히 안 해? 입 안 다물어?'

명회가 화들짝 놀라며 약손을 말렸지만 씨알도 먹히지 않았다. 결국 명회는 아예 옥사 안으로까지 직접 쳐들어가서 약손의 입을 막아 버렸다. 아, 이 쥐방울 같은 놈이 눈치만 빨라 가지고…….

'여약손!'

명회가 깊은 한숨을 내쉬었다. 암만 명회라도 주상 전하가 은애하는 당사자의 목숨까지 거둘 수는 없었다. 그것은 돌이킬 수 없는 강을 건너는 행위였고, 만약 그리했다가는 정녕 전하와 등지게 될 터이니…… 이렇게 생이별시키며 갈라놓는 것만으로도 충분한 대역죄였다.

그래, 여약손만 전하 곁에서 떨어트려 놓을 수 있다면야, 무엇이 아까우랴…… 아니! 그래도 옥광산을 통째로 달라는 것은 너무 아까워! 명회는 몇 번이나 고심했지만 약손의 뜻이 확고하니 어쩔 도리가 없었다.

결국 명회는…….

‘좋다. 명나라까지 가는 여비와 성천도호부의 옥광산을 네게 주마.’

‘지금하신 약조, 무르기 없습니다.’

약손에게 옥 채굴권 증서를 넘겨주었더랬다.

“뭐라고? 한명회 영감이 너한테 뭘 줘? 성천도호부? 너 지금 성천도호부랬냐? 성천도호부의 옥 채굴권? 명나라 사람들이 조선에서 으뜸으로 치는 게 인삼이랑 옥이라서 성천도호부의 옥은 모두 명나라에서 조선 값의 열 배도 넘게 팔린다는데…… 약손이 네가…… 다름 아닌 그 옥 채굴권을…… 성천도호부의 옥을……. 끄아아아악!”

사정 애기를 모두 들은 수남이 제 목을 잡으며 뒤로 넘어갔다.

“약손아, 너 대단하다. 그 무서운 한명회 영감님을 상대로 협상을 다 하고…….”

“정말 대단하십니다. 여 생도.”

복금은 물론이고 목 상궁 또한 엄청나게 놀란 눈치였다. 약손은 까짓 아무것도 아니라는 듯 어깨만 으쓱 들었다 내렸다.

“약손아, 그럼 너 이제 옥광산 지주인 거지?”

“뭐, 그렇다고 볼 수 있지요.”

수남이 약손의 손을 덥석 잡았다.

“약손아, 나 사실, 진짜 예전부터 너 되게 좋게 생각했다. 솔직히 칠촌에서도 그래. 모두가 포기했을 때, 아이들의 목숨을 구하고자 장렬하게 앞으로 나섰던 너의 고귀하고, 거룩한 희생…… 그 높고 깊은 뜻 감히 누가 헤아릴 수 있겠니? 추운 날, 눈 속에 홀로 핀 매화에 비할까? 아니, 사시사철 푸른 송죽에 비할까? 이 몸이 죽고 죽어 일백 번 고쳐 죽은들 여약손의 고매한 뜻은 꺾을 수가 없다더라. 무릇 제비와 까마귀는 깝치지 말며, 얄궂은 구름아 달빛을 가리지 말라……."

"아저씨, 그만하세요."

"아니다, 약손아. 아니아니, 약손이가 아니지. 이젠 호칭도 높일게. 옥광산 지주님께 하대가 웬 말이더냐. 약손 님! 약손 선생! 약손 임금님! 약손 용왕님!"

어째 옥광산 지주가 된 약손 본인보다 수남이 더 신이 난 듯했다. 수남이 '아아아아악!' 소리를 지르며 언덕길을 내달렸다.

그런 수남을 보니 약손 또한 절로 흥이 돋았다. 약손이 새라도 된 듯 양팔을 활짝 펼쳤다. 그리고 수남의 뒤를 따라 똑같이 함성을 지르며 달려갔다.

"여약손 나가신다아아아! 길을 비켜라아아아!"

"약손아, 넘어져! 천천히 가!"

"수남 씨! 같이 가요!"

명나라까지 빼도 박도 못하게 혼자 가는 줄만 알았는데, 일행은 이렇듯 눈 깜짝할 사이에 늘어나 버렸다.

사악한 한명회의 꾐에 넘어간 여약손은 복금이 있고, 수남이 있고, 목 상궁도 있고, 부채도 있고, 옥광산 채굴권까지 가지고 머나먼 명나라로 떠나게 되었는데…… 딱 한 사람, 주상 전하 한 분만 곁에 없더라.

과연 이게 잘된 일인지, 잘못된 일인지는 아직 알 수 없었다.

[3]

모두가 잠든 밤이었다.

하루 종일 걷는다는 게 보통 일은 아니다. 해가 넘어갈 때 즈음이 되면 다들 녹초가 되어 기진맥진했다. 내일은 장에 나가서 나귀라도 한 마리씩 사볼까? 여독을 풀 주막에서 국밥 한 그릇씩 먹고 있는데, 머리에 하얗게 서리 내린 떡 할매가 떨이라면서 떡을 팔러 왔다. 복금이 수수팥떡 조금, 망개떡 조금, 쑥떡 조금을 감질나게 사려니까 약손이 통 크게도 아예 떡판째 사 버렸다. 덕분에 생각지도 못한 떡 잔치를 벌여서 밤늦게야 잠이 들었다.

"국밥이 짰나? 왜 이렇게 물이 먹히지?"

복금이 머리맡에 놓아 둔 주발에 손을 뻗었다. 텅 빈 그릇이 만져졌다. 분명 자기 전에 물을 한가득 받아 놨는데 그새 수남이 다 마셔 버렸나 보다.

"아우, 목말라……."

복금이 주발을 손에 쥐고 문고리를 밀어젖혔다. 비몽사몽 신발을 꿰신고 여차저차 마당 한구석에 놓인 물동이로 가려는데, 불현듯 자리에 멈춰 섰다. 누가 시킨 것도 아닌데 저도 모르게 벽 뒤에 몸을 숨겼다.

"……."

복금이 색색 숨을 내쉴 때마다 찬 기운 때문에 하얀 입김이 폴폴 솟아올랐다. 행여나 저의 기척이 알려질까 봐 손바닥으로 흡, 입까지 틀어막았다. 복금이 빼꼼 고개를 빼들어 마당을 바라봤다.

평상 위에 우두커니 앉아 하늘을 보고 앉아 있는 사람이 보였다. 그는 바로 약손이더라.

방금 전까지 내가 떡을 더 많이 먹을 거라는 둥, 수남 아저씬 왜 이렇게 많이 먹냐는 둥 고작 떡 하나에 목숨 걸고 유치하게 싸우던 모습은 온데간데없었다. 실없는 농담에도 와하하 목젖까지 보일 듯 호탕하게 웃던 모습 또한 전혀 찾아볼 수 없었다.

멍하니 하늘만 보던 약손이 이내 손바닥으로 제 얼굴을 마구

비볐다. 어깨를 옹송그리고 앉아 숨죽이지만, 잇새를 새어 나오는 울음까지 숨길 수는 없나 보다.

"흐윽…… 흐으윽……."

약손의 작은 어깨가 처량했다. 예전에 약손을 처음 봤을 때만 해도 무슨 남자애가 저렇게 몸집이 작을까? 집안 형편이 퍽 좋지 않아 굶은 날이 여러 날 되나 보다, 제때에 자라지 못한 걸 보면. 안쓰럽게 생각한 적도 있었다. 물론 지금은 약손이가 실제로는 여인이라는 사실을 알게 되었지만 그럼에도 불구하고 안쓰러운 마음은 여전했다.

사랑하는 사람과 멀리 떨어져야 하는 약손.

심지어 제 발로 걸어 그 거리를 스스로 멀어지게 만들어야 하는 약손.

맨발로 가시밭길을 걷는다 한들 지금 약손이 내딛는 걸음보다 아플까?

"……."

물 뜨러 가려던 복금은 이내 다시 조용히 제 방으로 되돌아갔다. 복금이 살금살금 방문을 열고 들어오자 수남이 푹 잠긴 목소리로 물었다.

"목말라서 나간 거 아니었냐? 왜 빈 대접으로 왔어?"

"아…… 그게……."

평상에서 울고 있는 약손이를 봤다고 말할 수는 없었다. 제 동무가 홀로 우는 꼴을 소문내고 싶지는 않았으니까. 하지만 갑자기 마땅한 변명거리도 떠오르지 않아 머뭇거리는데 수남이 먼저 선수 쳤다.

"왜? 약손이가 울고 있기라고 하디?"

"그걸 어떻게 아셨어요……?"

수남 아저씨는 천리안이라도 되나? 어떻게 마당 밖의 일을 안 보고서도 훤히 알지? 복금의 눈이 휘둥그레졌다. 수남이 픽 웃음을 터뜨렸다.

"안 봐도 빤하지. 원래 상열지사란 게 맘이 통해도 아프고, 안 통해도 아픈 법인데. 하물며 생이별을 했는데 그 맘이 멀쩡할 리 있겠냐?"

"……."

"모르긴 몰라도 지금쯤 속의 오장육부가 뚝뚝 끊기는 듯 아플 게다……."

"정말요? 그렇게 속이 상하는 일입니까?"

"그럼, 두말하면 입 아프다. 그러니까 복금이 넌 상열지사 같은 거 절대 배우지 마. 괜히 멀쩡한 사람 병신만 되고…… 아주 몹쓸 짓이야."

"……."

수남은 마치 잠꼬대라도 한 것처럼 말이 끝나자마자 곧바로 드르렁드르렁 코를 골기 시작했다. 복금도 저가 펴 놓은 이부자리 위에 얌전히 누웠다. 얇게 바른 문풍지 밖에서 휘이잉 바람 부는 소리가 들렸다. 찬바람 맞고 있을 약손이 걱정되기도 했지만, 한편으로는 약손 우는 소리가 바람에 가려져 다행인 것 같기도 했다.

수남의 말마따나 오장육부 뚝뚝 끊어지는 것만 같은 아픔이 얼마나 고통스러운지는 잘 모르지만, 부디 약손이 어서 그 상처에서 벗어나기를. 마음의 흉이 아물기를.

이런저런 생각에 빠져들던 복금도 어느새 수남을 따라 까무룩 잠이 들고 말았다.

*

한명회가 그랬다.

주상 전하는 약손 때문에 곤란해졌다고. 오로지 약손 하나 때문에 엄청나게 힘들어졌다고. 하지만 알게 뭔가? 한명회가 제아무리 뒷말을 지껄인다 한들 주상 전하께서 아무 말씀 없으면 그만이었다. 괜히 주상 전하께서 함구하셨을까? 정치적으로 곤란해지든 말든 그런 여타의 일들은 약손이 알 필요가 없고, 알기를 원치 않으셨기 때문에 말하지 않으셨을 테다.

그리고 다들 뭘 모르나 본데, 사실 주상 전하는 엄청난 수다쟁이였다. 약손이 한번 상약하러 가면 약은 숨 한번 쉴 동안 홀라당 마셔 버리는데, 대신 주야장천 말을 걸어서 기어코 약손을 곁에 붙잡아 놓았다. 약손은 어서 장방에 돌아가고 싶은 마음이 굴뚝같지만 지엄한 주상 전하께서 자꾸만 뭘 묻거나, 자기가 하루 동안 겪었던 사소한 일들을 쉬지 않고 말하는데 잠자코 들어야지 어쩔 것인가?

고작 생도 따위가 '주상 전하 이야기는 지루해요! 재미없어요! 저 이만 가서 쉬고 싶어요!' 솔직하게 외치며 자리를 박차고 나올 텐가? 낮상에 뭘 드셨는지, 날씨가 맑았는지, 비가 왔는지 오다 말았는지, 편전 가는 길에 꽃이 폈는지, 졌는지…… 온갖 시시콜콜한 얘기를 하고 나서도 소재가 떨어지면 우스갯말이라도 하는 분이 주상 전하였다.

'얘, 약손아. 들어보렴. 참새 한 마리가 동쪽으로 날아가고 있었는데, 마침 또 다른 참새 한 마리가 서쪽으로 전속력으로 날아가고 있었대. 결국 참새 두 마리는 박치기를 하게 되었는데 이 현상을 뭐라고 하는 줄 알아?'

'……뭐라고 하는데요?'

대답을 듣기도 전부터 소름이 끼쳐 오기 시작했다. 약손은 애써 내색하지 않으며 엄청나게 궁금하다는 듯 되물었다. 다시 한 번 말하지만 약손은 생도고, 전하는 왕이었다. 이유가 해사한 얼굴로 까르륵 웃음을 터뜨렸다.

'보기 드문 현상!'

동재가 제일 먼저 바닥에 주저앉았다. 그러고는 방바닥을 쓸며 뭔가 찾는 시늉을 했다. 전하! 너무 웃기옵니다! 제 배꼽 어디 갔는지 보셨나이까? 아이고, 내 배꼽 찾아라! 아예 배를 잡고 침전 바닥을 구를 기세였다.

이햐…… 세상에서 남의 곡식 제 주머니로 옮기는 일이 제일 어렵다더니만…… 상선 노릇도 진짜 아무나 하는 게 아니었구나…….

약손은 똥 씹은 표정을 차마 숨기지 못했다. 눈치 하나는 기가 막히게 빠른 이유가 그런 약손의 표정을 놓치지 않았다.

'뭐야? 내가 말해 준 우스갯소리가 안 웃겨? 재미없어?'

어째 그 말이 목을 치겠다는 소리로 들렸다. 좀 전과는 다른 의미로 소름이 끼쳐 왔다. 방바닥에서 배꼽 찾던 동재의 얼굴이 사색이 됐다. 여 생도, 어서 웃지 않고 무얼 하는가? 웃어, 웃으라고! 약손에게 보내는 눈빛이 간절했다. 결국 거대한 권력에 굴복할 수밖에 없는 미약한 생도 나부랭이 약손은…….

'전하! 꿀같이 재미난 이야기에 감읍드리옵니다. 역시 주상 전하의 예사롭지 않은 말재간에는 당해 낼 수가 없나이다. 답례로 능소화 한 송이 두고 갑니다~! 그럼, 소인은 이만 휘리릭!'

자연스럽게 총총총 사라지려 했지만 열화와 같은 성원에 만족한 이유는 약손을 쉬이 보내 주지 않았다.

'네가 좋아할 줄 알았어. 역시 약손이는 풍류를 알아! 말이 통해서 천만다행이야. 명회, 그놈은 어디 가서 이딴 얘긴 하지도 말라더라. 하여튼 걘 세상 물정 너무 몰라서 탈이라니깐? 사람이 말이야, 책만 보면 뭐하겠니? 사람들이랑 소통이 안 되는데, 소통이! 약손아, 거기 앉아 봐. 내가 재미난 얘기 더 들려줄게. 너에게 들려주지 못한 이야기가 아직 많아.'

결국 약손은 밤이 새도록 이유의 개떡 같은 우스갯소리를 들어야만 했다. 그렇게 저가 아는 모든 얘기, 저가 아는 모든 소재, 미주알고주알 알려 주던 분이 왜 약손한테 그토록 중요한 말을 하지 않았을까?

사실 이번 강무 때, 아주 중요하게 계획한 일이 있었단다. 약손이 너는 물론이고, 몇 명을 제외하고는 아무도 알지 못하는 일이었어. 하지만 너도 알다시피 일은 틀어졌고, 그사이에 여러 가지 변수가 생겨났지. 살수 몇 명을 잡기는 했지만, 그건 별로 도움이 되질 않아. 내가 세워 놓은 계획의 결말을 이끌어 낼 수 없으니까.

약손이 너도 알고 있지? 내가 얼마나 위태로운 왕위를 손에 쥐고 살아가는지…… 물론 어차피 나 스스로가 자초한 일이니 그 누구도 원망하지는 않는단다. 앞으로 남은 날들은 많고, 나는 그 날들을 내가 가진 모든 것들을 공고히 다지는 데에 쓸 테니까. 저들이 너를 빌미로 나를 협박한다 해도, 한발 뒤로 물러나는 일은 별스럽지도 않단다. 아무렇지 않아. 실패한 계획은 그저 실패일 뿐이니까…….

하지만 이유는 약손에게 그 어떤 말도 하지 않았다. 명회의 말에 따르면 저들은 약손을 볼모로 삼은 것과 다름없다고 했다. 물론 약손은 명회가 칭한 '저들'이 누구인지 명확하게 알지 못했다.

그저 주상 전하와 대립하는 무리라고만 어렴풋이 짐작할 뿐이었다. 명회에게 잡힌 살수를 방면하지 않으면, 감히 여인 된 몸으로 궐에 들어와 생도 노릇한 여약손에게 끝까지 죄를 물어 죽음에 이르게 하겠노라.

약손의 죄는 명백하니, 죽음에 이르게 한다 해도 명분에 어긋남이 없었다.

'전 죽기 싫어요. 주상 전하는 왕이잖아요! 지존이시잖아요! 여약손을 죽이지 말고 살려 두라고 명을 내리시면 그만이잖아요. 그러면 모두가 따를 거예요. 감히 누가 주상 전하의 결정에 반기를 들 수 있답니까?'

약손이 철없이 질문하자 명회가 간단하게 대답해 줬다.

'그래, 네 말이 맞다. 네 말대로, 전하의 월권으로 밀어붙여 네 목숨 따위 살려 둘 수도 있어.'

'다행이다…….'

약손이 안도의 한숨을 내쉬자니 명회가 덧붙였다.

'대신 이번 일로 인해 주상 전하의 명예는 바닥을 치게 되겠지. 지엄한 국법을 무시하고, 편의대로 죄인을 용서해 무죄 방면하였으니 그 누가 주상 전하께 진실로 충정의 마음을 품겠어? 행여 신료들 중 누군가 비슷한 잘못을 저지른다 한들, 쉬이 벌주지 못하실 거다.'

'그, 그건…….'

'그뿐만 아니야. 집현전 학자 놈들에게는 평생 조롱이나 당하며 사시겠지.'

'!'

'사사로운 정에 얽매여 국법을 무시하는 군주, 근본적인 태생을 부정치 못하는 대군 놈의 그릇밖에 되지 못하는구나!'

그러니까 약손이 합당한 벌 받지 않고 풀려나게 되는 일, 앞으로 주상 전하 곁에 아무 일 없었다는 듯 머물게 되는 일들은 모두…… 이유가 스스로에게 내리는 자자형(刺字刑: 죄인의 얼굴이나 팔에 죄명을 문신하는 형벌)과 다름없다는 이야기였다.

속사정 모두 알게 된 약손은 갑자기 너무 무서워졌다. 저는 그저 아비의 투전 빚 갚기 위해 어쩔 수 없이 궐에 들어왔으니까, 그 사연 충분히 감안하여 벌 받지 않게 될 수도 있다고 생각했다. 하지만 어디 법이란 게 그렇게 허술한가? 가지각색의 사연 하나하나 이해해 주던가? 더군다나 궐이란, 사소한 잘못 하나에도 수십, 수백 명의 목숨이 피고 지는 곳이 아니던가.

만약 이대로 대역죄 선고받고 죽으면 나는 어떻게 해? 아직 먹고 싶은 것도 많고 금강산 구경도 못 해 봤는데?

깜깜한 옥사 안에 내내 갇혀 있으려니 죽음이 실감 났다. 저도 모르게 눈물이 줄줄 흘렀다. 주상 전하 앞에서는 최대한 의젓한 척, 아무렇지 않으려 했지만 막상 전하를 뵙고 나니 의젓함이고 나발이고 에라 모르겠다 엉엉 울어 버렸다.

'전하, 무서워요. 저 정말 죽어요? 궐의 법도를 어겼으니까 엄청나게 아픈 고문 다 받은 다음에 죽어요? 목 잘려서 도성 앞에 걸려요? 진짜 그래요?'

'아니야. 죽긴 누가 죽는다 그래? 누가 그따위 헛소리를 해? 응? 내가 있는데 네가 죽긴 왜 죽어.'

'한명회 영감님이 그랬단 말이에요! 나졸들도 저만 보면 어쩜 그렇게 간 큰 죄를 졌냐고 수군거려요. 제가 귀 병신도 아닌데 작게 속삭인다고 못 듣나요?'

'다 뭘 모르고 하는 소리다. 넌 안 죽어. 내가 그렇게 두지 않아.'

'몰라요. 으허허헝…… 그게 아니면 왜 이 무서운 옥사 안에 가둬 두는 건데요? 내가 뭘 잘못했다고……. 압지이이! 압지이이이!'

약손은 아부지까지 불러 가며 목이 터져라 울어 댔다. 약손이 우니까 이유는 그만 어쩔 줄 몰라 하며 눈물만 닦아 주느라 꼼지락꼼지락. 약손은 그 모습도 미웠다. 이유의 어깨를 주먹으로 퍽퍽 때렸다.

이유는 약손이 밀면 미는 대로, 때리면 때리는 대로 전부 받아주기만 했다. 펑펑 우는 약손을 보면서도 가타부타 아무 말이 없었다.

뭐야? 내가 너무 울보같이 굴어서 싫어졌나? 정떨어졌나? 이런 줏대 없는 사내 같으니! 스치는 바람에도 마음이 골백번도 더 바뀔 거야! 내가 이런 사내를 믿고 있었다! 차라리 동네 바보를 믿고 말지! 어이구, 내 팔자야! 혼자 울고, 혼자 악쓰던 약손이 차차 울음을 그쳤다. 때꾹때꾹 코만 훌쩍거릴 때 즈음 이유가 나지막이 말했다.

'약손아…….'

'아, 왜요!'

'우리…….'

이유가 약손의 손을 꽉 맞잡았다. 그리고 말했다.

'우리 도망갈까?'

'뭐라구요?'

약손의 눈이 놀라 커졌다. 지금 이분이 내게 뭐라고 했나? 무슨 말을 했지? 미처 상황 파악하지 못하고 눈만 깜빡깜빡 감았다 떴다. 이유가 좀 더 가까이 다가왔다.

'다른 사람들이 뭐라고 하든, 넌 내 말 다 들어 주잖아. 믿어

주잖아. 그렇지?'
'어, 어명이니까요.'
'네가 사내든 계집이든 아무래도 상관없듯이, 너도 내가 왕이든 아니든 아무 상관없는 거라면…….'
'…….'
'아무도 모르는 곳으로 너랑 나랑 단둘이서만 멀리 도망가자. 우리 같이 살자. 둘이서만. 그렇게 살자. 응?'
'…….'
갑작스러운 제안에 약손이 황당하여 아무 대답도 하지 못했다. 그러나 이유는 확고했다.
'싫대도 어쩔 수 없어.'
'…….'
'어명이야.'
약손과 함께 살 수 있다면 왕위든, 뭐든 이젠 전부 다 필요 없다는 이유. 세상에 어떤 고백이 이보다 달까? 절절할까?
약손이 못내 좋아하는 길쭉한 눈이 약손을 바라봤다. 눈동자에는 오로지 약손만 비쳤다. 쪽쪽 입 맞췄던 입술로는 단둘이 살자고 말했다. 그 누구도 아닌, 오직 약손에게만 사랑의 말 속삭이는 바로 그 입술이다. 심지어 이유는 약손에게 맹세의 뜻으로 제 소매 단을 찢어 주기까지 했다. 일생에 단 한 사람, 동현만 사랑했던 황제 유흔처럼 말이다.
약손은 하마터면 고개를 끄덕일 뻔했다. 아무도 모르는 곳으로 단둘이 떠나자고? 거절할 까닭이 전혀 없었다. 주상 전하만 곁에 있다면, 죽을 때까지 헤어지지 않고 함께 살 수만 있다면 당장이라도 떠날 수 있었다. 약손의 마음이 벅차올랐다. 흔쾌히 그 제안을 수락하고 싶었다.

하지만…….

약손이 물끄러미 이유를 바라봤다. 저가 좋아하는 눈, 이마, 코, 입. 심지어 너른 등까지 어디 하나 흠잡을 데가 없는 분. 단언컨대 이 등 뒤에 숨으면 그 누구도 약손을 찾지 못할 것이다. 아무도 약손에게 해코지 못 할 테다. 하지만 이 등, 튼튼한 어깨에 기대어 사는 사람이 비단 약손 한 사람만 있는 것은 아니겠지.

약손은 이유가 친형제를 죽이고, 어린 조카를 쫓아내서 왕위를 차지하던 세세한 과정 따위는 잘 알지 못했다. 제게는 한없이 다정한 이 얼굴이 얼마나 잔혹하고 냉정한 얼굴 되어 산 사람의 목을 쳤는지, 철퇴를 휘둘렀는지 따위는 더더욱 알지 못했다. 그러나 보통의 결심, 보통의 각오 따위로 실행할 수 있는 행동이 아닌 것만은 분명했다. 그런데 어째서 주상 전하께서는 그 대단한 과거, 영광, 결심을 모두 버리고 오직 저와 함께 살자고 하는 것일까? 지금 누리는 왕위를 포기하면, 앞날의 영예를 손에서 놓으면, 약손과 이유는 정녕 행복해질 수 있을까?

만약 단둘이서만 도망쳤는데, 한 삼 년 살고 나니까 무르고 싶어지면 어떻게 해? 등 뒤에 두고 온 권세가 눈에 밟혀 아른거리면 어떡하지?

아, 내가 왜 그때 여약손을 선택해서 요 모양 요 꼴로 살고 있나 후회한다면?

아, 내가 왜 그때 주상 전하랑 산다고 대답해서 나 하고 싶은 거 맘대로 못 하고, 가고 싶은 곳 맘대로 못 가게 됐냐고 한탄하게 된다면 그땐 진짜 어떡하지?

어쩌면 약손과 이유, 둘은 서로에게 조지약차(早知若此: 뒤늦게 후회함)의 존재가 될지도 몰랐다.

약손은 이유가 끊어 준 소매 단을 손에 쥐고 펑펑 울었다. 단순히 고백에 감동해서 운 것만은 아니었다. 이유가 보여 준 단수는 절절하나, 그와는 정반대로 약손의 가슴은 무너졌다. 세상 한쪽이 비틀어지고 비틀어지다가 종내에는 전부 엎어지고, 무너져 내리는 기분.

둘 앞에 그 어떤 고난과 역경이 있다 한들 꿋꿋이 이겨 나갈 수 있고, 그럴 용기도 충분했지만 딱 한 가지, 약손이 절대로 용납할 수 없는 것.

약손은 결코 저 자신이 사랑하는 사람의 발목 잡는 존재가 되고 싶지는 않았다.

'갑자기 왜 뜻을 바꾼 거야?'

약손이 떠나겠다고 했을 때 명회가 물었지만 약손은 아무 대답도 하지 않았다.

이 마음을 뭐라고 설명할 수 있을까?

주판을 튕긴다면 그 어떤 운주(運籌: 주판으로 계산할 때 이리저리 궁리하고 계획함)도 짚지 않은 말짱한 판이어야 했다. 저울이라면 똑같은 무게를 올려서 균형을 맞춰야 했다. 사랑은 동등한 채로 시작해도 언젠가는 한쪽으로 기울기 마련인데, 처음부터 치우쳐 시작한 관계는 과연 얼마나 오래 버틸 수 있을까?

'영감님이 옳았습니다. 저는 주상 전하 곁에서 민폐만 끼치는 존재입니다.'

'저는 주상 전하의 짐만 될 테고…… 주상 전하 발목 잡기는 죽기보다 싫습니다.'

'최대한 빠른 시일 내에 떠나도록 하겠습니다.'

그것이 약손이 내린 결정이었다.

그렇게 굳은 각오로 이유를 떠나왔지만, 사람 마음이란 게 참 얄궂다. 이제 옥광산 지주가 되어 평생을 떵떵거리며 행복하게 살면 되는데, 자꾸 주상 전하만 생각났다. 귓가에 스치는 바람에 주상 전하 목소리가 들리는 듯하고, 방문에 아른거리는 그림자에도 주상 전하 얼굴이 비추는 듯했다.

어쩌자고 두 번 다시 뵐 수 없는 분이 자꾸만 눈앞에 나타나는 건지…… 안 오실 줄 알고 있지만 마음은 한없이 쓸쓸했다.

하여 약손은 모두 잠든 깊은 밤만 되면 아무도 보지 않는 곳에서 숨 죽여 울었다. 주상 전하 계시는 남쪽만 바라보며 하염없이, 또 하염없이…….

이제는 곁에서 달래 줄 사람도 없으니 약손 스스로 제 볼을 흠뻑 적신 눈물을 닦아 냈다.

"전하…… 주상 전하……."

약손이 다시금 흐느껴 울었다. 헤어짐은 녹록지 않았다.

*

동재가 손에 든 방짜에서 뜨거운 김이 풀풀 날렸다. 주상 전하께서 갑자기 닭고기가 드시고 싶다 하여 수라간에 일러 백숙을 만들라고 했더니만 아니나 다를까, 상에 오른 백숙을 보더니만 우리 약손이 몸보신시켜 줘야겠다며 그대로 옥사로 향하셨다.

"약손이한테 가야겠다."

"예? 지, 지금요?"

"그럼, 내일 가리?"

동재의 얼굴이 하얗게 질렸다. 백숙을 챙기는 폼도 어째 어수룩하고, 발걸음도 자꾸만 미적미적 느려졌다.

"밤이 늦었는데 여 생도는 자고 있지 않을까요?"
"깨우면 된다."
"저녁밥을 먹었을 텐데 배불러서 이 많은 백숙을 어찌 먹습니까?"
"그건 네가 약손이 먹성을 몰라서 하는 말이고……. 근데 오늘따라 왜 이렇게 말이 많아? 자꾸 참견할래?"
이유가 동재를 홱 째려봤다. 동재는 깨갱 곧바로 꼬리를 내렸지만 대체 정신을 어디에 팔고 있는 건지 제 발에 걸려 자빠질 뻔했다. 하마터면 손에 든 백숙을 몽땅 쏟아 버릴 뻔한 상황. 천만다행으로 이유가 동재를 붙잡았다. 아니, 정확히는 약손에게 가져다줄 백숙을 붙잡았다.
"내놔! 일 이따위로 해서 어디 믿고 맡기겠어? 차라리 내가 직접 들란다."
"송구합니다, 전하. 소인이 다시 들겠나이다."
"됐다니까?"
오늘따라 동재가 왜 이러는지 모르겠다. 이유는 기어코 동재 대신 저가 방짜를 들었다. 방금 전까지 신경질 가득하던 이유의 표정이 금세 바뀌었다. 약손을 만날 생각만 하면 머리끝까지 치솟던 화도 가라앉느니…….
"여약손, 넌 정말 복 터진 줄 알아. 이렇게 살뜰하게 옥바라지 해 주는 왕이 세상에 어디 있다던? 아마 나뿐일걸? 에휴…… 네가 이 지극한 마음을 알 도리가 있겠느냐? 천년만년이 지나도 영영 모를 테다. 암, 모르고말고."
약손이 닭다리 뜯을 모습을 상상하니 저도 모르게 콧노래가 나왔다. 이유가 성큼 옥사 안으로 걸어 들어갔다.
"약손아. 이리 와 보아라. 너 좋아하는 닭고기를 고아왔단다!"

어두컴컴한 옥사 안, 이유의 목소리가 쩌렁쩌렁 울려 퍼졌다.

"전하! 주상 전하!"

옥사를 지키던 나졸이 예상치 못한 이유의 등장에 자리에 바싹 엎드렸다. 이유는 나졸에게 눈길조차 주지 않았다. 시선은 오로지 약손이 있는 옥사 안에만 닿아 있었다.

"약손아, 자니? 닭고기 가져왔다니깐?"

"……."

원래는 저 오는 소리를 귀신같이 듣고 달려왔었는데, 어째 옥사 안에서는 아무 반응이 없었다. 동재 말대로 내가 너무 늦은 시간에 왔나? 잠이 들었나? 이유가 조심스레 옥사 안을 살펴봤다. 그런데 잠이 든 게 아닌 것 같았다. 옥사 안이 휑했다. 아예 사람의 기척이란 게 전혀 느껴지지 않았다.

이상하네? 얘가 어딜 갔지?

"여봐라, 약손은 어디에 있느냐?"

이유가 물었다. 나졸은 바닥에 엎드린 채로 어깨를 부들부들 떨기만 할 뿐 아무 대답도 하지 못했다.

"내 말이 안 들리느냐? 약손은 어디에 있냐니까?"

"주상 전하…… 그것이…… 그것이……."

말끝을 흐리기만 하고 결론을 말하지 않으니 왈칵 짜증이 치솟아 올랐다. 그것이 뭐? 여약손은 어디에 있는데? 마침내 이유가 버럭 소리를 질렀다. 그와 동시에 동재가 그대로 바닥에 주저앉았다.

"전하…… 주상 전하……. 소인의 불충을 용서하시옵소서……."

뭐야, 얜 또 왜 이래? 갑자기 뭘 용서하래? 동재가 엉엉 울기 시작했다. 옥사 안에 있어야 할 약손은 없고, 동재는 운다? 뭔가 저만 모르는 일이 생긴 것이 분명했다.

이유의 얼굴이 싸늘해졌다.
“상선은 아는 바를 모두 고하라. 여약손은 어디에 있느냐?”
“전하…….”
동재가 품 안에서 곱게 접힌 서찰 한 장을 꺼냈다.
“이게 무엇이냐?”
“이것은…… 이것은…….”
이유가 동재의 손에 들린 서찰을 휙 뺏었다. 동재가 울며 덧붙였다.
“생도 여약손이…… 주상 전하께 마지막으로 남긴 서신이옵니다.”

*—주상 전하, 소인을 보러 옥사를 찾아오셨나이까?*
*어찌 이 나라의 지존께서 고작 생도 따위를 만나기 위해 천금 같은 시간 내어 만금 같은 걸음 걸으셨나이까? 소인을 이토록 극진히 보살펴 주시니, 빚은 천년이 지나도 아니 만년이 지난다 해도 소인은 감히 갚을 수조차 없을 것이옵니다.*
*처음 생도가 됐을 때만 해도 궁궐은 어디 대감댁 기와집 같아서 심부름 몇 번 하다 보면 임금님을 쉬이 만날 수 있고, 낯이 익으면 친근하게 인사도 나눌 수 있는 곳이라 생각하였습니다.*
*세상 물정 모르는 촌뜨기가 따로 없지요?*
*실제로 본 궁궐은 얼마나 넓고 크던지. 허리에 칼 찬 관군은 얼마나 무섭고, 종아리 맞아 가며 외우던 수많은 법도는 또 어찌나 지엄하던지.*
*게다가 소인은 성별의 비밀까지 숨기고 사는 터라 하루하루가 살얼음판 내딛듯 위태로웠습니다.*
*제가 주상 전하를 만나게 된 것은 그런 와중이었습니다.*

이 나라에 딱 한 분 계시는 전하를 직접 뵙고, 마주하고, 심지어 운우지정雲雨之情까지 나누게 되다니. 궁궐이라고는 본 적도 없던 촌뜨기 생도의 인생에 이만한 영광이 또 있을까요?

전하가 그러셨지요.

전하가 흔이라면, 소인은 그가 사랑하던 동현이라고. 고작 생도에 불과한 소인을 동현에게 빗대 주시니 참으로 몸 둘 바를 모르겠나이다.

한데, 주상 전하.

혹시 애제의 총애를 받은 동현의 말로를 알고 계시나이까?

흔히 사람들은 동현을 황제의 사랑을 받으며 세상 둘도 없는 부귀영화를 누린 총비로 알고 있습니다. 하지만 실제 그의 마지막은 입에 올리기조차 참담하기 그지없지요.

혹자는 동현이 평소에 분수에 맞지 않는 사치를 부리며 살았으니 그에 걸맞은 결말을 맞았다고 합니다. 또 다른 혹자는 동현이 황제에 대한 그리움을 이기지 못했다고도 합니다.

하오나 소인의 미천한 짐작으로는…….

아마도 동현은 자신이 그간 누추하게 살아온 신세가 안타까워 그러한 죽음을 선택했다고 생각합니다.

사랑하는 사람에게 짐이 되는 삶, 평생의 오점으로 남아 폐를 끼치게 되는 삶…….

동현은 자신의 죽음으로 말미암아 황제의 명성에 누가 되지 않기 위해 스스로 죽기를 결심한 것이옵니다.

전하, 소인 또한 그렇습니다.

저는 전하께 짐이 되고 싶지 않습니다.

누추한 모습, 약한 모습을 보여드리고 싶지 않습니다.

전하께 도움 드리지는 못할망정 발목 잡아 걸음을 지체하게

*만드는 존재가 되기는 더더욱 싫습니다.*

*하여, 소인은 이렇듯 비겁한 방법으로 전하께 마지막 인사를 올립니다.*

*저가 당당해진다면, 만약 그런 날이 혹시라도 제 인생에 찾아온다면…… 그때 제가 먼저 전하를 뵈러 오겠나이다.*

*저를 찾지 마시옵소서. 혹시라도 제 뒤를 쫓아오신다면 소인은 차라리 그 자리에서 혀를 깨물어 죽겠나이다.*

*전하, 언제든 어디서든 무탈하세요.*

이유가 서찰을 다 읽음과 동시에 천 한 조각이 툭 떨어져 내렸다. 이유는 망연자실한 표정이었고, 저가 뭔가를 떨어뜨렸다는 사실조차 알아채지 못했다. 동재가 서둘러 이유가 발밑에 떨어뜨린 천을 주워들었다.

"전하, 이것이 떨어졌사온데……."

이유가 힐끗 동재를 바라봤다. 동재의 두 손에 담긴 붉은 천.

그것은 바로,

'말했잖아. 난 널 위해서라면 기꺼이 흔이 될 수도 있다고.'

'이 모진 자리에 어찌 너 홀로 남겨 둘 수 있겠니? 그 쓸쓸함, 이루 말할 수 없다. 그러니 이것을 나라 여기며 마음을 달래도록 하여라.'

이유가 약손에게 찢어 준 소매였다. 그러나 다정한 연인이 서로의 사랑을 맹세하던 증표는 이제는 헤어짐을 고하는 이별의 증표가 되어 버리고 말았다.

"동재야……."

"예, 전하."

분명 조금 전까지만 해도 약손을 떠올리며 반짝반짝 빛을 뿜어내던 이유의 눈동자가 순식간에 죽어 버렸다.

이유가 나직하게 물었다.

"너…… 애제의 총비 동현의 죽음을 알고 있느냐?"

버석한 목소리. 대체 여약손이 남긴 서찰에는 무엇이 쓰여 있을까? 무엇이 쓰여 있기에 주상 전하께서 갑자기 전혀 다른 사람처럼 변하셨는가? 여러 가지 물음이 떠올랐지만 동재는 전부 다 차치하고 이유의 질문에만 온 신경을 집중했다.

애제의 총비 동현이라. 그의 죽음이 어떠했더라…….

잠시 고민하던 동재가 대답했다.

"예. 알고 있나이다. 동현, 그는 애제 사후에 스스로 목을 매달아 죽은 줄 아옵니다."

*

"복금아, 괜찮아? 좀 쉬었다 갈래?"

약손이 복금을 걱정했다. 한양을 떠날 때만 해도 날씨가 이렇게까지 춥지는 않았다. 그런데 압록강을 건너고 나니까 얼굴을 스치는 바람부터가 달라졌다. 옷을 몇 개나 껴입었는데도 추위가 가시질 않았다. 나귀 위에 앉아서만 가려니 몸이 꽁꽁 얼어붙는 기분이라 부러 걸어 다니며 체온을 높였다.

"아니야. 난 아무렇지 않아. 걱정하지 마."

말은 아무렇지 않다 하면서도 복금은 쉬지 않고 기침을 했다. 찬바람 많이 쐬더니 기어코 감기에 걸려 버렸나? 아무래도 다음번 주막에서는 복금이 고뿔 나을 때까지 며칠 쉬어 가야 할 것 같았다.

약손이 뒤를 돌아봤다. 다행인지 불행인지 수남은 아픈 데 없이 말짱했으며 도리어 목 상궁을 챙기느라 여념이 없었다.
"목 상궁, 아픈 데는 없지요? 나귀에 오르시렵니까?"
"산길이 험한데 어찌 나귀를 탑니까? 걷는 게 편합니다."
"손 시리지는 않구요? 장갑 드릴까요?"
"괜찮습니다."
행여 목 상궁의 발에 물집 잡히지는 않았는지, 추위에 손은 얼지 않는지 걱정하기 바빴다. 수남이 목도리로 얼굴을 꽁꽁 싸매며 약손 곁으로 왔다.
"북쪽 날씨 춥다는 말은 많이 들었지만, 세상에 바람이 매워도 이 정도로까지 매울 줄 몰랐다."
"주막에 들르면 솜옷 좀 더 살까 봐요."
"지름길이라기에 산을 탔더니만 무슨 고개가 이렇게 험준한지…… 뼈 곯겠어."
"그래도 오늘 해 지기 전까지는 주막에 도착할 수 있을 거예요. 조금만 더 힘내세요."
한양을 출발할 때는 옥광산 지주 된다는 생각에 잔뜩 신났던 넷이었다. 하지만 말로만 듣던 상천도호부가 이렇게 먼 곳이라니, 명나라 가는 길이 이렇게 고되다니. 점점 말수를 잃어 갔다. 원래는 명나라 가는 길에 금강산 구경도 하려고 했는데, 개뿔. 일단 목적지에 도착하는 것이 더 중요했다.
"그나저나 아직 한낮인데도 어째 이렇게 으스스하다냐? 햇빛도 희미하고…… 호랑이 나오는 거 아니야?"
수남이 부르르 몸을 떨며 팔뚝을 슥슥 쓸어내렸다. 오한을 쫓아내기 위해서였다. 그저 날씨가 흐린 줄만 알았던 약손이 그제야 하늘을 올려다봤다. 눈이라도 펄펄 내릴 듯 구름이 뿌옇게 낀 하늘이 보였다. 네 명이 뭉쳐 있으니까 망정이지 혼자 있었더라면 등골이 서늘할 만큼 소름 끼치는 날씨였다. 저 멀리서 늑대인지 뭔지 알 수 없는 짐승의 울음소리가 들려왔다.

문득 수남이 물었다.

"너네 혹시 각시귀신이라고 아냐?"

"가, 각시귀신이요?"

약손이 침착하게 되물었다. 복금도 들어 본 적 없다는 듯 고개를 저었다. 수남이 주위를 둘러보며 누가 듣기라도 할 듯 목소리를 낮췄다.

"그래, 각시귀신 말이야. 웬 양반이 과거 시험을 보러 갔댄다. 장래에 혼인하기로 약속한 여인에게는 내가 과거 치르고 돌아올 때까지만 기다려 주시오. 급제하거든, 그때 꼭 당신을 부인으로 맞이할 테니……. 굳은 약속도 했단다."

"그래서 과거에 급제했대요?"

"그럼, 했다 뿐이겠냐? 그것도 장원 급제를 했지. 생각보다 똑똑한 양반이었나 봐."

"둘이 혼인했대요?"

약손이 참지 못하고 묻자 수남이 고개를 저었다.

"장원 급제한 어사님한테 별 볼 일 없는 여인이 가당키나 한대냐? 온갖 부잣집, 고관대작들이 자기네 집, 사위가 되어 달라고 구름처럼 줄을 섰는데. 결국 양반은 아주 지체 높은 집안의 딸과 혼례를 올렸더랬지."

"말도 안 돼! 그럼, 그 여인은 어떻게 됐어요?"

복금은 콜록콜록 기침하는 와중에도 안타까워서 발을 동동 굴렀다.

"양반에게 버림받은 그 여인이 어떻게 됐냐면 말이다…… 사랑하는 남자를 기다리고 또 기다리다가 결국 미쳐 가지고 벼랑에서 떨어졌지. 그때부터였던가? 산길을 걸을 때 웬 여인이 나타나서 나그네의 등 뒤를 톡톡톡 세 번 치면서 묻는단다."

"뭐, 뭐라고요? 뭐라고 묻는대요?"

약손과 복금은 숨 쉬는 것도 잊고 꼴깍 침을 삼켰다.

"서방님, 서방님, 서방님. 저와 혼인하러 오셨나요?"

"헉!"

홀로 산길을 걷고 있는 나그네의 등을 톡톡톡 세 번 두드리는 귀신이라니! 상상을 하니까 온몸에 쫙 소름이 돋아났다. 수남이 심각한 얼굴로 약손과 복금에게 당부를 했다.

"그때, 절대로 뒤를 돌아보면 안 된다. 무슨 일이 있어도 절대 대답해서는 안 돼. 아무것도 듣지 못한 척, 아무것도 보지 못한 척을 해야 돼."

"대답하면 어떻게 되는데요?"

"각시귀신이 나그네를 저가 기다리던 서방으로 오해하여 저승으로 데려간대."

"!"

약손은 복금의 뒤에서 완전히 얼어 버렸다. 약손과 복금은 짜기라도 한 것처럼 제 주변을 전부 돌아봤다. 다행인지 불행인지 각시귀신은 그림자도 보이지 않았다.

각시귀신이 말 걸면 절대로 대답하지 말아야지. 아무것도 모르는 척해야지. 굳은 다짐을 하며 안도의 한숨을 내쉴 때…… 문득 함께 걸어가던 수남이 제 얼굴 표정을 모두 지웠다. 그러고는 마치 다른 사람이라도 된 양 싸늘한 얼굴로 약손을 바라봤다.

"그런데 약손아……."

"네?"

수남의 목소리가 갑자기 간드러지는 여자 목소리처럼 들린 것은 약손 혼자만의 착각일까? 약손이 갸우뚱 고개를 들 때, 수남이 약손의 등 뒤를 톡톡톡 세 번 쳤다.

"약손아…… 넌 내가 아직도 수남 아저씨로 보이니?"

"으아아아아악!"

약손이 오두방정을 떨며 비명을 내질렀다. 목 상궁이 설레설레 고개를 저으며 수남을 흘겨봤다.

"수남 씨, 애들 그만 놀리세요."

"아니, 마냥 걷기만 하려니까 적적하고, 또 심심하니까……."

약손은 제 등에 보이지 않는 귀신이라도 붙은 것처럼 탈탈 털어 내기 바빴다. 액땜을 한다고 침을 세 번 뱉고 하늘을 향해 절을 했다. 그것만으로도 부족한지 큰 나무 아래에 돌탑을 쌓으며 '저는 서방이 아니에요. 각시귀신 안 나타나게 해주세요.' 소원을 빌기도 했다. 수남은 기어코 약손의 뒤를 쫓아갔다.

"서방님, 서방님, 서방님. 저와 혼인하러 오셨나요? 약손 서방님……."

"아아아악! 안 들려! 안 보여! 저리 가! 이 악귀! 훠이훠이!"

수남이 투덕거리는 약손을 보며 크핫핫 호탕하게 웃음을 터뜨렸다. 약손이 저렇게까지 질겁하니 놀릴 맛이 났다.

그렇게 각시귀신 놀이하며 한참을 도망치고, 그 뒤를 따라가다 보니 온몸이 땀으로 흠뻑 젖었다. 마침 밥 때가 됐다. 넷은 바위 아래에 자리를 펴고 낮밥을 먹기로 했다. 복금이 주먹밥 네 덩어리를 보자기 위에 조르르 펼쳐 놨다.

수남이 제일 먼저 주먹밥을 깨물었다.

"한바탕 뛰고 났더니 밥맛 좋다. 꿀맛이 따로 없구만. 안 그렇소, 약손 서방님?"

"악! 아저씨!"

약손이 식식 콧김을 뿜어냈다. 복금이 그런 약손을 말리며 손에 주먹밥을 들려 줬다. 약손은 주먹밥을 먹으면서도 연신 수남을 째려봤다. 주먹밥을 게 눈 감추듯 해치운 수남이 바위 뒤에 등을 기대고 앉았다.

"그러나저러나 산이 참 조용하네. 지나다니는 장돌뱅이 한 명도 없고 말이야."

"날씨가 추워서 그래요. 날씨 추우면 큰 장이 안 서니까 장돌뱅이도 안 다니죠."

"그런 거라면 이 산엔 정말 우리 넷뿐인지도 모르겠구나."

"그럴지도 모르죠."

복금이 무심코 고개를 끄덕이며 대답했다. 수남이 흐아암 큰 하품을 하며 혼잣말을 했다.

"이러다 도적 떼라도 만나면 큰일이겠구먼. 어디 도움 청할 데도 없으니까."

"……."

"그야말로 개죽음당하기 딱 십상이겠어."

"……."

수남이 손에 잡히는 나뭇가지를 툭 부러뜨렸다. 그리고 얇은 부분을 골라 이를 쑤셨다. 한데 어째 약손과 복금, 목 상궁이 조용했다. 가타부타 아무 대답도 없었다. 수남이 씩 웃어 보였다.

"에이그, 그냥 해 본 소리다. 해 본 소리…… 요즘 같은 세상에 도적 떼가 어디 있겠어? 크흡……."

복금이 재빨리 수남의 입을 틀어막았다. 왜? 왜 그래? 수남이 눈빛으로 물었다. 복금이 '쉿……' 입가에 손가락을 세웠다. 약손이 목 상궁을 바위 뒤로 끌어당겼다. 넷은 바위 뒤에 몸을 납작하게 붙였다. 약손이 바위 틈새 안으로 산 밑을 내려다봤다.

그 안에 보이는 풍경.

그것은 바로…….

"네놈들은 누구냐? 어찌 멀쩡히 가는 사람의 앞길을 막아서?"

다름 아닌 도적 떼에게 둘러싸인 묘령의 여인이더라. 어찌 여인이 홀몸으로 이 험한 산길에 올랐는지는 알 수 없었다. 암만 갈 길이 바쁘고, 급한 사정이 있다 한들 간이 배 밖으로 나왔는가? 최소한 주막에서 산행할 무리를 구해 함께 오는 것이 마땅하거늘.

여인은 딱 봐도 곤란한 상황에 처한 것이 분명했다. 도적 중 한 명이 여인이 머리에 꽂은 장신구를 슬쩍슬쩍 손으로 건드리며 희롱했다.

"꽤나 값나가 보이는 걸? 누구한테 어여뻐 보이려고 그리 고운 비녀를 꽂고 산에 오셨을까?"

"내 몸에 손대지 마라! 용서치 않을 테니!"

"어쭈? 용서치 않으면 어쩔 건데?"

"지금이라도 나를 보내주면 네놈의 목숨만은 살려 주겠다. 당장 길을 비키지 못할까?"

여인이 도적의 손을 야멸치게 쳐 버렸다. 하지만 도적은 가소로운지 껄껄 웃기만 할 뿐이었다. 상황을 파악한 복금이 속삭였다.

"어떡하지? 웬 여인이 도적 떼한테 잡혔어."

"저런 몹쓸 놈들!"

수남이 엄청나게 작은 목소리로 분개했다. 겁에 질린 목 상궁은 그런 수남의 팔을 꼭 붙잡았다.

"어떡하긴 뭘 어떡해? 계속 모른 척하고 있어야지."

약손이 최대한 바위 아래에 몸을 숙이며 대답했다. 아무래도

성인 남녀 네 명이서 바위 하나에 몸을 숨기기에는 비좁을 수밖에 없었다. 도적들이 웬 여인에게 정신 팔려 약손 일행을 발견하지 못한 것이 천만다행이었다. 하늘이 도운 것이 틀림없었다.

"뭐? 모른 척하자고?"

복금의 눈이 커졌다. 얘가 또 지 앞가림도 못 하는 주제에 물불 안 가리고 뛰어들 참인가 보네. 약손이 가당치도 않다는 듯 고개를 저었다.

"너, 저 도적들이랑 싸워서 이길 수 있겠어?"

약손이 턱 끝으로 도적을 가리켰다. 도적들이 옆구리에 찬 칼, 손에 든 도끼날이 서슬 퍼랬다. 산에서만 살아온 흉악한 놈들이라 그런지 떡대도 어마어마했다. 그 숫자는 또 어찌나 많은지? 무리를 이루는 도적답게 족해도 스물, 아니 서른 명은 넘어 보였다.

저 많은 도적 떼랑 우리가 맞붙자는 얘기야? 이길 수나 있고? 그냥 내 목숨 거둬 가라는 뜻이었다. 말도 안 됐다.

"그래, 복금아. 저 여인의 사정이야 안됐지만 어쩌겠니? 우리는 저놈들한테 상대도 안 돼. 그냥 잠자코 있자. 자고로 사람은 누울 자리를 보고 다리를 뻗는 거랬다."

"눈 감아, 김복금."

수남과 약손은 이때껏, 그 어느 때보다 쿵짝이 잘 맞았다. 약손은 아예 복금의 눈을 가려 버렸다.

"그래도 그렇지, 저러다 흉한 일 일어날 텐데 정녕 보고만 있을 겁니까?"

목 상궁은 복금과 같은 뜻이었다. 여기 답답이 한 명 더 추가요. 약손과 수남은 도리가 없다는 듯 고개만 저었다.

"수남 씨, 그렇게 안 봤는데 정말 실망입니다. 제가 저런 상황에 처해도 구경만 하실 테죠?"

"이야기가 왜 그렇게 됩니까? 목 상궁이 위험해지는 일은 애초에 안 만들죠. 저 못 믿습니까?"

"믿게 생겼습니까?"

목 상궁은 불의를 보고도 모른 척하는 수남에게 상당히 화가 난 모양이었다.

"하면, 저라도 나서서 저 여인을 돕겠습니다."

"목 상궁님!"

약손이 기겁을 하며 목 상궁을 말리려 했다. 하지만 목 상궁의 뜻은 완강했다. 행여 큰 소리 냈다가 도적 떼한테 들키면 큰일이라 바위 뒤에서는 무언의 전쟁이 일어났다.

여인을 구하러 가야겠다, 절대 안 된다…….

"목 상궁! 제발 참으시오! 제발!"

"목 상궁님, 안 됩니다. 절대 안 돼요……."

약손은 아예 목 상궁의 치맛단을 붙잡고 늘어졌다.

"이거 놓지 못하겠습니까? 사람이 인지상정이란 게 있지, 어찌 인두겁을 쓰고 저 꼴을 두고 본단 말이에요?"

목 상궁이 약손과 수남을 떨쳐 내기 위해 치맛단을 휙 잡아 털었다. 한데 예상 밖의 일이 벌어졌다. 목 상궁을 붙잡고 있던 약손이 목 상궁의 손길에 밀려 뒤로 확 넘어졌다. 안 그래도 네 명이 몸을 숨기기에는 비좁던 바위였다. 옆으로 밀려난 약손은 그만 발을 헛딛고 중심을 잃었다. 그러고는 누가 말릴 새도 없이 산 아래로 미끄러지듯이 굴러떨어지고 말았다.

"인지상정이고 나발이고 전 그런 거 몰라요! 모르는 일……! 으아아아악!"

가뜩이나 경사가 가파른 길이었다. 가속도가 붙으니 약손이 떨어져 내리는 속도 또한 점점 빨라졌다. 나무옹이에 옆구리가 찍힐 때마다 약손은 '헉!', '흡!', '악!' 저도 모르게 소리를 질렀다. 그렇게 약손은 흡사 돌멩이처럼 데굴데굴 능선을 굴러 내려왔다.

그런데 이게 무슨 하늘의 장난일까?

한참을 구른 약손이 마침내 멈춰 선 곳, 그 자리는 바로…….

"이 자식은 또 뭐야?"

"어디서 굴러온 개뼈다귀야?"

눈 뜨지 않았는데도 암담함이 밀려왔다. 귓가에 들리는 목소리가 험상궂기 이를 데 없었다. 저는 그냥 모른 척하려 했었고요…… 지나가던 나그네일 뿐이고요…… 온전하게 보내만 주신다면 저는 아무것도 못 본 척, 듣지 못한 척 갈 길 가겠나이다……. 일단 싹싹 빌어 보려고 주섬주섬 무릎부터 꿇었다.

하지만…….

"감히, 우리 금도끼, 은도끼, 피도끼 도적단의 구역에 허락도 없이 들어와? 요놈, 가죽을 벗겨 나무에 걸어 주마!"

도적 중 한 명이 챙캉챙캉 도끼를 휘두르기 시작했다. 이쯤 되면 약손 본인 스스로도 마냥 비는 것만으로는 사태 해결이 되지 않으리라는 것을 짐작하고도 남을 터.

약손이 자리에서 번쩍 일어났다.

일이 이렇게 된 이상 어쩔 수 없지. 지렁이도 밟으면 꿈틀하는데, 내 살의 가죽을 벗긴다는 데도 손 놓고 있을 줄 알았냐? 이판사판이었다. 약손이 주먹을 말아 쥐었다. 그리고 호기롭게 외쳤다.

"이 자식들아! 힘없는 여인을 희롱한 것도 모자라, 멀쩡히 지나치던 객의 가죽을 벗기겠다고? 이런 흉악한 놈들을 봤나? 다

덤벼! 오늘 너네 제삿날인 줄 알아!"

이래봬도 여약손, 전국을 돌아다니며 장터 왈패들과 드잡이하던 실력 아직 안 죽었다. 상대방의 급소를 눌러서 맥을 못 추게 만들기! 이 방법을 사용해서 복금한테 텃세 부리던 생도를 혼쭐내준 전적도 있었다. 약손은 제게 달려드는 도적의 뒷목을 꾹 눌러 버렸다. 가슴 한복판의 단중과 배꼽 윗부분의 명치, 이도저도 안 되면 미간 사이를 공격했다.

"악! 이 자식 뭐야?"

저보다 머리통 몇 개는 더 작은 약손을 우습게 보고 달려들었던 도적 하나가 아픔을 이기지 못하고 널브러졌다.

"누구긴 누구겠냐? 보면 몰라? 불의를 보면 참지 못하는 협객, 여약손 님이시다!"

약손뿐만이 아니었다. 약손 홀로 도적들과 싸우게 생겼으니 제아무리 수남이라도 모른 척할 수는 없었다. 수남과 복금, 심지어 목 상궁까지 저마다 손에 두꺼운 몽둥이 하나씩을 들고 섰다.

"이놈들! 감히 우리 약손이 가죽을 벗기겠다고? 옥광산 지주되면 그 후광 받아서 평생을 등 따습게 살려던 내 작은 소망을 망가뜨리는 꼴은 절대 못 본다! 오늘 너 죽고, 나 살아 보자!"

수남이 손바닥에 퉤퉤 침을 뱉었다. 약손을 우습게 봤다가 낭패당한 도적들 또한 눈을 부라렸다.

"이놈들이 보자 보자 하니깐 하룻강아지 범 무서운 줄 모르는구나! 지금 한 말 후회하게 해주지. 뭣들 하느냐? 당장 없애 버려!"

"이야아압! 이 흉악한 도적 떼 놈들!"

우렁찬 기합 소리가 시작이었다.

약손 일행과 도적 떼 사이에 큰 싸움이 벌어졌다.

한평생 싸움질만 하며 살아온 도적 떼를 어떻게 이기냐고, 우리는 그들과 대적도 못 하고 나가떨어질 거라는 수남의 말이 무색했다. 약손이 도적의 급소를 눌러 기절시키면, 수남과 복금은 몽둥이로 흠씬 두들겨 패서 일어나지 못하게 했다. 목 상궁은 치마폭에 숨겨 온 돌멩이를 던졌다. 놀랍게도 약손 일행들은 나름대로의 방법으로 도적들을 잘 막아 냈다.

하지만 싸움의 우위를 선점하는 순간은 잠깐이었다. 혹시나 했지만 역시나였다. 일단 싸움에 참여한 인원의 숫자 차이가 어마어마했다. 수십 명의 도적 떼를 겨우 네 명이 상대한다는 게 말이나 된단 말인가? 아마 무술 실력이 뛰어난 무관들이 와도 버거워할 것이 분명했다. 하물며 약손 일행은 무예라고는 근처에 가본 적도 없는, 평범하기 짝이 없는 사람들이었다.

"목 상궁! 괜찮습니까?"

"수남 씨, 조심하세요!"

도적이 바닥에 넘어진 목 상궁을 때리려고 했다. 이 도적놈들, 암만 흉악한 줄 알고 있었지만 하다못해 여인에게까지 손찌검을 해? 개똥만도 못 한 놈들! 똥물에 튀겨 죽여도 시원찮은 놈들! 수남이 재빨리 목 상궁 앞을 막아섰다.

열세에 이른 것은 비단 수남뿐만이 아니었다. 약손도 도적이 휘두른 도끼에 찍혀서 큰일이 날 뻔했다. 저 대신 도끼날에 빗맞은 나무가 우지끈 부러지는 모습을 보니 등골이 오싹해졌다.

약손이 꺾인 나무를 보며 잠시 한눈판 틈을 타서 다른 도적이 뒤에서 약손을 공격했다. 하지만 천만다행으로 기습은 실패했다. 약손의 곁에 있던 여인이 달려들어 도적의 팔뚝을 깨물어 버린 것이다.

"아아악!"

도적이 비명을 질렀다. 약손은 그제야 퍼뜩 정신을 차렸다. 우람한 도적의 팔뚝을 깨물고 있는 여인을 보니까 가슴이 선득해졌다. 저도 따지고 보면 여인이었지만 평생을 사내 노릇하며 살아 그런가? 장부 기질이 몸에 뱄나 보다. 한 주먹거리도 안 되는 여인이 어쩌려고 도적을 상대하는 건지. 몹시 위험해 보였다. 약손이 얼른 가서 도적의 급소를 눌러 여인을 도왔다.

"이보시오! 대체 여인이 어찌 혼자의 몸으로 산행을 한단 말이오? 도적을 만날 줄 정녕 몰랐소?"

"알면 왔겠느냐? 그리고 홀몸 아니다. 일행이 있어."

그럼, 그 일행은 당신을 돕지 않고 대체 어디서 무엇을 하고 있답니까? 라는 질문이 목구멍까지 치솟아 올랐다. 하지만 문답 나누며 궁금증 풀어 젖힐 여유 따위, 약손에게는 남아 있지 않았다. 도적 떼는 아직도 많이 남아 있었다.

약손 일행은 그 후로도 한참 동안이나 더 도적과 싸웠다. 하지만 결국 기적은 일어나지 않았다. 목 상궁과 수남은 도적이 던진 그물에 꼼짝 없이 갇혀 버렸다. 복금은 팔이 꽁꽁 묶인 채로 무릎이 꿇렸다. 마침내 약손의 목 아래에도 도끼날이 와 닿았다.

"이 쥐새끼 같은 놈, 잘도 까불어 댔지? 그 하찮은 잔재주도 여기까지다!"

도적이 도끼를 머리 위로 높이 쳐들었다. 약손이 화를 돋운 만큼 사정 봐주지 않고 단칼에 베어 버리려는 심산인 듯했다.

"약손아!"

복금이 발버둥을 쳤다. 하지만 머리부터 발끝까지 사냥용 그물에 둘러싸인 탓에 옴짝달싹할 수도 없었다.

정녕 약손은 이대로 죽고 마는 걸까?

도적의 손에 든 도끼날이 번쩍 빛을 뿜어냈다. 앞으로 펼쳐질

잔혹한 풍경에 목 상궁은 차라리 눈을 감아 버렸다.

—휘이익!

도끼가 허공을 갈랐다.

그리고 동시에,

"헉!"

단말마의 비명이 들렸다. 아마도 도적에게 목을 찍힌 약손이 이승에서 내뱉은 마지막 목소리일 것이 분명…….

하지 않으렷다?

"야, 야, 약손아……?"

복금은 자신이 본 상황이 믿기지 않는 듯했다. 완전히 넋이 나가 버린 듯 차마 말을 잇지 못했다. 복금이 미처 정신을 되찾기도 전에, 방금 전에 허공을 가른 소리가 다시 들렸다.

—휙!

—휘익!

—휘이익!

허공을 꿰뚫고 지나가는 것은 다름 아닌 화살이더라.

휘이익! 날아온 화살이 복금의 귀 옆을 아슬아슬하게 스쳐 지나갔다. 그와 동시에 '억!' 소리와 함께 복금을 결박하고 있던 도적이 그대로 자리에 쓰러졌다. 가슴에 활 한 대가 꽂힌 채였다.

"이, 이게 무슨…… 이게 대체……."

질끈 눈을 감았던 약손이 제 발 앞에 떨어지는 도끼에 놀라서 눈을 떴다. 방금 전까지 약손을 베려던 도적은 얼음이라도 된 듯 굳어 버린 채였다.

"크으으윽……."

도적의 입에서 신음 소리가 흘렀다. 곧 도적의 몸이 서서히 앞으로 기울기 시작했다. 그대로 약손에게 고꾸라질 상황이었다.

하지만 약손은 너무 놀라서 움직일 생각도 하지 못했다. 대신 약손 곁에 있던 여인이 얼른 약손을 끌어당겼다.

"맹추처럼 보고 있기만 하면 어떻게 해? 구경났니? 정신 차려!"

곧 도적이 약손이 서 있던 자리에 쿵 소리를 내며 쓰러졌다. 도적의 뒤통수를 정확하게 관통한 활이 섬뜩했다.

곧 산 밑에서 '와아아아!' 함성 소리가 들렸다. 관군이 오기라도 한 걸까? 약손이 주변을 살펴봤다. 엄청나게 많은 숫자의 사내들이 빠른 속도로 능선을 올라오는 모습이 보였다. 단순히 활을 쏘는 궁수뿐만이 아니었다. 옆구리에 긴 칼을 찬 병사들도 여럿이었다.

"관군이 왔나 보다! 관군이 왔어!"

역전된 전세를 제일 먼저 파악한 수남이 짝 박수를 쳤다. 느닷없이 나타난 사내들은 예사롭지 않은 무술 실력을 가지고 있었다. 제아무리 도적이라 한들 오합지졸에 불과하더라. 숙련된 무예를 익힌 무사들을 당해 낼 재간은 없었다. 도적들은 단숨에 제압당했다. 수남이 목 상궁을 덮은 그물을 훌렁훌렁 벗어젖혔다.

"약손아, 너 괜찮아? 어디 다친 데 없어?"

"어? 어……."

약손이 넋 나간 표정으로 대충 고개를 끄덕였다. 약손이 몰려온 사내들을 주의 깊게 살폈다. 처음엔 수남의 말대로 관군인 줄만 알았다. 관군이 아니라면 누가 위험에 처한 나그네를 구하겠는가?

한데 아무리 봐도 관군은 아닌 듯했다.

『마마! 무탈하십니까? 변고 없으십니까? 어찌하여 함부로 대열을 이탈하셨나이까?』

"제가 얼마나 마음 졸였는지 아세요?"

『마마를 찾기 위해 온 산을 다 뒤졌습니다!』

귀에 익숙지 않은 낯선 나라의 언어가 들리기 시작했다. 어라? 이거는 명나라 사람들이 쓰는 말 아니야? 여긴 명나라도 아닌데, 어쩐 일이지? 무슨 일이지? 역관들이 배워 쓰는 어설픈 말투가 아니었다. 모국어를 사용하는 사람들만이 낼 수 있는 자연스럽고 유창한 어조였다.

깊은 산속에서 만난 타국 이방인들의 갑작스러운 등장. 약손 일행이 잔뜩 긴장했다. 귀에 꽂히는 명나라 말은 모두 억세고 극성스럽게만 들렸다.

"명나라 사람들이 이 산중에는 웬일일까……?"

수남이 약손에게 조용히 속삭였다. 마침 명나라 사람 중 몇 명이 수남을 보고 저들끼리 수군거리며 웃었다. 수남의 눈이 금방 뾰족해졌다.

"뭐야? 저놈들 지금 내 욕한 것 같은데? 왜 사람을 앞에 두고 웃어? 웃길?"

웃는 얼굴에 침 못 뱉는다는 말도 조선 사람 한정이었다. 저가 모르는 말로 떠들면서 웃는 꼴을 보니까 기분 나빴다. 수남이 툴툴거릴 때, 마침 사람들에게 둘러싸여 사라졌던 여인이 다시금 나타났다.

여인이 의기양양한 표정으로 약손을 마주 봤다.

"내가 같이 온 일행 있다고 했지? 홀몸 아니라고 했잖아."

"아……."

그냥 하는 말인 줄 알았는데, 진짜였네? 심지어 이렇게 많은 숫자의 일행이 있을 줄이야……. 약손은 여전히 말문이 막힌 채였다.

"이놈들은 어떻게 할까요?"

웬 남자가 밧줄로 온몸을 결박한 도적의 우두머리를 데려왔다. 처음에 여인을 희롱하던 바로 그 도적이었다.

"어떡하긴? 조선 관군에 넘겨야지. 흉악하기가 이루 말할 수 없는 놈들이니까 엄벌을 내리라고 해. 내가 필히 확인하겠어!"

"분부 받잡겠사옵니다. 공주마마."

도끼날에 찍혀 죽을 뻔했지만 구사일생 살아난 약손이 서서히 정신을 차렸다. 그런데 방금 저가 들은 말이 뭐였지? 뭐라고 했지? 무슨 마마라고 했는데? 약손이 제 귀를 손바닥으로 탁탁 때렸다. 그 모습 본 여인의 표정이 덩달아 심각해졌다.

"뭐야? 어디 다친 거야? 귀 베였어? 잘렸어?"

"아, 아니…… 그게 아니라…… 그게 아니고요……."

저 사람이 댁을 공주마마라고 부른 것 같은데…… 아닌가요? 제가 잘못 들었나요? 환청인가요? 약손이 차마 입 밖으로 내뱉지는 못하고 맴맴 눈치만 봤다.

그때였다.

여인의 등 뒤에서 애타는 목소리 하나가 들렸다.

"마마! 공주마마! 어디 계시옵니까?"

역시! 내가 잘못 듣지 않았어! 맞게 들었어! 이 여자가 공주마마래. 공주마마! 내가 구해 준 사람이 다른 누구도 아닌 공주마마라니! 세상에, 이런 우연이 있을 수가 있나? 약손이 마음속으로 껄껄껄 웃음을 터뜨렸다.

그러다가 마침내 '공주마마'가 누구인지, 어떤 신분, 어떤 지위를 가진 사람에게만 부를 수 있는 호칭인지 깨달았다.

"뭐라고? 공주마마……? 허억!"

하마터면 외마디 비명을 지를 뻔했다. 약손이 제 입을 손바닥으로 틀어막았다. 놀란 것은 목 상궁과 수남, 복금 또한 마찬가지였다.

'지금 공주마마랬지?'

'네, 분명 그렇게 들었는데요…….'

'그럼, 이 여인이 공주마마라는 말입니까?'

'그런 것 같아요…….'

네 사람이 빠르게 눈빛을 주고받았다. 다들 충격을 금치 못한 눈치였다. 하지만 놀라운 일은 아직 끝나지 않았다. 곧 사람들을 헤치고 아까부터 '공주마마'를 오매불망 부르던 목소리의 주인공이 나타난 것이었다.

"마마! 조선의 산중이 얼마나 험한 줄 아십니까? 도적은 물론이고, 호랑이나 곰 같은 맹수도 심심찮게 출몰하는 곳으로 유명합니다. 오죽하면 조선의 산을 범산이라고? 어? 여 생도 아니십니까?"

"네?"

갑자기 저를 부르는 호칭에 약손이 저도 모르게 때꾹 딸꾹질을 했다. 저를 어떻게 아시는지요? 약손이 되물으려 할 때였다. 곧 약손 또한 상대방을 알아차렸다. 약손의 눈이 휘둥그레졌다.

"아니 당신은…… 당신은! 옥향 아가씨가 아니십니까?"

"맙소사! 여 생도가 왜 여기에 계십니까?"

"그건 제가 묻고 싶은 말입니다! 옥향 아가씨가 어떻게 여기에 계십니까?"

예상치도 못한 순간에, 짐작하지도 못한 장소에서 만난 두 사람은 서로서로 질문만 퍼부을 뿐 너무 놀라서 아무 대답도 하지 못했다. 중간에 서 있던 여인이 둘 사이를 중재했다.

"둘이 아는 사이야? 옥향, 이 사람 알아?"

"알다마다요! 왜, 제가 요전에 말씀드린 적이 있지요? 제 생명의 은인이라고……."
"말도 안 돼! 이분은 나를 구해 준 분인데? 옥향이 아니라, 내 생명의 은인이야!"
"제 생명의 은인도 되는 분이라서……."
내 생명의 은인이다, 아니 네가 아니라 내 생명의 은인이다…….
대화를 중재하려다가 도리어 싸움만 나게 생겼다. 한참 말꼬리를 잡던 여인이 짝짝 박수를 쳐서 다툼을 마무리했다.
"참 오래 살고 볼 일이네. 이렇게 해괴한 인연이 다 있다니!"
"그러게요."
옥향이 고개를 끄덕여 수긍하며 약손에게 질문했다.
"한데, 여 생도. 궁궐에 있으셔야 할 분이 어찌 이곳에 계십니까?"

[4]
"이야기는 들었습니다. 전하께서 남색을 즐기신다는 소문이 파다하지 않았습니까? 대체 어찌 된 일인지 내심 궁금하기는 하였지만 그 풍문의 주인공이 여 생도일 줄은 꿈에도 생각지 못했습니다."
"맙소사! 주상 전하께서 면수(面首: 사내끼리 성교하는 행동)를 하신단 말씀입니까?"
바늘 가는데 실 따라붙지 않으랴.
옥향이 있는데 정선도가 있는 것은 당연했다. 그간 약손에게 일어났던 이야기를 모두 들은 정선도가 놀라움을 감추지 못했다. 주상 전하께서 그런 취향을 가지고 계실 줄이야. 여적 후사가 없는 것도 이상했는데 다 그런 남모를 고충이 있었구나…….

실제로 이유가 아직 자식을 두지 않는 것과 남색은 하등 상관 없었지만, 정선도는 이제야 앞뒤 상황이 딱 맞아떨어진다며 넘겨짚었다.

그랬어, 그랬구나. 그런 까닭 때문에…….

정선도가 이유를 남색 즐기는 지존이라 여기고 결판을 낼 때, 다행인지 불행인지 옥향이 곁에서 사실을 정정했다.

"하지만 주상 전하와 정을 나눈 분이 여 생도라면…… 그것은 결코 비역이 될 수 없어요."

"왜 비역이 아니오? 주상 전하도 사내, 여 생도도 사내. 같은 사내끼리 마음 맞추고 배 맞추면 그것이 바로 비역질인 것을."

"모르면 가만히 좀 계세요."

"뭘 모르오? 내가 뭘 몰라?"

입은 삐뚤어졌어도 말은 바로 해야지! 정선도가 뜻을 굽히지 않았다. 약손은 그 즈음에서 넌지시 한마디 거들었다.

"선도 나리."

"예, 뭡니까? 말씀하십시오."

"사실…… 저, 사내가 아닙니다."

"예, 사내가 아니지요. 그래도 남자끼리의 사랑은…… 뭐라고요? 여 생도! 지금 뭐라고 했습니까?"

"저는…… 여인입니다."

정선도가 경악했다. 영 믿지 못하는 표정이었다. 이미 예전부터 사실을 알고 있던 옥향은 가만히 고개만 끄덕였다. 저 혼자만 놀라고, 옥향은 아무렇지도 않아하니까 정선도가 옥향의 옆구리를 꾹 찔렀다.

"옥향, 알고 있었습니까? 여 생도가 여인이라는 것을……?"

"예, 알고 있었지요."
"언제부터?"
"……처음 만났을 때부터?"
"헉!"
어떻게 나만 쏙 빼놓고 둘이 비밀 만들 수 있어? 우리 사이에 비밀 따위는 없기로 약속했잖소! 정선도의 얼굴에 배신감이 가득했다. 옥향이 그런 정선도를 다독였다.
"어쩔 수 없었습니다. 여 생도가 함구하는데 제가 어찌 마음대로 발설할 수 있겠나이까?"
"그래도 그렇지, 어떻게 나까지 속일 수 있단 말이오? 옥향…… 그렇게 안 봤는데 정말 실망이요."
"나리……."
"됐소. 나도 이제부터 옥향한테 비밀 만들 거요."
정선도가 몹시 상처 받은 얼굴로 방을 나섰다. 심지어 옥향이 '나리! 어디 가십니까?' 물었지만 '내가 어디를 가든 말든 상관 마오! 비밀이요!'라며 끝까지 뒤끝을 보였다.
"나리께서 상심이 큰 듯합니다. 안 따라가 봐도 됩니까?"
"신경 쓰지 마세요."
옥향이 고개를 저었다. 괜히 미안해진 약손이 제 앞에 놓인 술잔만 만지작거렸다.
그때였다.
내내 침묵하며 약손의 이야기를 듣던 공주가 갑자기 저가 마시던 술잔을 탁 내려놨다. 그리고 갑자기 훌쩍이기 시작했다.
"뭐야…… 그럼 여태 사내인 척하고 사랑을 나누다가 여인인 게 들통 나서 스스로 떠났단 말이야? 사랑하는 사람한테 피해 주지 않으려고?"

"……그런 셈이지요."

약손이 쓰게 웃었다. 그 담담한 모습에 공주는 더욱 서러움이 복받쳤다. 이토록 비통한 사연 이야기를 하는데 어찌 아무렇지 않을 수 있지? 울든가, 악쓰든가. 이도저도 아니면 술 퍼먹고 진상이 되든가…….

하다못해 가족과 헤어져도 마음이 끊어지듯 아프고 그리운데, 정인을 두고 떠나는 마음은 어떠할까? 당사자가 감내해야 할 슬픔은 이루 말할 수 없을 것이 분명했다. 울음을 참고 또 참던 공주의 눈물샘이 마침내 폭발하고 말았다.

"조선인들의 상열지사란 이렇듯 애틋하고 정이 깊단 말인가?"

"특별할 것 없는 사연입니다. 그저 한 연인이 만나고 헤어진…… 별다를 바 없는 이야기지요."

"아니야! 그렇지 않아!"

공주가 날카롭게 지적했다. 공주는 자신이 입고 있던 비단옷에 아무렇게나 흥 코를 풀더니 벌컥벌컥 술잔을 비워 냈다.

"안장왕과 한씨 여인도 그랬어! 그들은 신분의 한계를 뛰어넘었어! 뿐만 아니라 한씨 여인은 백제 태수의 협박에도 굴하지 않고 오직 안장왕 한 사람만을 사랑했지! 자네는 그토록 지고지순하고 절절한 사랑 이야기를 들어 본 적 있어?"

"어…… 그게……."

갑작스러운 질문에 당황한 약손이 미처 말을 잇지 못했다. 곁에 있던 옥향이 '공주마마께서는 설화에 환장하십니다. 특히 상열지사에 관련된 설화에는 더욱 그러하시고요.' 귀엣말을 해줬다.

약손은 그제야 깊은 깨달음을 얻고 도리도리 고개를 저었다.

"아, 아니요! 못 들어 봤습니다. 안장왕과 한씨 여인처럼 감동적인 사랑 이야기는 제 평생에 한 번도 들어 본 적 없습니다!"

나름 공주의 비위를 맞추기 위해 해준 말이었다. 하지만 그 대답이 영 마음에 들지 않았나 보다. 공주가 쯧쯧쯧 혀를 찼다.

"이런 맹추 같은 사람을 보았나. 한 번도 들어 본 적이 없다니…… 그러면 법흥왕에게 시집간 보과 공주 이야기도 몰라? 이건 안장왕 설화에 비할 바가 못 되는데? 엄청나게 애달픈데? 이 사람, 이제 보니까 진짜 안 될 사람일세?"

공주가 술맛 다 떨어졌다는 듯 잔을 옆으로 휙 밀어 버렸다. 그 바람에 태산같이 쌓였던 음식 여남 개가 떨어졌다. 하지만 상관하지 않았다. 다른 건 몰라도 이 세상에 보과 공주 이야기 모르는 사람은 없어야만 했다.

공주가 본격적으로 보과 공주 이야기를 하기 시작했다.

결국 약손은 졸지에 백제에 사신으로 왔던 신라 태자에게 반했던 보과 공주의 높은 안목, 먼저 마음을 고백한 것도 모자라 신라에 직접 쳐들어가서 법흥왕에게 청혼한 보과 공주의 진취적인 자세와 능동적인 삶의 태도까지…… 그 모든 이야기를 새벽까지 들어 줘야만 했다.

"예, 보과 공주가 옳습니다. 보과 공주 만큼 대단한 여인은 이 세상에 두 번 다시없을 것입니다. 보과 공주님이 최고입니다."

약손이 퀭한 얼굴로 짝짝 박수를 쳤지만 공주를 만족시키기에는 역부족이었다. 공주가 또다시 뭔가 마음에 들지 않는 듯 고개를 저었다.

"아니야. 보과 공주 이야기에 비할 바가 안 되는 애절한 사랑 이야기가 또 있어."

"……아, 맞다! 또 있었더랬지요? 제가 깜빡했습니다. 맹추처럼 또 잊고 말았습니다. 요즘 왜 이렇게 깜빡깜빡하는지 모르겠어요. 까마귀 고기를 먹었나? 하하하하!"

약손이 어색하지만 최대한 유쾌하게 웃어 보였다.

웃전 비위 맞추는 일은 언제나 어려워…… 약손이 제 앞에 놓인 호박지짐이 한 개를 깨물었다. 새벽까지 이야기 듣는 것도 고역이었다. 몰려오는 잠을 깨기 위해 지짐이를 질겅질겅 씹을 때, 불현듯 공주가 약손을 보며 눈을 반짝였다.

갑자기 저에게 시선이 쏠린 약손이 애써 졸지 않은 척, 정신 말짱한 척을 했다. 공주가 약손의 손을 잡았다.

"난 여태껏 살아오면서 세상에 존재하는 상열지사란 상열지사는 전부 수집했더랬어. 나한테는 이야기를 모아 적는 책사도 수백 명 넘게 있구."

"그, 그러셨습니까……?"

"사랑하는 임을 기다리다가 망부석이 된 설화, 죽어서도 임을 잊지 못해 다시 태어나서 인연을 맺은 환생 설화…… 하지만 다 소용이 없네."

"……예?"

"내가 들었던 상열지사 중에서 제일 으뜸가는 이야기는 바로……."

"바로……?"

"이제부터 약손이 자네 이야기야!"

공주가 명쾌하게 해답을 내렸다.

"예…… 예? 그게 무슨 말씀이십니까?"

"이름은 무어라 지으면 좋을까? 약손 설화? 약손 애사? 약손전……? 뭐, 제목은 아무래도 상관없겠지?"

약손은 전혀 몰랐지만 사실 공주는 황궁에서도 소문난 이야기 수집꾼이었다. 옥향 말대로 세상 모든 이야기에, 특히 상열지사라면 사족을 못 썼다. 마침내 제 마음에 쏙 드는 이야기를 발굴해 낸 공주가 흥분을 감추지 못했다.

"이보게, 옥향! 일어나 보게. 응? 이렇게 중요한 순간에 졸면 어떻게 해?"

공주가 한쪽에서 얌전히 잠들어 있던 옥향을 흔들어 깨웠다. 옥향이 퍼뜩 놀라 몸을 일으켰다. 아무래도 옥향은 이런 식으로 밤샌 경험이 한두 번이 아닌 듯 익숙해 보였다. 옥향이 하암하암 하품을 내뱉었다.

공주는 전혀 아랑곳하지 않았다. 공주가 술잔 세 개를 가져왔다. 그러고는 그 안에 술을 꽉 채워 부었다. 약손은 난생처음 맡아 보는 향긋한 냄새가 풍겼다. 술 냄새가 아니라 마치 꽃 냄새 같아서 약손이 저도 모르게 '우와!' 탄성을 내뱉었다.

"분주汾酒야. 내가 제일 좋아하는 술이지."

싱긋 웃은 공주가 술잔을 약손과 옥향, 그리고 제 앞에 돌렸다.

"공주마마, 무얼 하시게요?"

"암만 봐도 우리 셋의 인연은 보통이 아닌 게 분명해. 약손은 우리 둘의 생명을 구해 준 은인이고, 또 내가 제일 좋아하는 이야기의 주인공이잖아?"

"공주마마……."

옥향이 설레설레 고개를 저었지만 이미 제 흥에 한껏 취한 공주를 말릴 수 있는 사람은 아무도 없었다.

"여봐라, 환이 게 있느냐?"

공주가 밖을 향해 말했다. 공주의 말이 떨어지기 무섭게 방 안으로 웬 남자가 한 명 들어왔다. 덩치가 어찌나 좋은지 몰랐다. 아까 산에서 만났던 도적 떼와 비교해도 손색이 없을 정도였다.

꼭 거인을 실제로 보는 기분이었다. 약손의 입이 절로 벌어졌다.

"이분들과 자매결의를 맺을 것이다. 내 도검을 가져다주련?"

"예, 공주마마."

남자가 품 안에서 칼 한 자루를 꺼냈다. 칼집에 온갖 보석이 박혀 있어서 휘황찬란하게 뿜어내는 빛이 요란했다.

"고맙구나."

공주가 남자에게서 칼을 받아 들었다. 남자가 예를 갖추고 방을 나갈 때, 공주가 은근슬쩍 남자의 귓불을 만졌다. 누가 봐도 야살스럽기 짝이 없는 살 부딪침…….

세상에! 명나라 여인들은 원래 이렇게 진취적이고, 노골적이고, 막 먼저 만지고, 막 그러고, 막 그러한가?

거참, 좋은 나라일세…….

약손은 괜히 저가 다 무안해지고 민망하여서 어흠어흠 헛기침만 터뜨렸다. 옥향이 귀까지 다 빨개진 약손을 보고는 작게 풉 웃음을 터뜨렸다.

"내 생명의 은인을 만난 특별한 날을 그냥 넘길 수야 없지. 우리는 오늘부터 자매를 하기로 하세."

"자, 자매요?"

"응, 자매. 피로 맹세한 결의를 맺는 거야."

왜 칼을 가져오라고 했나 싶었는데, 느닷없이 결의를 맺겠다니! 살다 살다 이렇게 저돌적인 사람은 또 처음 볼 일이었다. 하지만 공주는 약손의 놀람, 당황스러움 따위는 전혀 상관하지 않았다.

"공주마마, 잠시만이요! 이렇게 갑자기 자매를 맺는 건 좀 무리가……! 헉!"

약손이 말리려 했지만 이미 공주는 칼로 제 손을 그은 후였다.

공주가 떨어뜨린 핏방울이 술 잔 세 개에 똑같이 뿌려졌다.

"아……."

약손이 현기증이 이는 듯 이마를 붙잡았다. 공주의 등쌀에 옥향도 별다른 저항도 하지 못하고 칼로 손을 벴다. 옥향도 공주가 한 그대로 술잔에 골고루 자신의 피를 뿌렸다. 곧이어 약손의 앞으로도 칼 한 자루가 내밀어졌다.

"저기…… 공주마마……."

"응! 얼른 해! 이러다가 술이 식겠어!"

공주가 초롱초롱 눈을 반짝이며 약손을 바라봤다. 아니, 하긴 뭘 합니까? 제가 왜 멀쩡한 손에 상처를 내서 생피를 봐요? 피는 소중한 건데…… 아무리 생각해 봐도 결의인지 뭔지는 절대 하고 싶지 않았다.

제 앞에 있는 사람이 공주든, 왕자든. 아니, 그보다 더 높은 황후, 황태후, 황황황황태후라도 싫었다. 솔직히 말해서 공주를 언제 봤다고, 뭘 믿고 자매결의를 맺는단 말인가?

"비록 복사꽃 피는 동산은 아니지만 뭐 어때? 대신 살구 향 그윽한 술이 있잖아."

"공주마마……."

"이 술이 식기 전에 결의를 맺자고! 술이 식으면…… 머리를 베어 버릴 테니깐!"

"……예?"

약손이 펄쩍 뛰며 놀랐지만 그 적나라한 반응은 공주의 여흥을 돋울 뿐이었다. 공주가 까르륵 해맑게 웃음을 터뜨렸다. 공주가 약손의 볼을 꼬집었다.

"농담이야! 난 피를 나눈 혈육은 죽이지 않아!"

약손이 단숨에 칼로 손을 그었다. 하루를 알면 뭐하고, 십 년을 알면 뭐하리? 공주가 신용이고, 믿음이고, 보증이었다. 약손이 질끈 눈을 감았다. 제 딴에는 깊게 긋는다고 그었는데 실제로는 살짝 찌른 정도에 불과했다. 약손이 억지로 상처를 꾹꾹 눌러가며 겨우겨우 피를 짜냈다. 마침내 술잔에 세 사람 모두의 피가 섞였다.

공주가 짝짝 박수를 쳤다.

"내 기필코 도원결의를 해보리라 다짐했었는데, 오늘에서야 그 바람을 이루는구나."

심지어 혼자만의 감격에 휩싸인 공주는 몹시 벅차오르는 표정으로 울먹이기까지 했다.

"우리 셋 중에 내가 가장 연상이니까 맏이를 하고, 옥향이 그다음이니까 둘째야. 막내는 약손이가 되는 거구. 알겠지?"

칼로 피까지 봐서 아파 죽겠는데, 막내라니! 약손은 괜히 억울해졌다. 이왕이면 저가 첫째하고 싶었는데, 늦게 태어난 팔자를 원망해야지 어쩌랴. 약손은 울며 겨자 먹는 식으로 고개만 끄덕였다.

공주가 술잔을 높이 들었다. 그다음으로는 옥향이, 또 그다음으로는 막내 약손이가 뒤를 따랐다. 공주가 생글거리던 웃음기를 싹 지웠다. 그러고는 엄숙한 목소리로 말했다.

"나는 앞으로 남은 일생 동안 두 명의 동생을 물심양면으로 보살 필 것이다. 기쁨은 나누고, 슬픔은 덜어 내며, 자매가 곤란한 일에 처하거든 내 일처럼 나서서 도울 것을 이 피로써 맹세한다."

초저녁부터 술을 심상치 않게 들이켜기에 술김에 장난처럼 하는 짓이라고만 여겼다. 그런데 맹세문을 읊는 공주의 표정이 사뭇 진지했다.

우리 셋은 서로를 잘 모르고, 함께한 날을 꼽아 봐도 만 하루가 되지도 않고, 정이 깊은 것도 아니었는데. 그러나 공주는 약손이 저를 구해 주고, 옥향을 구해 줬다는 사실만으로도 자매 맺기를 주저하지 않았다.

"큰언니를 전적으로 따르고, 동생을 잘 보살피겠습니다. 자매의 기쁨은 나누고, 슬픔은 덜어 내며, 우리 셋 중 누군가 곤란한 일에 처하거든 내 일처럼 나서서 도울 것을 맹세합니다."

옥향이 공주를 따라 맹세했다. 이제 두 사람의 시선이 약손에게 쏠렸다.

아니, 저는 평생을 독자로 자랐고요……. 이렇게 갑자기 자매가, 그것도 둘이나 더 생긴다는 건 생각도 해보지 못한 일이라서…… 약손은 여전히 망설였다. 아무리 술김이라도 맹세를 남발하고 싶지는 않았기 때문이었다.

"공주마마, 죄송합니다. 저는 맹세를 할 수 없……."

"어? 술 식는다. 벌써 미지근해졌는데? 머리를 베어서……."

"저 여약손은 자매의 막내로서, 두 언니를 보필하며, 언니의 말에는 무조건적으로 순종하고 따를 것을 맹세합니다!"

약손이 단숨에 술을 들이켰다. 한 방울도 남김없이 모두 마시며 잔을 머리 위에 세워서 탈탈탈 털어 보이기까지 했다. 공주가 그런 약손이 대견하다는 듯 엉덩이를 툭툭툭 두들겨 주었다.

"우리 막내, 이제 보니까 술 잘 마시네? 아주 마음에 들어! 옥향도 한 주량 하잖아. 그치?"

"그럼요. 한양 주당들과 대작할 적에도 져본 적이 없습니다."

"마음껏 마셔! 오늘 술값은 이 언니가 낼 테니까!"

공주가 머리에 꽂았던 금비녀를 빼서 흔들었다. 약손이 술잔에 술을 콸콸 따랐다. 역시, 공주님이 마시는 술이라 그런가? 독하기도 독한데, 맛도 일품이었다. 역시, 술은 독해야 제맛이야!
어느새 술 한 병을 다 비웠다. 새 술병을 따르던 약손이 문득 생각이 난 듯 물었다.
"그런데요, 공주마마."
"응. 왜?"
서로 친자매처럼 지내기로 하고 피의 맹세까지 나눈 마당이었다. 그런데 약손은 정작 공주의 이름도 알지 못했다. 다른 것들이야 서로 시간을 가지고 차근차근 알아 가면 된다지만 이름을 몰라서야 되겠는가?
"공주마마, 존함이 어찌 되십니까? 아직 존함을 알려 주시지 않으셨어요."
"응? 내가 그랬나?"
공주는 저조차도 잊고 있었던 사실을 깨닫고는 그제야 무릎을 탁 쳤다.
"내 첫째 오라버니는 현 황제 폐하 되시는 기진, 둘째 오라버니는 전 황제 폐하 되시는 기옥이야. 그리고 내 이름은……."
공주가 술잔을 비우며 말했다.
"주소명이라네."

*

"주상 전하, 천부당만부당하옵니다!"
"결단코 불가하옵니다!"
사정전에 신하들이 엎드렸다. 그들은 모두 육조의 판서였더라. 병조의 이계전과 호조의 이인손, 형조의 권준, 예조의 하위지, 이조의 어효첨, 공조의 박쟁 등이었다.

본래 임금과 정사에 대해 토론하고 담론 나누는 것이 그들의 소임이라지만 오늘은 아무래도 그 목소리가 강경했다. 묵묵히 교서를 읽던 이유의 한쪽 눈썹이 꿈틀 치켜 올라갔다.

"그동안은 상왕께서 나이가 어려 모든 조치를 대신에게 위임하여 시행한 것이다. 그러나 이제 내가 군국의 서무를 친히 보고 받고 결단함이 옳다. 한데 그대들은 어찌하여 형조의 사수(死囚: 사형수)를 제외한 모든 서무를 육조에서 직접 계달하는 일을 이토록 반대하고 나서는가?"

그렇다. 오늘날 판서들이 모두 사정전에 엎드려 간계를 올리는 까닭. 그것은 바로 이유가 의정부에 내린 전지 때문이었다.

—육조는 의정부를 거치지 말고 맡은 일을 직접 보고하라.

의정부를 배제하고 육조에서 모든 대소사를 처리한다면 신권이 약화되는 것은 불 보듯 뻔한 일이었다. 육조에서조차 반대를 하고 나오는 것은 당연했다. 하위지가 앞으로 나섰다.

"태조께서 개국하실 적에 정사의 대소를 모두 정부政府로 하여금 의논하도록 하셨습니다. 비록 태종께서 혁파하셨지만 세종조 때 다시 세워서 오늘에 이르렀습니다. 소신, 간곡히 청컨대 오늘날의 제도를 유지하여 주시옵소서."

"옛날에 삼공(三公: 태사, 태부, 태보)은 이치를 강론하여 천하를 다스렸다. 또한 육경은 각기 직임이 나누어져 있다. 만약 경이 육조의 직임을 감당하지 못하겠거든 그만 물러남은 어떠한지?"

이유가 무척 상심한 표정으로 한숨을 내쉬었다.

마땅한 인재를 적소에 배치한 줄 알았는데, 내가 사람을 잘못 보았나 보이…… 혼잣말하듯 비꼬는 것은 덤이었다. 그러나 그따위 얕은 수에 말려들 하위지가 아니었다.

하위지가 다시 한번 머리를 조아렸다.

"전하, 주나라 때 삼공이 국정에 직접 참여하지는 않았지만 실제로는 총재(冢宰: 주나라 때 궁중 사무를 맡아 보던 관아의 우두머리)가 겸임하여 다스렸습니다. 원컨대, 주제周制를 따르옵소서."

그 말이 끝남과 동시였다. 이유가 벌떡 자리에서 일어났다. 손에 잡힌 벼루가 순식간에 허공으로 높이 치솟았다. 앞뒤 상황 살피지 않고 그대로 던져 버리려다가 도중에 무슨 생각이 들었는지 다시금 벼루를 내려놨다.

'다시는 벼루 안 던질게. 남아일언중천금이랬다. 설마 사내 된 도리로 한 입으로 두말할 것 같아?'

'울 아부지가 손버릇 험한 사내랑은 같이 놀지 말랬는대…….'

떡고물 잔뜩 묻은 손가락을 쪽쪽 빨며 이 맹세를 믿을까, 말까 고개 갸웃거리며 고민하던 얼굴 하나가 떠올랐다. 이런 순간에조차 머릿속을 툭툭 비집고 들어오는 약손 때문에 미치겠다. 속이 뒤집히겠다.

이유가 직접 하위지 앞으로 걸어왔다. 이유의 몸에서 뻗치는 노기가 분기탱천했다. 이유가 하위지의 멱살을 잡았다.

"그따위 오활迂闊한 말을 제일 먼저 꺼낸 자가 누구더냐?"

"저, 전하!"

"네놈이 지금 나를 능멸하지? 업신여기며 깔보지?"

"주상 전하……!"

이유가 하위지의 관복을 단번에 벗겼다. 그러고도 화가 풀리지 않는지 하위지의 머리채를 잡아 우악스럽게 흔들었다.

"총재에게 위임하는 건 임금이 훙薨했을 때나 시행하는 제도다. 하면 지금 네놈 눈에는 내가 죽은 것으로 보인단 말이더냐?"

"전하, 그런 것이 아니오라……."

"아니긴 뭐가 아니야? 아니면 내가 아직도 신료들에게 미주알 고주알 의견 물어야 하는 어린 왕처럼 보이느냐? 육시랄 놈. 뚫린 입이라고 감히 함부로 지껄이다니! 네놈의 버릇을 이참에 단단히 고쳐 주마!"

하위지가 이유의 억센 손길에 질질 끌려다녔다. 아무리 임금이라지만 간계 올린 신하의 머리채를 잡다니! 그것도 나랏일 논하는 편전에서!

병조의 이계전이 이유를 말리려 했지만 소용없었다. 악에 받친 이유의 눈이 형형한 빛을 뿜어냈다.

감히 왕을 모욕하고! 욕보이고! 망신을 주려 하다니! 나를 귀신 취급하다니! 내 네놈의 껍데기를 벗겨 내 몸에 두르고 다녀도 성이 안 풀리겠다! 네 몸의 살덩이를 회 떠 지근지근 씹어 먹어도 분하다!

"위졸은 무얼 보고만 있느냐? 하위지 이놈을 데려가 곤장 스무 대를 치도록 하라!"

보다 못한 박원형이 나섰다.

"전하, 하위지의 죄가 중하나, 어찌 군주가 신하에게 이토록 가혹한 벌을 내린단 말입니까. 부디 하위지를 용서하시옵소서."

애초에 육조의 일을 직접 보고하라는 이유의 전지 자체가 말이 안 되는 것이었다.

하위지의 심정은 천 번 만 번 공감할 수 있었다. 하지만 그렇다고 해서 하필이면 임금이 훙할 때나 행했던 주나라 총재 이야기를 꺼낼 것은 또 뭐란 말인가? 말 한마디에 천 냥 빚을 갚듯이, 하위지는 잘못된 예시 한마디 때문에 목숨을 내놓을 판국이었다.

이유가 하위지를 비호하고 나서는 박원형을 노려봤다.
"그래…… 네놈이구나. 네놈들이 바로 나를 죽은 송장 취급하며 깔보고 괄시하던 무리였어!"
"저, 전하……!"
"박원형 이놈도 함께 끌고 가라. 이달 10일에 조시(朝市: 시가지)에서 이 두 놈의 머리를 베어 본을 보일 것이니!"
위졸이 하위지와 박원형을 끌고 갔다. 이유가 사정전의 신료들을 한 명 한 명 전부 돌아봤다. 누구냐? 누가 또 하위지와 박원형의 편을 들고 나설 것이야? 지금 이 순간, 이유의 심기를 거스르는 자는 모두 목숨 부지하지 못하리라……. 다들 감히 하위지의 구명을 못 하고 고개 숙여 이유와 눈길 마주하기를 꺼렸다.
"……."
마침내 이유의 시선이 성삼문에게 닿았다. 성삼문은 예의 속을 알 수 없는 얼굴이었다. 그러나 한마디도 내뱉지 않고 입 꼭 다물고 있는 꼴을 보아라. 제아무리 꼿꼿한 대나무라도 부러지고 싶지는 않은가 보지? 편전 한편에 말없이 서 있던 명회가 픽 노골적으로 비웃듯 흘려 웃었다. 이유가 성삼문을 바라봤다. 그리고 한탄하듯 말했다.
"경들과 정사를 논해도 부족한 때에 이토록 다툼해야 하는 과인의 운수가 필히 사납고, 불쌍하다. 죽헌, 그대는 내 처지를 어떻게 생각해?"
"……."
"왜 말을 못 해? 아무 생각이 없어?"
이왕 벌인 굿판, 칼춤이라도 원 없이 춰야 하지 않겠는가? 이유는 이참에 집현전도 함께 혁파할 생각이었다.
"요즘 들어 과인의 업무가 무척 번잡스럽기 짝이 없다. 그대들과 따로 공부할 시간은 없을 것 같으니 오늘부로 경연을 폐하도록 하지."

"전하! 그것은……!"

"뭐하느냐? 사헌부는 교지를 받들지 않고."

"그게 무슨 말씀이시옵니까? 어찌 선대에서부터 이어져 내려온 경연을 폐한다 하시옵니까?"

성삼문이 이유의 앞을 가로막으려 했다. 그러나 성삼문을 붙잡는 명회가 한발 더 빨랐다. 이유는 그대로 사정전을 빠져나가 버렸다. 육조 직계에 이어 졸지에 집현전까지 문 닫게 된 편전은 한바탕 폭풍이라도 지나간 듯 초토화되었다. 이유의 갑작스러운 결정에 신료들은 당황을 금치 못했다. 다만 명회 혼자만이 여유로웠다.

"죽헌, 자네는 참 좋겠네. 주상 전하께서 이토록 자네를 아껴 주고 위해 주시니."

"그게 무슨 말인가?"

"무슨 말이긴."

명회가 성삼문에게 미리 작성해 둔 교지를 넘겨주었다. 평소에 경연을 탐탁해하지 않는 것은 익히 알고 있었지만 설마 이렇게 갑자기 경연을 폐한다고 할 줄은 꿈에도 몰랐다. 교지를 펼쳐 본 성삼문의 얼굴에 경악의 빛이 스쳤다.

명회가 빙그레 웃어 보였다.

"주상 전하께서 자네를 비롯한 학사들에게 무려, 사가독서(賜暇讀書: 젊은 문신들에게 휴가를 주어 학문에 전념하게 한 제도)를 허하신다는군."

"……뭐라?"

"아휴, 누구는 좋겠네. 전하의 신임 등에 업고 마음 놓고 놀고 먹어도 되고…… 나는 당최 무슨 죄를 지어 하루하루 눈코 뜰 새 없이 소처럼 일하는 박복한 팔자인 걸까? 나도 딱 한번만 자네처럼 휴가 얻어 마음 편히 지내 봤으면 원이 없겠네, 원이 없겠어……."

목소리에 위로를 가장한 비웃음이 가득했다. 명회가 성삼문의 어깨를 톡톡 두드려 주고는 편전을 나섰다.

*

약손이 명나라 공주, 옥향과 자매가 되어 언니 동생 하며 지내기를 여러 날.

본래 그다음 날 떠나려 했지만 의주의 경치가 좋아 하루 이틀 더 머물다 보니 어느새 예정보다 훨씬 더 늦어졌다. 물론 약손이 의주에 머무르는 도중에 뭐 대단한 일을 한 것은 아니었다.

아침에 눈 떠서 의주 성을 돌아보다가 날씨가 화창하면 화창하다고 술 마시고, 날이 궂으면 궂다고 술 마시고…… 그냥 세상에 아무 근심 없이 한가로운 한량처럼 먹고 마시는 나날을 보냈을 뿐이었다.

세상에 약손이 이토록 게으르게 살아 본 날이 있을까? 덕분에 약손은 포동포동 살이 올랐다. 목 상궁과 수남은 얼굴 때깔부터 달라졌고, 고뿔 걸려 골골대던 복금도 씻은 듯이 나았다.

이제 더는 늦장 부리지 말고 갈 길을 가야지…… 마침 공주 또한 의주를 떠난다고 했다.

등에 봇짐 모두 챙긴 약손이 공주를 기다렸다. 아직도 명나라 사람들과 친해지지 못한 수남만이 어색하게 낯을 가리면서 처음 보는 명나라 마차를 요리조리 살펴봤다.

"약손아, 우리도 명나라 가면 저런 거 한 대 사서 타구 다니자. 엄청 좋아 뵌다."

"네. 그럴게요."

장차 옥광산 지주 되실 여약손 님께서는 통도 컸다. 안 그래도 의주 성에 놀러 갈 때 공주의 마차를 잠시나마 얻어 타본 약손은 말이 끄는 마차의 편리함에 마음을 빼앗긴 지 오래였다. 가마도 아니고, 수레도 아닌 것이 어쩜 이렇게 아늑하고 편안할 수 있을까?

약손이 이런저런 생각에 빠질 때였다. 마침 공주가 나왔다. 공주는 등에 봇짐 야무지게 챙겨 맨 약손을 보자마자 해사하게 웃어 보였다.

"어이구, 우리 막내는 참 부지런하기도 하지. 벌써 차비를 끝냈어?"

"예. 진즉 나와서 언니를 기다리고 있었습니다."

처음엔 서로에게 언니, 동생 칭하는 게 영 낯간지럽고 면구스러웠는데 이래서 술정이란 게 무섭다는가 보다. 요 며칠 술 나눠 마시면서 쌓인 세 사람의 정은 송진 발라 굳힌 엿보다 끈끈했다. 세 사람에게는 마음 툭 털어 놓을 수 있는 자매가 없다는 공통점이 있었다. 공주는 형제가 많았지만, 어미가 모두 달랐다. 온갖 비수가 난무하는 황실에서 어미가 다른 형제자매는 차라리 남보다 못 한 사이였다. 황실에는 공주를 죽이려 드는 사람들뿐이었다. 물론 그렇다고 해서 공주가 같은 아비 둔 사람들이 서로에게 칼 꽂는 부분에 대해서 크게 서운하게 생각하는 것은 아니었다. 어차피 그들 또한 이미 공주가 먼저 죽여 버려 이 세상엔 없는 사람들이 되었으니까.

옥향은 어릴 때 기방에 팔려온 고아였고, 약손 또한 외동이었다. 술정도 술정이지만, 의지할 혈육이 없다는 공통점이 세 사람의 관계를 돈독하게 만들어 주었다.

"날도 추운데 왜 나와 있어? 뭐 할 말이라도 있어?"

공주가 살이 통통하게 오른 약손의 볼을 주물렀다. 공주는 약손보다 딱 열두 살이 많다고 했다. 그래서 그런지 약손이 하는 행동은 무엇이든 귀엽다며 칭찬하기 바빴다.

『볼 살 좀 봐. 계화떡 같아. 막 쪄낸 것처럼 말랑말랑해.』

공주는 기분이 좋을 때마다 명나라 말을 하며 까륵까륵 웃음을 터뜨렸다. 예전에는 뭐라고 했는지 뜻을 물어봤는데, 어차피 떡 같다고 했거나, 복돼지 같다고 했거나, 아무튼 뭐뭐 같다고 했겠지…….

해탈한 약손은 얼추 속으로만 짐작하며 마주 웃었다. 한참 볼 살을 주무르던 공주가 이내 약손을 놓아줬다.

"춥다. 들어갈까?"

공주가 마차를 가리키자 약손이 퍼뜩 놀라며 손을 저었다.

"아닙니다. 저는 이제 고만 가 봐야 해요."

"가? 어딜?"

공주가 눈을 크게 뜨며 물었다. 응? 며칠 전에 말씀드린 것 같은데. 나는 명나라로 가야 한다고…… 내가 목숨 부지하는 대신 머나먼 명나라로 떠나 주기로 약속을 했다고…… 분명 자초지종을 이야기했었는데, 공주는 전혀 기억을 못 하는 눈치였다. 그때는 술김이라서 생각을 못 하시나?

약손은 기꺼이 다시 한번 내막을 설명했다.

"저를 죽이지 않고 무사히 살려 주는 조건으로다가 맺은 약속이 바로 명나라로 떠나는 건데……."

"그래. 알아! 정인에게 피해 주고 싶지 않아서 간다고 했지?"

"예. 그러니까 저는 이제 그만 가야 해요."

전혀 기억 못 하는 줄 알았는데, 웬걸? 공주의 정신은 말짱했다.

"그래서? 지금 동생은 명나라로 가겠다는 참이야?"

"……예."

공주가 말할 때마다 콧김을 픽픽 뿜어냈다. 공주가 까딱까딱 손짓해서 옥향을 불렀다

"둘째, 자네가 좀 말해 봐. 아니, 우리가 자매결의 맺은 지 얼마나 됐나? 한 달이 됐나, 석 달이 됐나, 일 년이 됐나?"

"오늘로서 보름째입니다."

"그래! 보름이야! 보름! 겨우 십오 일!"

공주가 약손 코앞에 제 손가락을 쫙쫙 펴보였다. 그 기세에 밀린 약손은 주춤주춤 뒤로 밀려나야만 했다. 아니, 보름이든 한 달이든 저는 명나라로 가야 된다니까요? 공주님은 한양으로 가신다면서요? 피차 각자 갈 길이 있으니까 이제 그만 헤어져야 한다고요……라는 말이 목구멍까지 치솟았다.

하지만 장유유서를 신조로 생각하고 예의범절 충만한 막내 약손은 차마 공주마마, 아니 큰언니에게 말대답하지는 못했다.

"하지만 저는 명나라에……."

"됐어. 명나라고 나발이고, 나는 막내와 이렇게 허무하게 이별할 수 없네."

"예? 그럼 어떻게 하시려고요? 한양에는 안 가시게요?"

"미쳤어? 나는 명나라를 대표해 사신으로 조선에 온 거야. 사신이 말 머리 돌려 돌아가는 가는 경우 봤어? 사신이 장난 같아?"

요 며칠 약손이 파악하건데 명나라 공주님께서는 좋고 싫음이

세상 그 누구보다 뚜렷하셨다. 희로애락은 말할 것도 없었고, 저 스스로가 정한 일정 기준을 넘기거나, 못 미치는 일에 대해서는 가차 없이 가지 쳐 버리기를 서슴지 않았다. 이런 부류의 사람은 암만 간 쓸개 빼주며 비위 맞춰도 마음에 들기 어려웠다. 근본적인 믿음을 주거나, 아니면 아예 잘 보이겠다는 마음을 버리는 것이 그나마 가장 가까워질 수 있는 방법이었다.

그 이치를 본능적으로 깨닫고는 저도 모르게 마음을 비우는 중이었다. 공주가 지금처럼 당장 목 날려 버릴 듯 냉정한 얼굴을 해도 너무 놀라지 말지어다…….

약손은 그냥 잠자코 입을 꾹 닫고 기다렸다. 이윽고 공주는 언제 저가 정색했냐는 듯 환하게 웃어 보였다.

"그러지 말구, 우리 막내도 함께 가자꾸나."

"어딜요?"

"어디긴, 어디야? 한양이지. 언니들이 전부 한양 가는데 우리 막내만 쏙 빠질 테냐? 자매는 떨어질 수 없어. 살아도 함께 살고, 죽어도 함께 죽는 거야!"

"하지만 전……."

"동생은 언니 말, 잘 들어야 돼. 반항은 용서 못 해."

공주가 약손의 손을 잡아끌었다. 공주가 몸을 돌리자마자 마차 앞에 서 있던 몸집 엄청나게 큰 남자가 곧바로 바닥에 엎드렸다. 유모가 공주를 부축했다. 공주는 남자의 등을 밟고 가뿐하게 마차에 올랐다.

"둘째, 이리 오렴."

공주가 친히 손 내밀었다. 옥향은 그 손잡고 공주가 했던 그대로 남자의 등을 밟고 마차를 탔다.

"하지만, 하지만…… 저는, 저는……."

약손은 선뜻 공주의 손을 잡지 못했다. 자리에 마냥 서서 울상을 지을 뿐이었다.

"약손아, 너 진짜 한양 가게?

"옥광산은 어쩌고?"

"정말 돌아가실 작정입니까? 약속 지키지 않은 걸 알면 한명회 영감이 가만히 있지 않을 텐데……."

목 상궁과 수남, 복금이 말했다.

그들의 말이 맞았다. 그리고 약손은 악명 높은 한명회도 한명회였지만 행여 저가 돌아가게 되면 피해 입게 될 주상 전하가 가장 먼저 걱정됐다. 저라는 존재 때문에 주상 전하께서 또다시 누군가에게 약점 잡힌다거나, 불리한 위치에 놓이게 되면 나는 어떻게 해? 그 꼴은 보고 싶지 않았다. 약손이 제 입술을 질근질근 깨물었다.

더는 못 봐주겠다는 듯 공주가 손에 쥐고 있던 부채를 탁 접었다. 그리고 손짓했다.

"막내, 이리 와봐."

"언니……."

약손이 마차 앞으로 가까이 걸어갔다. 작게 트인 들창으로 공주가 약손에게 뭔가를 작게 속삭였다.

"……알겠니?"

"그, 그런……!"

대체 무슨 말을 한 건지 알 수 없었다. 공주는 약손에게만 들리도록 이야기했으니까. 하지만 공주의 이야기는 엄청나게 놀라운 것임이 분명했다. 약손은 '히끅!' 딸꾹질까지 하며 놀라움을 감추지 못했다.

"차, 참, 참말이십니까?"

"자매에게는 거짓말 안 해."
공주가 호언했다. 이번엔 옥향이 대신 손을 내밀었다.
"여 생도, 어서 마차에 오르세요."
"……."
약손이 꿀꺽 침을 삼켰다.
과연 공주는 약손에게 무슨 언질을 주었던 걸까? 약손의 얼굴이 조금 전과는 사뭇 달랐다. 비장함이 흐르기까지 했다. 이내 약손이 고개를 끄덕였다.
"예, 알겠습니다. 언니들을 따라가겠습니다."
약손이 옥향의 손을 잡았다. 곧 약손의 모습이 마차 안으로 쏙 사라졌다. 가채가 닫히기 전, 공주가 당부했다.
"책사들에게 지금 보고 듣는 것들을 하나도 빼놓지 않고 필사하라 일러라. 세상에서 가장 재미난 이야기가 될 테니…… 알겠느냐?"
"예, 공주마마."
이래서 사람 일은 한 치 앞을 모른다고 하나 보다. 명나라 향해 잘 가던 약손은 결국 공주와 함께 다시 한양으로 돌아가야만 했다. 하지만 암만 공주님께서 비호한다 한들, 과연 약손은 한양에 돌아가서 무사히 목숨 보전할 수 있을까?

*

의주 부윤에게서 명나라 사신이 개성을 막 지났다는 파발이 날아왔다.
부윤과 병마사가 국경을 넘은 사신을 제일 먼저 영접하는 동안, 조정에서는 영접도감(迎接都監: 조선시대 중국에서 오는 칙사를 영접하기 위하여 설치된 임시 관서)을 설치해 명나라 사신을 맞을 만반의 준비를 끝냈다.

사신 일행이 머무는 숙소는 물론이고, 그들이 사용할 지필묵과 잡물, 영접에 필요한 예단 하나하나까지 신중하게 골랐다. 본래 사신 대접은 세종 때에도 융숭했지만, 이번에는 그 어느 때보다 화려하고 사치스러웠다.

그럴 만도 했다.

보통 사신은 조선인 출신의 환관이 오는 것이 관례였다. 하지만 이번에는 달랐다. 그 누구도 아닌, 황제의 여동생이 직접 방문한다고 했다. 여인 된 몸으로 사신을 자처한 것도 놀라운 일이었지만, 그녀를 둘러싼 소문이 더더욱 조선 왕실을 긴장케 했다.

*—명나라에는 생전 들어 본 적도, 겪어 본 적도 없는 해괴한 일이 일어났도다.*

*적자 기진이 맨 처음 황제에 올랐으나, 이복동생 기옥이 형님의 황위를 훔쳐 천자의 자리에 올랐다. 훗날 기옥은 저주를 받아 살 썩어 들어가는 병에 걸리고, 기진은 복위하여 황위를 되찾았도다.*

그러나 알까?

저주를 내리는 것도, 거두는 것도 사실은 모두 어여쁜 공주마마의 뜻이었음을.

이 괴이한 소문을 해석하자면 기진과 기옥 형제에게는 배다른 여동생이 있다고 한다. 두 형제의 황위가 바뀌는 동안 선종 휘하의 수많은 자식들이 황궁 피바람에 휩쓸려 목숨을 잃었다. 후궁은 스스로 목매달았고, 그 자식들은 우물에 빠져 죽었다.

그들 중에 유일하게 살아남은 핏줄이 바로 이번에 사신으로 오는 소명 공주였다.

소명을 낳은 후궁 완씨는 선종의 총애를 받은 비빈으로 알려져 있는데, 그녀의 친정은 대대로 막대한 부를 쌓아 온 상인 집안이었다. 본래는 남경에서 크게 장사를 했었는데 북경으로 천도할 때, 황실에 줄을 대서 소금과 철을 독점했다.

예상하건데, 그녀의 집안이 축적한 부는 나랏돈을 전부 쓸어 모으는 수준이었을 것이다. 그토록 막강한 재력이 뒷받침되었기에 상인 출신임에도 불구하고 황제의 총애를 받는 후궁이 되었겠지만 말이다.

떠도는 소문에 의하면 후궁 완씨가 맨 처음 손잡은 황제는 기진이라고 했다. 그러나 모종의 사건으로 둘의 관계는 틀어졌고, 완씨는 가차 없이 기진을 내치고 그 동생 기옥을 황제로 들였다. 그러나 후궁 출신의 의붓어머니가 황실을 좌지우지하는 꼴을 두고 보지 못하는 것은 기옥 또한 마찬가지였다. 기옥은 저를 황위에 올려 준 후궁 완씨를 홀대했다.

황제를 한번 내쳤는데, 두 번이라고 못 내칠까.

결국 명나라 황실에서는 남궁에 유폐됐던 황제 기진이 다시금 황위에 오르는 사상 초유의 사태가 벌어졌다. 기옥은 알 수 없는 병에 걸려 급사했고, 기옥의 어린 자식들은 단 한 명도 남김없이 요절했다.

황권을 제 손에 올려놓고 농락한 후궁 완씨. 소명 공주는 완씨를 꼭 빼닮은 것도 모자라 그보다 더하면 더했지 결코 덜하지는 않다는 악명을 떨쳤다.

실제로 그녀는 황궁에만 갇혀 살던 어머니와 다르게 공주라는 신분을 십분 활용해 명나라 각 지방은 물론이고, 섬라와 진랍국,

안남 등을 수시로 기행 다니기를 즐겨했다. 그토록 어마무시한 소문을 몰고 다니는 공주가 직접 행차하겠다는데, 조선 왕실이 긴장하지 않는 것이 더욱 이상했다.

"본래 도착하기로 했던 날보다 보름이나 늦지 않느냐? 어찌 된 일이냐?"

"공주가 의주의 경치를 특히 마음에 들어 하여 그곳에서 오랫동안 머문 줄로 아옵니다."

"……그래?"

아무리 그렇다 한들 보름씩이나 일정을 지체하다니.

이유가 눈살을 찌푸렸다. 명나라 사신이 한번 올 때마다 온갖 명목으로 뇌물을 요구하며 제 배를 불려 가는 작태를 모르는 바 아니었다. 심지어 사신이 타고 오는 마차의 원활한 운행을 위해 진창을 덮거나, 잡초를 제거하는 강도 높은 노동에 시달리다가 죽어 나가는 백성들도 부지기수였다.

이번에는 백성의 경작지에 최대한 피해를 주지 말라 각 고을 수령들에게 교지까지 내려가며 일렀지만 그럼에도 불구하고 걱정은 끊이지 않았다.

"의주 부윤의 마음고생이 심했겠구나."

"……."

경회루 누각에 오른 이유가 북쪽 하늘을 바라봤다. 언뜻 보면 북쪽에서부터 오고 있는 사신 행렬을 염려하는 것처럼 보이기도 했다. 그러나 동재는 저의 주인이 결코 사신 행렬 따위를 신경 쓰는 것이 아님을 알고 있었다.

'아마 주상 전하께옵서는 여 생도를 생각하고 계시겠지…….'

이유는 약손이 떠난 날부터 깊은 밤이든, 새벽이든, 하다못해 낮 중 편전에서 업무를 보다가도 가슴이 답답하다며 누각에 올랐다. 그러고는 늘상 북쪽 하늘만 보며 아무리 봐도 보이지 않는 사람의 뒷모습을 쫓고 또 쫓았다.

마음은 이미 달려가고도 남았으나, 감히 뒤따를 수 없는 사람. 얼마나 독한지 저를 따라오면 차라리 그 자리에서 혀를 깨물어 죽겠다는 사람…….

"전하, 날이 차옵니다. 이제 그만 침전에 돌아가시옵소서……."

"……."

이유의 어깨 위에 어둠이 내려앉았다.

암만 어둠이 깊어도 아침은 어김없이 찾아오는 법. 암만 이별이 깊어진다 한들, 매일 나를 비추는 해처럼 너도 다시 나를 찾아와 줄 수는 없는 걸까?

그리움도, 수심도 깊어지는 밤이었다.

# 第十六章. 사신

모화관(慕華館: 명나라와 청나라의 사신을 영접하던 곳)에 명나라 사신 일행이 도착했다. 칙사가 오는 길을 따라 모화관 주변 십 리 밖까지 악귀를 물리치는 오방색의 실과 헝겊, 종이가 걸렸다. 색색으로 아름답게 꾸민 무대에는 전국에서 뽑아 온 광대패가 수준급의 산대놀음을 벌이며 흥을 돋웠다.

고악(鼓樂: 타악과 취주악을 혼합한 연주)과 잡희(雜戲: 잡스러운 장난이나 놀이), 채붕(綵棚: 오색 비단 장막을 늘어뜨린 장식무대) 등 음악과 춤이 한바탕 어우러진 성대한 환영 의식이 베풀어졌다.

이유 또한 사신 일행을 맞이하기 위해 모화관에 행차했다. 본래대로라면 마중할 때 왕세자가 함께 있어야 했지만 아직 후사를 보지 못한 탓에 이유의 뒤에는 종친과 백관만 따랐다.

"어찌 사신은 아직도 당도하지 않는 것이냐?"

모화관에 도착해도 벌써 도착했을 시간이었다. 고개 하나 넘는데 뭐가 이렇게 오래 걸려? 아침 일찍부터 목욕재계하고 나온 명회가 곁에 있던 동재에게 불평하듯 물었다.

"잡희에서 노리개 짓하는 희자의 재주 부림이 하도 신기하다 하여 수레를 멈추고 구경 중이라네. 온갖 나라 기행 다니며 기이한 잔치란 잔치는 전부 구경했을 공주가 마음에 들어 했으니 호조가 아니겠나? 좋게 생각하자고."

권람이 동재 대신 나서서 명회를 다독였다.

명회가 차려입은 자색 비단 의복이 햇살 아래에서 번쩍번쩍 빛을 뿜어냈다. 이 옷은 잘 알다시피 황제가 친히 하사했다는 옷, 홍윤성에게서 옥향을 구해 내는데 톡톡한 몫을 해낸 바로 그 옷이었다. 물론 태감 윤봉이 술김에 명회와 어깨동무한 채로 '명회! 이 옷 갖게나! 황제 폐하께서 내게 내린 비단으로 지은 옷인데, 나보다는 자네한테 훨씬 더 잘 어울려! 황제께서 하사한 것과 진배없다고 여겨 줘!'

……라는 속사정이 있긴 했지만, 뭐. 이미 황제가 명회를 아껴 친히 하사한 옷이라고 소문 나버린 걸 어쩌랴?

때마침 뒤쪽에 멀찍이 서 있던 명회와 홍윤성의 눈이 딱 마주쳤다.

'뭐?'

'…….'

명회가 소리 없이 입모양으로만 말했다.

명회와 가뜩이나 사이 나쁜데 심지어 지난날의 안 좋은 기억까지 떠오르는 비단옷을 본 홍윤성의 얼굴이 똥이라도 씹은 듯 떨떠름해졌다. 저 얄미운 얼굴, 한 대만 쥐어박고 싶네. 에이, 똥이 무서워서 피하냐? 더러워서 피하지?

홍윤성은 명회한테 괜한 꼬투리 잡힐까 봐 은근슬쩍 먼저 눈길을 돌렸다.
명회가 이유의 곁에 섰다.
"전하, 춥지 않으십니까? 외투를 가져오라 이를까요?"
"괜찮다."
이유의 얼굴이 퍼석했다. 안 그래도 길쭉한 눈매는 예전보다 훨씬 더 날카로워 보였다. 이유가 바싹 마른 입술을 혀로 축이다가 손짓했다.
"물 좀 가져오너라."
"예, 전하."
동재가 얼른 따뜻한 물 한 잔을 가져왔다. 물 마시는 이유를 바라보는 명회의 표정이 복잡했다.
요 며칠 잠 한숨 편히 주무시지 못한다 했지? 원래도 불면증을 앓고 계시긴 했지만 이 정도로 피로해하신 적은 없는데…….
동재의 말에 따르면 이유는 새벽까지 상소문을 읽거나 독서하다가 아주 잠깐 눈 붙였다가 다시 편전으로 나간다고 했다.
한데 말이 눈을 붙이는 거지, 잠시도 편하게 숙면을 취하지 못해서 밤새도록 뒤척이기 일쑤라고 했다. 낯빛은 점점 창백해졌고, 근래에 보기 좋게 붙었던 살집도 전부 내렸다. 잠을 제대로 못 자니 신경이 예민해지는 것은 당연한 수순이었다.
침전에서 수발들다가 실수로 대접을 떨어뜨린 내관이 매를 맞고 궐 밖으로 쫓겨났다. 하위지와 박원형은 천만다행으로 극형을 면했지만 편전에서 머리채 잡히는 수모를 겪었다. 이유에게 사가독서를 받은 학사들이 모두 떠난 집현전은 텅 비어 버린 지 오래였다.
세종께서는 인재 양성을 위해 문신들에게 휴가를 주어 학문에 전념하게 하는 것이 주된 목적이었지만, 이유의 사가독서는 전혀 다른 의미였다.

이유가 허락할 때까지는 학사들의 입궐을 허락하지 않겠다는, 일종의 금족령禁足令.

의정부를 배제하고 정사를 결정하는 육조 직계 실시로 인해 이유의 실권은 막강해졌고, 따라서 이제는 그런 이유와 대적할 신료들은 아무도 없었다. 바야흐로 이유는 그가 그토록 바라고 바랐던 강력한 왕권을 구축해 가는 중이었다.

그런데 어찌하여 내면은 이토록 약해지셨는가?

명회는 이유를 마주할 때마다 바싹 마른 고목나무를 보는 기분이었다. 오랜 세월, 비가 한 방울도 내리지 않아 쩍쩍 갈라진 마른땅을 걷는 기분이었다. 손으로 잡으면 금방이라도 파사삭 부서져 버리고 말 듯한 위태로움…….

여약손이 떠나고 이리되신 줄은 진즉 알고 있었다.

하지만 남녀 간의 애정이 별 건가? 눈에서 멀어지면 마음에서도 멀어지는 것은 당연한 이치. 명회는 얼마 안 가 이유가 언제 여약손이란 사람을 알고 있었냐는 듯 툴툴 털어 버리고 종내에는 싹 잊어버릴 줄로만 알았다.

그래, 내가 잠깐 그런 사람을 좋아했던 적은 있었지. 근데 그게 뭐? 이미 지난날인 것을. 한 시절의 추억으로 남길 줄 알았다.

그랬는데…….

—챙그랑!

이유가 물마시던 대접이 바닥에 떨어져 산산 조각났다.

"주상 전하!"

동재가 이유의 손을 붙잡았다.

"전하!"

혼자 상념에 빠져 있던 명회 또한 대경실색 놀라서 달려갔다.

동재에게 기대 있던 이유가 별것 아니라는 듯 몸을 일으켰다.

"아니야. 아무것도 아니네. 잠깐 중심을 잃어서……."

아무것도 아니긴! 잠깐 중심을 잃긴! 절대 아무것도 아닌 일이 아니었다. 명회는 현기증에 중심 잃고 휘청거리는 이유의 모습을 똑똑히 보았다. 동재가 잽싸게 부축하지 않았더라면 그대로 무릎이 꺾여 주저앉았을지도 모르는 일이었다.

주상 전하의 옥체가 어찌 이 정도로까지 상하셨단 말이냐?

"전하, 소신이 부축하겠나이다."

"아니야, 됐다니까."

이유가 고개를 한번 흔들고 바로 섰다. 들썩이는 소란에 백관들의 시선이 모두 이유 쪽으로 쏠렸다. 순간 명회의 등줄기가 서늘해졌다.

아직 후사가 없으신 주상 전하. 굳건하고 강건한 모습만 보여도 부족할 때였다. 주상 전하 옥체의 변고가 얼마나 심각한 파장을 낳을지 모르는 바 아니었다. 도성 밖으로 쫓아낸 홍위의 존재가 떠오르면서 동시에 소름이 쫙 끼쳤다.

"전하……."

명회가 뭔가 말하려 했지만 그때, 고개를 넘어 모화관으로 오는 사신 행렬이 보이기 시작했다.

이유가 언제 그랬냐는 듯 어깨를 바로 폈다. 백관들 또한 정제하고 엄숙한 표정으로 칙사를 맞을 준비를 했다.

"명회……."

권람이 그만하라는 듯 고개를 저으며 명회를 제 곁으로 끌었다. 고개 너머부터 불어오는 바람이 명회의 목깃을 스쳤다. 바람이 아니라 꼭 칼이 지나간 것처럼 서늘했다.

사신 일행은 개성을 지나 한양으로 들어오는 홍제원弘濟院에 이르면 옷을 갈아입고 조선 국왕을 만날 준비를 해야 했다. 소명 공주와 태감들은 물론이고 옥향과 정선도도 새 의복을 걸쳤다.

약손도 일찌감치 옷을 갈아입었다. 이제 약손은 생도의 신분이 아니라 공식적으로는 명나라 사신 일행이었기 때문에 홍제원에서부터는 조선 옷을 벗고 명나라 옷을 입었다.

명나라 옷이라고 해서 엄청 낯설고 생경할 줄 알았는데, 의외로 조선 옷과 별반 다른 점이 없었다. 여자 옷은 얼추 비슷한 정도라면, 남자 옷은 아예 똑같다고 해도 무방할 정도였다.

옥향의 말에 의하면 옛날에 공녀로 끌려갔다가 원나라 황후 자리에까지 오른 고려 출신의 아무개 여인과 환관들 때문에 고려 풍속이 유행하게 됐고, 명나라 또한 그 영향을 받았기 때문이라고 했다.

"휴……."

홍제원에서 모화관 가는 길의 한 모퉁이.

약손이 한숨을 내쉬며 바닥에 쪼그려 앉았다. 오색 비단 죽죽 걸어 놓은 채붕에서는 광대의 재주가 한창이었다. 납작한 접시 여러 개를 하늘 높이까지 올려 뱅뱅 돌리는 묘기가 아찔했다. 심지어 공주가 마차를 멈추고 구경을 할 정도였다. 하지만 다들 광대의 재주를 구경 하느라 즐거워할 때 오직 약손만 근심 가득한 표정이었다.

마침 수남과 복금, 목 상궁이 약손을 발견했다.

"얘! 약손아!"

수남이 손을 흔들었다. 일행 또한 약손처럼 명나라 옷으로 갈아입은 채였다. 조선말 쓰지 않고 입 꾹 다물고 있으면 명나라 사람인 줄 알고 깜빡 넘어갈 정도였다.

“약손아! 나 어떠냐? 선도 나리가 그러는데 내가 입은 옷은 명나라 선비들만 입는 도포래. 어때? 나 좀 선비님 같아?”

수남이 뱅그르르 돌았다. 과연, 옷이 날개로다. 도포자락 휘날리는 모습이 아주 멋있었다. 명나라 선비 부럽지 않았다. 목 상궁이 그런 수남의 옆구리를 쿡 꼬집었다.

“여 생도…… 괜찮으십니까?”

목 상궁이 조심스럽게 물었다. 한양이 가까워지는 만큼 점점 더 낯빛이 어두워지는 약손을 모르는 바 아니었다. 아무리 명나라 공주가 너는 내 동생이다, 네가 내 동생이면 황제의 동생도 된다, 너는 생도가 아니라 황제의 혈육 신분으로 조선을 방문하는 것이니 전혀 걱정할 필요가 없다…… 다독여도 그게 말이야 쉽지 실제로도 쉽던가?

궁궐의 법도를 어지럽힌 약손을 당장 능지처사시켜 마땅하다고 날뛰던 신료들은 둘째 문제였다. 조선을 떠나지 않으면 네 목숨 거둘 수밖에 없다는 한명회의 협박도 신경 쓰이지 않았다.

약손은 다만…….

*—저를 찾지 마시옵소서.*

*혹시라도 제 뒤를 쫓아오신다면 소인은 차라리 그 자리에서 혀를 깨물어 죽겠나이다.*

*전하, 언제든 어디서든 무탈하세요.*

그저 서찰 한 장으로만 이별 인사 남기고 궐에 두고 온 이유를 걱정할 뿐이었다.

장돌뱅이 할 때 주막에서 하룻밤 인연 맺은 사람이라 해도 다음 날 얼굴 마주 보고 인사한 다음에 각자 갈 길 가는 게 예의였다. 물건 많이 팔라고, 도적 떼 조심하라고 직접 축원해 주는 게 관례였다.

인사도 않고 제 몸뚱이만 쏙 빠져나가면 얌체라고 흉을 봤다. 옷깃만 스쳐도 인연이라는데 하물며 이유는 약손이 사랑한 사람이었다. 손도 잡고, 포옹도 하고, 심지어 입맞춤까지 한 정인…….

전후 사정이 어떻든 상관없었다. 약손이 일방적으로 헤어짐을 고하고 떠난 것은 결코 부인할 수 없는 사실이었다. 한마디로 이유는 약손에게 느닷없이 버려진 것과 진배없었다.

내가 만약 주상 전하였더라면, 내가 주상 전하고 주상 전하가 나였다면, 주상 전하가 내게 서찰 한 장만 덩그러니 남기고 떠났다면 마음이 어땠을까? 아마도 몹시 화가 났을 것 같았다. 혀 깨물어 죽어 버릴 테니까 따라오지 말라고? 어떻게 내게 이런 말을 할 수 있어? 어떻게 죽는다는 말로 협박을 해? 이러고도 나를 좋아한다고 할 수 있어? 우리 사이를 정인이라고 할 수 있어? 남보다 못한 짓을 하는 주제에?

배신감에 치가 떨려서 잠 한숨도 못 잘 것 같았다. 나만 혼자 두고 가버린 상대를 씹어 먹을까, 갈아 먹을까 밤새 고민하며 복수를 다짐할 것 같았다.

그렇다면 주상 전하는 약손을 어떻게 생각하고 계실까?

약손이 예상한 대로 배신감에 가득 차 있을 것 같기도 하고, 그 드센 성격을 감안하면 처절한 복수를 계획하고 있을 것 같기도 했다. 아니, 어쩌면 약손이 한 행동에 오만 정이 다 떨어져서 여약손이란 사람은 싹 다 잊었을지도 모르겠다.

여약손? 그게 누군데? 뭐? 내가 좋아했던 사람? 글쎄? 난 잘 모르겠는 걸? 대체 언제 적 얘기를 하는 거야? 차라리 고조선 시절의 설화를 말하지 그래?

생각이 여기에까지 미치면 약손은 고만 공주고 뭐고 다 관두고 이대로 명나라로든 어디로든 등 돌려 돌아가고 싶어졌다.

"약손아? 왜 그래? 너 지금 울어?"

아무 말 않고 넋 나간 채로 있다가 갑자기 눈물을 터뜨리는 약손 때문에 도리어 수남 일행이 당황했다.

"여 생도, 괜찮아요? 왜 울고 그러십니까? 뭐가 그리 속이 상해서요……."

"목 상궁님……."

목 상궁이 약손을 안아 왔다. 약손은 목 상궁 품에 안겨 찔찔 눈물을 짜며 한참을 훌쩍여야만 했다.

"주상 전하께서…… 주상 전하께서 화가 났으면……."

"주상 전하께옵서 화나셨을까 봐 겁이 나세요?"

"저를 싫다 할까 봐…… 괘씸하다고…… 나를 잊었을까 봐……."

입 밖에 내고 나니까 더더욱 서러워졌다. 그제야 약손이 우는 까닭을 헤아린 수남이 박 터지는 소리를 냈다.

"난 또 무슨 큰일이라도 난 줄 알았다. 주상 전하께서 화는 좀 나셨겠지. 네가 서찰만 떡 남기고 왔는데 화가 안 나면 그게 보살이지 사람이니? 마음 편하게 먹어라. 주상 전하 곁에 꽃 같은 궁녀들이 얼마나 많냐? 주상 전하 성격 화끈해서 너한테 미련 따위 안 가지실 거야. 어쩌면 벌써 곱디고운 후궁을 맞아들이셨을 걸? 괜찮아. 울지 마."

"수남 씨……."

제 딴에는 위로한답시고 내뱉은 말은 약손의 서러움을 더욱 부추겼다. 우아아앙! 약손의 울음이 더욱 커졌다. 목 상궁이 복금에게 눈짓했다.

"수남 아저씨, 우리 광대 구경하러 가요."

"약손이가 우는데 어떻게 우리끼리만 의리 없이 광대 구경을 하냐? 난 약손이랑 있을 테니까 가려면 너 혼자 가. 약손아, 원래 주상 전하는 오는 여자 안 막고, 가는 여자 안 붙잡는…… 악! 왜 꼬집어?"

"아저씨…… 얼른 가자구요."

복금은 불난 데 부채질하는 수남을 거의 질질 끌다시피 해서 데리고 갔다.

목 상궁이 약손을 달랬다.

서러운 약손의 마음을 아는지 모르는지 광대가 뿌린 꽃술이 머리 위에서 찬란하게 흩날렸다.

*

명나라 사신 일행이 조선에 머문 지 오늘로서 꼭 열흘이 됐다.

첫째 날에는 만남을 알리는 교영의郊迎儀를 시작으로 모화관에서 황제가 보낸 조칙詔勅을 전하는 선칙의宣勅儀를 행했다. 사신 일행은 앞으로 머물게 될 태평관太平館에 입성했고, 이유는 성대한 하마연下馬宴을 베풀어 사신들이 입국하는데 느꼈을 피로와 노고를 위로했다. 하마연만 해도 어마어마하게 화려했지만 연회는 이제부터 시작이었다.

둘째 날에는 익일연翌日宴, 셋째 날에는 인정전에서 열리는 인정전청연仁政殿請宴, 넷째 날에는 회례연回禮宴, 다섯째 날에는 별연別宴이 그야말로 줄줄이 꿴 구슬처럼 쉴 새 없이 이어졌다.

명나라 사신이 한번 행차하면 조선 왕실이 휘청거린다는 말이 우스갯소리가 아니었다. 연회와 공식 일정이 끝나면 한강에 유람선을 띄워 접대해야 했다. 값비싼 예물과 예단 증정식이 수시로 이루어졌고, 인삼과 해동청(海東青: 맷과의 새)을 기념품으로 바쳤다. 사신 접대비로 쓴 왕실 국고가 어마어마한데도 이번에는 평소보다 절약한 수준이라면 믿을 수 있을까?

조선인 출신의 환관이 칙사로 올 때는 황제에게 바치는 조공을 제외하고도 환관 개인에게 챙겨 줘야 하는 뇌물의 액수가 어마어마했다. 이유가 왕으로 즉위하던 해에 처음 방문했던 칙사가 가져간 개인 공물만 수백 궤짝이 넘을 정도였다.

그야말로 명나라 사신은 조선 백성의 고혈을 쪽쪽 빨아 먹는 거머리라 욕을 해도 부족할 지경이었다.

"뭐라? 공주께서 별담別啖을 말씀하셨단 말이냐?"

태평관에서 급작스럽게 날아온 소식에 명회가 날카롭게 되물었다. 안 그래도 이번 사신 접대의 책임을 맡은 명회는 온 신경이 곤두서 있던 상태였다. 얼마나 마음고생이 심했는지 불과 열흘 만에 살이 쪽 빠져서 얼굴이 반쪽이 됐을 정도였다.

공주는 한양에 도착하기 전 일찍이 파발을 보내 공식적인 연회를 제외하고는 모두 생략하라 일렀고, 황제께 바치는 공물 외의 뇌물은 따로 준비하지 않아도 된다고 알렸다. 조선 왕실에서는 대단히 기쁜 소식이었지만 명회는 정반대로 도리어 마음 놓지 못하고 불안해했다.

소명 공주는 황제에게 남은 유일한 혈육이었다. 황제가 애지중지 아낀다는 소문이 파다했다. 황제는 소명 공주가 원하는 것은 무엇이든 들어 주었고, 어떤 바람이든 다 이뤄 준다고도 했다. 황제의 총애를 등에 업은 소명 공주.

하지만 그깟 총애, 개나 주라지? 누가 누굴 총애해?

명회는 소명 공주를 둘러싼 허울 좋은 수식어를 믿지 않았다.

소명 공주가 누구던가. 그녀의 어머니는 황실의 후궁 암투에서 홀로 살아남은 여인이었고, 소명 공주는 그들이 낳은 수백 명의 자식들을 우물에 빠뜨려 죽인 장본인이었다. 같은 아비에게 같은 씨를 받았다는 사실은 아무 소용이 없었다. 황제를 두 번이나 갈아 치웠음에도 불구하고 안위에 티끌만 한 타격조차 받지 않은 여인.

집안 대대로 이어진 장사꾼의 피가 흐르는 소명 공주가 응당 저가 받아야 할 몫을 받지 않겠다고 나오는 데는 다른 속셈이 있는 것이 분명했다. 이유 또한 그 사실을 모르는 바 아니었다.

"……공주께서 별담을 청하셨다고?"

이유는 소명 공주와 나눌 시문을 쓰는 중이었다. 마지막 글자의 획을 꾹 눌러쓴 이유가 붓을 내려놓았다.

"예. 명나라에서 가져온 곡주가 때마침 잘 익었으니 함께 나눠 마셔 봄이 어떤지 물으셨습니다."

애초에 거절할 수 없는 질문이 아니던가?

몸이 좋질 않아 뱃놀이도 사양하더니만 갑자기 별담이 웬 말이더냐? 머리가 지끈거리기 시작했다. 명회가 이마를 꾹 눌렀다. 다만 이유는 전혀 개의치 않는 듯 저가 쓴 시문을 다시 한번 찬찬히 살펴봤다.

"그래…… 술이 익은 때를 놓치는 것보다 어리석은 일은 없지. 공주께 귀한 때에 나를 초청해 주어 감사하다고 전해드려라. 응당 참석하겠노라."

"예, 전하."

내관이 소식을 전하기 위해 종종걸음으로 편전을 나섰다.

"전하."

"그래."

아무래도 느낌이 좋지 않았다. 애초에 연회를 줄여라, 뇌물을 올리지 마라, 조선 왕실을 배려하는 척, 걱정하는 척했지만 첫날 공주가 태평관에 올 때 어떠했는가?

왕과 문무백관 모두가 기다리는 걸 뻔히 알면서도 광대놀음을 구경한다는 구실로 늦장을 부렸다. 왕을 기다리게 하는 일, 추운 날에 세워 두는 일, 단순히 우연이라 할 수 있겠는가? 암만 겉으로 웃으면서도 등 뒤에 서슬 퍼런 칼 쥔 게 정치라지만 소명 공주 이 여자는 특히나 못 믿을 부류였다.

"주상 전하, 조심하셔야 하옵니다."

"왜? 술에 독이라도 탓을까 봐?"

"그런 것이 아니지 않습니까? 소신은 다만……."

"날 죽일 셈이었다면 애초에 왕위를 승인하지도 않았을 테다."

이유가 일축했다.

그렇다. 대군 시절, 이유는 명나라에 고명(顧命: 임금이 유언으로 세자나 종친, 신하 등에게 나라의 뒷일을 부탁함.) 사은사로 간 적이 있었다. 그때만 해도 김종서, 안평 등과 한창 알력 다툼을 할 시기였는데 이유는 느닷없이 고명 사은사를 자청했다. 한껏 날카로워져 있던 대립각을 무르게 하고 저에 대한 경계를 풀 의도처럼 보였지만 사실 속셈은 따로 있었다.

이유는 사은사를 계기로 명나라 조정에 자신의 존재를 부각시켰으며, 심지어 훗날 저가 왕위에 오를 때를 대비한 만반의 초석을 다져 놓았다. 조선에 귀국하기 전, 안남에서 막 돌아온 소명 공주를 만난 것은 이유 인생에 다시없을 신의 한 수였다.

"분명 야인과의 일을 언급하며 꼬투리를 잡을 것이옵니다. 여태 내색하지 않은 것도 오늘 별담을 위해서였을 터. 부디 조심 또 조심하셔서……."

"내 글씨가 어때? 내 보기엔 이만하면 된 것 같은데? 형편없어? 다시 쓸까?"

"……."

이유가 화제를 돌렸다. 이제 그만 입을 다물라는 무언의 뜻.

명회가 가볍게 한숨을 내쉬며 대답했다.

"……전하의 글씨야 언제 보아도 명필이옵니다."

"좋아. 술값은 이 글씨로 대신해야겠구나."

*

*桂宇幽襟積 山亭涼夜永 계수로 지은 집에 회포 쌓이고 산사의 밤은 깊어진다.*

*森沈夜徑寒 肅穆巖扉靜 숲은 우거지고 밤길은 차가운 와중에 바위문만 고요하니,*

*竹晦南柯色 荷翻北潭影 어두운 대숲에서 남쪽 가지 아름답고 연꽃 잠긴 북쪽 연못에 검은 그림자 드리운다,*

*清興殊未歸 林端照初景 흥은 아직 한창인데 숲에는 어느새 아침 햇살 드리우는지,*

"절창(絕唱: 뛰어나게 잘 지은 시)입니다!"

소명 공주가 새하얀 우선(羽扇: 깃털로 만든 부채)을 흔들며 감탄했다. 우선은 몸에서 떼어 놓는 법 없는 공주를 위해 이유가 특별히 선물한 것이었다. 바람이 스칠 때마다 학 깃털이 일렁이며 공주의 우아함을 돋보이게 만들었다.

"내가 왕발(王勃: 당나라 초기의 시인)의 시를 좋아하는 줄 어찌 아셨습니까?"

"공주의 마음에 드셨다니 다행입니다. 이토록 훌륭한 술을 기께이 나눠 주신 답례라고 하면 될까요?"
얼굴에 웃음이 만개한 공주가 잔을 비웠다. 이유 또한 똑같이 잔을 들었다. 아무리 술 잘 마시는 이유라도 독한 백주를 쉼 없이 마시는 게 쉬울 리 없었다. 누룩을 발효해 만든 특유의 농濃향이 입안에 알싸하게 퍼지다가 이내 식도 아래로 사라졌다. 역한 토기가 치미는 걸 간신히 참았다.
이유와 달리 가무에 능수능란한 공주는 그 많은 술을 마셔 놓고도 낯빛 하나 바뀌지 않았다. 황실에서도 주당으로 손꼽히는 소명 공주. 보통 사람이라면 벌써 나자빠지고도 남았을 텐데, 제게 맞서 꿋꿋하게 대응하는 이유를 보니 덩달아 기분이 좋아졌다. 취기가 오를수록 이유에 대한 공주의 호감 또한 높아졌다.
"시담을 나누면 나누었지, 우리 사이에 무슨 술값을 치르고 말고 합니까? 이 술은 그저 내 작은 성의일 뿐입니다."
"조선 사람들은 받은 은혜를 그냥 지나치는 법이 없지요. 반드시 답례를 하는 것이 관례입니다."
"아휴, 은혜는 무슨……."
소명 공주가 손사래를 치며 또다시 술을 마셨다. 하하하, 호호호 웃는 와중에 새로운 술병이 또 들어왔다. 이번엔 소명 공주가 이유의 잔에 직접 술을 따랐다.
"근데, 나 사실 좀 섭섭했습니다. 일전에 황제께서 조선과 야인간의 갈등을 해결하기 위해 조사차 국경 근방에 장녕을 보냈더랬지요. 때마침 홍수를 만나 큰 낭패에 빠졌을 때 어찌 장녕을 돕지 않았습니까?"
아무래도 명회가 작두 탔나 보다. 공주가 야인과의 일을 언급하며 꼬투리 잡을 것이라고 호언했는데 딱 들어맞았다.
장녕은 조선 출신의 명나라 환관이었다. 작년 여름, 두만강 건

너까지 내려왔다가 홍수에 군사를 잃어 곤궁에 빠진 적이 있었다. 당장 먹을 양식과 물자가 부족했으며, 심지어 야인들에게 신변의 위협까지 받았다. 결국 장녕은 회령절제사 이극배에게 경호를 요청하는 지경에 이르렀다. 하지만 단칼에 거절당했다.

장녕이 가져온 황제의 칙서가 조선에게 내려진 것이 아니라는 명목이었는데, 사실 그때 이유는 야인 낭발아한 일족에 대한 정벌을 준비하고 있던 터라 장녕에게 도움을 줄 수 없었다.

생각해 보라. 이이제이(以夷制夷: 오랑캐로 오랑캐를 무찌른다는 뜻으로 한 세력을 이용하여 다른 세력을 제어함을 이르는 말)만 추구하며 조선과 북방 야인 둘 다를 다스리려는 명나라의 약삭빠른 속셈이란 얼마나 얄미운가?

명나라는 조선과 야인이 손잡는 것을 항상 우려했다. 언제나 둘을 이간질시키고 사이를 갈라놓으려 했다. 둘을 싸움 붙여서 혹시 모를 명나라에 대한 공격을 막고 국경의 소요를 불식시키려는 것이었다.

하지만 그렇게 되면 결국 곤란해지는 것은 조선이었다. 야인이 조선 땅을 공격하면 그때마다 조선 백성들만 곤궁에 처했다. 이유는 군사적으로는 강력하게 대응하되, 외교적으로는 야인과 친밀감을 유지하는 방식을 선택하기로 했다.

결국 제찰사는 이유의 명령에 따라 조선의 안길을 통해 요동에 가게 해달라는 장녕의 부탁도 거절하고 조선에 적대적인 낭발아한 일족을 전멸시켰다.

"장녕 대인의 일이라면 유감입니다. 하지만 낭발아한이 아들 낭이승거와 연계하여 변경을 기습하려 했던 사실을 아시지 않습니까? 시기가 나빠 대인을 돕지 못했을 뿐, 다른 뜻은 전혀 없었습니다."

강할 땐 강하게, 온건할 땐 온건하게. 조선은 앞뒤 상황에 맞춰 야인에게 대응해야만 했다. 만약 명나라에게만 휘둘려 정책을 펼친다면 야인들은 조선을 우습게 보고 더 큰 공격을 펼쳤다.

"내가 뭐 뒤끝이 있어서 지난 일을 언급하는 것은 아닙니다. 다만 황제 폐하께서 그때 일로 몹시 낙심하셨기에 이리 드리는 말씀이지요."

"하면, 큰 오해 생기지 않도록 부디 공주께서 황제께 제 뜻을 잘 전해 주시겠습니까?"

"그토록 당연한 말씀을 하시면 제가 도리어 송구합니다."

술이 몇 순배 더 돌아갔다.

소명 공주 또한 슬슬 취기가 올랐나 보다. 부채질하는 우선의 속도가 눈에 띄게 느려졌다.

"글쎄, 내가 형제자매를 다 죽였다고 합니다. 우물에 빠뜨려 죽이고, 비상 먹여 죽이고, 목 졸라 죽였다면서…… 지옥에서 온 아귀라나 뭐라나? 이게 말이 됩니까?"

"부풀려지고 부풀려지는 게 소문이지요. 괜한 말에 너무 신경 쓰지 마십시오."

"그러니까요! 그 중에 몇몇은 제후들에게 시집보내고, 장가까지 보내 줬습니다. 나만한 중매꾼이 또 있을 것 같아요?"

"……."

듣기로는 열다섯 살도 안 된 어린 공주가 나이 일흔 넘은 제후와 혼인했다고 한다. 장성한 황자는 다시는 돌아올 수 없을 만큼 머나먼 북방에 사는 야인의 딸과 연을 맺었다고 했다. 쓸모없는 형제들은 정략결혼이라도 시켜서 소임을 다 하게 한다는 소명 공주.

만약 그 혼인을 거부하면 어떻게 되냐고?

간단했다. 사체는 우물 속에서, 비상 든 떡을 먹다가, 이도저도 아니면 나뭇가지에 목이 졸린 채로 발견됐다.

"내가 우리 형제들을 얼마나 지극하게 생각하는데…… 적당한 혼처 고르기가 어디 쉬운 줄 아나? 하여튼 좋은 일 해줘도 진심을 몰라주니, 원……."

"……."

다른 화제를 말할 때만큼은 그럭저럭 능숙하게 넘길 수 있었지만 적어도 이 문제에 대해서만큼은 적당한 맞장구가 떠오르지 않았다. 나이 어린 처녀와 당장 내일 꼴깍 숨이 멎어도 이상하지 않을 노인을 부부로 맺어 준 혼사를 어찌 정상이라고 말할 수 있겠는가?

이유는 그저 술잔을 비워 내는 것으로 대답을 대신했다.

저의 진심을 비하한다며, 속이 상해 죽겠다며 소명 공주가 주절주절 한탄을 늘어놓았다. 아무래도 공주가 취했나 보다.

이유는 연회를 파할 적당한 때를 가늠했다.

그때였다. 소명 공주가 비스듬히 기울여 앉은 채 턱을 괴었다.

"그래서 말인데……."

"예. 무슨 할 말이라도 있으십니까?"

"우리 전하께서는 어찌 아직도 후사가 없으실까? 내 듣기로는 중전 한 분뿐이고, 아직 후궁도 들이지 않으셨다는데. 내명부가 썰렁해서 어떻게 해?"

소명 공주가 이유의 머리 꼭대기부터 발끝까지 차근차근 훑어봤다. 허우대는 말짱한데? 코도 크고, 귓불도 두툼하고…… 등치도 이만하면 썩 나쁘지 않고, 뼈대도 굵은데…… 뭐, 가장 중요한 진실은 직접 벗겨 봐야 알겠지만……. 패설은 그냥 마음속으로만 삭혔다. 소명 공주가 손톱으로 톡톡 술병을 두드렸다.

"아직 왕위를 선위 받은 지 얼마 안 되어 조정의 일이 바쁘다 보니 그렇게 됐습니다."

"예끼! 암만 공사가 다망해도 어찌……."

밤일을 미뤄? 고자야? 하마터면 저도 모르게 자유분방한 대화가 터져 나올 뻔했다. 소명 공주는 극한의 인내력으로 다시 한번 참아 냈다. 아직은 내가 이 조선 왕실에서 품위를 지켜야 하고 엄숙함을 뽐내야 하느니라…….

소명 공주가 다른 말을 하려던 듯이 자연스럽게 말을 돌렸다.

"어찌하여 후궁이 한 명도 없으십니까?"

"그 부분에 대해서는 별다른 불편을 느끼지 않고 있습니다."

"중전과 특별하게 금슬이 좋으신가? 중전만으로도 만족하기 때문에?"

"……."

소명 공주가 살짝 짓궂게 물었으나 이유는 역시 아무 대답도 하지 않았다. 오호라? 중전과 심히 사이가 좋은 것도 아닌데 후궁이 없다? 소명 공주의 눈이 반짝 빛났다.

"그러면 이건 어떻습니까?"

"무엇이요?"

소명 공주가 촥 부채를 펼쳤다.

"이번 사행 길에 내 여동생과 동행하지 않았습니까? 이참에 내 특기 살려서 중매를 좀 서볼까 하는데……."

"신경 써 주셔서 감사합니다. 하오나 괜찮습니다."

이유가 답지 않게 딱 잘라 거절했다. 목소리에 단호함이 가득했다. 곁에서 말없이 시중들던 동재마저도 속으로 깜짝 놀랄 정도였다. 하지만 이미 취기 잔뜩 오른 소명 공주가 이유의 상태를 알아차릴 리 없었다. 소명 공주는 이유의 거절을 단순히 예의를 차리기 위한 거절이라고 여겼다. 소명 공주가 본격적으로 제 여동생이라는 사람을 자랑하기 시작했다.

"사내들한테 얼마나 인기가 많은지 모릅니다. 내로라하는 집안에서 너도나도 혼사 맺자고 달려드는 걸 내 선에서 거절하느라 얼마나 진땀 뺐는지 몰라요. 똑똑하지, 당차지, 용감하지, 장유유서는 칼같이 지키지만 아닌 건 아니라고 저 할 말도 곧잘 하지……. 그뿐이게요? 성격은 또 어찌나 여성스러운지 모릅니다. 명예와 야망으로 꽉 차 있습니다. 어때요? 이만한 일등 신붓감은 눈 씻고 찾아봐도 없겠지요?"

"……."

이유가 힐끗 술병을 살폈다. 술은 거의 바닥을 보이고 있었다.

"주량이 본래 얕은데 공주와의 대음이 기뻐 심히 취하였습니다. 이쯤에서 별담을 파하는 것이 어떻겠습니까?"

"아니? 난 이제 시작인데 어찌 그토록 섭섭한 말씀을 하십니까?"

공주가 고개를 흔들었다. 그러나 이유는 이쯤에서 술자리를 파하는 것이 옳다 여겼나 보다. 다시 한번 에둘러 말하며 공주를 설득했다.

"날씨가 쌀쌀하여 행여 고뿔이라도 들까 심히 염려가 됩니다."

"걱정 마세요."

"내일 다시 연회를 열어……."

"거참, 내가 괜찮다는데 무슨 말이 그리도 많으실까?"

마침내 공주의 화가 터졌다. 감히 황제께서도 내가 하고 싶은 일을 말리지 못하는데 그대가 뭐라고 끼어들며 이래라저래라 훈수를 두는가? 내가 술 먹고 싶다면 먹는 거고, 싫다면 싫은 건데! 내 말이 농으로 들려? 우스운 거야?

"에이, 술맛 떨어져서 정말."

소명 공주가 잔에 있던 술을 바닥으로 휙 뿌렸다. 그러고는 술잔을 상 위에 탁 엎었다. 공주님의 심기가 틀어져도 단단히 틀어지셨구나! 공주가 술잔을 엎음과 동시에 곁에 서 있던 여궁이 '공주마마! 노여움을 푸세요!' 바닥에 철퍼덕 엎드려 무릎을 꿇었다.

"공주마마! 부디 노여움을 푸시옵소서!"

공주의 뒤로 도열한 수십여 명의 시종들이 비는 소리가 태평관에 메아리처럼 울려 퍼졌다. 방금 전까지만 해도 화기애애하던 분위기는 삽시간에 얼어붙었다. 어느새 소명 공주의 얼굴에는 웃음기가 싹 가셨다.

"내가 제후국의 왕에게 여동생을 시집보내겠다 말했습니다. 그 누구도 아닌 나, 주소명이 말이에요! 내 말을 거절할 작정입니까?"

벼락같은 노여움이 실린 목소리였다. 소명 공주의 말이 끝나자마자 휘익! 바람을 가르며 이유의 턱 밑에 칼이 날아왔다. 칼의 주인은 소명 공주의 호위무사. 그는 황제를 호위하는 금의위錦衣衛 출신으로 황제가 여동생의 안위를 위해 친히 내려 준 무사였다. 공주의 신변을 위협하거나 공주를 따르지 않는 자는 상하를 막론하고 베라고 배웠으니, 조선 왕의 목숨 거두는 것쯤은 아무 일도 아니리라.

그러나 어디 조선의 내금위 또한 넋 놓고 이유가 멸시당하는 꼴을 두고 보랴?

"네 이놈! 무엄하다! 감히 어느 안전이라고 칼을 겨누느냐?"

서영화가 명나라 군사의 칼을 쳐냈다. 그와 함께 태평관에 시립해 있던 명나라 군사와 조선 군사들이 각자 칼을 빼들고 대립하는 상황에 이르렀다. 세상에, 어찌 이런 일이! 명회가 야인의 일로 이번 별담이 순조롭지 않으리라 예상은 했지만 이런 식의 칼부림이 벌어지리라고는 꿈에도 알지 못했다.

소명 공주가 오목하게 손을 모아 엎은 술잔을 쥐었다. 술잔에 술 아닌 핏물을 담게 될 수도 있는 일촉즉발의 상황. 그러나 소명 공주는 두려움 따위라고는 전혀 없는 표정이었다. 공주의 한쪽 입꼬리가 비틀어졌다.

"조선의 왕은 내가 선 중매를 거절한 까닭을 반드시 말해야 할 것입니다."

"……."

"만일 나를 설득치 못할 시에는……."

"……."

"내가 맺어 준 정략혼인을 거부한 형제는 반드시 우물 속에서 발견되고 만다는 괴소문의 주인공이 되고 말 테니까."

소명 공주가 어깨를 쫙 폈다. 무슨 말이든 해보라는 뜻이었다. 피바람이 불지도 모를 상황에서 눈 하나 깜짝하지 않는 배포를 가진 여인이라니. 도리어 곁에 선 동재가 삐질삐질 땀을 흘렸다.

이유가 그런 소명 공주를 바라봤다.

"내금위장은 칼을 거두도록 하라."

"아니 되옵니다. 주상 전하……!"

"그대는 어명을 따르지 않을 텐가? 칼을 거둬!"

이유의 목소리가 엄했다. 명나라 군사와 칼을 맞댄 서영화는 단 한 걸음도 물러서지 않은 채였다. 지금 당장이라도 그를 베도 부족한 기세였지만 이유의 명을 따르는 수밖에.

서영화가 명나라 군사를 노려본 채로 채앵 칼날을 빗기며 뒤로 물러났다. 사방에서 서슬 퍼런 칼이 난무하거나 말거나 이유는 새 술잔을 들었다. 쪼르륵 따른 술이 넘칠 듯 찰랑거렸다. 소명 공주는 방금 전까지 술을 더 마셔야겠다고 보챘지만 지금은 마실 마음이 조금도 없어 보였다. 감히 내 중매를 거절해? 조선의 왕이 무슨 대답을 하느냐에 따라서 앞으로 명과 조선의 관계는 꽤나 달라지리라!

이유가 술잔을 소명 공주의 앞으로 밀었다. 그리고 말했다.

"부득이하게도 공주의 중매를 받들 수 없사옵니다."

"그러니까 왜! 연유가 무엇이냐 물었습니다!"

"사랑하는 사람이 있습니다."

"……뭐?"

구차한 변명 없이 오롯한 사실만을 전하는 담백한 대답. 소명 공주 또한 조선의 왕이 이토록 솔직한 답을 할 줄은 몰랐는지 당황한 기색이 역력했다.

"마음에 둔 사람이 있어서…… 평생 은애하겠다고 맹세한 정인이 있기 때문이옵니다. 그런 연유 때문에 공주마마의 중매를 받들 수 없습니다."

"나와 틀어져도 상관없습니까? 내가 앙심을 품고 황제 폐하께 조선을 나쁘게 말해 보복한다 해도 후회하지 않으시겠어요?"

"예."

이유가 낮게 대답했다.

쇄아아……. 어디선가 바람이 불기 시작했다.

*

참 이상한 일이었다.

태평관에서 조선과 명나라 군사들이 칼부림을 일으킬 뻔하던 날, 동재는 그야말로 종묘와 사직이 끝장나는 줄로만 알았더랬다. 소명 공주와 관련된 소문이 워낙 악명 높으니 절대 그냥 넘어갈 리 없기 때문이었다.

한데 이게 웬일인가?

'평생 은애하기로 맹세한 정인이 있어 나의 중매는 받들지 못하겠다라…… 그깟 사랑에 국운國運을 걸다니. 이제 보니 조선의 왕은 참으로 변변찮은 사내였구만.'

'…….'

'하지만 이 세상에 쉬이 찾아볼 수 없는 진짜 사내 중의 사내이기도 해. 그래, 바깥일 따위가 무어 중요하겠어? 그저 집안에 들어앉아 여인이 주는 사랑 받아 먹으며 사는 사내가 으뜸이지. 괜히 바깥 싸돌아다녀서 콧바람만 잔뜩 쐰 사내놈들은 정작 제 삶에서 뭐가 제일 중요한지 잘 모르거든.'

'……?'

'내가 미안합니다. 정식으로 사과 올리겠습니다.'

사실 이유는 명나라 공주든 뭐든 그저 약손 아닌 다른 여인을 후궁으로 맞이하고 싶지 않은 마음뿐이었다. 그래서 소명 공주의 중매를 거절했다.

필수 불가결하다거나 뭐 거창하고 대단한 까닭도 아니고, 그저 마음에 품은 정인 때문에 공주의 말을 따르지 않겠다 답하시다니. 이제 정말 끝이겠구나…… 동재는 차라리 눈을 감아 버렸다.

하지만 뜻밖의 일이 일어나고 말았다. 소명 공주는 너무도 쉽게, 너무도 예사롭게 이유의 말에 수긍했다. 그뿐만이 아니었다. 소명 공주는 저가 벌인 무례에 대한 사죄의 의미로 직접 이유를 위한 연회까지 벌였다.

하여 금일, 경회루에 이토록 성대한 잔치가 벌어진 것이었다.

세상에 존재하는 모든 기예를 사랑한다더니만 과연 소명 공주가 직접 부리는 광대패의 실력은 수준급이었다. 무희의 춤, 악사의 공연이 밤늦게까지 이어졌다. 게다가 명나라 공주는 어찌나 화통한지 몰랐다. 오늘은 저가 대접하겠다며 턱턱 내놓는 금만 수만 냥에 이르렀다.

이윽고 명나라 무희들의 아름다운 춤이 끝이 났다. 아직 봄은 오려면 멀었는데 무희가 뿌린 오색종이가 아름다운 꽃잎처럼 경회루 주변을 휘날렸다. 누군가 연주하는 풍입송風入松의 곡조가 나른하게 들려왔다.

그때였다. 연회장 안으로 웬 여인이 걸어 들어왔다. 명나라 여인들이 흔히 입는 유군襦裙을 차려입은 여인이 걸을 때마다 양옆에 잡힌 주름이 흩날렸다. 저고리의 소매와 옷깃에 박힌 금박 자수가 몹시 아름다웠다. 여인이 점점 가까워졌다.

"저분은 누구십니까?"

"아! 소개가 늦었습니다. 제가 말한 여동생이랍니다. 조선의 궁궐이라도 구경해 줄까 싶어 불러 봤지요."

이유의 표정이 절로 일그러졌다. 분명 어젯밤에 그리 완곡하게 거절했건만 공주는 아직도 중매에 대한 미련을 버리지 못했단 말이던가? 저도 모르게 언성이 높아졌다.

"공주!"

"중매가 아닙니다. 그저 이야기 나누는 것도 못 한답니까? 보아하니 풀어야 할 회포가 한둘이 아닐 것 같은데……."

풀어야 할 회포? 소명 공주가 작게 중얼거린 말을 화가 잔뜩 난 이유는 듣지 못했다. 하지만 동재는 놓치지 않고 들었다. 소명 공주의 여동생과 주상 전하는 일면식도 없고 초면일 텐데, 무슨 풀어야 할 회포가 있단 말이지? 하지만 이상함을 느낄 새도 없었다. 공주에게 속았음을 깨달은 이유는 당장이라도 자리를 떠나 버릴 기세였다.

"몸이 좋질 않아 먼저 일어나 보겠습니다."

이유가 벌떡 자리에서 일어나 뒤도 안 돌아보고 걸음을 옮기려 할 찰나, 불현듯 공주의 여동생이 이유의 옷깃을 잡아챘다.

"……가지 마세요."

"!"

공주의 여동생은 붉은 휘장을 덮어 얼굴을 가린 채였다. 저 여인은 어찌하여 얼굴을 가렸을꼬? 평소라면 궁금하게 여겼을 법한 일이었다. 하지만 이유는 그저 저와 중매 서게 될지도 모르는 타국의 여인에게 오만 정이 떨어진 상태였다. 게다가 생판 모르는 사내를 붙잡는 배짱은 또 뭐란 말인가?

이유는 기가 막히고 코가 막힐 지경이었다. 마음 같아서는 거칠게 뿌리치고 싶었지만 어쨌든 황제의 가족이라 화를 꾹꾹 눌러 참았다.

"놓으십시오. 어찌 외간 남자의 몸에 이토록 스스럼없이 손을 대십니까?"

"아…… 죄송합니다……."

이유의 목소리가 워낙 냉정하니까 여인 또한 놀랐나 보다. 금박 소매 안에서 여인의 손이 꼼지락거렸다. 하지만 이유를 잡은 옷깃을 아예 놓지는 않았다. 처음에는 손 전체로 잡았던 곤룡포를 엄지와 검지로만 살짝 잡았다.

그 순간, 이유에게 퍽 이상한 일이 벌어졌다. 곤룡포를 잡아채는 하얀 손가락을 바라보는데 갑자기 가슴이 울렁거리는 것이 아닌가?

"노, 놓아 달라 말하지 않았습니까……."

이유의 목소리가 한결 누그러졌다. 여인은 잠깐 머뭇거리다가 이내 다시 한번 조용한 목소리로 말했다.

"하지만……."

"?"

한마디 말 듣기가 이리 어려운 일인가? 여인의 작은 목소리가 몹시 답답했다. 이유는 저도 모르게 귀를 기울였다. 한참 뜸들이던 여인이 드디어 말했다.

"하지만…… 가지 마세요."

"……."

"주상 전하를…… 보고 싶어서……."

"!"

붉은 휘장 안에서 들리는 목소리가 익숙한 것은 그저 이유 혼자만의 착각이란 말이냐?

"너, 너는…… 너는……!"

설마설마했다. 이 여인은 소명 공주의 여동생이라 하지 않았는가? 그렇다면 명나라에서 온 사람일 테고, 그 사람이 약손일 리는 결코 없으리라. 하지만…… 하지만…….

어디선가 바람이 불어왔다. 그와 함께 붉은 휘장이 나부끼며 그 안에 숨겨진 여인의 얼굴이 드러났다.

"너!"

이유가 기함했다.

"네가 어떻게…… 어떻게……!"

마침내 여인이 얼굴을 가렸던 휘장을 저 스스로 전부 걷어 버렸다. 이제야 오롯하게 보이는 여인의 얼굴.

"전하…… 저예요."

"너! 너는……!"

"전하가 보고 싶어 돌아왔나이다. 약손이에요."

"너……!"

—저가 당당해진다면, 만약 그런 날이 혹시라도 제 인생에 찾아온다면…… 그때 제가 먼저 전하를 뵈러오겠나이다.

그렇다. 여인의 정체는 바로 명나라로 떠난 여약손이었더라!

약손은 사랑하는 사람에게 짐이 되는 삶, 평생의 오점으로 남아 폐를 끼치게 되는 삶은 싫다고 했다. 황제의 명성에 먹칠한 동현이 되어 목매달아 죽느니 차라리 저가 먼저 떠나고 말겠다 결심하기까지 했다. 그리고 한 입으로 두말하는 법 없는 약손은 그 결심을 지켰다.

약손은 다름 아닌 명나라 공주의 여동생이 되어 돌아온 것이었다. 비록 의자매였지만 자매는 자매일 터. 이제 약손은 조선이 사대하는 황가皇家의 일원이었으며, 천자의 핏줄이었다.

"제가 전하를 찾아오겠다고 했지요?"

"너……!"

약손이 환하게 웃었다. 갑작스런 약손의 등장에 놀란 이유는 그만 말문이 턱 막혀 아무 말도 못 했다. 꿈에서도 보고 싶었던 약손이, 내 생에 다시 볼 수 있을지 알 수 없었던 약손이가…… 약손이가 내게 왔단 말이더냐…… 이게 꿈이냐 생시냐……!

"약손아!"

"주상 전하!"

이유가 약손을 으스러지도록 품에 끌어안았다.
영영 보지 못할 것이라 생각했던 연인의 재회는 급작스러웠다. 그 감명 깊은 모습에 누가 감동받지 않을 수 있으랴. 둘의 모습을 지켜보던 누군가는 몰래 눈물 훔쳐야만 했고, 누군가는 작금의 벅찬 심정을 곡조로 옮겨야 했다. 또 누군가는 보잘것없는 실력 발휘해 글로 남기기까지 했다.
소명 공주가 둘을 흐뭇한 표정으로 지켜보았다.
"어떠십니까? 이제는 내 중매를 받아들여 내 동생과 혼인하겠습니까?"
"두말하면 잔소리입니다!"
소명 공주의 혼사를 수락하는 일, 이유에게는 더할 나위 없이 쉬운 일이라더라.

약손은 그해 유난히도 혹독했던 겨울을 무사히 넘겼다. 그리고 돌아오는 따뜻한 봄, 가장 상서로운 길일吉日에 가장 아름다운 열두 폭 혼례복을 차려입고 혼례를 올렸다.
이유에게는 처음이자 마지막 후궁, 단 한 명의 유일한 후궁.
의빈 여씨로서의 삶의 시작이었다.

<4권에서 계속>